LA NUIT DE L'APOCALYPSE

DU MÊME AUTEUR
CHEZ POCKET

LE NOM DE LA BÊTE
LE TESTAMENT DE JUDAS

DANIEL EASTERMAN

LA NUIT DE L'APOCALYPSE

BELFOND

Titre original :
NIGHT OF THE APOCALYPSE
publié par HarperCollins Publishers, New York

Traduit de l'américain
par Arlette Stroumza

ISBN 2-266-07623-X

Pour Beth,
sans qui cela ne vaudrait pas la peine

REMERCIEMENTS

Mes remerciements les plus chaleureux, comme toujours, à mon équipe éditoriale de Londres et de New York : Patricia Parkin et Mary Rose Doherty, Karen Solem et Katie Tso. Brendan Munelly m'a donné tant d'informations précieuses dans le domaine irlandais que je voudrais désormais situer tous mes romans en Irlande. Ma gratitude va aussi à mon frère, David McKeown, qui a méticuleusement vérifié tout ce qui se passe à Belfast; et à Joan McCaig, pour ses commentaires et ses propositions. Roderick Richards, de Tracking Line, m'a assisté par ses connaissances en matière policière, je le remercie. Ma femme, Beth, a consacré un temps précieux à lire et discuter de mon manuscrit, sacrifiant ainsi son travail personnel d'écriture : elle m'a aidé à franchir de multiples obstacles. S'il y a quelqu'un à blâmer pour l'usage qui a été fait de tout cela, c'est moi et moi seul.

1

Belfast
Vendredi, 18 août 199-

Donegall Place, en fin de journée. L'hôtel de ville au soleil couchant, les commerçants fermaient boutique et rentraient chez eux, les vendeuses se hâtaient vers la Gare centrale, un tank prenait doucement le virage et s'engageait dans Chichester Street. Dans la tourelle, un soldat armé surveillait nerveusement les environs ; il ne faisait confiance à personne.

Gearoid Lalor attendit que le véhicule ait disparu pour lancer son moteur. Sur le siège du passager, à son côté, Seamus Lenihan regardait les rues se vider progressivement.

Il serait bien allé à Bangor, ce soir, ça oui. Le petit Fergie McErlaine et la bande de St. Malachy allaient en boîte et il les aurait accompagnés si, le matin même, on ne l'avait pas convoqué. C'étaient tous des idiots, mais il avait envie de s'amuser, de rire un peu, pour changer. Et peut-être même que dimanche il aurait pu monter à Cave Hill avec Noreen. Rien à faire. Son chef de corps n'était pas du genre à laisser glander son unité.

« Je pourrais être à Bangor, ce soir, dit-il.

— Ah bon ? répondit Lenihan sans tourner la tête.

— Avec une bande de copains de l'école. Ils y vont dans la bagnole de Fergie.

— Fergie qui ? (Ils s'engageaient dans Donegall Street.)

— McErlaine. Tu sais, celui de Eia Street. Son vieux était poissonnier à Duncairn Gardens.

— Ah ! lui ! Il est bête comme ses pieds.

— Je sais, mais il est réglo. Il sait la boucler.

— Il sait qu'on la lui fermerait d'office autrement. Quand même, tu devrais pas le fréquenter. Lui et ses potes, quand ils ont bu un coup, je les ai vus faire drôlement les idiots. C'est le genre de petits crétins qui la ramène bêtement. Ton pote Fergie, un de ces jours il va se faire gauler et il saura pas se taire. Tu me suis ? »

Gearoid contemplait fixement le tableau de bord.

« Il y avait aucun mal à ça. Aller à Bangor, je veux dire, et se marrer un coup.

— C'est une perte de temps. Bangor est foutu.

— Tu déconnes. Bangor est super.

— Bangor est foutu depuis qu'ils ont construit ces sacrées marinas. Je me rappelle, dans le temps, on allait à Bangor en train, le samedi, on se baignait à Pickie Pool, et quand on en avait assez on se retrouvait au parc d'attractions de Barry, sur le bord de mer. Et on s'en payait une sacrée tranche, pour trois francs six sous. Le *dulce* était convenable, à l'époque, pas cette merde qu'ils te font bouffer aujourd'hui. Cette saleté de mer est pourrie, avec toutes les saloperies qu'ils y déversent. La faute des Anglais, tout ça. Comme si ça suffisait pas de nous envoyer l'armée, ils font tout pour nous empoisonner, en plus.

— T'aimes ça, le *dulce* ?

— De temps en temps. Mais ça fait des années que j'en ai pas mangé. A Donaghadee, il est meilleur. Mais je me rappelle même plus la dernière fois que j'y suis allé. »

Ils roulaient sur Antrim Road, en direction du nord. Seamus avait facilement dix ans de plus que Gearoid ; c'était un garçon sérieux, qui avait passé un bon moment à Long Kesh[1] ; il était entré et sorti de Castlereagh[2] presque aussi souvent qu'il avait mangé du *dulce*, cette algue séchée et salée que tous les Irlandais du Nord associent à l'idée même de bord de mer. Et le voilà qui parlait du bon vieux temps de sa jeunesse, et de Pickie Pool. Ça lui donnait un sacré coup de vieux, pensait Gearoid. Son frère était pareil, avant

1. Prison politique de l'Ulster.
2. Siège des Forces spéciales de la police nationale.

qu'on l'ait flingué. Il se demandait quand Seamus avait trouvé le temps de faire ce genre de choses.

Lui, tous ses souvenirs dataient des Événements. Et, du jour où il avait eu l'âge de se joindre au mouvement, il n'avait plus fait grand-chose d'autre. Quand même, une petite balade à Bangor ou à Portrush de temps en temps, avec les copains, ça ne lui aurait pas déplu.

Mais cette nuit, il n'était pas parti pour faire la fête.

« Tu as une idée de ce qui se passe ? »

Seamus secoua la tête d'un air maussade.

« T'as pas encore appris qu'on pose pas de questions ? Comment veux-tu que je sois au courant, bordel ? On m'a dit comme à toi. Sois au quartier général à six heures et attends les ordres. Et c'est ce qu'on fait. »

Gearoid acquiesça. Un volontaire n'était pas censé se montrer trop curieux. Ça risquait de rendre les gens nerveux. Il arrivait même qu'on vous soupçonne d'être un mouchard. « Ferme ta gueule et obéis aux ordres qu'on te donne », telle était la clé de la survie dans cette saleté de boulot. Si tant est qu'on pût parler de survie. On se gardait en vie comme on pouvait, aussi longtemps qu'on pouvait, c'était comme ça que ça se jouait. Et si on se tenait à carreau, qu'on ne moucharde pas ou qu'on ne bavarde pas à tort et à travers, on avait droit à un bel enterrement à Milltown, à un béret et des gants sur son cercueil, et à une volée de balles au-dessus de sa tombe.

Ils s'arrêtèrent devant une maison avec une terrasse, dans une petite rue qui donnait dans Antrim Road, à New Lodge. Sur une palissade, à l'entrée de la rue, un graffiti représentait un homme armé et masqué, adossé à une carte d'Irlande orange, vert et blanc. Sous l'image une citation de Padraig Pearse[1] : « La libération d'abord, la paix après », et d'autres de la même veine. C'était un lieu d'éternité, et les paroles que prononçaient ses habitants l'étaient pareillement. Aussi éternels que les morts dont ils se glorifiaient.

On leur ouvrit la porte de l'intérieur. Ils entrèrent dans un

1. Héros de l'indépendance irlandaise, Padraig Pearse proclama l'éphémère République d'Irlande en 1916, sur les marches de l'hôtel des postes de Dublin.

hall étroit et mal éclairé, qui sentait la saucisse frite. Colm O'Driscoll referma la porte sur eux, l'air aussi morose que d'habitude.

« Vous avez été suivis ? » demanda un petit homme qui boitait. Il avait la hanche tordue ; selon certains, suite à un accident de hockey ; d'autres racontaient que c'était le résultat d'une longue nuit entre les pattes de la branche spéciale, à Castlereagh.

« Aucun risque, riposta Seamus. J'ai ouvert l'œil pendant tout le chemin. S'ils nous ont pistés, ils sont plus malins qu'un singe.

— Ils le sont, les salauds. Entrez. Eugene est déjà là. »

Gearoid se souvenait d'un long poème en anglais que leur avait lu un de ses professeurs au lycée, le père McGiolla, un petit homme trapu avec des lunettes qui lui mangeaient la moitié du visage. Celui qui l'avait écrit s'appelait Yeats, et il était enterré à Sligo. Gearoid n'était jamais allé à Sligo, il n'avait jamais mis les pieds dans le Sud. Il irait peut-être un jour, quand ce serait fini.

C'est d'Irlande que nous sommes.
Beaucoup de haine, si peu d'espace,
c'est mutilés que nous naissons.
Au sein de ma mère,
j'ai tété le lait du fanatisme.

Il n'avait pas bien compris le poème, mais McGiolla y avait dénoncé la grande haine et ses mots avaient imprégné l'esprit de Gearoid. Les paroles du poème ne ressemblaient pas à celles des chants patriotiques que lui apprenait son père, mais elles possédaient leur résonance propre, et parlaient de leur propre voix. Peut-être irait-il bientôt à Sligo, pour lire et réfléchir. Il avait dix-neuf ans, et n'avait jamais eu de temps que pour la haine.

Colm O'Driscoll, tel qu'il se tenait devant eux, chaussures de marche et chemise tachées, n'avait sa place dans aucun livre de poésie. C'était un dur, un homme que ses amis eux-mêmes s'efforçaient de ne pas contrarier. On disait qu'il était allé en Angleterre, qu'il avait placé des bombes dans des bars et des casernes de l'armée, que les polices des deux bords rêvaient de lui mettre la main dessus, mais n'avaient jamais pu obtenir l'ombre d'une preuve contre lui. Un homme bon, aussi, avec quatre gosses, superbes, entre neuf et trois ans. C'était sa sœur qui les élevait, car sa femme avait été assassinée par les Loyalistes un an plus tôt. Une balle dans la tête, alors qu'elle allait acheter du lait. Elle reposait au cimetière de Milltown, sous une pierre tombale haute comme une porte de grange.

Une collation était servie sur la table : rien de sophistiqué, des saucisses et des frites, et du thé bouillant pour les faire passer. Ils buvaient toujours beaucoup de thé avant de partir en mission, ça maintenait l'esprit en éveil.

Assis dans un coin, comme à son habitude, Eugene O'Malley mangeait un sandwich en battant la mesure d'une musique qu'il était seul à entendre. Il avait remporté le premier prix du Fleadh, l'an passé, lui au sifflet et Paddy Byrne à la guitare, et deux ans avant il avait été consacré champion d'Irlande de sifflet, à Boyle.

« Comment ça va, Eugene ? T'as apporté ton sifflet ?

— Sûr ! Il y a du champ' à la cuisine, si tu aimes. Ça doit encore être chaud. Les échalotes ont été cueillies aujourd'hui même.

— Non, j'ai mangé un morceau en ville. Du thé et une saucisse, ça me suffira largement. (Il se versa une tasse de thé très fort.) Je devais aller à Bangor, ce soir, dit-il.

— Tu peux toujours courir ! »

La porte s'ouvrit brusquement, et livra passage à Conor Melaugh, leur chef de commando. Une femme pénétra dans la pièce derrière lui. Une inconnue. Personne ne bougea. La femme, le front caché par une épaisse frange auburn, était bien habillée, sa présence était incongrue. Conor devait fournir une bonne raison pour l'avoir amenée. Selon le très strict règlement en vigueur, les membres des commandos ne devaient entrer en contact avec des étrangers que par l'intermédiaire de leur chef de section.

« Restez où vous êtes, les gars, dit Melaugh. Je vous présente une amie, Maureen O'Dalaigh. Vous la connaissez sans doute de nom. Je n'ai donc pas besoin de vous expliquer qui elle est. Ce soir, Maureen a quelques mots à vous dire. Je vous conseille de l'écouter attentivement. »

Gearoid siffla dans sa barbe. Et comment qu'il avait entendu parler d'elle ! Maureen O'Dalaigh était l'un des

C'était arrivé dans le passé. La police ou l'armée découvraient l'existence d'une cache d'armes clandestines, grâce à un mouchard ; elles les récupéraient, les équipaient d'appareils autodirecteurs et les remettaient en place. Plus d'un volontaire avait ainsi perdu la vie.

« La voiture a été volée il y a moins de deux heures, sur Stranmilis Road. Le propriétaire est en vacances et la disparition du véhicule ne sera pas signalée avant une semaine ou deux. Conor s'est procuré le permis de conduire et les papiers du type. »

O'Dalaigh s'interrompit et les regarda de nouveau. C'est une sacrée garce, se disait Gearoid, ça se voit dans ses yeux. Et elle parlait bizarrement, avec un accent, mais beaucoup plus correctement qu'eux. Il avait entendu dire qu'elle était avocate, ou quelque chose de ce genre. Il se demandait à quoi pensaient les autres. Il se préparait un gros coup, c'était certain. Doux Jésus ! Dire qu'il aurait pu être à Bangor.

« Vous irez à Malone House, au sud de la ville. C'est à l'entrée de Barnett Park, près de Shaw Bridge. Conor vous montrera sur le plan. Vous disposerez de fusils d'assaut avec lunettes à infrarouge — Conor m'a dit que vous savez tous vous en servir. Vous partirez en reconnaissance dans une demi-heure, pour voir les lieux en plein jour. Puis vous vous disperserez jusqu'à ce qu'il fasse nuit.

« Vous devrez être en position à 11 heures. Pas une minute plus tard. Si vous êtes retenus, pour quelque raison que ce soit, et que vous ne puissiez être en place à 11 heures, la mission sera annulée. C'est clair ? Bien.

« Vers minuit, vous entendrez arriver une patrouille de l'armée. En plus des soldats, il y aura quatre civils, dans une autre voiture. Ce sont vos cibles. Dès qu'ils sortiront de la voiture, ouvrez le feu. Et prenez le temps de viser : vous devez les tuer. »

Elle poursuivit son exposé en parlant lentement, pour être sûre d'être comprise. C'était la plus importante des missions dont ces hommes et elle seraient jamais chargés, il était vital d'éviter tout malentendu.

« Et maintenant, dit-elle pour conclure, écoutez-moi bien. Après ce qui va se passer ce soir, si vous restez à Belfast vous êtes des hommes morts. Il faudra disparaître. Que personne ne vous voie ni n'entende parler de vous pendant au moins un an. On vous fera passer la frontière cette nuit même. Vous ne direz à personne où vous vous trouvez, vous n'entrerez pas en contact avec vos familles. On les préviendra que vous êtes en sécurité, et en service commandé. Quand les choses se seront calmées, je m'arrangerai pour que vous puissiez vous écrire. Voyons, y a-t-il des questions ? »

Personne ne pipa mot. La petite pièce était étouffante. Sur un mur, une image du Sacré-Cœur diffusait une lueur rougeâtre. On entendait des cris d'enfants dans la rue : la prochaine génération de héros et de martyrs jouait sur les pavés, et inscrivait à la craie des noms qui seraient un jour gravés dans le marbre. Un chien aboyait, une Land Rover, au grondement sourd et familier, patrouillait non loin.

« Combien de temps ? demanda O'Driscoll.

— Combien de temps pour quoi ?

— Vous le savez bien. Combien de temps avant que je puisse revoir mes gosses ? Ils commencent tout juste à se stabiliser. Ça fait à peine un an que leur mère est morte. »

Ce fut Melaugh qui lui répondit.

« Je sais que c'est beaucoup te demander, Colm. Mais on n'a pas le choix. Si tes gosses venaient te rejoindre, ils seraient suivis. Tu le sais aussi bien que moi. Je suis désolé que ça tombe sur toi, mais nous ne pouvions courir aucun risque. Moi-même, je n'ai été prévenu qu'aujourd'hui. Si tu veux, tu peux te retirer de cette mission. Personne ne songera à t'en vouloir. Tu as déjà beaucoup donné pour la cause. »

O'Driscoll regarda son chef dans les yeux. Il savait qu'il lui racontait des bobards. On ne se retirait pas d'une mission à ce stade. S'il y avait la plus infime des fuites, on était le premier à prendre une balle entre les yeux. Qui, alors, s'occuperait des gosses ? Il ne dit plus rien.

Gearoid Lalor s'enfonça dans son fauteuil. Il savait qu'il était en danger, qu'il allait enfin affronter la splendeur du martyr. Aucun d'entre eux ne s'en sortirait indemne. Il fixa son regard sur Colm O'Driscoll et se remémora un autre poème de l'homme enterré à Sligo. Si beau qu'il avait envie de pleurer.

Les Chevaux de l'Apocalypse plongent dans l'épaisse
[argile :
Ferme à demi tes yeux, ô bien-aimée, laisse ton cœur
battre contre le mien, et tes cheveux couvrir ma
[poitrine...

Alors, il se mit à penser au *dulce*, à un bal, à du poisson avec des frites et à la main de Noreen, aux lèvres de Noreen, aux seins de Noreen, qu'il avait si rarement caressés, à son cœur, qui avait si rarement battu contre le sien, et il se demanda pourquoi les ténèbres engloutissaient toute chose à l'orée de la nuit.

2

Une pluie d'été, intermittente, avait coupé la journée en deux. Il faisait moite, désagréable. L'herbe sur laquelle ils étaient allongés en attendant l'heure était humide ; non loin, la rivière soufflait ses bouffées d'air mouillé dans la nuit.

Conor Melaugh s'en réjouissait. Pendant les mois d'été, de nombreux couples venaient chercher dans ce petit parc l'intimité qu'ils ne trouvaient pas dans les boîtes de nuit. L'idée de tendre une embuscade dans le coin, même à une heure aussi tardive, l'avait tracassé. Maintenant, il était complètement rassuré : à part lui et ses hommes, il n'y avait pas une âme dans un rayon de cinq cents mètres.

Un silence rare les environnait, propice aux pensées vagabondes ; elles s'y enfonçaient comme dans des eaux tranquilles. Melaugh regardait les nuages qui formaient un halo autour de la lune. Il s'imaginait qu'il entendait Seamus Lenihan, respirant nerveusement à quelque distance. Au fur et à mesure qu'on s'approchait de minuit, la tension montait.

Melaugh s'était enrôlé à plein temps dans les volontaires sept ans auparavant et il commandait sa propre unité de service actif depuis trois ans. Il avait vu des hommes arriver et disparaître, tués, arrêtés, soupçonnés d'être des mouchards et exécutés ou tout simplement si terrifiés qu'ils avaient pris leurs jambes à leur cou. Dieu du ciel ! Même lui, ce soir, il avait la trouille. Qui ne l'aurait pas eue ? Jamais on ne lui avait donné ce genre d'instructions, jamais il n'avait assisté à un briefing aussi bizarre.

Cependant ce n'était pas la bizarrerie de l'opération qui le gênait le plus. C'était ce qu'il aurait à faire à la fin. Ça lui restait en travers de la gorge comme une boule de terre glaise. Mais il n'y avait aucun moyen de se défiler. Il n'y en avait jamais. O'Dalaigh le lui avait fait clairement comprendre, et s'était montrée particulièrement persuasive. La garce ! Elle était d'une dureté incroyable, du genre à vous coller une balle dans la tête aussi facilement qu'elle vous serrait la main. Sa réputation la précédait : ce n'était pas une femme qu'on se risquait à contrarier si on tenait à sa vie, ou à celle des membres de sa famille. S'il n'obéissait pas à ses ordres, elle s'arrangerait pour faire de lui un exemple dont on se souviendrait dans toute l'Irlande.

Les hommes formaient un demi-cercle face à Malone House. Melaugh se trouvait au centre, Lenihan à sa gauche et O'Driscoll près de l'entrée. A sa droite, le musicien, Eugene O'Malley, flanqué du jeune Gearoid Lalor. Maureen O'Dalaigh avait réquisitionné un sixième homme pour conduire la camionnette garée quelques mètres plus haut sur Dub Lane. Il se tenait prêt à leur assurer une retraite rapide.

Gearoid pensait encore à Noreen, et, par intermittence, à la soirée qu'il avait ratée. Non qu'en vérité il fût habitué à mener une vie bien divertissante. Il appartenait à une famille strictement républicaine, qui avait offert plus d'un martyr à la cause, et lui-même avait passé la majeure partie de son enfance et de sa jeunesse au service du mouvement.

L'odeur de la nuit lui rappela Noreen, et il s'agita pour trouver une position plus confortable sur le sol détrempé. On l'avait élevé dans la foi en le destin : le destin de l'Irlande, qui serait un jour libérée, et le sien propre, en tant que soldat combattant pour cette liberté. Mais comme il était difficile d'évoquer les paroles épiques des ballades et de s'imaginer en héros guidant son peuple lorsque l'on était à genoux dans la boue, les jambes ankylosées et douloureuses, en attendant l'heure de tuer un homme ou d'être tué dans l'action. Il retint sa respiration pour échapper à l'odeur fétide de la terre.

Trente secondes avant minuit, ils entendirent le Norland approcher par Malone Road, puis tourner dans la rue qui menait à Malone House. Un véhicule beaucoup plus léger le suivait. Une exactitude toute militaire. A minuit précis, le petit convoi s'arrêta devant les marches de la demeure et les moteurs se turent presque en même temps.

La voiture était soit une Jaguar soit une Daimler ; il faisait trop sombre pour la reconnaître. Mais quelle importance ! Conor Melaugh, l'œil rivé à sa lunette à infrarouge, vit six soldats sauter deux par deux hors du véhicule de patrouille par la porte arrière. Tandis qu'ils prenaient position, le chauffeur de la voiture particulière sortit à son tour et ouvrit rapidement les autres portières. Quatre passagers mirent pied à terre : trois hommes et une femme, tous en tenue civile. Jusqu'à présent, tout se passait comme prévu.

Les civils se dirigèrent vers la maison et le chauffeur entreprit de refermer les portières.

Melaugh attendit deux secondes. Il voulait que chacun de ses hommes ait le champ dégagé pour tirer. Il visa la femme et appuya sur la détente. Il y eut une détonation aiguë et la femme trébucha puis s'effondra. Les hommes qui se tenaient à ses côtés se retournèrent. Ils semblaient bouger au ralenti, chacun dans une direction, mains levées, la tête virant à droite et à gauche, telles des marionnettes fantomatiques se détachant sur la façade en pierre. Ils s'écroulèrent d'un seul coup, comme si une main invisible avait coupé leurs fils.

Les soldats en position autour du Norland observaient la scène sans faire un geste. Exactement comme on l'avait dit aux hommes du commando. Ils ne bougèrent pas davantage lorsque O'Malley grimpa les marches et cribla les corps à terre de rafales d'arme automatique. Melaugh voyait leurs visages, déformés par sa lunette à infrarouge. Il les regardait droit dans les yeux, et ils savaient qu'il les regardait, et il savait qu'ils le tueraient s'ils le pouvaient. Leur expression dénonçait leur rage impuissante et une haine terrifiante. Leurs pères, eux aussi, se battaient depuis longtemps.

Lorsque le dernier écho de la mitraillette s'évanouit, Conor se leva. Il était fatigué, et il avait peur. Et si, finalement, c'était une double trahison ? Il n'aurait pas concédé à O'Dalaigh, ni à aucun de ses pareils, le sacrifice de toute une unité, quel que fût l'enjeu de l'action de cette nuit.

Eugene O'Malley rejoignit ses camarades.

« Tirons-nous, les gars. »

Ils se regroupèrent et coururent à la camionnette. Le

moteur tournait déjà, personne n'avait envie de traîner sur les lieux. Même si la patrouille devant la maison était paralysée par l'accord passé, il en arriverait bientôt d'autres, qui les abattraient sans hésitation ni remords.

« C'est pour que ce soit plausible, lui avait déclaré Maureen O'Dalaigh pendant le briefing de l'après-midi. Personne ne croira que l'armée a ouvert le feu sans atteindre personne. Il faut un cadavre à exhiber devant la presse, une espèce de compensation pour la sacrée pagaille que tu vas semer avec tes gars.

— Tu prétends sacrifier un de nos volontaires pour leur sauver la face ? » avait-il demandé, très en colère.

Elle avait secoué la tête.

« Non, pas pour sauver la face. Pour éviter que toute l'opération ne soit éventée. Un seul mort, et ça aura l'air vrai, ça convaincra les autorités que les Britanniques ont ouvert le feu pendant que vous étiez là. Il le faut, Conor. Je le regrette infiniment, mais c'est nécessaire. »

Et le moment était venu. En arrivant près de la camionnette, Conor s'arrangea pour se trouver à côté de Gearoid Lalor.

« Dieu du ciel, s'écria-t-il, la voix rauque, j'ai laissé mon putain de Browning là-bas. Gearoid, tu veux bien aller me le chercher en vitesse pendant que je fais monter les gars dans la camionnette ? Tu n'auras aucun mal à le trouver, il est sous le grand arbre. Tu ne risques rien, les soldats nous ont repérés.

— J'y vais, Conor. J'en ai pour une petite seconde. »

Conor ne le suivit pas des yeux. Mais il entendit les soldats ouvrir le feu. Ils s'acharnèrent sur le pauvre garçon qu'ils criblèrent d'une quantité de plomb telle qu'elle aurait suffi à fabriquer un tuyau. Conor avait la nausée.

« Filons », s'exclama-t-il.

Il entendait encore les dernières paroles de Gearoid : *J'en ai pour une petite seconde.*

3

Police municipale, Harcourt Street, Dublin
Mercredi 6 septembre, 9 h 15

Declan Carberry s'était réveillé avec une migraine pour le quatrième jour de suite. La semaine passée, il en avait eu trois, et cinq celle d'avant. Il avait commencé à les compter. Il leur donnait des noms, car elles ne se ressemblaient pas toutes ; il y avait la Protestation, la Grogne, et, trop souvent à son goût, la Détonation. Un de ces jours, il se mettrait à tenir un journal de bord. Apparition, durée, intensité, cause probable. Il devrait alors aller voir Brannigan, mais il n'en avait pas la moindre envie. Brannigan était un médecin du genre à vous harceler : « Prenez une goutte de ceci, avalez ça, arrêtez ci. » Et il lui prescrirait un arrêt de travail à tous les coups. Il n'en était pas question pour le moment. Ni le mois prochain. Et pas davantage l'année prochaine.

Brannigan avait tendance à parler, à poser des questions. « S'est-il passé quelque chose avant l'apparition de la migraine ? Y a-t-il une cause particulière qui les déclenche ? » Ce type se prenait pour une espèce de psychologue. « Êtes-vous tendu ? Anxieux ? Avez-vous des soucis particuliers en ce moment ? Quand avez-vous eu des relations sexuelles pour la dernière fois ? »

Bon sang, se disait-il en se penchant sur son bureau pour prendre le rapport sur l'attentat de chez O'Donoghue, il savait parfaitement ce qui n'allait pas, et les potions de Brannigan n'y pouvaient rien.

Un enfant aurait pu expliquer la cause des migraines de Declan Carberry : une femme qu'il n'aimait plus mais dont il ne pouvait pas divorcer; une tendance à trop travailler; et son poste de chef de la police spéciale, responsable de la lutte antiterroriste. En fait, il était étonné de ne souffrir que de migraines. Les hommes de son âge qui subissaient des tensions aussi fortes mouraient tous les jours de crises cardiaques. Après tout, il avait peut-être une tumeur au cerveau.

Même si la loi sur le divorce était modifiée, ce qui était plus improbable que jamais, il ne serait pas mieux loti. Concepta et lui ne pourraient toujours pas divorcer. Non seulement cette femme en était venue à incarner tout ce qu'il détestait, le laisser-aller et l'apitoiement sur soi, mais elle était en plus la sœur du Premier ministre irlandais. Ou plutôt, pour respecter la chronologie, son frère, Padraig Pearse Mangan, avait progressivement gravi tous les échelons : au départ fermier, puis député de Limerick West, il avait atteint le rang de Premier ministre en passant par le Fianna Fail dont il avait été le chef.

Donc, même si le divorce avait été légal, Padraig Pearse l'aurait refusé pour sa sœur. Concepta était l'un des meilleurs atouts du grand homme. Elle participait aux réceptions mondaines, organisait des bals de charité, s'occupait des diplomates et des hommes d'État étrangers en visite officielle et les principaux animateurs d'émissions de télévision l'adoraient. Elle était presque aussi populaire que le président. Chaque année, à Noël, ils se rendaient ensemble dans leur maison familiale des environs de Limerick et se faisaient photographier en compagnie de vieux parents, de cousins, de neveux et de nièces.

Padraig Pearse (il insistait pour qu'on l'appelle par ses deux prénoms, et pourquoi pas ?) était veuf. Un cancer avait emporté sa sainte femme Geraldine, cinq ans auparavant. Concepta, qui ne perdait jamais le nord, avait occupé le terrain et offert sa vie à l'Irlande. « Mon frère a besoin de moi », s'écriait-elle constamment. Sa fille unique était adulte, son mari était très occupé, son frère et le parti étaient devenus son unique souci.

Declan attendit encore un instant, jusqu'à ce que sa migraine s'apaise. Quand il était plus jeune, il pouvait rejeter la responsabilité de ce genre de matinée sur une bonne gueule de bois, mais il avait sérieusement ralenti sa consommation d'alcool depuis deux ans, et la veille il n'en avait pas bu une goutte. Ce n'était peut-être pas une bonne solution. Il était peut-être temps de recommencer à boire. Son corps essayait de lui passer un message, c'était indéniable. Quel dommage qu'il ait choisi de s'exprimer en une langue étrangère !

Sept morts et trente blessés, et Declan Carberry songeait à une seule chose : sa femme ne l'aimait pas. En grognant, il se plongea pour la quatrième fois dans le rapport.

La bombe avait explosé dans le bar de O'Donoghue, à Merrion Row, l'avant-veille au soir, à neuf heures et deux minutes. Circonstance aggravante, l'endroit était bondé de touristes, notamment des Américains et des Anglais, et les retombées ne faisaient que commencer. Il allait être convoqué aux ambassades américaine et anglaise et si certains des blessés succombaient, il faudrait ajouter les ambassades hollandaise et française. Aux Affaires étrangères, à St. Stephen's Green, le nouveau ministre, Ciaran Clark, lançait des enquêtes tous azimuts. La veille, il avait appelé Declan une bonne douzaine de fois, et il réclamait des garanties.

« Des garanties ? s'était exclamé Declan. Qu'est-ce que vous appelez des garanties, bon sang !

— Qu'il n'y aura plus d'incidents de ce genre. Que vous avez la situation en main. Grands dieux ! mon vieux, ce truc risque de bousiller toute la saison touristique. Et l'année prochaine, nous prenons la présidence de la Commission européenne. Il faut que nous soyons capables d'affirmer à ces gens que cela ne se reproduira pas.

— Je ne suis pas le bon Dieu, Ciaran.

— Je ne vous ai jamais pris pour le bon Dieu, mais vous dirigez la police spéciale, oui ou non ? C'est votre boulot, de supprimer le terrorisme de rue. »

Declan avait pris lui-même la direction de l'enquête au lieu de la confier à l'un de ses inspecteurs. Deux d'entre eux, Coyle et Grogan, travaillaient en contact étroit avec lui. Il rendait compte directement à la Garda[1], mais regrettait déjà d'avoir fait de cet attentat une affaire personnelle.

1. Police nationale.

Une voiture de patrouille sortait du quartier général toutes sirènes hurlantes. Declan soupira et repoussa le rapport ; il n'arrivait pas à se concentrer. Si ce n'était pas Ciaran Clark qui le dérangeait, c'était son sacro-saint beau-frère. P.P. lui avait téléphoné plusieurs fois. Il ne se montrait jamais aussi exigeant que le ministre des Affaires étrangères, mais il n'en avait pas besoin.

Le téléphone sonna et Declan tenta de prendre des forces pour faire face à une nouvelle journée où il aurait à parer les coups. Ce n'était pas un boulot de policier. Il aurait voulu se rendre sur le terrain, sur les lieux de l'attentat ou suivre une piste ou une autre. Sa migraine passait à un degré supérieur.

Pendant ce temps, sept innocents reposaient dans leur cercueil, et trente autres souffraient dans un lit d'hôpital, certains n'avaient plus de visage, d'autres n'avaient plus de reins, et ils étaient nombreux à avoir perdu l'espoir d'en sortir vivants. Le rapport contenait leurs noms, leurs âges et leurs photographies ; il était au courant des détails de leurs blessures, qui tourbillonnaient sous son crâne comme des grains de poussière dans l'espace. Quelques-uns étaient plus jeunes que sa fille Mairead. Et ils avaient tous une famille. Il répondit enfin au téléphone.

« Carberry.

— Declan, c'est Austin McKeown, tu vas bien ? »

Declan se redressa. Austin McKeown était le chef de la branche spéciale du RUC[1] et le patron des services secrets en Irlande du Nord. Declan et lui se rencontraient régulièrement pour passer en revue les problèmes de sécurité aux frontières. Avec le temps, leurs relations étaient devenues très amicales. Mais pas trop, naturellement ; comme on le lui avait fait remarquer plus d'une fois, le beau-frère du Taoiseach[2] devait choisir soigneusement ses amis.

Austin était entré en contact avec lui moins d'une heure après l'attentat. Le RUC avait lancé sa propre enquête car il était presque certain que la bombe avait été posée par un groupe de loyalistes basé dans le Nord.

« Et toi, mon vieux, ça va ?

1. Royal Ulster Constabulary, police royale d'Ulster.
2. Nom du Premier ministre d'Irlande.

— Pas trop mal. Serais-tu libre vers l'heure du déjeuner ?

— Je peux me débrouiller, bien sûr.

— J'aimerais te voir.

— Ça ne nous fera pas de mal, au stade où on en est. Veux-tu qu'on se retrouve ici ? »

Il y eut une courte hésitation, et Declan détecta une nervosité inhabituelle dans la voix de son ami.

« Je préférerais te voir seul, Declan, si ça ne te dérange pas. Donnons-nous plutôt rendez-vous ailleurs.

— Chez Bewley, Grafton Street. Au sous-sol. A une heure, ça te va ?

— J'y serai. Declan, je t'en prie, n'en parle à personne. »

Cette même nervosité, encore une fois, comme s'il craignait d'être entendu.

« C'est à propos de ce qui s'est passé chez O'Donoghue, Austin ?

— Pas au téléphone. Je t'en parlerai quand nous nous verrons. »

L'homme du Nord raccrocha. Declan posa lentement le récepteur. Il n'avait jamais décelé une telle tension chez Austin. Que se passait-il ?

Le téléphone sonna. Sa migraine se manifesta avec une vigueur renouvelée. Il prit le récepteur.

« Papa ? C'est moi. »

Il se détendit. C'était toujours un plaisir d'entendre la voix de Mairead. Un plaisir trop rare, en ce moment. Elle avait quitté la maison quelques années auparavant, lorsqu'elle avait trouvé du travail à l'Office du tourisme, et s'était installée dans un petit appartement de Ballsbridge. Il aurait préféré qu'elle poursuive ses études, mais elle voulait son indépendance. D'ailleurs, avait-elle alors affirmé, on recommençait ses études de plus en plus tard, actuellement, et ça ne faisait aucun mal d'avoir une petite expérience de la vie active.

« Comment vas-tu, ma chérie ?

— Très bien, papa, mais je voudrais te voir. »

Declan grogna intérieurement. Rien ne lui eût fait plus plaisir que de voir sa fille, mais sa journée et même sa semaine allaient être terribles, surtout si Austin McKeown avait une piste.

« Je regrette, Mairead, mais l'attentat de lundi soir ne me laisse pas une minute de libre.

— Ça ne prendra que quelques instants, une demi-heure tout au plus.

— Ma chérie, comprends-moi, je n'ai pas été aussi occupé depuis des années.

— Tu m'as dit la même chose le mois dernier. (Elle s'interrompit. Elle semblait fatiguée, au bord des larmes.) J'ai besoin de te voir, papa.

— Il y a un problème, Mairead ? Tu as l'air inquiète.

— Je vais bien. Mais c'est important. Je sors du boulot à cinq heures. On peut se voir à ce moment-là ? »

Il soupira.

« Je passerai te prendre. »

Il aurait reconnu Austin McKeown n'importe où, même dans une pièce pleine de fumée. L'homme de l'Ulster portait toujours le même costume lorsqu'il venait à Dublin. Un costume vert, que lui avait confectionné le tailleur de sa ville natale, Limavady, qui donnait au pauvre garçon l'air d'un paysan endimanché. Ce costume attristait toujours Declan, mais il appréciait trop l'homme pour le lui dire.

Le Bewley était bondé mais ils trouvèrent à se caser dans un coin. On aurait dit que la moitié de Dublin s'y était donné rendez-vous, et que l'autre moitié faisait la queue dans la rue pour y entrer.

« Il faut reconnaître qu'ils font un pain extraordinaire, dit Austin en manœuvrant pour apporter son plateau jusqu'à sa table. J'en ai acheté un la dernière fois que je suis descendu et depuis ma femme me tanne : "Quand est-ce que tu retournes à Dublin ? Je veux un autre de ces pains." »

Ils passèrent un moment à parler gastronomie et sirotèrent leur thé en grignotant. Ils n'avaient faim ni l'un ni l'autre. La migraine de Declan en était au stade qu'il appelait Protestation. Il espérait qu'elle en resterait là. Le second stade, la Grogne, était plus meurtrier. Il avait eu le ministre de la Justice deux fois au téléphone, et le Taoiseach une fois.

« Qu'est-ce qui t'amène parmi nous, Austin ? » demanda-t-il enfin.

McKeown vida sa tasse et la reposa bruyamment sur sa soucoupe. C'était un fils de fermier, un homme mince au cou décharné qui aurait pu porter aussi bien un collier de chien que la collerette d'un prince d'Orange. Sa forte voix de paysan attira l'attention des convives aux tables avoisinantes.

« On m'a dit que les jardins de Trinity College sont superbes en cette saison, Declan.

— En effet, nous pourrons y faire un tour, si tu veux.

— Ça me ferait très plaisir. »

L'université n'était qu'à quelques pas. Austin ne prononça pas une parole avant qu'ils aient franchi la grille principale.

« Pardon pour tout ce mystère, Declan, mais je préférerais qu'on continue à marcher.

— Tu n'as aucune raison de t'excuser. Nous sommes des pros tous les deux, et je suppose que je serais aussi angoissé que toi si je vivais dans ta région. »

Declan travaillait en collaboration avec ses collègues des polices spéciales du Nord et de tout le Royaume-Uni : ils étaient chargés de la surveillance du territoire, de la prévention de la subversion intérieure et du terrorisme.

« Declan, écoute-moi bien. Avant que je te dise ce qui me tracasse, il faut que tu me promettes de ne pas essayer de découvrir mes sources, ni de faire quoi que ce soit qui risque de nous compromettre, mes collègues et moi.

— Mais voyons, Austin, cela va sans dire...

— Et de n'en toucher mot à personne. Si on découvre que je t'ai parlé... »

Declan secoua énergiquement la tête.

« Je ne peux pas te le promettre, Austin, tu sais que je ne peux pas, surtout si ça a trait à la sécurité intérieure. »

McKeown hocha la tête après avoir hésité un instant.

« D'accord. Mais fais très attention, et ne parle pas à tort et à travers. »

Les bâtiments de pierres grises se détachaient sur un ciel tourmenté. Une jeune femme, les cheveux attachés par un ruban rouge, les bras chargés de livres, les dépassa. Un jeune homme la suivait des yeux ; il ne détourna le regard que lorsqu'elle fut entrée dans un des bâtiments.

« Il s'agit de chez O'Donoghue, n'est-ce pas, Austin », dit-il en essayant de simplifier la tâche à son ami.

Austin hocha la tête et se croisa les mains. Il n'avait pas

membres dirigeants du Conseil de l'IRA, ainsi que du mouvement. Que fabriquait-elle dans le New Lodge un vendredi soir ?

O'Dalaigh remercia Melaugh. Toujours debout, elle observa tour à tour tous les hommes présents dans la salle. Elle savait ce qu'ils pensaient ; que l'état-major l'avait envoyée à la chasse au mouchard, qu'il y avait un donneur à West Belfast, et qu'elle était venue pour le renifler. C'était une de ses spécialités. Désigner les traîtres du doigt, et organiser leur élimination définitive. Interroger un pauvre bougre qui avait éveillé ses soupçons et lui soutirer la vérité, à n'importe quel prix. Elle était plus dure qu'eux tous réunis. Ses vêtements bien coupés et sa coiffure sophistiquée ne l'avaient jamais gênée.

« Vous n'avez aucune raison de vous inquiéter, dit-elle immédiatement. Je ne cherche personne. Je suis venue pour vous donner personnellement vos ordres pour cette nuit. En temps normal, c'est votre chef de section qui s'en charge, après avoir reçu ses instructions de l'adjudant de brigade. Mais nous sommes devant un cas particulier, qui dépasse le niveau de la brigade, et pour des raisons que vous comprendrez dans un instant, il est nécessaire que vous receviez vos ordres directement.

« Bien, commençons par le commencement. Si on vous pose la question, je ne suis pas venue ici ce soir. Vous ne m'avez jamais vue, ni ici ni ailleurs. Vous ne parlerez à personne des ordres que vous allez recevoir, ni de votre mission. Quand je dis personne, je ne pense pas seulement à des gens de l'extérieur, mais aussi à vos amis dans le mouvement, et à vos familles. La moindre trace de fuite, et l'unité tout entière sera exécutée. Me suis-je bien fait comprendre ? »

Gearoid frissonna. Elle ne leur proposait même pas de partir sur-le-champ s'ils le préféraient. Ils étaient des soldats en guerre ; partir équivaudrait à une désertion.

« Conor a des armes pour vous, dans une voiture garée devant la maison. Elles sont parfaitement vierges. Nous les avons reçues hier. Vous n'avez pas à savoir d'où elles viennent, mais vous pouvez avoir l'esprit complètement tranquille. Les Anglais ne s'en sont jamais approchés. Ils n'ont pas eu la moindre possibilité de les "marquer". »

l'air à l'aise dans son costume d'hiver. On aurait dit un protestant encerclé par des papistes, aux abois et sans ressources.

« Tu te rappelles sans doute la tuerie du 18 août à Belfast. Ça fait deux semaines. Trois hommes et une femme, des civils, plus un membre supposé de l'IRA, abattu par l'armée. »

Declan acquiesça.

« Oui, j'en ai entendu parler. Près du Lagan, non ? Nous avons des hommes qui patrouillent dans toutes les zones frontalières. Ils recherchent des types des unités de service actif.

— Ça m'étonnerait qu'on trouve les coupables. Ils ont eu tout le temps de se mettre à l'abri. Mais ce n'était pas un attentat ordinaire. »

Selon la version officielle servie à Declan par le quartier général du RUC, les quatre victimes étaient des fonctionnaires de l'Ofwat, chargés du contrôle de la qualité des eaux dans tout le pays, en mission à Belfast pour lancer un programme de détection du nitrate ; on prétendait qu'ils avaient été pris pour des militaires en permission.

« Je m'en doutais, dit Declan. C'est invraisemblable, cette patrouille militaire qui passe par hasard, au moment même de l'embuscade. »

McKeown soupira. Il n'était pas responsable de la version officielle et il avait toujours su qu'elle ne résisterait pas à la plus superficielle des enquêtes.

« A mon avis, poursuivit Declan, les victimes appartiennent à une organisation plus prestigieuse que l'Ofwat. Je parierais sur les services secrets.

— Et tu aurais raison. Du beau linge, même pour le MI5. La femme était le directeur général adjoint, Jean Whitmarsh. Les trois hommes appartenaient à la section T, deux étaient d'anciens officiers du F 5. »

Declan perçut immédiatement l'importance de ces révélations. La section T du MI5, dont le pouvoir croissait chaque jour, s'occupait surtout de contre-terrorisme. Elle avait englobé plusieurs divisions, et notamment le F 5, chargé à l'origine du terrorisme irlandais.

« Ils étaient venus spécialement pour une réunion à Malone House. On m'a dit qu'ils devaient y rencontrer un groupe de dirigeants loyalistes, des politiques et des paramilitaires. Un accord allait être conclu. Je n'en connais pas les détails, mais il s'agissait en gros de garantir une présence militaire britannique dans le Nord pour une période d'au moins dix ans. Les Loyalistes ne parleraient plus de faire sortir l'Irlande du Nord du Royaume-Uni, et, en échange, le MI5 leur donnerait tous les renseignements qu'il possède sur les Républicains en général, et sur l'IRA en particulier. Ça a été fait dans le passé, mais cette fois c'était beaucoup plus sophistiqué. Ils étaient censés arriver à éliminer l'IRA dans les trois ans. »

Declan émit un sifflement d'appréciation.

« Ça aurait marché ? »

McKeown haussa les épaules.

« Difficile à dire. Mais il y avait une bonne chance.

— Ta source est-elle vraiment fiable ? »

McKeown se frotta le menton pensivement.

« Aussi fiable que possible. Nom de code : Batteur. Il fait partie d'un orchestre, il joue du tambour de Lambeg, un truc affreux, qui t'arrache la chair des mains jusqu'à l'os. Je le contrôle depuis sept ans, et il ne s'est jamais trompé.

— Il ne te refilerait pas de fausses informations ?

— Jamais, dit McKeown en secouant la tête. Il a trop peur de moi.

— Je comprends que l'IRA ait pris tous les risques. Pendant qu'ils y étaient, ils n'ont pas essayé d'avoir aussi les Loyalistes ?

— On ne les attendait qu'une demi-heure plus tard. Et les Provos ont compris que s'ils avaient bousillé la moitié des dirigeants loyalistes il y aurait eu des représailles qu'ils sont incapables d'affronter.

— O'Donoghue, alors, c'étaient des représailles ?

— Eh oui ! C'est pour cela que je te raconte cette histoire. Ne creuse pas trop. Ça risquerait de faire du vilain.

— Ça en a déjà fait.

— Tu as raison, mais ça pourrait être pire encore. Ce que je te demande, c'est de ne pas faire de zèle pour le moment. Dès qu'on le pourra, on te fournira un coupable à épingler.

— Autrement dit, tu me déconseilles de m'attaquer aux gros poissons, c'est bien ça ? »

Austin fit non de la tête.

« Ne te méprends pas, Declan. Nous nous sommes toujours conduits loyalement l'un envers l'autre. Je ne te conseille rien du tout. Je suis le premier à souhaiter mettre la main sur ces salauds, crois-moi. Mais c'est un truc qui pourrait nous exploser en pleine figure. Je ne peux pas le prouver, mais je suis persuadé que la patrouille de l'armée qui assurait la sécurité des victimes a reçu l'ordre de ne pas intervenir. On ne peut pas soulever un lièvre pareil.

— C'est pourtant ce qu'il faut que je fasse, Austin. Je suis payé pour. Et toi aussi.

— Non. Les types comme nous sont payés pour maintenir la paix, pas pour mettre leur nez dans des affaires où on ne leur demande rien. Crois-moi, enquêter là-dessus risque de déclencher des contrecoups que tu n'imagines pas. Des deux côtés de la frontière. Si tu veux mon avis, contente-toi de poursuivre tes recherches sur les types de l'unité de service actif et laisse les gros bonnets à des gens comme moi, qui savent comment les débusquer.

— Et si une piste me conduit jusqu'à eux ?

— Tu ne saisis pas, Declan. La prochaine fois, il ne s'agira plus d'une bombe dans un pub. Ils s'en prendront à toi directement.

— Supposons qu'ils le fassent. Et supposons que j'en sorte vivant. Je m'adresse à qui ? A toi ? »

McKeown secoua la tête énergiquement.

« Je ne m'en mêle plus, moi non plus. (Il s'interrompit un instant.) Mais si la situation devenait incontrôlable, tu pourrais contacter quelqu'un...

— Qui donc ? »

L'homme de l'Ulster hésita une fois encore.

« Si je te donne son nom, Declan, il faudra que tu me promettes de ne l'écrire nulle part, et de ne le communiquer à personne. Absolument personne.

— D'accord. Je le garderai pour moi.

— Il s'appelle Wetherell, capitaine Richard Wetherell. Il fait partie des services secrets de l'armée britannique, quatorzième division de Lisburn. Je vais te donner sa ligne directe. Il y a environ un an, il a subi un entraînement spécial. C'est un pro. Mais laisse faire le temps, Declan ; que la situation se calme un peu. Et pour l'amour du ciel, si tu le contactes, fais vraiment gaffe. »

4

Dublin
Mercredi 6 septembre, 17 h 48

« Je suis enceinte, papa. »

Les mots restèrent suspendus dans les airs comme de minuscules bombes prêtes à exploser. Il ferma les yeux, et se raccrocha pendant quelques précieux instants à l'idée que sa fille était encore une enfant et que le problème dont elle voulait lui parler n'était rien de plus qu'une mauvaise note à l'école.

Il ouvrit les yeux et ce n'était pas une petite fille qui était assise en face de lui, mais une jeune femme inquiète, en tailleur vert, qui avait besoin de son aide et de sa compréhension. Il avait envie de la prendre dans ses bras, de lui dire que tout irait bien, qu'il prendrait soin d'elle. Paradoxalement, son cerveau résonnait de mots comme catin, putain, mais il comprit qu'ils faisaient écho à la voix de son propre père et il les chassa avant qu'ils ne fissent plus de dégâts.

« Qui est le père ? Michael ? »

Elle hocha la tête et posa la cuiller à long manche qu'elle tenait en main. Il était allé la chercher à l'Office du tourisme et l'avait emmenée chez un petit glacier du quartier, un geste dont il réalisait maintenant la portée inconsciente ; c'était un endroit qu'ils fréquentaient lorsqu'elle était petite.

« Vous allez vous marier, alors ? » Sa voix reflétait sa déception et il s'en aperçut. Michael ne lui plaisait pas beaucoup, ce n'était pas le genre de mari qu'il souhaitait pour sa fille bien-aimée.

Mairead secoua lentement la tête et repoussa d'une main une longue mèche de cheveux qui lui tombait sur les yeux. Elle était au bord des larmes.

« Non, papa. Nous n'avons pas l'intention de nous marier. En fait, je ne crois pas que nous resterons encore longtemps ensemble. Ça ne va pas très bien entre nous.

— Dieu du ciel ! C'est un peu tard pour t'en apercevoir, tu ne trouves pas ? » Malgré son exclamation d'indignation, il se sentait en fait très soulagé.

Elle le contempla d'un air candide, sachant qu'il devait déjà s'en vouloir d'avoir prononcé ces paroles.

« Tu crois, papa ? Mieux vaut maintenant que plus tard, non ? »

Il ne répondit pas. Sa vie durant, sa fille avait supporté les conséquences de sa propre erreur en ce domaine.

« Écoute, je veux ce bébé. J'en ai vraiment envie, mais je ne veux pas épouser Michael. Si je te le dis maintenant, c'est pour éviter des problèmes à l'avenir. Maman voudra me mettre dans un avion pour que j'aille avorter en Angleterre, mais il n'en est pas question. Oncle Padraig ne pensera qu'à une chose : m'éloigner, pour que la presse ne s'empare pas de l'affaire. Tu te rappelles son discours du début de l'année ? Il a sévèrement condamné les familles monoparentales.

— Tu parles si je me le rappelle ! Fornication, contraception, avortement, famille monoparentale. Sans doute condamne-t-il aussi la consommation de glaces à la vanille ! Mais il t'aime beaucoup. Je vais lui en toucher un mot. Ta mère m'inquiète davantage. Elle va sauter au plafond. Mais je ne t'apprends rien. C'est pour quand ? ajouta-t-il un instant plus tard.

— La première semaine de février.

— Tu le sais depuis trois mois, alors ?

— A peu près. Ça ne se voit pas encore, mais ça ne va pas tarder. Maman va s'en apercevoir.

— Je lui en parlerai ce soir. Mairead, poursuivit-il après un instant d'hésitation, je sais que ça ne va pas te plaire, mais un voyage en Angleterre ne me semble pas une si mauvaise idée que ça. Tu devrais y penser. Crois-tu que tu pourrais avoir une chance d'obtenir ton transfert à l'Office du tourisme de Londres ? »

Austin McKeown rétrograda en seconde pour s'arrêter au poste frontière. La route avait été longue et il devait encore se rendre à une réunion au quartier général de l'armée, à Lisburn. Il avait dû emprunter une déviation après Dromore, mais il supposait qu'il rejoindrait bientôt la route de Hillsborough.

Sa conversation avec Declan Carberry l'avait préoccupé pendant tout le trajet. A son bureau, personne n'était au courant de son voyage à Dublin; il ne voulait pas avoir à répondre à des questions embarrassantes. Mais il était content d'y être allé. Carberry était malin, il disposait de bons enquêteurs. Les services secrets du Sud étaient meilleurs que ceux du Nord. Austin McKeown était l'un des rares à connaître l'ampleur du désastre que l'attentat de Chinook, en juin 1994, avait provoqué au sein des services de sécurité de l'Irlande du Nord.

L'hélicoptère qui s'était écrasé sur le Mull de Kintyre transportait six officiers du MI5, dont le directeur général adjoint; dix officiers du RUC, dont l'assistant du chef de la police et deux inspecteurs; et huit militaires, dont un chef d'état-major du quartier général, un colonel, deux lieutenants-colonels et cinq majors. A eux tous, ils constituaient le plus fantastique réservoir d'informations secrètes et de compétences en matière de contre-terrorisme dont disposât le pays. Le système ne s'était pas remis de leur mort.

Ils avaient laissé le champ libre à une bande d'amateurs comme ces types du MI5 qui avaient essayé de conclure un accord avec les militaires loyalistes... Et Austin savait que si Declan Carberry et son équipe creusaient pour découvrir la vérité cachée derrière l'attentat de Dublin, ils tomberaient tôt ou tard sur une piste qui les conduirait aux coupables, ne fût-ce qu'à cause du laxisme qui régnait au sein des services de sécurité. Il savait aussi que si Declan allait jusque-là, le Taoiseach n'était pas le genre d'homme à laisser dormir les chiens assoupis. Et que ces chiens-là étaient du genre à déchiqueter un homme sans broncher.

Quatre soldats du régiment de défense de l'Ulster se

tenaient à côté de leur Land Rover. En jetant un coup d'œil dans son rétroviseur, Austin fut surpris de constater que la file de voitures qui le suivait depuis Dromore avait disparu. Devant et derrière lui, la route était déserte.

Jimmy Bryce accéléra le pas. Il ne voulait pas être en retard à sa réunion, ni attirer l'attention sur lui. Il pensait surtout au travail qui l'attendait à Glasgow s'il arrivait à persuader sa femme de déménager. Ça ne lui plairait pas du tout, elle détestait le changement; mais s'il s'installait à Glasgow il pourrait peut-être ensuite passer en Angleterre, et se libérer une bonne fois de tout ça. Par tout ça, il voulait dire sa double vie de responsable de l'Association de défense de l'Ulster et d'indicateur de police.

Il pensait qu'Austin McKeown le laisserait partir, l'y aiderait même peut-être. Ne lui avait-il pas communiqué de précieuses informations depuis des années? Et ce qu'il venait de lui apprendre sur le MI5 ne valait-il pas une récompense?

Il s'engagea dans Woodstock Road. Il n'avait rencontré aucune connaissance dans la rue, ce soir, sauf Mme Maguire qui allait au pub. Son fils aîné avait un bon emploi dans un bureau d'ingénieurs de Glasgow et lui avait écrit deux jours plus tôt pour lui annoncer qu'ils avaient besoin d'un électricien compétent. Il devait donner sa réponse à Brian avant la fin de la semaine, on ne lui garderait pas la place plus longtemps. Pour sa part, il était décidé : il irait si Annie se laissait convaincre et si ses employeurs le laissaient partir. Il n'avait que cinquante et un ans, après tout.

La porte s'ouvrit et il entra. Quatre hommes l'attendaient dans la petite pièce : Cairns, Brown, Massey et Martin.

« Qu'est-ce qui se passe? leur demanda-t-il. Vous faites une tête d'enterrement. »

Tommy McCracken ferma la porte derrière lui.

« Assieds-toi, Jimmy, dit-il. On a quelques questions à te poser. »

Declan soupira. Tout autour d'eux, des couples et des

familles sirotaient leurs glaces. L'éclairage était cru, tout étincelait.

« Aller en Angleterre ? Mais papa, on n'est plus dans les années cinquante. »

Il inspecta les lieux. Ce salon de thé, où il venait déjà quand il était enfant, n'avait pas beaucoup changé.

« D'une certaine façon, on y est encore », répondit-il en jetant un coup d'œil dans le miroir en face de lui. Il vit un homme seul, vêtu d'un anorak. Était-ce son imagination, ou s'intéressait-il à eux ?

« Nous parlerons à ta mère ensemble. Mais ça ne pourrait pas plus mal tomber. Ta mère et moi, nous avons eu une dispute terrible, hier soir. Je lui ai dit que j'envisageais de m'installer ailleurs.

— Oh, papa, pour l'amour du ciel ! Encore ?

— C'est sérieux, cette fois, chérie. Sans le sacro-saint Padraig et l'impact éventuel de notre séparation sur sa réélection, je crois qu'elle m'aurait viré avec armes et bagages.

— Oncle Padraig essaierait de te convaincre de rester, tu crois ?

— Sûrement. Et je serais étonné qu'il prenne des gants pour le faire... »

Declan regardait dans le miroir du coin de l'œil, sans remuer la tête. L'homme en anorak avait changé de table, il s'était rapproché d'eux. Declan modifia imperceptiblement sa position pour le surveiller sans qu'il s'en aperçût.

« Auriez-vous l'obligeance de descendre de voiture, monsieur ? »

Austin tendit ses papiers au soldat par la vitre ouverte.

« Je suis l'inspecteur principal McKeown de la police spéciale. On m'attend à Thiepval Barracks, pour une réunion importante.

— Parfaitement, monsieur. Auriez-vous l'obligeance de descendre de voiture, je vous prie ? »

L'homme n'était pas d'ici. A son accent, McKeown reconnut un habitant de Belfast. Vu son attitude, il ne devait pas être dans ce régiment depuis longtemps.

Il ouvrit sa portière et mit pied à terre. La route était

étroite, et bordée d'arbres. Sur l'un d'eux, quelqu'un avait accroché un écriteau où il était écrit : JÉSUS, NOTRE SAUVEUR.

« Où est votre officier ? demanda-t-il aux soldats. Ce barrage n'est pas du tout conforme. »

L'homme ignora la question. Bizarre, se dit Austin en regardant aux alentours. Il aurait dû y avoir plus de circulation sur cette déviation entre deux villes importantes.

« D'où venez-vous, monsieur ?

— Je n'ai pas à vous communiquer cette information. D'ailleurs, j'ai perdu assez de temps comme ça. Rendez-moi mes papiers. On m'attend. »

Le soldat secoua la tête.

« Je crains que ce ne soit pas possible, monsieur.

— Qu'est-ce que c'est que cette histoire, bon sang ? »

Au lieu de répondre, le militaire leva son arme, une mitraillette de marque inhabituelle, plus courte qu'une Uzi. D'où qu'elle provînt, ce n'était pas une arme réglementaire. Le militaire, la tenant à deux mains, ouvrit le feu. La dernière vision d'Austin McKeown fut l'écriteau sur l'arbre en face de lui, qui clignota quelques instants et disparut dans une nuée rouge.

Le militaire vida son chargeur, tourna les talons et regagna lentement le véhicule où l'attendaient ses camarades. Dans le ciel, un hélicoptère tournait en rond. Quelques instants plus tard, il s'éloigna.

Il était hébété. Il aurait préféré vomir, mais l'hébétude l'emportait. Tous les hommes rassemblés dans cette pièce étaient ses amis ; pourtant, il le savait, aucun ne lèverait le petit doigt pour lui venir en aide, car ils étaient au courant de tout. Il avait aperçu, sur la table, l'épais dossier du RUC portant son nom de code, le Batteur. Tout s'y trouvait, toutes les informations qu'il avait communiquées à McKeown, jusqu'au détail le plus insignifiant ; les noms de tous les hommes qu'il avait trahis. C'était parfaitement inutile de demander grâce.

« Ça ne sera pas long, Jimmy, dit Billy Cairns, un homme qu'il connaissait depuis l'enfance, avec qui il avait joué au football sur Ravenhill Road. Ne rends pas les choses plus difficiles qu'elles ne sont. Pour nous aussi, c'est dur, tu le sais parfaitement.

— Me laisserez-vous... Me laisserez-vous écrire un petit mot à Annie, et aux garçons ?

— Nous n'avons plus le temps, Jimmy. Je regrette. »

La porte s'ouvrit et un homme de haute taille entra dans la pièce. Jimmy s'attendait à son arrivée. Son vrai nom était Raymond Hughes, maçon de son métier, mais dans le mouvement on l'appelait le Bourreau. Il salua Jimmy. Ce dernier l'avait vu plus d'une fois à l'œuvre, il savait exactement ce qui l'attendait. Il n'avait jamais rien ressenti de plus atroce : être là, et savoir qu'il ne sortirait pas vivant de cette petite pièce.

« Enlève ta cravate, Jimmy, et déboutonne ton col. »

Les mains tremblantes, il s'exécuta. Puis les deux hommes qui se tenaient à ses côtés saisirent ses bras et les lui maintinrent dans le dos.

« Je ne ferai pas d'histoires, dit-il, malgré la panique qui l'envahissait.

— C'est bien, Jimmy. »

Le Bourreau sortit de sa poche une corde à piano. Ses deux mains saisirent les solides poignées métalliques.

« Ne t'inquiète pas, Jimmy. Ça ira vite. »

Mais, de sa vie entière, rien ne parut jamais aussi long à Jimmy Bryce.

L'homme s'installa à la table voisine de la leur. Il n'avait ni glace ni café devant lui. Il commença d'ouvrir son anorak.

Declan arrêta de parler et se pencha en avant.

« Ne pose aucune question, Mairead. Quand je te le dirai, lève-toi et sors.

— Mais papa, qu'est-ce qui se passe ?

— Fais ce que je te dis. Maintenant. »

Declan se leva, Mairead hésita et l'imita. Du coin de l'œil, Declan voyait l'homme écarter les pans de son anorak. Mairead était entre eux et la table voisine. L'homme sortit une petite mitraillette de sous son vêtement.

Sans réfléchir, Declan se jeta sur Mairead et la plaqua au sol tout en s'accroupissant. Une demi-seconde plus tard, une rafale d'arme automatique balayait l'espace même où ils se tenaient un instant auparavant. Declan bondit à travers les petites tables de marbre, renversant laits frappés et crèmes glacées sur son passage. Des gens hurlaient, certains essayaient de s'extraire de leur prison de chaises et de tables, d'autres mettaient leurs enfants à l'abri. L'homme en anorak enclencha un nouveau chargeur dans son arme.

Declan pivota tout en forçant Mairead à s'enfoncer plus profondément sous la table la plus proche. L'homme fit un pas en avant. Un adolescent qui se trouvait près de la sortie se précipita vers la porte, sans doute pour appeler au secours. Une brève rafale l'atteignit dans le dos; projeté contre un miroir, il s'écroula au milieu d'une averse d'éclats de verre. Declan sortit son Browning de sa poche.

Il se retourna en criant, pour détourner de Mairead l'attention du tireur, puis tira calmement, à deux reprises, blessant l'homme à la cuisse.

Le tireur tomba lourdement. Declan prit appui sur sa main gauche et se releva, son arme dans sa main droite. Le chaos et la terreur qui régnaient tout autour de lui le désarçonnèrent un instant. Il dirigea son regard vers l'endroit où aurait dû se trouver leur agresseur. Vide.

L'homme avait rampé de l'autre côté et prenant appui sur sa jambe valide, le bras posé sur une chaise, il levait son arme de l'autre. Declan leva son pistolet au moment où il allait tirer. Une première rafale s'égara au plafond, la seconde toucha Declan au bras gauche. Mais il n'avait pas lâché le Browning; il fit feu deux fois. Sa seconde balle pulvérisa le poignet droit de l'agresseur, sa mitraillette lui échappa des mains.

Declan cria à l'homme de lever les mains au-dessus de sa tête. A cet instant, un petit garçon, terrorisé par les coups de feu, se précipita vers sa mère en passant entre eux. L'agresseur y vit une chance de s'échapper et la saisit. Il s'élança en boitant vers la porte et personne ne tenta de l'arrêter.

Declan leva son arme mais il y avait trop de gens amassés près de l'entrée. En jurant, il courut derrière l'homme mais n'eut que le temps de le voir s'engouffrer dans la voiture qui l'attendait. Une de ses balles fit éclater le pare-brise arrière du véhicule, une autre les feux arrière. La voiture était hors d'atteinte. Un instant après, on ne la voyait plus. Un bruit de sirène se rapprochait.

Declan rangea son pistolet dans son holster et retourna dans le salon de thé. Les tables et les chaises étaient renversées, du verre brisé recouvrait le sol, tels des diamants éparpillés sur le comptoir d'un bijoutier. Il se fraya un chemin jusqu'à la table où Mairead et lui s'étaient assis. Leurs glaces étaient bizarrement intactes. Fondues, mais intactes.

« C'est fini, Mairead, tu peux sortir, maintenant. Il s'en est tiré, mais il ne reviendra pas. »

Elle ne répondit pas. Declan s'agenouilla. Sa blessure au bras commençait à le faire souffrir. Du coin de l'œil, il aperçut son tailleur vert, et se rapprocha d'elle.

« Mairead, tu peux te relever. Il... »

Sa voix s'éteignit. D'une main tremblante, il saisit une longue écharde de verre tombée d'un des miroirs du plafond et qui était allée se ficher, pointe en avant, dans la gorge de sa fille. Pris de vertige, il essaya de la rappeler, de la retenir. Mais elle était partie pour des contrées où il ne pouvait pas la suivre, quelque part, hors de portée de sa voix et de son cœur.

5

La nuit passa, long cauchemar. Mais il ne rêvait pas. La mer était toujours présente, le flux et le reflux accompagnant ses pensées, le murmure du ressac évoquant les souvenirs du carnage. La souffrance et l'angoisse le tiraient de brèves périodes de sommeil. Il se levait alors, et allait marcher dans le jardin, scrutant la nuit, écoutant inlassablement son souffle régulier.

La baie était éclairée. Des gens couchés lisaient, des infirmières veillaient au chevet des mourants, des amants s'étreignaient, des enfants maîtrisaient leur peur du noir. Et des fantômes. Il devait y avoir des fantômes, pâles, tremblants, solitaires, mal à l'aise, observant les vivants qui dormaient ou qui faisaient l'amour, ou qui priaient, ou qui glissaient vers la mort, ou qui s'éveillaient d'un interminable sommeil avant d'y replonger. Mais nul ne savait ce qu'il savait : quelque chose avait surgi parmi eux, plus noir que la plus noire des nuits. Il frissonna, sans songer un instant à se couvrir ou à rentrer.

Dans la maison, Concepta, sa femme, qu'il n'aimait pas, qui ne l'aimait pas, ne dormait pas elle non plus. Elle assistait à une réception lorsqu'elle avait appris la mort de Mairead. Ce n'était pas Declan qui la lui avait annoncée. Il n'était rentré qu'à minuit, après avoir fait soigner son bras à l'hôpital puis être retourné à son bureau en luttant contre son chagrin, pour passer en revue avec ses collègues les événements qui s'étaient enchaînés jusqu'à la mort de sa fille. Trois autres personnes étaient mortes dans la fusillade, et il y avait dix-sept blessés légers. Pour Concepta, ils n'avaient que peu d'importance. Seul comptait l'assassinat de son enfant.

Son frère Padraig le lui avait appris en personne, sur la demande de Declan. Les invités de la réception, tout d'abord très excités par la présence du Premier ministre, étaient vite retombés dans un silence glacé en lisant sur le visage de P.P. Mangan les marques de la tragédie.

Concepta était debout au milieu du salon, un verre de champagne à la main, lorsqu'elle le vit s'approcher d'elle. Elle avait immédiatement compris, et avait lâché son verre qui s'était fracassé sur le sol de marbre. Son instinct lui avait dit que sa fille était morte. Maintenant, elle était allongée sur son lit, tout habillée, la poupée préférée de Mairead serrée sur son cœur, et elle écoutait monter la marée. Un morceau de verre, quelque chose d'invisible, lui avait arraché sa fille unique. Lentement, très lentement, elle déchiqueta la poupée, sans même s'en apercevoir.

L'aube n'allait pas tarder à poindre. Declan ne pensait pas pouvoir affronter le nouveau jour. Son bras guérirait, la blessure était propre, mais le centre de son univers avait reçu un choc dont il savait qu'il ne se remettrait pas.

La tuerie n'avait pas eu lieu par hasard, il en était certain. Le meurtrier était venu dans le but d'assassiner Declan Carberry. Les autres morts, y compris, celle de Mairead, étaient accidentelles. La nuit durant, il avait essayé de découvrir le mobile, sans succès. Le visage du tireur était gravé dans sa mémoire mais jusqu'ici il n'avait pas réussi à l'identifier dans les fichiers de la police, qu'il avait inlassablement étudiés jusqu'à ce qu'on le renvoie chez lui.

Il entendit des pas, mais ne leva pas les yeux. Concepta s'assit sur le banc, à côté de lui. Le ciel pâlissait, les lumières d'un bateau dépassèrent Dalkey Island.

« Je ne pouvais pas dormir », dit Concepta. Ils s'étaient à peine adressé la parole depuis son retour.

« Non. Dormir n'est pas facile. »

Les effluves puissants de la nuit les environnaient de toutes parts. Un oiseau chanta brièvement, suivi d'un autre.

« Tu crois qu'ils m'autoriseront à la voir ? demanda Concepta. Avant les funérailles ?

— Sûrement, dit-il en hochant la tête. Il n'y aura pas de problème. Si c'est ce que tu souhaites.

— J'y tiens beaucoup. »

Declan regarda tout autour de lui. La lueur de l'aube permettait de distinguer les contours de la maison. Une maison immense. Immense, mais vide.

« Et ton bras ?

— Ce ne sera pas grave. La balle a traversé les chairs. Il n'y aura pas de conséquence.

— Tant mieux. J'en suis heureuse. »

Elle parlait sans ironie, ce qui le surprit.

« J'aurais pu la sauver, dit-il. Si j'avais réagi plus tôt, si je m'étais jeté sur lui avant qu'il ne sorte son arme...

— Chut. (Elle l'entoura de son bras.) Tu n'as rien à te reprocher. Tu ne peux pas savoir ce qui serait arrivé.

— C'était contre moi qu'il en avait, Concepta. Si je n'avais pas été avec elle, Mairead serait saine et sauve.

— Tu n'en sais rien.

— Sers-toi donc un peu de ta tête. Quelle autre cible aurait-il pu viser dans un endroit pareil ?

— Mairead elle-même. C'est la nièce de Padraig. Mais je t'en prie, ne nous disputons pas.

— Tu as raison. Pardonne-moi de t'avoir parlé sur ce ton. Comment Padraig a-t-il réagi ?

— Mal. Il l'aimait beaucoup, tu le sais. »

Le Premier ministre n'avait pas d'enfants, et du jour où Mairead était née il l'avait considérée comme sa propre fille.

« Je le verrai dans la journée. Mais il faut d'abord que je passe au bureau.

— Tu vas travailler aujourd'hui ?

— J'ai pris la direction de l'enquête. Je l'ai vu, ce salaud, face à face. Crois-moi, Concepta, je ne lâcherai pas le morceau avant de l'avoir arrêté. »

Elle ne répondit pas. Elle aussi aurait voulu voir son visage. Si elle avait eu une arme, elle lui aurait tiré dessus sans hésiter. L'aurore rosissait le ciel. Dans quelques instants, le soleil brillerait sur un nouveau jour.

« Declan, murmura-t-elle, je ne veux pas que tu t'en

ailles. Nous étions tous les deux en colère, quand nous avons parlé de nous séparer. Mais ce n'est pas le moment. Je n'ai pas envie que tu me quittes.

— Il n'y a rien de changé entre nous, Concepta. La mort de Mairead ne nous rapprochera pas.

— Je comprends. Mais... Pour le moment... C'est assez dur comme ça. »

Il se tourna vers elle, et lui caressa inconsciemment la joue. Devait-il lui annoncer que Mairead était enceinte ?

« Rentrons, dit-il. Tu vas prendre froid. »

6

Quartier général de la police municipale
Harcourt Street, Dublin
Jeudi 7 septembre, 8 h 45

« Nous avons reçu ceci en début de matinée, monsieur. J'ai pensé que ça vous intéresserait. »

Tim O'Meara tendit une télécopie à Declan qui la parcourut rapidement et la laissa tomber. Il se sentait si mal que le message mit quelques secondes à parvenir à son cerveau. On avait découvert le cadavre criblé de balles d'Austin McKeown, sur une route départementale près de Hillsborough.

Il parcourut la pièce du regard. Une photographie de Mairead trônait contre un mur. Sur un autre, il y avait un cliché pris lors d'une conférence multilatérale sur la sécurité, cinq ans auparavant. Austin McKeown se tenait juste derrière Declan.

Il se leva, alla vers la porte.

« Tim, dit-il, voulez-vous venir un instant ? »

Quelques têtes se tournèrent. Dans le bureau, l'atmosphère était lourde, tendue. La plupart des membres de l'équipe connaissaient Mairead depuis qu'elle était petite.

« Fermez la porte, Tim. Voilà. Il y a une ou deux vérifications que j'aimerais que vous fassiez pour moi, mais, pour le moment, je tiens à ce que personne ne soit au courant.

— C'est entendu, monsieur.

— Tout d'abord, obtenez tous les renseignements au

sujet du meurtre de McKeown. Mais, pour l'amour du ciel, discrètement. Personne ne doit savoir que nous nous intéressons à lui ou à sa mort.

— Parfait.

— Ensuite, réunissez toutes les informations que vous pourrez sur un indicateur des Loyalistes surnommé le Batteur. Je n'en sais pas plus sur lui, si ce n'est qu'il était sans doute contrôlé par Austin McKeown. Soyez extrêmement prudent. Si le Batteur est encore en vie, je veux pouvoir l'approcher sans exciter la curiosité de quiconque. Et s'il est mort, il faut que je le sache le plus vite possible.

— Autre chose, monsieur ?

— Oui, une dernière. Voulez-vous demander à Grainne de faire une recherche dans ses dossiers sur tous les anciens agents du MI5 ou du SAS actuellement en activité dans le Nord, qu'ils soient à leur propre compte ou qu'ils travaillent pour l'un ou l'autre service ? Sans exclure des gens connus pour entretenir des relations avec les militaires loyalistes.

— Vous recherchez quelque chose de spécial ?

— Je veux des photos. Dès qu'elle en aura, qu'elle me les apporte immédiatement.

— Puis-je me permettre de vous demander si ceci a un rapport quelconque avec... avec l'affaire dont nous nous occupons ? »

Declan le regarda amicalement. Tim travaillait pour lui depuis longtemps. Il connaissait Mairead, et il savait à quel point Declan l'aimait.

« Non. Vous ne le pouvez pas. Si nous découvrons un rapport quelconque, vous en serez informé en temps utile, comme les autres. Au travail, maintenant, et débrouillez-vous pour ne pas laisser de traces. »

« Je veux le voir mort, Declan. Pas arrêté et emprisonné pour qu'il s'en sorte au bout de cinq ou six ans. Non. Je veux qu'il crève. Qu'on le chasse comme un rat, et qu'on lui tire dans le dos. Tu comprends ce que je te dis, Declan ? »

Le Premier ministre martelait son bureau de son poing fermé pour appuyer ses paroles. Declan n'avait pas eu besoin de voir la bouteille vide et le verre sale qui tremblaient sous les coups répétés pour s'apercevoir que son beau-frère avait beaucoup bu. Les deux hommes se trouvaient dans le bureau du Taoiseach, dans l'aile nord des bâtiments gouvernementaux de Merrion Street.

« Assieds-toi, je t'en supplie », tonna Mangan.

Declan obéit.

« Nous sommes parfaitement d'accord, Padraig.

— Je le sais, Declan, je le sais. (Il s'interrompit brutalement, la voix brisée par l'émotion, et détourna son regard jusqu'à ce qu'il se fût ressaisi.) Grands dieux, Declan ! C'était une fille formidable ! Qu'allons-nous faire ? Qu'allons-nous faire, bon sang ?

— Je ne sais pas, Padraig. Je n'arrive pas à y croire. »

Le Premier ministre traversa la pièce et pressa le visage contre une fenêtre. Padraig Pearse Mangan était un homme corpulent qui considérait comme une perte de temps de se raser et de se faire couper les cheveux. Cette allure négligée plaisait aux paysans qui formaient son soutien le plus fidèle. Il avait cinquante-cinq ans, un visage renfrogné et l'air perpétuellement abasourdi de se trouver assis dans son fauteuil de Premier ministre.

« Tu as une piste quelconque, Declan ? demanda-t-il en se tournant vers son beau-frère.

— Une ou deux. » Declan n'avait pas encore décidé de l'étendue de ce qu'il dirait à Padraig. « Le problème...

— Oui ? interrogea Padraig.

— Le problème, c'est que ça pourrait se révéler délicat. Politiquement, je veux dire.

— C'est toi qu'on visait, c'est ça ? »

Declan secoua la tête.

« C'est pire que ça. Je pense qu'ils s'en sont pris à moi à cause de quelque chose que je sais. Et je pense qu'ils ont tué un autre homme pour les mêmes raisons. Mais, si je ne me trompe pas et qu'il y ait un rapport entre les deux affaires, tuer cet homme n'aura servi à rien. Il se pourrait que tu aies de pénibles décisions à prendre.

— J'apporte mon soutien personnel à cette enquête. S'il y a des décisions à prendre, je les prendrai le moment venu. Je veux un rapport tous les matins sur mon bureau tant qu'on n'aura pas arrêté ce type. »

Il s'interrompit, retourna s'asseoir, se versa les quelques gouttes qui restaient dans la bouteille et vida son verre.

« Tu veux boire un coup, Declan ? Il y en a d'autres, plein d'autres. »

Declan refusa de la tête. Il désirait garder l'esprit clair.

« Comme tu voudras, dit Padraig en ouvrant un tiroir dont il sortit une bouteille pleine. Et Concepta ? Comment va-t-elle ?

— Brannigan est revenu ce matin. Elle refuse de prendre des calmants, mais il lui en a laissé quelques-uns. Elle pense qu'elle en aura besoin après l'enterrement. Nous voudrions que la cérémonie se déroule dans l'intimité, Padraig. La famille uniquement.

— C'est compréhensible. J'y veillerai.

— Je veux en finir. Je veux qu'on enterre ma fille, et pouvoir m'occuper de retrouver son assassin. »

Padraig Pearse sembla tout d'un coup gêné. Il se leva, et alla s'adosser à la cheminée.

« Je voulais justement te parler de ça, Declan. Il y a un petit problème. Sean Roche est passé me voir ce matin. »

Roche, ministre de la Justice et donc de la Police, était le vrai patron de Declan.

« Il te retire l'enquête, Declan.

— Quoi ? Mais tu viens de dire...

— Oublie ce que je t'ai dit. Sean a raison, tu es trop impliqué, ça te rend dangereux. Tu viens d'ailleurs de m'avouer que cette affaire risquait d'avoir des conséquences politiques néfastes. »

Declan serra le poing.

« Pour l'amour du ciel, Padraig, c'est scandaleux ! Je suis chargé de l'enquête sur l'explosion chez O'Donoghue. Il y a sans doute une relation entre les deux affaires. Dieu du ciel ! J'ai le droit de diriger ces enquêtes. »

Mangan secoua la tête. Il revint à son bureau et rangea la bouteille et le verre. Le chef du gouvernement s'apprêtait à faire preuve d'autorité.

« Tu gaspilles ta salive, Declan. Si tu avais deux sous de bon sens tu te rendrais compte que tu n'es pas l'homme qu'il nous faut. Joe Healy te remplace sur O'Donoghue. Timothy Breen se chargera de l'autre affaire. Son équipe est déjà au boulot. La tienne a reçu d'autres missions. Mais je suis convaincu que Breen tiendra compte de toutes tes suggestions.

— Et après ? Je lui suggère une piste ou deux, je vais m'asseoir dans mon fauteuil et je me tourne les pouces ?

— Absolument pas. Ce serait la dernière chose à faire. J'ai une mission à te confier, et, à vrai dire, je te l'aurais confiée de toute façon. Je te charge de la sécurité de la conférence des chefs musulmans, le mois prochain. »

Declan, bouche bée, se récria.

« Ce n'est pas sérieux, Padraig !

— Tais-toi une seconde et écoute. C'est essentiel, Declan. Accueillir cette conférence est la plus importante des initiatives diplomatiques qu'ait prises ce pays depuis des années. Si tout se passe bien, nous en tirerons de gros avantages. Notre position en Europe en sera renforcée, et nous serons les mieux placés pour initier les relations commerciales avec les pays islamiques.

« Mais, comme tu le sais, il a fallu convaincre les participants qu'il n'y avait pas plus de risques à se réunir ici qu'ailleurs. Malheureusement, avec l'explosion de la semaine dernière et la tuerie d'hier, ils commencent à en douter. On dit que certaines personnes envisagent de se retirer. Ce serait catastrophique. Voilà pourquoi je mets la sécurité de toute l'opération sous ta responsabilité, dès maintenant. Quand ce sera terminé, je verrai si je peux amener Sean Roche à reconsidérer sa position. Et n'oublie pas que le poste de commissaire de la Garda sera vacant l'année prochaine, lorsque Pat Fitzgerald prendra sa retraite. Si la conférence se déroule sans anicroche, tu seras l'homme de la situation.

— Si tu savais à quel point je m'en fiche, Padraig...

— Tu ne crois pas que je m'en doute ? Si je n'étais pas Taoiseach, tu ne crois pas que je serais en train de noyer mon chagrin avec toi, dans un bar après l'autre ? Mais les intérêts du pays avant tout. Tu devrais peut-être prendre quelques jours de vacances. Penses-y, tu veux ? Nous en reparlerons après l'enterrement. »

Declan se leva.

« C'est inutile, Padraig, tu ne m'as pas laissé le choix. Je me chargerai de ta sacrée conférence. Mais je veux ta parole que Tim Breen me tiendra au courant des progrès de l'enquête sur le meurtre de Mairead. J'ai le droit d'être informé, autant que toi. »

Mangan hésita puis acquiesça.

« Tu as raison, Declan. J'y veillerai. Et merci d'avoir accepté. »

Il se leva et les deux hommes se serrèrent la main. Mangan accompagna Declan à la porte.

« Nous avons organisé une réunion au sujet de la conférence, Declan, la semaine prochaine, dans mon bureau. J'ai demandé aux Libanais de nous envoyer quelqu'un de chez eux. Ils nous expédient une femme, une spécialiste des questions de terrorisme islamique. Ça te rappellera le bon vieux temps. »

Quinze ans auparavant, Declan était dans les services secrets de l'armée irlandaise au Sud-Liban, au sein du contingent irlandais de l'ONU. Il avait alors travaillé de façon suivie avec ses homologues libanais.

Les paroles de Padraig Pearse lui firent l'effet d'un coup de poing dans l'estomac. Il eut du mal à poser la plus simple des questions.

« Comment s'appelle-t-elle ? Tu t'en souviens ?

— Attends une minute, j'ai le papier sur mon bureau. (Mangan ouvrit un dossier.) J'ai écrit un nom qui ressemble à Bushavi. Ça te dit quelque chose ? »

Declan ne fit pas un geste.

« Bustani, dit-il, se parlant à lui-même. Amina Bustani. »

Le Taoiseach le regarda, étonné.

« C'est ça ! Comment le savais-tu ? »

Harcourt Street, la plupart des membres de l'équipe s'étaient déjà dispersés. Certains travaillaient avec Breen, d'autres avaient été envoyés à Cabra, pour des tâches de surveillance. Tim O'Meara fermait sa mallette au moment où Declan entra.

« Je suis vraiment désolé, monsieur. Nous le sommes tous. Nous aurions donné n'importe quoi pour travailler sur cette affaire avec vous. Mais vous n'avez pas à vous inquiéter. On le trouvera, le salaud.

— Je sais, dit Declan. Tim Breen est un bon policier. Et

son jugement ne sera pas embrumé par des facteurs personnels. Bonne chance ! »

Grainne Walsh passait par là, en poussant un chariot de fichiers.

« Grainne, avez-vous trouvé ce que je vous avais demandé ?

— C'est sur votre bureau, monsieur.

— Merci.

— Qu'allez-vous faire, maintenant, monsieur ? Nous pensons tous que ça vous ferait du bien de vous reposer un peu.

— Je rentre chez moi, pour quelques jours. Puis je suis chargé de la sécurité d'une opération. Je serai de retour la semaine prochaine. »

Il retourna dans son bureau dont il ferma la porte. Les dossiers étaient là. Il n'y en avait pas beaucoup. Il s'installa et commença de les passer en revue, en se concentrant sur les photographies. Il lui fallut trois minutes pour découvrir son homme.

Il s'appelait Peter Musgrave, trente-quatre ans, né à Oldham, divorcé, deux enfants, un garçon, une fille. Ex-caporal du SAS, dix tours de service en Irlande du Nord entre 1988 et 1993, contacts connus avec le MI5, ami intime de certains membres du régiment de défense de l'Ulster connus pour leur appartenance à des organisations clandestines loyalistes.

Il parcourut son annuaire interne pour trouver le numéro de téléphone de Tim Breen. Sa main se posa sur le récepteur. Il la retira un instant plus tard, ferma le dossier et le glissa dans sa mallette.

7

Dublin
Jeudi 14 septembre

La semaine suivante, le temps demeura exceptionnellement beau. Le lundi, jour de l'enterrement de Mairead, il fit un soleil éclatant. Le lendemain et le surlendemain également. Et la pluie se mit à tomber, si drue, si dense, qu'elle plongeait la ville dans une sourde obscurité du matin au soir. Les funérailles s'étaient déroulées dans une intimité relative : la famille et les amis ; Declan ignorait que Mairead en eût autant, et cela lui procura un vague réconfort.

Personne à part lui ne savait qu'elle attendait un enfant. Il préféra laisser les gens dans l'ignorance. Néanmoins, pendant toute la cérémonie il ne put s'empêcher de penser à cette vie brisée, à ce petit-fils ou cette petite-fille qu'il ne connaîtrait jamais. Declan n'entretenait pas, d'ordinaire, ce genre de réflexions ; pour la première fois, il se sentait proche du néant, et de la paralysie de sa volonté. Seule l'habitait l'idée de vengeance et n'avoir que ce but sordide pour justifier son existence le déprimait au plus haut point.

Il garda la main de Concepta dans la sienne pendant la messe et l'enterrement, la consola, l'écouta quand elle avait besoin de parler, et reçut à ses côtés les condoléances. La mort de Mairead avait extirpé de son âme les vieux sentiments de colère, de reproche et de frustration.

Il semblait que pour la première fois depuis qu'ils étaient mariés elle se contentât de ce qu'il avait à offrir. Et tant pis s'il n'avait pas d'ambition, s'il ne voulait être ni chef de la police, ni ministre de la Justice, ni entrer au Parlement ou au Sénat. Dans le long silence qu'ils observèrent ensemble pendant que leurs proches défilaient pour leur serrer la main, il y avait quelque chose de l'ordre de l'amour, et un peu de compassion. La mort de Mairead ne comblerait pas le profond fossé qui s'était creusé entre eux, mais, pour le moment, elle jetait un pont pour le franchir. Paradoxalement, ce fut pendant cette période qu'il passa de longues nuits sans dormir, en proie à l'insomnie parce qu'il allait bientôt retrouver une femme qu'il n'avait pas revue depuis quinze ans.

Le jeudi, il retourna travailler à l'heure habituelle. Sa nouvelle équipe l'attendait mais avant de la recevoir il parcourut ses dossiers sur l'explosion dans le pub pour y mettre de l'ordre. Il en expédia certains à Tim Breen avec une note d'accompagnement proposant un rendez-vous pour faire le point.

Tim O'Meara avait déposé une chemise sur son bureau. Il y trouva le peu que l'on savait sur un indicateur loyaliste nommé Jimmy Bryce, plus connu sous le pseudonyme du Batteur. Sur une feuille séparée, Tim lui annonçait la mort de Bryce, dont on avait découvert le cadavre le jour du meurtre de McKeown.

Les circonstances de la mort du policier faisaient l'objet d'un rapport détaillé, que Declan étudia soigneusement. On lui avait tendu une embuscade aux portes mêmes du domaine de l'IRA, sans autre raison apparente que son appartenance aux forces de sécurité. Cependant, comme le remarqua avec intérêt Declan, l'IRA n'avait pas revendiqué cet attentat.

Un détail le frappa immédiatement. Les balles et les douilles recueillies sur les lieux de l'embuscade étaient celles des Parabellum 9 mm, fabriquées par Remington. Les mêmes munitions que le tueur du salon de thé, qui, en s'échappant, avait abandonné son arme : une petite mitraillette américaine à canon court, peu usitée, qu'on appelait Viking.

La Viking était encore plus courte que l'Uzi. La Viking

Systems Inc., qui la produisait, était implantée à Londonderry, dans le New Hampshire. L'arme avait bonne réputation. Les forces de police l'utilisaient parfois. Mais, à la connaissance de Declan, on n'en avait jamais saisi au sein des organisations terroristes irlandaises, qu'elles fussent républicaines ou loyalistes.

Les balles utilisées dans les deux attentats présentaient certaines similarités ; il n'était pas impossible qu'on eût tiré les deux fois avec une Viking. Ça ne menait pas bien loin mais Declan savait que si on pouvait le prouver ce fait établirait un lien entre les deux événements. Il rédigea une brève note à ce sujet et reprit sa lecture du rapport.

Lorsqu'il eut terminé, il le rangea dans son tiroir, avec le dossier Peter Musgrave. Il ne regarda pas la photographie de Musgrave. C'était inutile : le visage du tueur était gravé dans son cerveau pour l'éternité.

Declan resta assis, immobile, pendant quelques minutes ; il réfléchissait. Puis, sa décision prise, il parcourut un petit carnet d'adresses jusqu'à ce qu'il eût trouvé un numéro de téléphone, qu'il composa lentement.

La sonnerie retentit deux fois puis une voix d'homme répondit. Un Anglais, plein d'assurance, avec l'accent des bons collèges.

« Wetherell.

— Capitaine Wetherell ? Je m'appelle Carberry. Pouvons-nous parler ?

— Je sais qui vous êtes, monsieur Carberry, répondit l'homme après une courte hésitation. Et je peux deviner qui vous a donné ce numéro de téléphone. Quant à parler, je préférerais que nous le fassions de vive voix. C'est possible pour vous ?

— Oui, je pense.

— Bien. Laissez-moi faire. Ne m'appelez plus sur cette ligne.

— Comment vous contacter, alors ?

— C'est moi qui vous contacterai. Au revoir, monsieur Carberry. »

Declan raccrocha. En posant le récepteur, il s'aperçut que sa main tremblait.

Ils attendaient en bas. Dans la matinée, il avait lu la note que lui avaient préparée les services du ministre des Affaires étrangères. La conférence des chefs musulmans était un trait de génie de Ciaran Clark, et il tenait à ce qu'elle se déroulât parfaitement. Elle se tiendrait en septembre, à Castletown House, une demeure imposante près de Celbridge, à quelques kilomètres à l'ouest de Dublin.

« Nous avons tous eu l'occasion de travailler ensemble, commença-t-il, il est donc inutile de faire les présentations. Certains d'entre vous se sont vu retirer d'opérations importantes pour se joindre à moi. Peut-être éprouvez-vous quelque rancœur à devoir assurer des tâches de sécurité de routine. Je vais dissiper cette illusion sur-le-champ. Il ne s'agit pas d'une opération de routine, et je vous garantis qu'elle ne sera pas facile.

« Pour l'instant, on ne vous a dit qu'une seule chose : vous allez être chargés de la sécurité de personnalités étrangères réunies pour une conférence à Castletown le mois prochain. Ce qu'on ne vous a pas encore dit, c'est la nature réelle de cette conférence et l'importance que son bon déroulement revêt pour notre pays. Ce que je vais vous apprendre maintenant est top secret, et j'entends que cela le demeure. »

Il parcourut lentement la pièce du regard. Il avait personnellement choisi les dix hommes qui s'y trouvaient, pour leur compétence et leur loyauté à son égard. Il pouvait compter sur eux, tant pour exécuter le travail que pour réunir le maximum d'informations sur l'attentat dans le salon de thé.

« Au cours du mois de septembre, le gouvernement irlandais sera l'hôte d'une conférence secrète au cours de laquelle des représentants des États-Unis et de la Communauté européenne rencontreront les chefs religieux de nombreux pays musulmans. On y abordera des questions d'intérêt mutuel, comme la sécurité dans le Golfe, la Palestine, la Bosnie, le terrorisme. Préalablement à ces réunions, les chefs musulmans se concerteront afin d'adopter si possible une position commune sur ces problèmes. Dès qu'ils seront parvenus à un accord, ils discuteront avec les diplomates américains et européens. Plus tard se tiendra une conférence officielle, destinée à apaiser toutes craintes de confrontation.

« La raison d'organiser cette conférence est simple : en 1993, les Israéliens et les Palestiniens ont résolu la plupart de leurs différends. L'espérance de paix dans la région en est sortie renforcée. En 1994, la rive ouest a été placée sous contrôle palestinien. Mais les fondamentalistes musulmans refusent cet accord. Ils veulent se débarrasser entièrement d'Israël. Les divers chefs de gouvernement du monde arabe sont conscients du fait que s'ils désirent aboutir à la paix ils doivent résoudre les questions religieuses. D'où la conférence. »

Dominic Lawlor leva la main. C'était un vieil ami de Declan. Ils étaient ensemble à Dungarvan Harbor, lorsqu'ils avaient intercepté un chargement d'armes de provenance tchécoslovaque en 1979.

« C'est bien beau, tout ça, monsieur. Mais je ne vois pas le rapport avec l'Irlande. Pour l'Irlandais moyen, le Proche-Orient commence quelque part dans le comté de Wicklow.

— C'est que nous sommes un pays de grands naïfs, rétorqua Declan. Mais j'espère que vous tous, réunis ici, vous tenez davantage au courant des affaires du monde. Le choix de l'Irlande pour cette conférence est parfaitement logique. On s'accorde à reconnaître au moins une qualité à l'Irlande : elle n'a jamais été impérialiste. Bien au contraire, nous avons été colonisés tout au long de notre histoire. Ça plaît beaucoup aux musulmans d'aujourd'hui.

« Jusqu'à présent, cette sympathie a profité beaucoup plus à l'IRA qu'aux citoyens respectueux des lois qu'elle prétend représenter. Les Libyens ont procuré les armes et les Palestiniens ont prêté leurs camps d'entraînement de temps à autre.

« Mais il faut que cela change. Vous vous rappelez sans doute que les Israéliens et les Palestiniens se sont réunis pour la première fois en Norvège. Les Norvégiens ont profité de leur neutralité pour les convaincre de s'asseoir autour de la même table. Nous allons agir de la même façon, mais à une plus grande échelle.

« Il y a d'autres facteurs en faveur de cette conférence. Nos liens avec les États-Unis sont étroits. En Europe, on nous aime bien. En tant que pays catholique, les Français, les Italiens, les Espagnols et les Portugais nous font confiance. Et nous avons l'oreille du Vatican. En dépit de nos divergences, nous sommes très proches de l'Angleterre. »

Declan s'interrompit. Les hommes commençaient à comprendre que la mission qu'on leur assignait était d'une importance exceptionnelle. Ils étaient rassurés, leur tâche ne serait pas ennuyeuse comme ils l'avaient craint au premier abord.

« Cependant, poursuivit-il, nous avons un problème à résoudre. Comme vous l'imaginez certainement sans peine, l'un des principaux obstacles à la tenue de cette conférence dans notre pays est la mauvaise réputation que nous devons au terrorisme en Irlande du Nord. Le gouvernement a eu le plus grand mal à convaincre les organisations des différentes délégations que nos propres conditions de sécurité sont totalement différentes et que nous sommes capables d'empêcher la violence de traverser nos frontières.

« Hélas, les événements qui se sont produits depuis dix jours contredisent notre thèse, et certains délégués envisagent de se désister. Les Affaires étrangères tentent de les en dissuader, jour et nuit, mais ils ont besoin de mettre sur la table un système de sécurité concret. Voilà ce qu'on attend de nous. »

A cet instant, la porte s'ouvrit sur un policier en uniforme.

« Excusez-moi de vous déranger, monsieur, il y a une femme en bas qui insiste pour vous voir. Elle a un sauf-conduit du bureau du Taoiseach, mais, vu les circonstances, j'ai préféré vous en parler personnellement.

— A-t-elle donné son nom ?

— Oui, monsieur. C'est un nom étranger. Bustani, je crois. Ça pourrait être ça ? »

8

Assise à l'écart, elle attendait, sur une chaise près de l'entrée. Elle portait un tailleur rouge, et une écharpe bleue était nouée autour de son cou. Pas très grande, un corps inchangé, des traits fins, plutôt gravés que modelés, les cheveux courts, parsemés de quelques fils gris.

Peut-être la pénombre dans laquelle elle se tenait le trahit-elle. Peut-être la lumière était-elle trop faible pour ses yeux fatigués. Et peut-être que ce fut l'ombre de quinze années qui l'aveugla. Mais lorsqu'il se fut assez approché d'elle pour voir son visage, ce fut une jeune femme en battle-dress, assise sur une colline au-dessus de Tibnin, et attendant un jeune lieutenant irlandais à qui elle avait donné son premier rendez-vous qu'il crut avoir en face de lui.

« Bonjour, Amina. Bienvenue en Irlande. »

Elle se leva et le regarda avant de répondre.

« Bonjour, Declan. Ça fait longtemps qu'on ne s'est pas vus.

— Quinze ans. Je viens de faire le calcul. Tu te rends compte ?

— Je suis heureuse de te revoir, Declan.

— Moi aussi. Écoute. Si tu es venue pour la réunion, nous avons le temps. J'ai donné deux heures de repos à l'équipe. En fait, j'aimerais te parler avant. Mais pas ici. Allons dans un endroit plus intime. Faisons un tour, puis nous irons prendre un café au Shelbourne. »

Elle sourit.

« Je suis ici pour le boulot, Declan.

— Mais nous sommes en Irlande, ici. Tu verras, on est détendu.

— Un café en vitesse; alors. Nous pourrons parler de tes projets pour la conférence. »

Lors de leur première rencontre, quinze ans auparavant, Declan servait dans les forces de l'ONU au Liban et Amina était l'interprète que les services secrets libanais avaient détachée auprès de l'état-major du bataillon irlandais. Musulmane de confession sunnite et fille d'un ministre du gouvernement, la jeune fille était diplômée d'arabe et d'histoire du Moyen-Orient de l'Université américaine de Beyrouth. Declan et elle avaient été amants pendant six mois. Plus qu'amants, ils avaient été éperdument, désespérément amoureux l'un de l'autre.

Leur liaison s'était brutalement interrompue lorsque Declan avait été renvoyé à Dublin, au printemps 1982, à la suite d'un incident impliquant des parents de Nabih Birri, réélu récemment chef du parti chiite Amal. Tibnin n'était pas uniquement la ville-poste des forces irlandaises, elle était aussi une place forte chiite. Declan et son groupe avaient été compromis dans les incidents qui s'étaient produits. Il était hors de question qu'il restât au Liban.

La veille de son départ, Amina et lui avaient parlé jusqu'à l'aube, aussi malheureux que tout couple sur le point de se séparer. Ils avaient fini par décider qu'elle viendrait le rejoindre en Irlande aussitôt qu'une occasion se présenterait. Il divorcerait, et les jeunes gens commenceraient une nouvelle vie en Angleterre. Elle connaissait le pays, car elle avait étudié à Cambridge, et ils rêvaient tous les deux d'une petite maison à la lisière de la ville. Elle enseignerait l'arabe à l'université, il passerait son diplôme de droit. Le savaient-ils, alors que l'aube pointait sur leur dernière nuit, que la vie ne leur accorderait jamais ce bonheur ?

Le matin même Declan fit ses bagages et on le conduisit immédiatement à l'aéroport de Beyrouth. Ils subirent un bombardement en approchant de la ville. Des groupes de miliciens élevaient des barrages de toutes parts, c'étaient de jeunes hommes au regard tendu, enfermés dans un monde rempli de haine. Les sirènes retentissaient à tout instant et, à une ou deux reprises, on entendit tirer dans les collines.

De retour à Dublin, il ne parla pas d'Amina à Concepta. La mère de sa femme, qui lui était profondément attachée, était morte à Noël. Son père, gravement malade, était hospitalisé. Son généraliste lui avait imprudemment prescrit des tranquillisants, et elle en était devenue dépendante. Declan décida d'attendre un moment plus opportun, le bon moment, si tant était qu'il pût y en avoir. Amina lui écrivait poste restante. Il quitta l'armée et entra dans la Garda, où il intégra la branche spéciale peu après. Concepta fit sa troisième fausse couche. Mairead entra à l'école maternelle. Padraig Pearse fut élu député pour la première fois.

En juin, l'armée israélienne envahit le Sud-Liban. Le Hezbollah et Amal devinrent plus actifs. La spirale de la guerre civile tournait de plus en plus vite. Amina lui écrivit qu'elle ne pouvait quitter son pays tant que la menace israélienne ne serait pas écartée. Avec le temps, leur correspondance s'espaça. Puis Amina lui annonça qu'il lui était impossible d'abandonner son peuple pendant qu'il traversait une telle épreuve.

Le bon moment pour annoncer la vérité à Concepta ne se présenta jamais ; et au Liban, le temps des épreuves et du désespoir perdura. Des mois passèrent, puis des années. Il n'avait aucune raison d'aller à Beyrouth. Elle ne pouvait pas quitter son pays. Les orages du Vieux Monde obscurcirent peu à peu leur espoir d'une vie nouvelle. L'inertie de la séparation prit possession de leurs deux cœurs. Ainsi que la peur du changement, la fidélité et la culpabilité. Dans ces torrents, la passion ne résiste pas. Seuls des saints peuvent s'aimer à distance, car ils n'éprouvent pas de passion. Ils n'étaient des saints ni l'un ni l'autre, et ils ne manquaient pas de passion. Avec le temps, elle ne lui écrivit plus. Il ignorait si elle était morte ou vivante. Il lui envoyait des lettres dont il savait qu'elles ne seraient ni ouvertes ni lues, et qu'elles resteraient sans réponse. Amina, la femme qu'il aimait, avait pénétré dans un monde souterrain où régnait l'intrigue, où l'on versait le sang.

Finalement, il cessa lui aussi d'écrire. De temps à autre, il contemplait pendant une heure ou deux le brouillard qui tombait sur la mer, et il pensait à elle. Ou il apercevait son reflet dans un miroir et constatait avec amertume les ravages du temps sur son visage. Les années passèrent de plus en plus vite, les regrets s'estompèrent peu à peu, elle s'imposa de moins en moins souvent à son esprit, son besoin d'elle s'atténua ; mais son amour perdura.

Et voilà que par cette froide matinée de début d'automne, l'abîme qui s'était creusé entre eux se comblait tout d'un coup.

Ils traversèrent le parc du même pas, sous un ciel plombé. A quelque distance, son garde du corps, l'un des membres de l'équipe chargée de sa sécurité depuis que l'on avait attenté à sa vie, les suivait discrètement, tel un chaperon.

« J'ai appris pour ta fille, dit-elle. Je suis navrée, sincèrement.

— C'est horrible. Tu ne l'as pas connue, mais je sais que tu l'aurais aimée. Et qu'elle t'aurait aimée aussi.

— Même si elle avait su ?

— Au sujet de nous deux ? Mairead n'y aurait pas attaché la moindre importance.

— Tu parlais souvent d'elle, au Liban.

— Elle avait presque trois ans. Elle me manquait. Mais pas autant qu'aujourd'hui. »

Elle lui prit la main et la serra brièvement entre les siennes.

« C'est agréable, ici. (Un sourire illumina son visage, puis elle se détourna.) J'avais presque oublié à quoi ressemble une ville civilisée. Tu n'as pas connu Beyrouth du temps de sa splendeur.

— Dublin est bien abîmée aussi. Les promoteurs ont saccagé la vieille ville, démoli la plupart des maisons anciennes du centre. Mais tu as raison, on ne peut pas comparer avec Beyrouth. »

Ils avancèrent encore un peu le long d'un chemin bordé de statues et de bustes : des poètes, des rebelles, des héros, des héroïnes, tous immortalisés en pierre.

« Comment se fait-il que ce soit toi qu'on ait envoyée ici ? »

Elle haussa les épaules en un geste familier dont il se souvenait ; elle prenait la vie comme elle venait, avec fatalisme.

« J'ai travaillé avec les forces irlandaises de l'ONU, à

l'époque ; je connais quelques membres des services secrets irlandais. Je te connais toi. Et depuis le milieu des années quatre-vingt, au Liban, je suis chargée, entre autres, de la surveillance des groupes islamiques. Le Hezbollah, le Jihad islamique, le parti chiite Amal. Quelqu'un a sans doute décidé que j'étais la personne adéquate. Et me voilà.

— Combien de temps restes-tu ?

— Jusqu'à la fin de la conférence, et au retour de tous les participants au bercail.

— Cette conférence est vraiment aussi importante qu'on le dit ? »

Cette fois, elle ne haussa pas les épaules.

« Plus encore que tu ne le crois. Si tout se passe bien, je pense qu'elle pourrait bouleverser le cours de l'histoire au Moyen-Orient. Non que je nourrisse l'illusion qu'elle nous apporte la paix d'un coup de baguette magique, mais elle nous offre de nombreuses occasions de changement.

— Et si elle se passe mal ? Ou si quelque chose tourne mal ?

— On risquerait de reculer de cinquante ans. La situation politique est très instable. Le sort de beaucoup d'innocents dépend de ce qui arrivera le mois prochain. (Elle hésita avant de poursuivre.) Declan, reprit-elle, je sais que tu ne voulais pas de ce boulot. Je sais aussi qu'on t'a retiré l'enquête sur la mort de ta fille pour te le confier, et je comprends fort bien que c'était prioritaire à tes yeux. Mais cette conférence est véritablement importante. On ne t'a pas choisi par hasard. C'est moi qui l'ai demandé. Tu es le meilleur, et j'ai confiance en toi. De nombreux groupes ont tout intérêt à ce que la conférence échoue. Certains sont très puissants, et tous le sont assez pour représenter une menace sérieuse.

— Tu expliqueras tout ça à mon équipe, cet après-midi ?

— Bien entendu. Faudra-t-il que je m'adresse à eux en irlandais ? »

Il éclata de rire.

« Bien sûr que non. Nous sélectionnons très soigneusement nos hommes. Ils parlent tous arabe couramment. »

Un sourire fleurit sur son visage, le transforma, le rajeunit de quinze ans, qui s'effacèrent d'un seul coup d'aile.

« Tu as changé, dit-il.

— Toi aussi.

— Tu es... (Il s'interrompit, ne trouvant pas ses mots.) Je ne sais pas comment le dire. Tu es différente. Avant, tu étais... plus douce. Tu avais l'air vulnérable, à l'époque. Maintenant, tu sembles inaccessible, plus sûre de toi, plus déterminée.

— Je te remercie. C'est vrai. Je le suis devenue. Il le fallait, si je voulais survivre. La guerre a eu cet effet sur beaucoup d'entre nous. Ceux qui ont survécu ont changé. Irrévocablement. Pour une femme, c'est deux fois — non, dix fois plus difficile. Pas de survivre, ça nous le faisons mieux que vous les hommes. Mais de rester intacte, de plonger au cœur de tant de haine et d'en sortir indemne, ça c'est très difficile. Les ravages que cela exerce sur nous sont dévastateurs. (Elle chercha les mots qui exprimeraient le mieux sa pensée.) Cela nous marque plus profondément. Et si nous avons des enfants, ils en subissent les conséquences, eux aussi. »

Elle partit d'un rire brusque, pour rompre l'attendrissement auquel elle s'était laissée aller.

« Pardonne-moi, dit-elle. Me voilà en train de faire des discours et cela fait à peine une demi-heure que nous sommes ensemble. Tu vas te demander comment faire pour te débarrasser de cette épouvantable bonne femme. »

Il secoua la tête en souriant.

« Bien au contraire. J'aime t'écouter parler. Ta voix n'a pas changé du tout. »

Elle rougit et détourna son regard.

« J'espère que nous aurons le temps d'en discuter, reprit Declan. Il t'est arrivé des choses, et j'aimerais les connaître. Ce que tu dis me semble très familier. En Irlande, c'est un peu pareil. Pas ici, dans le Sud, mais au Nord, oui. Le même genre de haine. Beaucoup de mes vieux amis ont changé, eux aussi, durant ces dernières vingt-cinq années.

— Toi, par exemple.

— Ça fait si longtemps ! Quinze ans ont passé. (Il ralentit, se rapprocha d'Amina, la contempla.)

— Y a-t-il eu quelqu'un d'autre ? interrogea-t-elle anxieusement, et il remarqua la tension de sa voix.

— Concepta, répondit-il. Mais elle ne compte pas. Et toi ?

— Mes parents voulaient que je me marie. Ils avaient honte de me voir rester célibataire à mon âge.

— Je ne parlais pas de mariage.

— Non, je sais. (Elle leva les yeux sur lui.) J'ai eu des amants. Certains sont morts. Mais personne de permanent. Au Liban, plus rien n'est permanent. »

Il la regarda.

« Rien n'est permanent nulle part. »

Le téléphone sonna à 11 heures du soir. Richard Wetherell proposait un rendez-vous. Il y avait une petite route non surveillée entre Dundalk et Newry, une route escarpée qui surplombait Carlingford Lough. Declan pouvait-il s'y rendre sans être suivi ?

« Quand ?

— Bientôt. Je vous rappellerai. »

9

Dublin
Vendredi 15 septembre, 13 h 20

Il aurait voulu déjeuner avec Amina mais on lui transmit à la dernière minute un message de Martin Fitzsimmons, le chef du C3, les services secrets irlandais, qui désirait qu'il le rappelât d'urgence. Martin voulait le voir, et lui parler seul à seul, de vive voix. Les deux hommes étaient de vieux amis et Declan accepta de se rendre toutes affaires cessantes dans le bureau de Martin, situé au quartier général de la Garda, de l'autre côté de la ville.

Fitzsimmons était un homme de haute taille, affable et naturel, d'apparence douce et policée. Declan savait pourtant qu'il avait déclaré une guerre sans merci au terrorisme. Ses services étaient, en taille, les plus petits de tous ceux qui étaient engagés dans la lutte contre la subversion intérieure mais, sous sa direction, ils étaient devenus une arme efficace et bien rodée qui savait choisir sa cible et la manquait rarement.

« Une cigarette, Declan ? offrit-il en tendant son paquet à son ami.

— Non merci. J'ai arrêté de fumer depuis six mois, tu le sais très bien.

— C'est plus agréable quand on est deux, rétorqua Martin en allumant sa cigarette. (Il avait traité les diverses interdictions de fumer qui avaient circulé dans le bâtiment avec le profond mépris d'un homme qui entend craquer les allumettes depuis le jour de sa naissance.) Comment va Concepta ? demanda-t-il.

— Pas trop mal. C'est encore tout frais. Pour nous tous.

— Fais-lui mes amitiés.

— Tu n'es pas venu à l'enterrement. »

Martin secoua la tête.

« Non. Je t'ai écrit. Tu trouveras ma lettre quand tu auras le temps et l'envie de lire ton courrier. Je déteste les enterrements. Ils me dépriment pendant des semaines. Tu ne m'en veux pas, j'espère ? »

Declan secoua la tête.

« Bien sûr que non. J'aurais autant aimé ne pas y aller non plus, ajouta-t-il en inhalant la fumée de la cigarette de Martin. Je vais peut-être en prendre une quand même, finalement, dit-il. (Martin lui passa son paquet.) Alors, dit Declan après avoir allumé sa cigarette, à quel sujet voulais-tu me voir ?

— Que se passe-t-il, Declan ?

— Je ne comprends pas.

— Allons, allons, mon vieux. Ne me prends pas pour un imbécile. Le 2 dans l'après-midi, tu rencontres Austin McKeown. Le soir, il est assassiné. Le jour même, son principal indicateur loyaliste, un certain Jimmy Bryce, se fait descendre à Belfast. Et, à Dublin, un type essaye de te tuer et réussit à massacrer ta fille et quelques autres personnes.

— Pure coïncidence, Martin.

— Balivernes. De quoi Austin t'a-t-il parlé ?

— Il avait des renseignements à me communiquer au sujet de l'attentat chez O'Donoghue.

— Il ne serait pas venu jusqu'à Dublin pour ça. Il aurait utilisé les canaux officiels.

— Ne joue pas les innocents. Aucun de nous ne se sert des canaux officiels, sauf pour la routine.

— Tu vois ! Ce n'était pas de la routine.

— C'était... disons... sensible.

— Se croyait-il en danger ?

— Nous le sommes tous, Martin.

— Je t'ai posé une question précise. Austin McKeown se croyait-il particulièrement en danger ?

— C'est un interrogatoire ?

— Réponds à ma question, Declan.

— Je crois que oui, en effet.

— T'a-t-il parlé du Batteur ?

— De qui ?

— Ne joue pas au plus malin avec moi, veux-tu ? Tu sais parfaitement à qui je fais allusion. Son indicateur, Jimmy Bryce.

— C'est possible qu'il ait mentionné son nom.

— L'attentat a été perpétré par les Loyalistes : c'est ça qu'il t'a dit ?

— Martin, je ne suis plus sur cette affaire. J'ai passé tous mes dossiers à Joe Healy. Pose-lui la question.

— Je l'ai fait. Il n'y a aucune trace de ton rendez-vous avec McKeown.

— Tiens, ça m'étonne. J'ai dû oublier de le mentionner. Bon Dieu, Martin, on a tué ma fille ce soir-là ! Et tu me demandes pourquoi mon dossier n'est pas à jour ? »

Fitzsimmons leva une main apaisante.

« Je suis désolé, Declan. Tu as raison. Mais... Je vais t'avouer la vérité : je suis inquiet.

— Inquiet ? A quel sujet ?

— Quelqu'un cherche à se renseigner sur toi. Les questions sont en général camouflées au milieu de diverses paperasses, mais elles sont bel et bien là. Et elles ne passent pas toutes par les canaux officiels. Comme tu le disais, dans notre métier les gens prennent souvent des chemins détournés pour arriver à leurs fins.

— Qui ?

— C'est difficile à savoir précisément. Mais qui que ce soit, c'est un type intelligent. Il brouille les pistes en s'adressant à différents bureaux. Personnellement je pencherais pour l'hypothèse MI5.

— A quel niveau de la hiérarchie ? demanda Declan en hochant la tête pensivement.

— Assez haut, j'imagine.

— Que cherchent-ils à savoir ? Tout est dans les dossiers. »

Martin haussa les épaules en tirant une profonde bouffée de sa cigarette avant d'en prendre une autre dans son paquet et de l'allumer à son mégot.

« Ce que tu sais, répondit-il en exhalant la fumée. Plus précisément, ce que tu sais au sujet de l'attentat chez

O'Donoghue. Les théories, les pistes que tu as explorées, les gens que tu as interrogés jusqu'à maintenant, les renseignements que tu as transmis et ceux que tu as gardés pour toi. Et tout ça, en ordre dispersé. Une question par-ci, une question par-là.

— Pourquoi m'en parles-tu ?

— Ça me semble évident, Declan. Nous sommes de vieux amis, nous ne sommes pas obligés de jouer à cache-cache l'un avec l'autre. Moi, je sais que tu es sous pression, mais les gens qui posent les questions s'en balancent complètement.

— Je te remercie de m'avoir prévenu, Martin. Je ne l'oublierai pas. »

Declan écrasa sa cigarette dans le grand cendrier posé sur le bureau et se leva pour prendre congé.

« Declan, je te supplie de considérer cette information comme un avertissement sérieux. On s'intéresse à toi de façon malsaine.

— Bon sang, Martin ! La moitié de l'Irlande sait ça depuis qu'on m'a tiré dessus dans O'Connell Street.

— Si tu me disais ce que tu sais, nous y verrions un peu plus clair. Si j'étais au courant, je pourrais peut-être t'aider. »

Declan hésita. Cela représenterait un infini soulagement de partager ses informations, surtout avec quelqu'un sur qui il savait pouvoir compter. Mais il n'y avait pas à tergiverser : si ce que lui avait appris Austin McKeown tombait en de mauvaises mains, les conséquences pourraient être catastrophiques.

« Je t'appellerai, Martin. Si tu entends parler de quoi que ce soit, fais-le-moi savoir. »

Il s'en alla en refermant soigneusement la porte derrière lui. Ses doigts étaient encore chauds de la cigarette qu'il avait fumée.

15 h 59

Richard Wetherell franchit les hautes grilles en fer et s'engagea dans l'allée, à gauche de la façade beige et marron de l'école. Il gara sa voiture sur un emplacement réservé aux professeurs. On l'autorisait à stationner ici par privilège très spécial, pour garantir sa sécurité. Cela ne l'empêcherait pas de vérifier l'Astra avant de repartir, une précaution indispensable chaque fois qu'on laissait un véhicule sans surveillance, mais cela réduisait les risques d'y découvrir une petite boîte noire collée sous le châssis.

Le parc de stationnement était presque vide. A 4 heures de l'après-midi, le vendredi, les cours avaient cessé depuis une heure ; seuls les professeurs engagés dans des activités hors cursus étaient encore sur place. Wetherell venait ici deux fois par trimestre, pour donner une conférence devant les plus âgés des élèves inscrits en préparation militaire. Les garçons ignoraient évidemment son rôle exact. Ils le prenaient pour un pauvre diable de militaire, un subalterne censé faire un peu de propagande destinée à encourager les élèves de dernière année à envisager une carrière dans l'armée. Le responsable de la préparation militaire lui-même ne connaissait ni ses fonctions ni le but véritable de ses visites régulières.

Wetherell travaillait depuis longtemps pour le 14ᵉ Bureau, le service de renseignement de l'armée britannique, familièrement appelé le Détachement. C'était l'émanation d'un précédent service d'opérations clandestines connu sous le nom de 4ᵉ Troupe de Terrain. Basés de façon permanente à Lisburn, au quartier général, ses membres étaient recrutés au sein des services spéciaux et entraînés par le SAS, à Hereford.

Wetherell se rendait à l'université pour des raisons évidentes : il était là pour détecter de bons éléments, capables d'intégrer le Détachement ou l'un des services de renseignement de l'armée. Les élus, s'ils acceptaient de s'enrôler, subissaient un entraînement intensif avant de retourner en Ulster.

La 14ᵉ Compagnie manquait cruellement de jeunes talents et Richard Wetherell était son meilleur dénicheur. Il écumait les bons collèges, son terrain de chasse privilégié, et tout particulièrement la Royal Belfast Academical Institution, communément appelée Inst., et Campbell College, à l'est de la ville. Les raisons en étaient simples.

Inst., bien que n'accueillant plus de pensionnaires depuis longtemps, était une « public school » à l'ancienne dont le directeur était toujours un Anglais. Elle possédait la meilleure équipe de rugby du pays ; elle fournissait à l'État la majorité de ses dirigeants et grands commis, de même que la hiérarchie militaire et policière, les avocats, juges, scientifiques, médecins et hommes d'affaires. Élèves et professeurs se ressemblaient. A de rares exceptions près, ils étaient protestants et appartenaient à la classe moyenne. Inst. était de plus l'un des rares établissements à proposer une préparation militaire. On y trouvait pléthore de jeunes hommes dynamiques, s'exprimant avec le bon accent et connaissant à fond les us et coutumes locaux.

Wetherell se dirigeait d'un bon pas vers la section de préparation militaire lorsqu'il aperçut Paul Mercer accourant à sa rencontre. Mercer était un protégé du tristement célèbre Charles Fay, qui avait instauré le règne de la terreur dans son département et au-delà, et dont le collège n'en finissait pas d'entretenir la légende. Écossais de naissance, ancien des services secrets reconverti dans l'enseignement, Mercer enseignait le latin. Il était commandant en second de la section de préparation militaire.

Les deux hommes se serrèrent la main chaleureusement. Bien qu'il ne connût pas exactement les fonctions de Wetherell, Mercer était au courant de la raison de ses visites. C'était lui qui, chaque année, l'aidait à sélectionner les éléments les plus prometteurs.

« C'est une chance que je vous aie rattrapé, s'exclama-t-il, légèrement essoufflé. Alcorn a emmené les garçons au gymnase. Vous leur ferez votre topo là-bas, une fois qu'ils auront terminé et qu'ils se seront changés.

— Les pauvres gosses ! Comme s'ils ne faisaient pas assez d'exercice comme ça... »

Mercer l'approuva d'un éclat de rire et ils se dirigèrent ensemble vers le gymnase, situé à côté du laboratoire de langues.

« Ils s'en passeraient volontiers. Mais ils font une marche forcée dans les monts Mourne samedi, et Chris souhaite qu'ils soient en forme. »

Ils arrivèrent devant le gymnase. Mercer semblait nerveux.

« Que pensez-vous de la nouvelle promo ? demanda Wetherell.

— Elle est très bien. Je crois que vous trouverez votre bonheur. Nous les passerons en revue tout à l'heure, si vous voulez. »

Il ouvrit la porte des vestiaires et s'effaça pour laisser passer Wetherell.

Wetherell tressaillit en entrant. Il eut immédiatement l'impression que quelque chose clochait, mais il lui fallut deux secondes pour comprendre ce que c'était. Ces deux secondes allaient lui être fatales. Il n'y avait pas de vêtements accrochés aux patères le long des murs, et l'on n'entendait aucun bruit de piétinement provenant du gymnase.

« Mettez les mains derrière la tête et ne bougez plus », ordonna une voix d'un ton sans appel.

Du coin de l'œil, Wetherell aperçut une main armée d'un revolver pointé sur lui. Il leva lentement les bras, en tournant légèrement la tête afin de voir son agresseur.

« Regardez devant vous », reprit la voix avec une autorité toute militaire.

L'accent était anglais. Était-on en train de lui jouer une farce stupide ? se demanda Wetherell.

« Mercer, prenez-lui son arme. Vite. »

Mercer avança, les yeux baissés, de la sueur sur le front. Il le fouilla rapidement et s'empara du Browning que Wetherell avait toujours sur lui.

« Marchez », ordonna la voix en poussant Wetherell dans le creux des reins.

Mercer passa devant et lui ouvrit la porte du gymnase. La pièce était vide. Ça ressemblait de moins en moins à une plaisanterie de potache ou à un test. D'ailleurs, aucun professeur n'aurait risqué la vie d'un de ses élèves en le soumettant à ce genre d'épreuve, l'opposant à un soldat entraîné et armé. Wetherell réfléchissait à toute allure : comment retourner la situation en sa faveur ?

« Par là », éructa l'Anglais en lui faisant traverser toute la salle jusqu'à ce qu'il se trouve le nez devant le mur opposé, recouvert de barres presque jusqu'au plafond.

« Les mains le long du corps. »

Il obéit. Un capuchon s'abattit sur sa tête. Puis on le retourna, on le poussa sans ménagement contre les barres et avant qu'il ait eu le temps de réagir on lui attacha les bras aux barreaux. Réduit à une totale impuissance, Wetherell comprit qu'il était à la merci de ses agresseurs. L'angoisse le saisit lorsqu'il réalisa qu'il ne lui restait sans doute que quelques instants à vivre. Puis il se prit à espérer que ces instants seraient courts, car, pour un officier de renseignement, la seule alternative était une longue séance de torture. Une main saisit ses jambes et les écarta, puis les lia également aux barres.

« Sortez, maintenant, entendit-il l'Anglais ordonner, et faites le guet. Je vous rejoins dès que j'aurai fini. »

Wetherell entendit des pas s'éloigner, une porte s'ouvrir et se refermer, éveillant un léger écho dans l'immense pièce vide.

« Enlevez-moi ce putain de capuchon, dit Wetherell.

— Je suis désolé, monsieur, répondit la voix, s'excusant presque. Il ne vaut mieux pas. Il vaut mieux que vous ne voyiez pas ce qui va se passer. Le moment venu, je ferai le maximum pour être le plus rapide possible. Mais au début, monsieur, il est indispensable que vous soyez vivant. Pour les indices. Pour qu'on ait l'impression que ce sont les Irlandais qui vous ont interrogé.

— Qui êtes-vous, bon Dieu ? Qui vous envoie ?

— Gardez votre souffle, monsieur. Tenez, glissez ceci entre vos dents. Et mordez. On prétend que ça aide. »

On souleva légèrement le capuchon, et on lui enfonça quelque chose dans la bouche. Une sorte de tampon en caoutchouc. Puis le capuchon retomba.

Dans le gymnase sonore qui sentait la sueur et le sang séché, Wetherell reconnut le bruit d'une lame qu'on aiguisait.

10

Castletown House, Celbridge
Dimanche 17 septembre, 18 h 11

Declan avait souhaité jeter un dernier coup d'œil sur Castletown House encore désert, pour flairer l'endroit à sa manière. La réception du lendemain soir donnerait le coup d'envoi de la conférence. Pendant quelques semaines, il régnerait une intense activité dans les environs. A l'intérieur de la demeure, on se livrait aux derniers préparatifs, mais il n'y avait pas âme qui vive dans les jardins.

Il avait passé la journée avec Concepta, leur première journée entière ensemble depuis l'enterrement. Ça ne s'était pas bien passé. Non qu'ils se fussent disputés, mais ils n'étaient pas à l'aise l'un avec l'autre. Au fil des heures, sa migraine s'était lentement accentuée. Après le déjeuner, il avait essayé de s'allonger, avec pour seul résultat une aggravation de la douleur. Un appel de Grainne Walsh lui avait enfin fourni un prétexte pour s'esquiver. Avant de partir, il avait demandé à Amina de l'accompagner ; officiellement, il sollicitait son regard de professionnelle sur les derniers aménagements sécuritaires, en réalité il espérait qu'ils auraient le temps de bavarder un peu.

Depuis deux semaines, il était en proie à deux séries d'émotions contradictoires. Il pleurait sa fille, et il passait de plus en plus de temps avec la seule femme qu'il eût jamais vraiment aimée et qui lui avait rendu son amour avec une égale intensité. Il lui fallait de temps en temps reprendre son souffle, comme s'il avait couru trop vite ou s'il suffoquait.

La présence d'Amina lui rappelait douloureusement ce qu'il avait perdu. Si, des années durant, il s'était interrogé sur la réalité de son amour pour Concepta, il ne se posait plus la moindre question. Et la disparition de Mairead le privait du seul être sur qui il avait reporté ses sentiments.

Il était trop tôt pour envisager un avenir avec Amina. Ils n'étaient pas redevenus amants. Declan ne lui avait fait aucune avance, elle n'avait jamais laissé transparaître la moindre envie qu'il lui en fît. Selon toutes les probabilités, elle retournerait à Beyrouth dès la fin de la conférence, le laissant doublement seul et désemparé. Mais il avait un petit espoir de la convaincre de rester : les prétextes ne manqueraient pas.

Un vent froid s'était levé après le déjeuner et l'on percevait les signes annonciateurs de l'orage. En contrebas de la demeure, la Liffey coulait entre des rives verdoyantes, profitant de ses derniers espaces de liberté avant de pénétrer dans la ville et de se jeter dans la mer. Ils suivirent la rive et s'engagèrent sur un étroit sentier menant vers l'est.

Amina avait analysé la menace d'une attaque terroriste islamique sur la base des derniers renseignements qu'elle avait reçus de Beyrouth. On supposait que plusieurs membres des commandos du Hezbollah, al-Jihad al Islamiyya, se trouvaient en Europe. Deux tueurs, connus pour leur collaboration avec le parti chiite Amal, avaient été vus à Oslo.

Declan et Amina s'arrêtèrent près de l'eau et s'abritèrent du vent sous de vieux arbres. La surface de l'eau était agitée par de brusques rafales, qui soulevaient de courtes vagues. Le ciel qui les surplombait était parcouru de nuages rapides et noirs. Un héron se posa, contempla un instant son reflet chatoyant et s'envola à tire-d'aile. Le silence était profond, accentué encore, par contraste, par les bruits du vent et des vagues. La lumière ne semblait pas tomber du ciel mais émaner d'en bas, des pierres et de l'eau ; les hauts arbres et les herbes grasses et bruissantes l'atténuaient.

Elle lui prit le bras et ils se remirent en marche. Ils dépassèrent un petit bateau amarré à une jetée en bois. Un oiseau piailla plaintivement dans les roseaux, derrière eux.

« Tu aimes toujours Concepta ? »

Comme cette question semblait stupide ! Une formule

stéréotypée, un cliché rebattu dans tous les mauvais romans, usé par son inlassable répétition dans tous les magazines ! Pourtant, elle avait été incapable de se retenir de la poser. Il fallait qu'elle sache, quoi qu'il arrivât.

Declan ne répondit pas immédiatement. Les mots pour exprimer sa pensée n'étaient pas faciles à trouver. Il s'était si rarement formulé ces choses ! Avec tout ce non-dit, et la confusion extrême de ses sentiments, il avait l'impression que les paroles qu'il allait enfin oser prononcer le déchireraient comme des lames de poignard. Le simple fait de prendre Amina dans ses bras était la plus dangereuse des choses qu'il eût jamais faites.

« J'aimais Mairead, répondit-il enfin. J'aurais donné ma vie pour la sauver.

— Ce n'est pas ce que je t'ai demandé. »

Le silence lui joua un tour : il eut l'impression que la voix d'Amina était très lointaine, qu'elle lui parlait depuis la rive opposée. Il avait envie de l'embrasser, de la coucher dans l'herbe épaisse et de lui faire l'amour. Mais sa voix, suspendue dans les airs, résonnait comme un défi.

« Je n'ai jamais aimé Concepta. Je l'ai admirée, estimée, j'ai pris soin d'elle, j'ai eu pitié d'elle, ça oui. Elle fait partie de ma vie, je ne peux l'en déraciner sans me blesser moi aussi. Mais je ne l'ai jamais aimée.

— Pourquoi es-tu resté si longtemps avec elle ?

— Nous sommes en Irlande. Le divorce est presque impossible, ici. Surtout pour la sœur du Premier ministre. Tu étais au Liban. L'éducation de Mairead n'était pas terminée. J'ai fait de mon mieux.

— Tu aurais dû revenir.

— A Beyrouth ?

— Oui.

— Tu sais bien que ce n'était pas possible. Ni pour toi ni pour moi.

— Et maintenant, ça l'est ? »

Il détourna son regard, contempla les eaux bouillonnantes.

« Non, dit-il enfin.

— Je pourrais rester ici. »

Il lui caressa doucement la nuque.

« Marchons encore un peu », dit-il.

Main dans la main, ils poursuivirent leur route. Le ciel s'obscurcissait de plus en plus. Rien, ici, ne rappelait la violence des crépuscules méditerranéens ; la lumière faiblissait lentement et la nuit tombait et engloutissait toutes choses. Amina avait l'impression qu'elle avait toujours été là, que sa vie à Beyrouth n'était qu'un rêve, partagé avec tant d'autres. Elle se remémora un poème de Yeats qu'elle avait entendu lire en classe d'anglais, bien des années avant d'avoir rencontré Declan. Elle l'avait appris par cœur, à l'époque, et ne l'avait jamais oublié.

O'Driscoll regarda les roseaux s'assombrir,
huma la marée montante
et rêva des longs cheveux blonds
de Bridget, son épouse...

Declan l'écoutait ; il se souvenait lui aussi de ce poème, il en connaissait la fin. L'épouse de O'Driscoll, enlevée par un jeune garçon de la Sidhe, disparaissait à jamais.

Le vent fit s'envoler les derniers vers du poème, qui flottèrent un instant au-dessus des eaux agitées. Debout, immobiles l'un en face de l'autre, on aurait dit qu'ils attendaient le son des cornemuses, porté par le vent jusqu'à leurs oreilles attentives ; mais il n'y avait pas de musique, on n'entendait que le grondement de l'orage qui accourait en franchissant les hautes branches. Il se pencha vers elle et la prit dans ses bras comme si c'était la première fois, puis il l'embrassa, un long baiser rempli de tout l'oubli et de toute la mémoire du monde.

Lorsqu'ils se séparèrent enfin, les ténèbres s'épaississaient.

« Où pouvons-nous aller ? demanda-t-elle.

— Viens », dit-il.

Il la prit par la main et la guida sur le sentier ; puis ils s'enfoncèrent dans les fourrés jusqu'à une clairière où de hauts arbres formaient une couronne de branches obscures. Le sol était tapissé d'aiguilles de pin. Au-delà du cercle magique des arbres, le vent soufflait avec violence, mais à l'intérieur de l'anneau, le silence régnait à nouveau.

Dès qu'il la toucha, il sut que l'amour était plus important que le devoir, la bonté ou la pitié, qu'il ne ferait plus de concessions, qu'il ne paierait pas plus longtemps le prix exorbitant d'un cœur douloureux en échange d'un respect des apparences. Jamais il n'avait éprouvé de tels regrets, jamais il ne s'était senti ainsi trahi par le passage du temps.

Il la déshabilla en hâte, haletant, comme si elle risquait de s'évanouir en fumée. Cette clairière, il la connaissait, et pourtant il n'y avait jamais emmené de femme. On aurait dit qu'elle les attendait de toute éternité. Il ôta son manteau et la coucha doucement dessus. Sa migraine avait disparu, il s'en avisa plus tard. Bien plus tard.

Serrés l'un contre l'autre pour se réchauffer, ils écoutaient gronder l'orage.

« Tu m'aimes toujours ? » lui demanda-t-il. Il faisait nuit noire et il ne distinguait d'elle qu'une forme allongée près de lui.

« Je n'ai jamais cessé de t'aimer.

— Je veux que tu restes ici, que tu vives avec moi.

— Nous verrons.

— J'obtiendrai peut-être l'annulation de mon mariage. Padraig Pearse a de l'influence dans les hautes sphères. Il préférera sans doute une annulation discrète à un scandale.

— Nous verrons.

— Arrête de dire cela.

— Que veux-tu que je dise ? Tu m'abandonnes pendant quinze ans, puis tu voudrais que je tourne le dos à mon pays, à ma vie, pour vivre ici avec toi. Ce n'est pas si facile que tu le crois, Declan. Vraiment pas.

— Mais tu m'aimes, n'est-ce pas ? »

Elle l'attira contre elle, en songeant aux longues nuits qu'elle avait passées à penser à lui, si lointain, si absent.

Sur la rive opposée, un guetteur caché les observait à travers une lunette à infrarouge. Il se faisait appeler Ezéchiel. Ce n'était pas un voyeur. Comme Declan, il était venu jeter un dernier coup d'œil à Castletown avant le début de la conférence. Il reconnut le policier, car il avait vu des photos de lui. Mais il ignorait tout de sa compagne. Il enregistra son visage dans sa mémoire, et reprit sa surveillance.

11

Castletown House, Celbridge
Lundi 17 septembre, 18 h 53

Une soirée parfaite pour une réception, songea Declan, en regardant la Liffey qui coulait paresseusement à l'extrémité de la pelouse, et en se remémorant la nuit précédente. L'orage avait fini par éclater et ils étaient rentrés en ville trempés jusqu'aux os, mais sans y attacher la moindre importance.

Dans la journée, un vent frais s'était levé, comme si Dieu protégeait les siens. Le mauvais Dieu, bien entendu, mais Declan Carberry n'était pas homme à s'encombrer de considérations théologiques. Une légère brume s'était posée sur le fleuve, comme pour dissimuler l'approche de l'automne.

La nuit n'était pas assez fraîche pour empêcher les invités de parcourir les jardins ou de se promener le long de la Liffey. Tous ou presque cédaient à la tentation d'une certaine volupté, bien que certains préférassent rester en petits groupes fermés. Ceux-là seraient les plus intransigeants, lors des débats de la conférence. On ne servait pas d'alcool, bien entendu, et il n'y aurait pas de porc au menu du dîner. Mais on n'irait pas plus loin dans les concessions à l'ascétisme.

Des hommes allaient et venaient sur les terrasses, ou déambulaient dans de vastes salons aux somptueuses dorures, éclairés par des chandeliers, un verre de jus de fruits ou une coupe de sorbet à la rose à la main. Des curieux se penchaient sur les menus en feignant l'indifférence : soufflé, ballottine de saumon irlandais, flan aux artichauts (on avait discrètement omis de signaler leur provenance, Jérusalem), noisettes d'agneau irlandais à l'estragon, langoustines de la baie de Dublin aux raviolis truffés. Quelqu'un avait passé la nuit à traduire le nom des différents plats en arabe et en perse.

Sagement, les maîtres queux n'avaient pas essayé de cuisiner des plats du Moyen-Orient. Tous les mets, cependant, étaient garantis *halal* : dans les cuisines, des hommes barbus veillaient à ce qu'ils le restent, et à ce qu'on ne verse ni vin ni spiritueux dans les sauces.

Les rares invités occidentaux étaient tous des diplomates expérimentés. S'il y en avait parmi eux qui étaient amateurs d'alcool, ils avaient pris leurs précautions, et s'étaient munis de petites bouteilles plates, dissimulées dans leurs poches, qui leur permettraient de tenir jusqu'à la fin de la soirée. Les homosexuels savaient qu'il était hors de question de tenter de séduire les représentants de l'Islam. Les plus prévoyants avaient pris leurs dispositions avec l'aide du jeune et charmant premier secrétaire de l'ambassade de Turquie. Ceux qui n'avaient rien à cacher étaient ravis d'échapper pour une nuit au lit conjugal.

Ciaran Clark évoluait parmi eux avec la grâce d'un cygne, parfaite incarnation de la bonhomie tranquille. Il serrait des mains, minaudait, présentait les gens, sortait à tout bout de champ les dix mots d'arabe qu'il avait appris, connaissait tout le monde, possédait le numéro de téléphone de chacun. Avant l'arrivée du Taoiseach et du président Fallon, il vivait son heure de gloire.

Il était ministre des Affaires étrangères depuis le mois d'avril. Né dans le Kerry, élevé à Dublin, éduqué à Harvard, il symbolisait le pur produit de l'Irlande nouvelle, avec une jeunesse passée dans les universités de l'Ivy League. A l'instar de son mentor le Taoiseach, il avait le regard braqué sur l'Europe, et souhaitait modeler la terre de Cuchulain et de Finn Mac Cumaill à sa propre image : confiance en soi, esprit d'entreprise, clairvoyance et conformité.

Declan le regardait passer, sûr de lui dans son costume sombre. Parfois, il se demandait ce qu'il redoutait le plus : le Sinn Fein et ses fous armés jusqu'aux dents, habités par leur rêve d'une Irlande qui n'avait jamais existé et n'existerait jamais, ou Ciaran Clark et ses petits génies en costumes de chez Armani, contemplant avec béatitude leur pays en train de s'enfoncer dans l'océan de leur propre banalité.

Declan trouvait que Clark ressemblait à un oiseau mais il n'avait pas encore choisi entre le volatile au beau ramage et l'oiseau de proie. Clark avait réduit le nombre d'hommes que Declan souhaitait déployer pour la protection de la conférence, et interdit les surveillances systématiques. Declan l'avait prévenu que dans ces conditions il ne pouvait garantir la sécurité des délégués. Et il lui avait demandé l'autorisation d'installer sur le périmètre de Castletown une unité armée du Fiannoglach. Clark avait refusé catégoriquement. Il voulait de la discrétion. Les délégués seraient mal à l'aise s'ils sentaient la présence encombrante de la police et de l'armée. Les considérations diplomatiques et politiques avaient primé. Que Declan se débrouille avec vingt policiers et quinze Rangers, et qu'il les tienne à l'écart des invités.

Les seuls militaires visibles à l'intérieur des murs étaient le lieutenant général O'Rahilly, chef d'état-major des forces irlandaises, et son adjudant général, le major Walsh. O'Rahilly avait servi dans les forces de l'ONU au Liban et, à lui seul, il en savait plus sur les problèmes de la paix au Moyen-Orient que tous les fonctionnaires du ministère des Affaires étrangères.

Les autres soldats étaient cantonnés à l'extérieur et on leur avait demandé de ne pas se montrer. Sur la terrasse devant la maison, Declan Carberry et le capitaine des Rangers Tommy Murtagh rouspétaient de concert.

« Je suis vraiment navré, Declan. Je vous aurais volontiers donné cinquante hommes, mais on m'a lié les mains. J'ai fait de mon mieux : j'ai annulé toutes les permissions de la garnison de Curragh et mis mes soixante types en état d'alerte rouge. Si on a besoin d'eux, ils seront ici en un rien de temps. »

Declan regarda la grande demeure et les vastes jardins qui l'entouraient. Un assassin pouvait aisément s'y cacher. Il avait insisté pour que les invités soient cantonnés à l'intérieur, mais la tiédeur de la soirée avait eu raison de ses bons conseils.

« Espérons que ce ne sera pas nécessaire, Tom. Et ditesleur de boire un verre sur mon compte quand ce sera fini. »

Murtagh lui sourit.

« Vous devez être un homme riche, mon vieux ! Au prix de la Guinness aujourd'hui ! »

Declan lui sourit en retour, mais sans enthousiasme. Il avait loué son costume pour la soirée.

— Non, Tom, répondit-il en secouant la tête, je ne suis pas riche du tout. Je suis marié à une femme riche. Il y a une différence. »

Les hommes d'Ezéchiel étaient en place, et équipés d'un système de communication UHF. Ils avaient revêtu la tenue de circonstance : combinaison noire, gilet pare-balles, cagoule noire, masque à gaz. Chaque homme portait deux armes : un MP5 H&K pour l'opération proprement dite et un fusil semi-automatique avec lunette à infrarouge et intensificateur d'image de la troisième génération, le plus cher sur le marché. Leur responsabilité était trop grande pour qu'on fasse des économies de bouts de chandelles. Ainsi armé, un tireur embusqué atteignait un homme à trois cents mètres par faible luminosité.

Ezéchiel consulta sa montre : 18 h 53. Une action de ce genre dépendait essentiellement du minutage : la diversion, le périmètre de pénétration, l'opération elle-même. Si tout se déroulait comme prévu, ils lanceraient l'attaque au moment où le jour commençait à baisser. La phase finale aurait lieu sous le couvert de la nuit. L'élément de surprise ne suffisait pas, il leur fallait aussi l'obscurité et la rapidité.

Les tempes serrées, la paume des mains moite, il sentait la nervosité le gagner. C'était le moment le plus difficile : inactivité forcée, flots d'adrénaline se précipitant dans les veines sans pouvoir encore se décharger.

Il restait encore quelques minutes à attendre. Il s'agenouilla et murmura dans le microphone dissimulé dans son masque à gaz.

« A genoux, et prions », dit-il à voix basse. Il ne voyait pas ses hommes mais il savait qu'ils étaient là et qu'ils inclinaient la tête. Les bruits de la forêt lui parvenaient, les sons doux et étouffés d'un monde se préparant pour la nuit. Il se remémora sa première chasse, dans les Rockies. Il avait dix ans à l'époque. Son père l'avait emmené tirer le cerf, armé de son premier fusil, un vieux 22 Hornet qui avait appartenu à son grand-père et n'était plus bon qu'à exterminer la vermine. Il se rappelait encore l'odeur des bois, le craquement des branches sous ses pieds maladroits, les étoiles qui illuminaient la nuit tels des éclats de cristal projetés sur l'horizon.

« Seigneur, écoute-nous. (Il parlait doucement, sachant que son micro transmettrait distinctement chacune de ses paroles aux membres du commando.) Nous sommes réunis ce soir sous Ton regard...

Et le cerf tomba sous ses balles, mortellement blessé, trébuchant dans les fougères à la lueur de l'aube.

« En ces derniers jours, nous te demandons Ta bénédiction et Ton aide. Nos esprits sont faibles. Protège-nous de Ton esprit...

Le sang écarlate, et son père, debout, visant pour donner le coup de grâce.

« Nos mains sont faibles. Donne-leur la force de la Tienne...

Et le cerf qui tressaillait une dernière fois et s'immobilisait dans les fougères désormais silencieuses, où se taisaient les oiseaux, les écureuils... et Dieu.

« Nos yeux sont faibles. Aiguise-les, nous T'en prions. Et donne-nous la vision intérieure, comme Tu l'as donnée à ton disciple David, afin que nous voyions, que nous sachions, que nous comprenions...

Et les larmes qu'il ne pouvait retenir, et la voix de son père, brutale, coléreuse, comme une morsure : conduis-toi en homme.

« Et donne-nous la force pour l'action que nous engageons, car nous agissons en Ton nom. Si l'un de nous venait à périr, qu'il meure en martyr de Ta sainte cause. En cette heure de notre jugement, nous te supplions de nous accorder Ta force et Ta protection. Au nom de Ton Fils et au nom de David, que Tu nous as envoyés. Amen. »

Il se tut. Le fusil qu'il tenait entre ses mains lui procurait une sensation de bien-être : il était lourd, sombre, silencieux. Il ne parlerait qu'une seule fois, ce soir. Il sortit un magasin de sa ceinture et le mit en place. Il contenait cinq balles de 7.62. Mais une seule suffirait.

Declan consulta sa montre. Le Taoiscach et le président devaient être en route. Il avait suggéré qu'ils circulent avant la tombée de la nuit, mais ils avaient un rendez-vous avec l'ambassadeur de Grande-Bretagne et Declan supposait qu'ils arriveraient aux alentours de 9 heures.

Quelqu'un toussa derrière lui. Il se retourna et vit Concepta. Elle portait une élégante tenue blanche, commandée pour l'occasion, et dont le choix avait réclamé des heures de réflexion et de discussion. C'était une très belle robe du soir, qui ne risquait en rien d'offenser un de leurs invités. Une longue écharpe blanche recouvrait en partie ses cheveux. Quelle femme séduisante, se dit-il en comprenant soudain pourquoi elle aimait tellement ce genre de réceptions.

« Tu es superbe, dit-il.

— Merci. Je fais encore mon petit effet. Attends d'avoir vu Sheilagh Fallon... Elle est attifée comme une bonne sœur. »

Il éclata de rire. Sheilagh Fallon était une femme stupide, dont le mari dirigeait l'élevage de poulets de Padraig Pearse, dans le comté de Limerick.

« Tu n'aurais pourtant pas dû venir ce soir. Padraig n'avait pas le droit de te demander ça. C'est beaucoup trop tôt.

— Tu es bien là, toi.

— J'y suis obligé. Je n'ai pas choisi d'assister à une réception.

— Padraig a pensé que ça me ferait du bien de sortir. Et, selon Brannigan, le travail est la meilleure source de diversion. »

Elle lui tendit un des verres qu'elle tenait en main.

« Tiens, je t'ai apporté à boire. On appelle ça du calpis. »

Il la regarda.

« Qu'est-ce que c'est ?

— Du jus de litchi, et quelque chose d'autre, j'ai oublié quoi.

— Je suis en service.

— Voyons, Declan, il n'y a pas une goutte d'alcool dedans. »

Le moment était mal choisi, le lieu aussi, mais il ne put se retenir.

« J'ai réfléchi, Concepta. Quand ce sera terminé, je parle de la conférence, je crois que je vais quitter la maison, m'installer tout seul quelque part, comme j'en avais l'intention avant que...

— Ça fait à peine cinq semaines qu'elle est morte, Declan ! Je t'ai dit que j'avais besoin de toi.

— Ça se passera bien. Nous nous verrons souvent. Mais je ressens la nécessité de vivre seul. »

Jusqu'à la veille, ses paroles auraient reflété la vérité. Mais aujourd'hui ?

« Et moi, Declan ? Pourquoi te montres-tu si égoïste, comme d'habitude ? Tu voudrais que je reste seule dans cette maison lugubre qui ressemble à un tombeau ? Ni fille ni mari, aucune vie personnelle ?

— Je vais attendre encore un peu. Mais plus très longtemps. Peut-être devrais-tu aller passer quelques jours dans ta famille. Ça te ferait du bien de quitter Dublin. Et ils seraient heureux de te voir.

— Il y a quelqu'un d'autre, n'est-ce pas ? »

Comment lui avouer que cela faisait quinze ans qu'il y avait quelqu'un d'autre ?

« Tu déraisonnes.

— Mais c'est vrai, pourtant. Sinon, pourquoi voudrais-tu t'en aller ? Si tu t'imagines que je vais accepter que tu me laisses tomber pour la première grue venue, tu te fais des illusions. Je ne serai pas la seule que tu trouveras sur ton chemin. Padraig Pearse te fera rôtir vivant si tu oses lui faire part de tes projets. »

Ciaran Clark surgit subitement derrière elle. Il fixait Declan d'un regard suspicieux. Un homme de haute taille à la barbe fournie l'accompagnait.

« Concepta, je voudrais te présenter au professeur Abd al-Halim, le chef de la délégation égyptienne. »

Elle tourna le dos à Declan et tendit la main en souriant.

« *Masa'al-khayr* », susurra-t-elle.

Declan la regarda s'éloigner sans dire un mot. Le ministre des Affaires étrangères salua poliment de la tête et se mit en quête d'une autre personnalité. Declan s'apprêtait à s'en aller à son tour lorsqu'on lui tapa légèrement sur le bras. Amina lui souriait. Subitement, il sentit la colère et la tension le quitter.

« Je suis si heureux de te voir, dit-il.

— C'était Concepta, n'est-ce pas ? »

Il hocha la tête.

« C'est une très belle femme. Tu ne lui faisais pas justice quand tu parlais d'elle.

— Je ne la considérais pas comme belle, quand j'étais avec toi. »

Elle rougit.

« Nous sommes en service, commissaire.

— Nous étions également en service au Liban, si je m'en souviens bien. Sans parler d'hier soir. »

Elle sourit malgré son embarras. Contrairement à Concepta, Amina était vêtue à l'européenne, d'un tailleur pantalon, et n'avait pas couvert ses cheveux courts.

« Ciaran approuve ta tenue ? lui demanda Declan.

— Je suis une femme moderne, déclara-t-elle d'un ton vif. C'est ainsi que j'aime m'habiller. En Algérie, des fondamentalistes comme certains de ceux qui sont ici ce soir ont égorgé des écolières pour la simple raison qu'elles ne portaient pas le *hijab*. Je ne le porte pas non plus, en leur honneur. Tu as quelque chose à redire ? »

Il secoua la tête.

« Comment supporte-t-elle ? demanda Amina pour changer de sujet de conversation.

— Concepta ? Pas très bien. Je t'ai raconté à quel point la mort de ses parents l'avait atteinte. Celle de Mairead est encore pire. Je l'ai laissée très seule, pour m'occuper de la conférence. »

Amina ne répondit pas, mais elle savait que ce n'était pas l'exacte vérité. Il avait passé de nombreuses soirées avec elle, et elle ne le lui reprochait pas. Lui aussi éprouvait un immense chagrin, et sa présence le soulageait, du moins le prétendait-il.

« Elle avait l'air en colère, juste avant que j'arrive.

— En effet. C'était ma faute. Je ne choisis jamais le bon moment. Je lui ai annoncé que je voulais déménager, m'installer dans un appartement à moi. »

Amina rougit à nouveau.

« Tu ne trouves pas que c'est un peu brutal ?

— Non, je lui en avais déjà parlé avant de te revoir. Il faut que je le fasse, quoi qu'il arrive.

— Ne vaudrait-il pas mieux... ? »

Le téléphone portable que Declan avait dans sa poche sonna.

« Carberry, dit-il en le portant à son oreille.

— Declan ? C'est Tommy Murtagh. On a un problème, Declan. On vient de m'appeler de Curragh. La moitié des hommes a été attirée à l'extérieur.

— Attirée ? Qu'est-ce que cela signifie ?

— Une alerte sur la route de Lucan. L'ambassadeur de Grande-Bretagne allait dîner chez le président de Maynooth College. On lui a tendu une embuscade. »

12

Tommy Murtagh était parti en emmenant ses quinze hommes. La compagnie de Rangers de Curragh était placée en alerte rouge. D'autres unités se dirigeaient vers le lieu de l'embuscade.

Declan Carberry ne perdit pas une minute. Malgré les protestations véhémentes de Ciaran Clark, il fit entrer tous les invités à l'intérieur de la demeure avec l'aide d'Amina, et les réunit dans la grande salle de bal du premier étage. Il n'aurait pu prendre de pire décision, mais, pour l'heure, n'avait d'autre moyen de faire autrement.

Pour ne pas susciter d'inquiétude, ils ne mentionnèrent pas l'embuscade. Declan se fit le serment que des têtes tomberaient. On ne lui avait pas dit que l'ambassadeur de Grande-Bretagne avait l'intention de se rendre ce soir à St. Patrick, le séminaire de Maynooth, à seulement six kilomètres au nord de Celbridge.

Ils justifièrent leur décision de se cantonner à l'intérieur des murs sous le prétexte de la tombée de la nuit, et du vent qui commençait à fraîchir. Le président et le Taoiseach ne viendraient pas, bien entendu, Declan s'en était occupé en priorité sitôt qu'on l'avait informé de l'embuscade. Il ne pouvait écarter l'hypothèse d'une erreur de la part des agresseurs, qui auraient confondu la voiture de l'ambassadeur avec le véhicule présidentiel. Une erreur détestable, certes, mais providentielle.

Providentielle à court terme, en tout cas. Declan frémit en songeant aux conséquences prévisibles si Reynolds avait été blessé, ou pis encore. Les relations anglo-irlandaises avaient pris un sacré coup dans l'aile après le meurtre, en 1976, de Christopher Ewart-Biggs, ambassadeur de Londres à Dublin. Un nouvel assassinat était impensable, et ses conséquences pour le chef de la branche spéciale incalculables. Declan sentit monter une nouvelle migraine.

Dès que les invités eurent repris leurs jus de fruits et leurs canapés, Declan prit de nouvelles mesures. Il posta dix hommes, qui formèrent un cordon de sécurité le long du mur d'enceinte, cinq autres à l'extérieur de la maison et cinq encore en divers points stratégiques à l'intérieur. Cela devrait suffire en attendant l'arrivée des renforts de Dublin. Amina, le principal agent de liaison entre Declan et les musulmans, informa discrètement les gardes du corps des différentes délégations de la situation et leur recommanda d'ouvrir l'œil.

A l'extérieur, tout était anormalement calme.

Ezéchiel consulta sa montre. Il était 19 h 15. L'embuscade avait eu lieu au moment voulu ; cela le soulageait d'un souci important. Demain, le trésorier de l'IRA à New York serait averti d'un versement d'une somme de un million de dollars dans une banque de Zurich. Il supposerait que l'argent provenait de Noraid. Ce serait faux. Le chauffeur de l'ambassade britannique avait pour sa part déjà touché ses dix mille livres. Il supposait que c'était l'IRA qui le payait. C'était faux. Les deux hommes se tairaient. Ils n'avaient pas le choix.

L'heure avait sonné. Son groupe d'assaut était constitué de douze hommes. Des hommes de pouvoir. Des hommes de Dieu. Première étape, prendre position. Il murmura dans son émetteur :

« Installez les brouilleurs. »

A son signal six hommes actionnèrent des systèmes de brouillage branchés sur la fréquence des communications radio à l'intérieur du périmètre d'intervention. Au poste de contrôle central, derrière la maison, il ne se passerait rien. Le système d'alarme était hors service, mais nul ne s'en apercevrait. Tout donnerait l'impression de fonctionner normalement. Il l'avait voulu ainsi : de cette façon, ils pourraient pénétrer dans la zone sans donner l'alerte. Si ça marchait, évidemment, pria-t-il intérieurement. Si le système ne se désactivait pas, il devrait annuler toute l'opération. Sauf si les balles de la Garda l'annulaient lui-même en premier.

« En avant », dit-il.

Des silhouettes silencieuses se mirent en mouvement sous les arbres. Elles pénétrèrent dans le périmètre. Ezéchiel braquait ses puissantes jumelles sur la maison, guettant une éventuelle réaction.

« Ne bougez plus », murmura-t-il.

Il avait choisi la position qui lui offrait le meilleur angle sur la ligne de front. Le commandant de la Garda avait posté un homme devant chaque aile, deux sur la terrasse et deux hommes un peu plus bas dans l'allée centrale. Cela faisait six en tout. Mais il lui fallait savoir combien il y en avait derrière la maison. Il ne pouvait se permettre aucune erreur.

Selon son plan, il pouvait perdre jusqu'à quatre hommes, pas un de plus. Le choix d'une marge aussi serrée n'avait pas été fait au hasard. Mais il avait fini par calculer qu'il était beaucoup plus dangereux d'entrer avec plus que douze hommes que d'en perdre un certain nombre au cours de l'assaut. Les hommes qui entraient, il faudrait aussi les faire sortir avant l'arrivée des renforts.

Aucune réaction. Pour le moment, tout allait bien. Les policiers étaient aux aguets, ils n'avaient reçu aucun signal du poste central. Ils sauraient bien assez tôt de quoi il retournait, se dit-il.

« Prenez position. »

Quelques rais de lumière éclairaient encore le gazon. L'univers commençait et finissait ici, à l'orée de ce bois, parmi ces ombres mouvantes. Il entendait sa respiration derrière le masque, doux rappel de son état de mortel, puisque chaque souffle le rapprochait du dernier. Lorsqu'il était enfant, il avait fait le compte : une moyenne de quinze respirations à la minute. Vingt et un mille six cents par jour. Cinq cent cinquante millions trois cent soixante-huit mille si l'on vivait jusqu'à soixante-dix ans.

Ses hommes sortaient à découvert, aplatis au sol, rampant dans les fourrés.

« *Cinq, en position...* »

« Trois, en position... »

« Dix, en position... »

Les voix lui parvenaient tandis qu'il rejoignait son poste et accrochait son fusil à une branche basse. En quelques instants, tout le monde était en place. Le six, c'était Capaldi, lui indiqua la situation à l'arrière de la maison.

« Quatre policiers, deux à chaque aile, deux à l'entrée. Tous visibles.

— Et sur le toit ?

— *Rien.*

— Parfait. Je vais les numéroter en commençant par le type dans l'allée, le plus proche de moi, dans le sens des aiguilles d'une montre. Ça marche comme sur des roulettes, inutile de s'énerver. Tout le monde choisit sa cible, sauf six et sept. Un et douze sont des tirs difficiles, pas loin de trois cents mètres, deux et onze sont de portée moyenne, je dirais cent cinquante mètres, tous les autres sont en dessous de cent mètres. Toutes les cibles doivent être atteintes, sans exception. On commence donc par les plus éloignées. »

Cela concernait Ross et lui. Il se souleva sur les coudes, et mit en joue. Le PSG 1 pesait plus de neuf kilos. Heureusement qu'il s'en débarrasserait après avoir tiré une seule fois. Mais son poids lui donnait une stabilité idéale pour un tireur embusqué. L'acier était froid, contre son visage. Les doigts de sa main droite s'enroulèrent sur la crosse. Il respirait lentement, profondément ; il n'avait aucune raison de se presser.

C'est alors qu'il sentit l'étrange symbiose entre lui et son arme l'envahir. Son cerveau détestait l'acte qu'il allait commettre, méprisait l'homme qu'il allait devenir, mais dans son cœur son arme et lui ne faisaient qu'un. Le fusil était une extension intime de son moi le plus profond. Il détestait tuer, mais il croyait au pardon, et au pouvoir. Un chirurgien et son scalpel font mal, songea-t-il, mais s'ils guérissent, quel mal y a-t-il à faire couler le sang ?

Le monde qu'il voyait dans sa lunette n'était pas le monde réel. Les images agrandies étaient fantomatiques, des formes vagues, échappées d'un univers parallèle. Les longues voitures noires étaient échouées comme des baleines mirifiques. Le gravier de l'allée ressemblait à une plage que l'océan aurait désertée. Et sa cible — ce n'était pas un homme, pas un être humain dont les ultimes respirations étaient désormais comptées, mais un succube qui n'existait que dans le petit monde de son fusil. Un homme pouvait tuer ce genre de succubes en toute impunité, il pouvait les tuer et regarder son Dieu en face, en souriant, et se réfugier dans Ses bras.

La tête du policier sembla basculer dans les lignes croisées de la lunette.

« Objectif numéro 1 atteint », murmura-t-il.

« *Objectif numéro 12 atteint.* » La réponse lui parvint tel un écho.

Il était 19 h 19.

Declan Carberry parlait avec le quartier général de la police depuis son téléphone mobile.

« Envoyez la réserve si vous voulez, je m'en fiche ! Mais débrouillez-vous pour m'expédier d'urgence tous les hommes disponibles.

— Mais, monsieur, je dois... »

Il interrompit la communication et regarda la terrasse par la fenêtre. Son cerveau s'emballait. Selon l'ambassade britannique, ce dîner entre amis avait été organisé à la dernière minute. L'ambassadeur aurait dû arriver plus tôt mais le Taoiseach lui avait demandé de passer pour s'entretenir quelques instants avec lui et le président. Il se confirmait que l'embuscade était dirigée contre Padraig Pearse et Fallon. Sauf que...

Si l'embuscade était l'œuvre de l'IRA, et il ne voyait pas d'autre responsable possible, elle n'aurait pas choisi pour cible les deux plus importants hommes politiques d'Irlande. Le règlement de l'IRA était clair : il n'était pas question de s'en prendre à l'armée ni à la police de la République.

Plus il réfléchissait et plus le minutage et le lieu lui semblaient trop beaux pour être vrais. Ça se mettait à ressembler à un coup monté. A une diversion. Le président et le Taoiseach n'avaient pas quitté Dublin. Mais les délégués, eux, étaient toujours à Castletown House.

Tout paraissait tranquille, dehors. Le faîte des arbres renvoyait les derniers rayons du soleil couchant. Un oiseau glissait sur la brise. Sur la terrasse, Paddy Delaney et Jim

Costello surveillaient l'entrée principale. Plus bas, dans l'allée, Martin Kavanagh et Sean Maher ne quittaient pas la grille des yeux. Ils étaient ses meilleurs hommes, soigneusement choisis pour cette délicate mission.

Un paon traversa la pelouse en se pavanant dans le crépuscule, indifférent aux soucis de l'homme qui le contemplait et admirait sa splendeur.

D'une seconde à l'autre, la scène changea. Les quatre policiers tressaillirent simultanément, et s'effondrèrent sur le sol comme des pantins dont on aurait coupé les ficelles. Le paon hurla, un cri aigu, perçant. Puis le silence retomba. Le paon déploya son éventail pour lutter contre la nuit.

Declan appuya furieusement sur le bouton de son portable.

« Carberry. Que se passe-t-il dehors ? »

Pas de réponse. Il retint son souffle. Toujours rien.

Il appuya une seconde fois.

« Répondez, équipe A. Terminé. »

Sa voix tremblait d'impuissance.

Silence radio.

Declan eut l'impression que son cœur explosait. Il appuya à nouveau.

« Équipe B, vous m'entendez ? Conor, vous êtes là ? Terminé.

— Conor en ligne. Que se passe-t-il, bon Dieu ?

— Rassemblez vos hommes. Emmenez les invités dans la Grande Galerie, mais pas de panique, pour l'amour du ciel. Rappelez-moi immédiatement s'il arrive quelque chose. Terminé. »

Il se précipita vers le poste de contrôle. Les hommes postés à l'extérieur n'avaient plus besoin d'aide. Ils étaient morts avant de toucher le sol, comme Declan le comprit en constatant l'extrême précision des tirs.

Assis devant sa console, l'homme appuyait désespérément sur les boutons. Les huit moniteurs disposés devant lui clignotaient silencieusement, aveuglément.

« Que se passe-t-il, bon Dieu ? »

Le technicien se retourna.

« Tous les écrans sont morts, monsieur. Depuis environ une minute. Il n'y en a plus aucun qui fonctionne.

— Avez-vous vu quelque chose avant qu'ils ne s'éteignent ?

— Sur les écrans ? Non, monsieur. Tout était parfaitement calme.

— Eh bien, ça ne l'est plus. L'équipe A vient de se faire descendre. Laissez tomber ces satanés engins et montez rejoindre le lieutenant Dunn. »

L'homme, blême, contemplait Carberry.

« Remuez-vous le cul, nom de Dieu, ne me regardez pas comme un idiot. »

Le policier saisit sa Steyr AUG et se précipita dans le hall d'entrée en direction de l'escalier. Puis, lentement, tel un danseur exécutant un pas plus complexe que d'habitude, il hésita et son corps se tordit. Ses bras formèrent un arc au-dessus de sa tête et son fusil tomba sur le sol carrelé de marbre noir et blanc.

Declan le regarda tomber, vit son sang éclabousser le sol de taches écarlates, l'entendit crier une fois — à moins qu'il ne s'agît que d'un écho répercuté par l'immense hall de marbre ? Puis il se tourna vers la porte. Un homme vêtu de noir de la tête aux pieds s'encadrait dans le chambranle. On ne distinguait que ses yeux, à travers la lucarne de verre de son masque. Il regardait Declan. Et il était armé d'une mitraillette MP5 pointée droit sur sa poitrine.

13

L'opération avait été tant de fois répétée, dans ses moindres détails, que l'action elle-même en devenait presque décevante. Ils avaient construit des maquettes de la demeure et des jardins, en se servant de photographies récentes et de plans trouvés dans les guides touristiques. Cependant, ce n'était que durant les derniers jours qu'ils avaient pu évaluer la force de la résistance qui leur serait opposée.

A 19 h 22, quatre hommes tenaient le rez-de-chaussée. Les huit autres dressèrent des échelles d'aluminium sous les fenêtres de la Grande Galerie du premier étage. Quelques secondes plus tard, ils étaient prêts à y pénétrer. Sur un signe d'Ezéchiel, les hommes situés aux deux extrémités enfoncèrent chacun un panneau et lancèrent des grenades dans la vaste pièce.

Elles explosèrent simultanément, aveuglant et assourdissant tous les gens réunis dans la galerie. Un instant plus tard, les mêmes hommes agrémentèrent leur feu d'artifice de grenades de gaz. En un rien de temps, le salon d'apparat se remplit d'une épaisse fumée suffocante.

Pendant ce temps, les six hommes du milieu défonçaient à leur tour les cadres et les vitres des fenêtres devant lesquelles ils se tenaient à coups de hache au long manche. Il ne leur fallut que quelques instants.

Les hommes situés aux extrémités tenaient les invités en respect au bout de leurs MP5 ; leurs compagnons entrèrent dans la pièce. Au même moment, une porte s'ouvrit. Un officier de la Garda entra en courant, sa Steyr prête à ouvrir le feu. Une bouffée de gaz lui sauta au visage. Instinctivement, il leva une main pour s'essuyer les yeux. Une volée de balles immédiate se chargea de couper court à ce geste. Une deuxième rafale suffit à décourager toute tentative d'entrer dans le salon par ce chemin.

Soudain, quelqu'un se mit à danser dans les vapeurs et les fumées, se balançant au rythme d'une musique qu'il était seul à entendre. L'homme, Brendan McGlinchey, était l'un des policiers de la Garda chargés de la protection des délégués. L'explosion des grenades l'avait plongé dans une sorte d'hébétude, mais il n'avait pas lâché son arme, comme si elle était son unique point d'ancrage dans un monde qui lui avait échappé. Son nez et ses yeux coulaient, il avait l'impression que les gaz lui déchiraient les poumons, tels des milliers de petites lames bien aiguisées. Cependant, au plus profond de son cerveau, une force intérieure lui dictait sa conduite. Il devait localiser les fenêtres, et tirer.

Il s'obligea à ouvrir les yeux, malgré les gaz. Il pleura de douleur et les referma. Tout autour de lui, la folie régnait. Les hommes se débattaient en hurlant, en geignant, pris au piège, sans espoir de pardon. Sa propre voix résonnait au milieu des leurs, dénuée elle aussi de toute humanité. Son chargeur était plein. Trente balles. Si seulement il parvenait à descendre quelques-uns de ces salauds !

Tant d'ombres mouvantes, tant de fumée, et si peu de temps ! Et lui qui se sentait si lourd, qui bougeait au ralenti...

On entendit de nouveaux bris de verre. Brendan s'efforça de trouver son équilibre et braqua son fusil dans la direction d'où provenait le bruit. Il tira sans viser. Toutes ses balles s'enfoncèrent dans les plafonds. Un des assaillants leva calmement son fusil et lui tira une balle dans le cou. Il n'avait aucun problème de visibilité, lui.

Les huit agresseurs étaient dans la pièce. A l'extérieur, on entendit tirer et crier. Les agents de sécurité opposaient une résistance acharnée au groupe d'attaquants qui montaient du rez-de-chaussée.

Deux hommes suffiraient pour tenir en respect le groupe affolé qui, quelques minutes plus tôt, constituait encore une réunion d'importantes personnalités accompagnées de leurs gardes du corps. Le chef des assaillants mena ses autres hommes devant les portes principales. Il ne servirait à rien d'envoyer une grenade qui affecterait autant ses soldats que les forces de l'ordre. Ezéchiel ordonna à ses hommes de tirer un seul coup à la fois.

On entendait toujours les coups de feu, comme si un téléviseur était branché dans une pièce voisine. Cela accentuait encore l'impression d'irréalité dans laquelle se mouvait Ezéchiel. Il lui fallait un bain de chair et de sang pour recoller au monde. Partager le sacrifice, l'acte d'immolation ; recueillir lui-même la sueur, le sang et les ongles, ne faire plus qu'un avec son Dieu. Là résidait la vérité. S'asseoir à la table du Seigneur, avec un fusil pour calice. Pour la deuxième fois de sa vie, il entrait dans le feu et la fumée, en quête d'amour. D'un coup de pied, il ouvrit la porte.

Il tira deux fois, et toucha sa cible à chaque coup. Deux de ses hommes en profitèrent pour passer. Mais, alors qu'un troisième s'approchait de la porte, une rafale d'arme automatique le cloua brutalement au sol. Des sept policiers qui défendaient l'escalier, il n'en restait que deux de vivants. Celui qui avait tiré s'abritait derrière un piédestal de marbre où trônait un buste pâle. Ezéchiel l'entendit glisser un nouveau chargeur dans son arme et recula au moment où il fit feu. Puis un MP5 tira une seule balle et la Steyr se tut. Ezéchiel reprit position sur le palier. Le dernier des policiers s'avança, les mains en l'air en signe de reddition. Ezéchiel lui tira une balle en plein front, une balle propre, sacrificielle. Ils ne pouvaient se permettre de faire des prisonniers.

Dans la Grande Galerie, le chaos s'était transformé en une soumission hébétée. Il était 19 h 24. Un courant d'air balaya le salon, dispersant rapidement les effluves de gaz. Les invités, légèrement vêtus, tremblaient de froid. Nombre d'entre eux vomissaient, pliés en deux. Concepta Carberry avait trouvé une chaise et s'y était laissée tomber. Non loin d'elle, Ciaran Clark faisait tout son possible pour se tenir à distance des délégués. Amina, au milieu d'un groupe de femmes musulmanes, essayait de les calmer. Elle avait jeté son arme dans un vase : des années d'expérience lui avaient appris à distinguer les moments où il fallait lutter de ceux où il fallait se soumettre.

Ezéchiel retourna dans la pièce. Du coin de l'œil, il perçut un léger mouvement. Un garde du corps algérien reprenait ses esprits et tentait de saisir l'arme qu'il portait sous sa veste. Ezéchiel fit deux pas vers lui, visa et tira. L'homme s'écroula sur le sol en se tordant de douleur. Ezéchiel tira une fois encore. Le garde du corps ne bougea plus.

« Rodriguez, Nielsen, fouillez tout le monde. Les hommes armés sont des gardes du corps. Alignez-les le long de ce mur. »

Il s'interrompit et détacha un téléphone mobile de sa ceinture.

« Ici le Casanier, à vous, le Coureur. Terminé. »

On entendit de la friture sur la ligne puis une voix.

« Ici le Coureur. Tout est calme. »

« Rappliquez en vitesse. Nous serons prêts à partir dans quatre minutes. Terminé. »

« Nous serons là dans deux minutes. Terminé. »

« Freeman, Robbins ? Comment ça se présente, chez vous ? »

« Le rez-de-chaussée est calme. Nous avons un prisonnier. Ce n'est pas un Arabe. »

« Que Freeman me l'amène ici. Robbins, vous restez en place jusqu'à ce qu'on redescende. »

Il consulta sa montre. Rodriguez et Nielsen avaient aligné sept hommes. Leurs armes étaient posées à terre. Ezéchiel les rejoignit.

« C'est tout ?

— Personne d'autre n'était armé.

— Tuez-les, Rodriguez. Nielsen, vérifiez les issues. »

Les gardes du corps ne leur serviraient à rien. En outre, ils risquaient de compliquer leur retraite. Rodriguez s'acquitta de sa tâche avec l'impassibilité tranquille d'un employé des abattoirs. Il glissa un nouveau chargeur en place. S'interrompre pour recharger son arme au milieu du processus n'aurait pas été professionnel.

« Allongez-vous », ordonna-t-il.

L'un des hommes s'exécuta. Les autres le regardèrent, désarçonnés et incrédules. La majorité d'entre eux ne comprenaient pas un mot d'anglais. Rodriguez les força à s'agenouiller. Ils obéirent tour à tour. Puis il les fit se coucher face au sol.

Il parcourut la rangée en visant les têtes, deux coups par personne. Il n'y eut pas de survivants.

Tandis que s'éteignait l'écho des coups de feu, un homme entra avec Declan Carberry. Vêtu comme il l'était, rien ne différenciait le chef de police des diplomates.

« Mettez-le avec les autres », ordonna Ezéchiel.

Il était 19 h 26.

Ezéchiel se planta devant les délégués.

« Que les citoyens irlandais avancent d'un pas. »

Sa voix était grotesquement déformée par le microphone installé dans son masque à gaz.

Nul ne bougea.

« Pas d'héroïsme inutile, je vous prie. Je ne veux que les musulmans. Les autres sont libres de partir. »

Personne ne s'avança.

Ezéchiel n'avait pas de temps à perdre. Il pénétra dans le groupe et en tira Ciaran Clark, dont il avait souvent vu le visage sur des photos de presse. Le ministre des Affaires étrangères pleurnichait lamentablement.

« Identifiez vos ressortissants, lui dit Ezéchiel. Si vous hésitez, je vous tuerai. Si vous essayez de me désigner un des musulmans, je vous tuerai aussi. »

Ciaran, les yeux larmoyants et la gorge en feu, exécuta les ordres. Ce n'était pas son genre de guerre. Il laissait à d'autres le soin de brandir les couleurs. Il désigna les membres de son équipe un par un et les agresseurs les firent sortir du rang. Les militaires irlandais, O'Rahilly et Walsh, en uniforme, étaient aisément identifiables.

Clark aperçut Declan Carberry. Tenté de l'abandonner à son sort, il renonça cependant à son projet. En outre, Clark avait besoin d'un bouc émissaire pour justifier le fiasco de la soirée. Il le désigna du doigt.

Il se souvint alors de Concepta, en robe longue, son écharpe sur les cheveux, qui avait été poussée au fond de la pièce avec les femmes musulmanes. Clark fit un pas vers elle pour la faire sortir du groupe.

Mais Ezéchiel secoua la tête et la renvoya au milieu des autres femmes.

Amina fut la première à réagir. Elle rejoignit Concepta et la prenant par la main la ramena au premier rang.

« Espèce d'idiot ! s'exclama-t-elle en s'adressant à Ezéchiel. Vous ne voyez donc pas que ce n'est pas une musulmane ? Elle s'appelle Concepta Carberry, et c'est la sœur du Premier ministre. Si vous l'emmenez, vous en payerez les conséquences. »

Ezéchiel hésita, puis hocha la tête. Il dit à Concepta de rejoindre les Irlandais.

« Et vous ? demanda Ezéchiel en prenant Amina par le bras. Vous n'êtes pas musulmane, vous non plus. »

Ciaran Clark fit un pas en avant en secouant la tête.

« C'est Amina Bustani, une Libanaise. Vérifiez sur la liste des invités, si vous voulez. »

Ezéchiel l'observa attentivement. Il avait vu son visage la veille au soir, lorsqu'elle était sur la rive opposée de la rivière avec le chef de la police. L'autre femme devait être son épouse. Qui était donc celle-là ? Pas une déléguée, manifestement, il suffisait de la regarder et de se rappeler son comportement de la veille. Une femme policier se faisant passer pour une Arabe ? Ou quelque chose de plus intéressant ? De la tête, il lui fit signe de reprendre place parmi les otages.

« Mais ce n'est pas une déléguée, bon Dieu ! » s'exclama quelqu'un derrière lui. Declan se précipita vers lui dans l'espoir de sauver Amina. Le terroriste le plus proche de lui le renversa d'un violent coup de crosse sur la tempe.

Pendant une seconde, sa migraine disparut miraculeusement, puis Castletown House s'écroula tout autour de lui, l'écrasant sous le poids de ses vieilles pierres. Le marbre, les miroirs et les corniches dorées sombrèrent dans des ténèbres lourdes comme le plomb.

14

Dublin
Mardi 18 septembre, 10 h 45

Ils parcouraient des rues ordinaires, peuplées de gens ordinaires. En apparence, tout du moins. Declan n'était plus à même de distinguer entre l'ordinaire et le fantasmagorique. Une douleur sourde à la tête lui rappelait le coup qu'il avait reçu quelque quatorze heures auparavant. A l'hôpital, on lui avait rasé une partie du crâne et on avait recousu sa blessure. Il portait sans cesse la main au pansement qu'il portait, comme pour l'arracher. Le martèlement dans la tempe était beaucoup moins douloureux que ses migraines. On lui avait donné des analgésiques, en lui recommandant de ne pas en abuser. Comme si cela avait une quelconque importance.

Quelqu'un était à son chevet lorsqu'il avait repris conscience. Pas l'un de ses hommes, mais un individu en costume gris dont le comportement évoquait un membre des services secrets. A quoi bon, désormais, se demanda Declan avec amertume. Mais il ne pipa mot.

Combien y avait-il eu de morts, la veille au soir ? Vingt de ses hommes, c'était certain. Des agents qu'il connaissait personnellement, des hommes bons, de la mort desquels il se sentait responsable. Il avait vu les agresseurs massacrer les gardes du corps étrangers, dont il se sentait également responsable. Mais après qu'il avait perdu conscience ? Il l'ignorait. Il se rappelait seulement son réveil à l'hôpital, dans une chambre toute blanche, la tête endolorie et les idées en désordre.

L'homme au costume gris avait refusé de répondre à ses questions. Il avait attendu patiemment les résultats de la radiographie et d'une série d'examens. Peu après 10 heures, on avait été rassuré sur l'état de santé de Declan, et il avait demandé qu'on l'autorise à partir sur-le-champ. Les médecins auraient préféré le garder vingt-quatre heures en observation mais l'homme des services secrets avait insisté, et obtenu gain de cause.

Ils longeaient Nassau Street, bordée par le mur gris de Trinity College. La Volvo noire n'avait rien d'une voiture officielle mais la circulation semblait s'écarter sous ses roues, comme par magie. Jamais Dublin n'avait semblé plus irréel à Declan, plus dénué de substance. Il devinait plus ou moins l'endroit où ils se rendaient.

Ils s'engagèrent sous le porche du siège du gouvernement, la voiture s'arrêta et son guide fit rapidement descendre Declan. L'ascenseur les amena au premier étage, à quelques pas de la salle du Conseil. Deux Rangers armés de fusils automatiques en gardaient la porte. L'homme au complet gris brandit un passe et la porte s'ouvrit.

Une table carrée occupait presque tout l'espace de la pièce. Des portraits de grands hommes du passé considérant le présent avec mépris ornaient les murs. Padraig Pearse Mangan était assis de l'autre côté de la table, hagard. Declan reconnut les hommes installés à ses côtés. Le lieutenant général Denis Quaid, chef d'état-major militaire ; Tomas O'Sullivan, commissaire adjoint de la Garda, comme Declan ; Martin Fitzsimmons, chef du C3 ; Sean Roche, ministre de la Justice ; Pat Devlin, commissaire de la Garda ; Eoin Ceannt, représentant de l'Irlande à la Commission européenne de lutte contre le terrorisme ; et Ciaran Clark, blême et défait comme jamais Declan ne l'avait vu auparavant. Une secrétaire était assise à l'une des extrémités de la table, prête à prendre en note le déroulement de la réunion. Apparemment, ils avaient tous passé une nuit blanche.

Ciaran Clark se leva et invita Declan à prendre place. Padraig Pearse lui lança un bref regard et détourna les yeux.

Un lourd silence environnait les participants. Le Taoiseach sembla enfin se reprendre.

« Merci d'être venu, monsieur Carberry. Je suis désolé d'avoir dû vous faire sortir si vite de l'hôpital. Mais nous avons une sacrée crise sur les bras, et nous avons des questions à vous poser.

— Des questions ? A quel sujet ? Je ne sais même pas ce qui s'est passé. Je ne cesse d'essayer de me renseigner depuis que j'ai repris conscience, ce matin.

— Vous pourriez peut-être, monsieur le Commissaire, interrompit Roche, commencer par nous détailler les mesures de sécurité que vous aviez mises en œuvre pour la conférence. »

Declan se tourna vers son beau-frère.

« Padraig, pour l'amour du ciel, personne ne me dira donc ce qui s'est passé hier soir ? Amina Bustani est-elle toujours vivante ? Et mes hommes ?

— Auriez-vous l'obligeance de répondre à la question du ministre de la Justice, monsieur Carberry ? Nous avons besoin de savoir un certain nombre de choses. »

Declan jeta un coup d'œil autour de la table. Ses compagnons arboraient tous un visage de pierre, qui ne trahissait rien de leurs sentiments.

« S'il vous plaît, Declan, dites-leur ce qu'ils veulent savoir. Ça vaudra mieux. » Tomas O'Sullivan semblait très gêné.

Declan avait envie d'exploser. Pourquoi lui cachait-on la vérité ? Le soupçonnait-on de collusion avec les terroristes ? Ces hommes ne pouvaient être bornés à ce point !

« Il y a un dossier dans mon bureau, où toutes ces mesures sont consignées en détail. Pourquoi ne le consultez-vous pas ?

— Nous souhaitons entendre votre version personnelle des mesures prises. Il faut que nous sachions qui était au courant. S'il y a un traître parmi les forces de l'ordre, nous devons le démasquer. Et vite.

— Il ne peut pas y avoir de traître. Tous ceux qui étaient au courant étaient présents hier soir. Et, à ma connaissance, ils sont tous morts. Si vous voulez savoir ce qui a mal tourné, vous feriez mieux de demander à M. Ciaran Clark, ici présent, pour quelles raisons il a réduit le nombre des membres des équipes de sécurité à trente-cinq et refusé qu'on effectue une surveillance systématique. »

Pat Devlin, le directeur de la Garda, se pencha en avant. C'était un vieil ami de Declan, mais son visage était glacé.

« J'ai cru comprendre que ces décisions étaient les vôtres. Apparemment le Premier ministre et M. Clark ont essayé de vous convaincre de prendre plus d'hommes mais vous avez préféré ignorer leurs conseils. »

Ciaran Clark gardait les yeux fixés sur le dessus de la table. Padraig Pearse regardait ailleurs sans dire un mot.

« Ceci est une contre-vérité flagrante. Je...

— Je ne vous conseille pas, monsieur Carberry, de tenter de rejeter le blâme de la faiblesse de votre opération sur le Taoiseach ou un membre de son gouvernement. » Devlin était un proche du Premier ministre ; sa lutte acharnée contre l'IRA l'avait amené au sommet de l'État. Declan savait que ce n'était pas un homme à qui l'on pouvait s'opposer sans en subir les conséquences.

Il avait compris ce qui se passait. Ils cherchaient un bouc émissaire sur qui faire retomber la responsabilité du dramatique échec de la veille. Personne ne convenait mieux que le propre beau-frère du Premier ministre. Aucun sacrifice ne serait plus parlant, ne témoignerait davantage de la pureté des intentions du gouvernement.

« J'ai déployé le nombre d'officiers de police que la Garda a mis à ma disposition, et on m'a donné quinze soldats de la Sciathan Fhiannoglaigh. Il aurait dû y avoir trois tours de garde. L'équipe B était en service au moment du raid.

— Sous votre commandement direct ?

— Oui.

— Quelle était la chaîne de commandement ? » demanda Roche.

Ils poursuivirent l'interrogatoire pendant plus d'une heure. La blessure de Declan s'était rouverte et il commençait à se sentir nauséeux. On le clouait au pilori et il n'avait aucun moyen de se défendre. Des gens plus importants que lui avaient décidé que sa tête tomberait, pour sauver la leur.

« Monsieur Carberry, déclara Padraig Pearse après un

instant de silence, je le regrette infiniment, mais nous avons décidé de vous suspendre de vos fonctions pendant l'enquête officielle sur la tuerie d'hier soir. En tant qu'officier responsable de la sécurité de cette opération, vous ne pouvez échapper au blâme. L'enquête déterminera votre part de négligence, et les responsabilités de chacun.

« J'exige un rapport détaillé sur les mesures de sécurité prises, sur les procédures prévues en cas d'urgence, et une analyse précise des événements. Qu'il soit sur mon bureau jeudi matin à la première heure. Est-ce clair ?

— Parfaitement clair.

— Nous n'ignorons pas que tout ceci doit représenter un choc terrible pour vous, surtout après les épreuves que vous venez de subir, mais nous n'avons pas le choix. Merci d'être venu dès votre sortie de l'hôpital, c'est un geste que la commission d'enquête n'oubliera pas. »

Il n'entrait pas dans les habitudes de Padraig Pearse de s'exprimer d'une manière aussi formelle. Declan en déduisit que son beau-frère était en proie à une profonde tension. Les répercussions de l'attaque de la veille, plus l'embuscade tendue à l'ambassadeur de Grande-Bretagne et les attentats du mois écoulé ne passeraient pas facilement. D'autres têtes tomberaient. D'autres carrières seraient brisées. Le gouvernement tout entier risquait d'être renversé sous quelques jours. Il ne fallait pas s'étonner si les hommes réunis ici essayaient de tirer leur épingle du jeu pendant qu'il en était encore temps.

Declan se leva. Il tituba, et O'Sullivan tendit la main pour le soutenir.

« Ça ira, dit-il. Inutile de me raccompagner, je connais le chemin.

— Un Ranger va vous escorter. Rentrez chez vous et reposez-vous un peu. »

Parvenu à la porte, Declan se retourna.

« Maintenant que nous avons réglé cette question, dit-il, l'un de vous me racontera peut-être ce qui s'est passé hier soir après que je me suis évanoui ? »

Mais personne ne lui répondit. La porte s'ouvrit et il sortit en silence.

15

Paddy O'Leary l'attendait au milieu du couloir. C'était le secrétaire particulier du Taoiseach depuis de longues années, bien avant que celui-ci n'entre en fonction. Républicain de la quatrième génération, il avait voté Fianna Fail du moment où l'IRA officielle avait abandonné sa politique d'abstention aux élections. Son passé était agité, mais il avait la réputation, justifiée, de veiller sur son maître comme un faucon. Padraig Pearse et lui s'étaient connus à l'école. Selon Concepta, O'Leary était le seul homme au monde en qui son frère avait une confiance illimitée.

« Monsieur Carberry, voulez-vous entrer par ici, s'il vous plaît ?

— J'en ai fini, Paddy. Je rentre chez moi. Pour l'amour du ciel, je suis à moitié mort d'épuisement.

— Ordres du Taoiseach, monsieur. Je vous en prie. »

Ordres du Taoiseach. Dieu du ciel ! A quel jeu jouait donc Padraig Pearse ? Declan hésita puis accepta. Le Ranger ne le suivit pas.

« Attendez ici, dit son guide en l'introduisant dans un petit bureau, le Taoiseach ne sera pas long.

— Si vous me disiez un peu de quoi il retourne, Paddy ?

— C'est impossible, monsieur. Je ne sais qu'une chose : on est dans une mélasse terrible et on n'est pas près d'en sortir. Parole d'honneur, je ne suis au courant de rien d'autre. Je suis désolé. »

Padraig Pearse fit irruption dans la pièce une vingtaine de

minutes plus tard. Declan était en train de dévisser la capsule de son flacon d'analgésiques.

« Je vais demander à Paddy de t'apporter un verre d'eau », dit-il en se glissant hors du bureau. Lorsqu'il revint, Declan constata à quel point il semblait épuisé ; enfin, il mettait bas les masques et se départait du contrôle sur lui-même qu'il avait exercé pendant plus d'une heure.

« Sainte Vierge Mère de Dieu ! » s'écria-t-il en se laissant tomber sur une chaise en face de Declan. Le bureau était sommairement meublé de quelques sièges en bois inconfortables et d'une table poussée dans un coin que l'on pouvait tirer au milieu de la pièce pour tenir une réunion.

« Il faut que je rentre chez moi, Padraig, dit Declan.

— Reste assis, pour l'amour de Dieu, Declan. Je n'ai pas terminé ce que j'ai à te dire. »

On frappa à la porte et Paddy entra avec une bouteille d'eau et deux verres. Declan en prit un et y versa deux cachets.

« Declan, crois-moi, je suis navré de ce qui vient de se passer. Je n'y pouvais rien ! Tu ne peux pas imaginer les pressions que...

— Épargne-moi tes litanies, Padraig. Dis-moi plutôt ce qui s'est passé hier soir. Je crois me rappeler que Concepta s'en est sortie saine et sauve. Mais qu'est-il arrivé aux autres ? Sont-ils en vie ?

— En vie ? Peut-être. Je l'espère. Tiens, iette un coup d'œil là-dessus. »

Il tendit à Declan un feuillet plié. Sa main tremblait. Il s'empara du deuxième verre, sortit de sa poche une petite bouteille plate et remplit le verre d'une généreuse rasade de whisky.

« Sainte Mère de Dieu ! » jura-t-il à nouveau en portant le verre à ses lèvres et en avalant son contenu en une seule gorgée. Declan ne fit aucun commentaire en le voyant remplir une seconde fois son verre.

« Je suppose que tu n'y as pas droit ? » demanda Padraig Pearse en désignant la bouteille.

Declan secoua la tête. Il déplia le feuillet et le posa sur la table. Du papier blanc tout ce qu'il y avait de plus banal. Un message dactylographié s'étalait en plein milieu.

« S'il surgit en ton sein un prophète et qu'il te propose

un signe ou un prodige, même si se réalise le signe ou le prodige qu'il t'a prédit, tu n'écouteras pas les paroles de ce prophète car ce serait votre Dieu qui vous aurait éprouvés et ce prophète sera mis à mort. » Ainsi parla Dieu, loué soit-Il, car Il dit la vérité, jusqu'à la fin des temps.

Declan releva la tête.

« Qu'est-ce que c'est que ce charabia ?

— Paddy a trouvé ça dans mon courrier ce matin. Ce message a été déposé. La citation du début est extraite du Deutéronome. »

Le Seigneur a vu, et le Seigneur a entendu, la grande faiblesse des nations et des fils de l'homme. Que Dieu soit loué, et loué soit Son Fils. Alléluia ! J'ai traversé les flammes et elles ne m'ont pas dévoré. « Quand tu marcheras au milieu du feu, tu ne te brûleras pas et la flamme ne te consumera pas » (Isaïe 43, 2). J'ai traversé la fumée et elle ne m'a pas aveuglé. « Et s'éleva sur le sommet une haute fumée, comme la fumée d'une fournaise » (Révélations 9, 2).

« Bon sang, Padraig ! Qu'est-ce que c'est que ces foutaises ? Ne me dis pas que tu écoutes les prédicateurs de rues ?

— Continue ta lecture, Declan. »

L'abomination d'Arabie périra par l'épée. Voici ceux qui sont avec nous et qui vivent avec la peur de mourir car le Seigneur ne prend pas pitié de ceux qui ne le craignent pas, ni ne redoutent sa colère. « Car l'ardeur de la colère de Iahvé est contre vous » (deuxième livre des Chroniques 28, 11).

Deux fils de l'Égypte. Deux aussi des fils des tribus de l'Arabie. Deux fils du Liban, ainsi que de Syrie. De ceux qui vivent en Algérie, deux et deux aussi qui viennent de Libye. Des habitants de la terre entre les deux mers, un jour dominée par la sainte Constantinople, deux. Deux Mèdes et deux Persans. Les bazars du Pakistan nous en ont fourni deux, ainsi que les tentes d'Afghanistan. Deux nous viennent des rivages de la lointaine Malaisie. Et six femmes.

Ce sont les compagnons du diable et leur vie ne vaut rien aux yeux du Seigneur. Souvenez-vous de cela lorsque vous entrerez au Conseil ; et suivez plutôt le meilleur des avis, celui de Dieu : « Iahvé déjoue le dessein des nations. Le dessein de Iahvé subsiste à jamais, les pensées de son cœur de génération en génération » (Psaumes 33, 11).

Declan posa lentement le feuillet sur ses genoux.

« Et maintenant, dis-moi ce que tu sais », dit-il.

Padraig Pearse le contempla attentivement pendant quelques minutes, comme pour sonder son cerveau et lire dans ses pensées.

« Pendant que tu étais inconscient, nous avons interrogé Ciaran et les membres de son cabinet. Ils étaient tous indemnes. Concepta s'en est sortie, comme tu le sais. Elle va bien, mais je l'ai expédiée à la campagne. Elle a besoin de se reposer.

« Seuls tes hommes et les gardes du corps ont été sacrifiés. Les attaquants ont emmené les délégués et enfermé les autres dans la Grande Galerie. Mais ils ont vu la suite par les fenêtres. »

Il respira profondément et but une gorgée de whisky.

« Un autobus aux vitres masquées attendait dans l'allée. Ils ont entassé les otages dedans, sont montés eux-mêmes, et le bus a démarré en trombe. Ils étaient partis huit minutes avant l'arrivée de la première unité de renfort. Le temps de s'assurer qu'il ne restait aucun ennemi sur place et de relâcher les survivants, dix minutes de plus étaient passées.

— Qu'est-il arrivé à l'ambassadeur de Grande-Bretagne ? Était-ce seulement un leurre ?

— Ils lui ont tendu une vraie embuscade, aucun doute là-dessus. Il n'est pas blessé, mais il a subi un choc. Ça tirait dans tous les coins, un vrai western. Un des gardes du corps a été tué, et le chauffeur blessé. Le temps que les Rangers arrivent sur place, les agresseurs étaient partis. Comme tu l'as dit, c'était une diversion, destinée à attirer les Rangers hors de Castletown et à te priver de renforts. Et ils ont parfaitement réussi leur coup.

— L'IRA ?

— Comment le savoir ? Ne tirons pas de conclusions hâtives. C'est ce que prétend Downing Street, bien entendu, et je ne vais pas discuter avec eux. Ce sont les coupables les plus évidents ; eux ou un groupe d'autonomes. Mais il est clair que ce n'est pas un sinnfeiner qui a écrit le message que tu as sur les genoux.

— Tu crois qu'il est authentique ? C'est peut-être un canular.

— Mon cul que c'est un canular. On ne fait pas plus vrai.

— Comment peux-tu en être aussi certain ? »

Les cachets commençaient à faire de l'effet. Declan avait les idées plus claires. Il se demanda si on lui renouvellerait son ordonnance lorsqu'il n'en aurait plus.

« D'abord, parce que personne n'est au courant. Même la presse ne sait absolument rien. Toute cette histoire est mieux cachée que le secret de Fatima. Il ne nous aurait plus manqué que des journalistes furetant partout, à Castletown.

— Bon sang, Padraig ! Tu ne t'imagines quand même pas que tu vas pouvoir enterrer quelque chose comme ça pendant bien longtemps ! »

Padraig Pearse secoua la tête. Il avait l'air extrêmement fatigué. Pis encore, on aurait dit qu'il avait vieilli tout d'un coup. Il porta son verre à ses lèvres et but.

« Bien sûr que non. Mais plus longtemps les journalistes se tairont et mieux ce sera. Nous n'avons vraiment aucune envie de voir débarquer des équipes de télévision du monde entier à Dublin. J'ai ordonné un black-out total, et je pense qu'il sera respecté pendant quelque temps encore. Toujours est-il que celui qui a écrit ce petit billet doux[1] est, lui, parfaitement au courant de ce qui s'est passé. Ce qui signifie que ce n'est pas un quelconque illuminé. »

Declan agita la feuille sous le nez de Padraig Pearse.

« Pour l'amour du ciel, Padraig, c'est un cinglé qui a écrit ça !

— Tu crois vraiment ? J'aimerais que tu aies raison. Mais d'après ce qu'on m'a raconté de la soirée, c'était du boulot de professionnels. Tu ne trouverais pas têtes plus froides au sein même de l'ordre des Jésuites. Nous n'avons pas affaire à des fous.

1. En français dans le texte.

— Mais à qui, alors ? Et avec quel mobile ?

— Nous le saurons bientôt. Pour l'instant, nous ne sommes certains que d'une chose : quelqu'un a pris nos délégués en otages, ils sont retenus en lieu sûr et on est entré en contact avec moi.

— Ce n'est pas tout, dit Declan.

— Quoi d'autre ?

— Nous savons que ce ne sont pas des musulmans. Ce billet le prouve. Il ne s'agit pas d'une vengeance entre clans rivaux. Ça m'étonnerait énormément que des milieux d'opposition traditionnels du Moyen-Orient soient en cause. Si tu veux mon avis, je pencherais plutôt pour une secte de chrétiens fanatiques.

— Que Dieu nous préserve de ces cinglés ! Mais tu pourrais bien avoir vu juste. Je vais demander qu'on creuse dans cette direction. (A nouveau il porta son verre à sa bouche et but une gorgée d'alcool.)

— Padraig, tu ne m'as pas encore dit ce qui s'est passé après que le car est parti. On devait en avoir une description précise. Il n'a été arrêté à aucun barrage ?

— Tout le secteur était quadrillé en une heure. Chaque route autour de Celbridge, sur un rayon de soixante-quinze kilomètres. Pas le moindre car. Il y a deux possibilités : soit ils sont quelque part à l'intérieur de ce périmètre, soit ils ont abandonné le car, et emmené les otages Dieu sait où dans d'autres véhicules.

— Je pencherais pour cette hypothèse. Vous finirez par retrouver le car dans une grange quelconque.

— On cherche. »

Padraig finit son verre et le reposa sur la table. Il savait depuis toujours contrôler sa consommation d'alcool.

« Ciaran m'a dit que Concepta lui a annoncé hier soir que tu avais l'intention de la quitter, Declan. Je prie le Seigneur pour que ce ne soit pas vrai.

— C'est vrai, Padraig. Il n'y a plus rien entre nous.

— Je ne peux pas y croire ! Toi et Concepta ! Le couple idéal...

— Foutaises, Padraig, tu le sais parfaitement. Il n'est pas trop tard, ni pour l'un ni pour l'autre. Si nous vivions dans une société normale, nous pourrions nous séparer légalement ; mais ici, il faudra qu'on se débrouille...

— Ne prends pas de décision hâtive, Declan. Surtout pas. Attends que tout cela soit fini. Et même un peu plus. Ce serait cruel de la quitter après tout ce qu'elle a enduré. La mort de Mairead...

— C'est de toi qu'elle a besoin, Padraig. Qu'elle a toujours eu besoin.

— Elle a besoin de nous deux. Nous en reparlerons. (Il consulta sa montre.) Je n'ai que quelques minutes. Je dois assister à la réunion de la Commission nationale de sécurité. (Il s'interrompit.) Je suis sincèrement désolé que tu aies dû subir cette séance, Declan, mais il le fallait, pour que tu puisses m'aider.

— T'aider? Je croyais que j'étais viré?

— Ne te montre pas plus obtus que tu ne l'es, Declan. Je te virerais à un moment pareil? Nous savons tous pertinemment que tu n'es pas responsable de la faiblesse de tes effectifs. Bien que je me demande si vingt ou trente hommes de plus auraient changé quelque chose... Mais ce n'est pas la question. Ce qui compte, désormais, c'est ce qui va se passer dans les jours et les semaines qui viennent.

« Comme tu le sais, nous avons un problème d'otages sur les bras. Quelqu'un formulera bientôt des exigences : une rançon, des concessions politiques, ou un échange avec des prisonniers au Caire ou à Téhéran. Les gouvernements des pays respectifs des otages ont déjà envoyé la pression, tu t'en doutes. Les ambassadeurs sont sur les dents; des réunions se sont déroulées à Dublin, et c'est loin d'être fini.

« Je m'efforce de garder le contrôle de la situation; mais tu sais aussi bien que moi que pour mystérieuses que soient les voies du Seigneur, il n'entre pas dans ses habitudes d'autoriser les Irlandais à prendre leur destin en main. Je n'ai aucune chance de tenir plus de quarante-huit heures, et peut-être beaucoup moins. Les services secrets de toutes les grandes puissances sont prévenus; il va sans dire que nous allons coopérer avec eux, surtout au niveau européen. Mais nous affrontons une crise internationale et je te parie à dix contre un que tout le monde voudra y mettre le nez.

« Voilà pourquoi je t'ai mis à l'écart. Je suis navré que cette réunion ait été aussi odieuse, mais les services secrets étrangers en recevront une transcription, il fallait que ça ait l'air convaincant. Roche est au courant, ainsi que Ceannt et

Fitzsimmons. J'ai préféré ne pas informer les autres, pour l'instant.

« Declan, je te demande de mener ta propre enquête, en marge de tous les autres services. Tu seras au courant de tout ce qui se passe, je t'en donne ma parole. Ce que je veux, c'est que nous résolvions nous-mêmes ce mic-mac. Sans avoir ces pédés du MI5 ou de la CIA dans les pattes. »

Declan sentit la migraine monter. Porter le chapeau du désastre de la veille lui coûtait, certes, mais il éprouvait un soulagement certain à n'être plus concerné par cette affaire. Padraig Pearse était en train de l'y impliquer plus qu'il ne l'avait jamais été.

« Il faut que je rédige mon rapport, Padraig. Ça va me prendre tout mon temps.

— Bon sang, Declan ! Si je ne te connaissais pas aussi bien, je penserais que tu as de la marmelade dans la tête ! Ce rapport sera rédigé, bien sûr ; il le faut. Mais oublie-le. Il y a un type dans un bureau quelque part, équipé d'une machine à écrire et d'une douzaine de bouteilles de Guinness. Tu n'auras pas une ligne à écrire, alors détends-toi, tu veux ? »

Declan l'observa. Tout son visage reflétait le plus profond désespoir. Tenté un instant d'accepter la proposition pour en retirer des avantages personnels, Declan renonça vite à cette perspective. Il était trop fatigué et trop vieux pour se livrer à ces petits jeux. La manipulation est réservée aux jeunes.

« Voyons, Padraig, soyons sérieux. Comment veux-tu que je me charge d'une opération pareille à moi tout seul ? L'enquête va partir dans tous les sens.

— Choisis ton équipe. Une douzaine de bonshommes, plus si tu le désires. Tu disposeras de bureaux à Merrion Square — Paddy te donnera les détails. On est en train d'y installer une ligne directe avec mon bureau et avec celui de Martin Fitzsimmons. Et des terminaux d'ordinateurs. Tu auras un accès immédiat aux dossiers de la Garda et des services secrets officiels. Vois tous les détails avec Martin. Je lui ai donné le feu vert pour accéder à toutes tes demandes.

— Je n'ai pas encore accepté.

— Mais tu accepteras, Declan. Je veux que tu dégottes les coupables et que tu les colles derrière des barreaux pour des années. Et, plus important encore, je veux que les otages retrouvent la liberté et qu'ils soient rendus à leurs familles sains et saufs. Autrement... (Padraig Pearse frissonna.)

— Autrement quoi ?

— S'il leur arrive quoi que ce soit, Declan, nous tomberons tous avec eux. »

Le Taoiseach se leva.

« Rentre à la maison, Declan, et repose-toi un peu. La journée de demain sera rude. »

16

Killiney, Dublin
Mardi 18 septembre, 18 h 55

La journée était passée, il faisait presque nuit. Declan était assis dans son jardin surplombant la baie de Killiney et la mer. Il avait entendu la marée monter, et maintenant elle descendait. Il était resté à la même place pendant des heures, immobile, à l'ombre des hauts arbres.

Il commençait à faire froid. Une bise cinglante s'était levée sur la mer, et agitait les feuillages épais. Il avait fallu la mort de Mairead pour qu'il s'assît à nouveau sur le vieux banc en bois et contemplât, solitaire, les eaux profondes. Et maintenant, il n'arrivait pas à s'arracher à ces lieux. Pareil à un vieillard, il attendait que tombât la nuit.

Le sommeil l'avait fui toute la journée, comme si son esprit craignait l'oubli et se contraignait à la veille. La culpabilité le rongeait. Le remords, aussi, et le chagrin, et une angoisse croissante. Il n'avait rien pu avaler, ni boisson ni nourriture. La lumière du jour faiblissait peu à peu. La mer noircissait.

A l'intérieur de la maison, Declan s'était étonné que l'absence de Concepta se fît sentir aussi distinctement. Elle n'y avait pas passé beaucoup de temps, durant les dernières années, mais l'endroit avait toujours reflété sa présence. Qu'elle ne fût pas là rendait étrangement plus aigu le sentiment de perte qu'il éprouvait en songeant à Amina. Après l'avoir enfin retrouvée, voilà qu'elle était plus loin de lui que jamais. Conscient du fait qu'elle était en danger de mort, qu'elle était peut-être déjà morte, Declan, piégé entre des pièces vides et l'immensité de l'eau, désespérait.

Il rentra et entendit sonner le téléphone. Il n'eut que le temps de décrocher avant que la sonnerie ne s'interrompe.

« Declan ? » C'était Martin Fitzsimmons.

« Qui veux-tu que ce soit ?

— On a retrouvé le car. J'ai pensé que ça t'intéresserait de le savoir. Abandonné dans une grange aux environs de Naas. On a interrogé le fermier, mais il y a neuf chances sur dix pour qu'il ne sache rien. La police envoie une équipe relever les empreintes.

— Dis-leur de ne pas se donner cette peine. C'est du temps perdu.

— Il y a peut-être des empreintes.

— Évidemment, qu'il y en a. Dans un car ! Si jamais il a servi un jour, ce dont je suis certain, il n'y aura pas un centimètre carré sans empreinte. Tu ne me feras pas croire que les agresseurs ont soigneusement fait le ménage avant l'opération puis entrepris de semer leurs traces partout, à la disposition de la police. De plus, à mon avis, on ne trouvera pas leurs empreintes dans vos fichiers. (Il s'arrêta.) Sais-tu ce qu'ils ont fait après avoir abandonné le bus ?

— Ils avaient manifestement plusieurs voitures cachées dans la grange. Il y a de nombreuses traces de pneus, à l'intérieur et à l'extérieur. Ils ont dû y entasser les otages et filer.

— Dans une seule direction ?

— Jusqu'à la grand-route, oui. Il y a des traces de boue sur la N7, juste au-dessus du croisement de Newhall. Ensuite certains ont pris à droite et d'autres à gauche. A partir de là, ils ont pu s'éparpiller dans une vingtaine de directions différentes. Ils l'ont sûrement fait, d'ailleurs. Voyager en convoi aurait été encore plus risqué que de conserver le car. Puis, lorsqu'ils ont estimé qu'ils étaient assez loin, ils ont dû rejoindre le lieu de rendez-vous. »

Declan réfléchit un instant.

« Comment pouvons-nous être certains qu'ils n'avaient pas plusieurs lieux de destination ? Ils peuvent très bien avoir décidé de garder leurs otages dans une douzaine d'endroits différents.

— Bon Dieu ! Je n'y avais pas pensé. Ce serait un véritable cauchemar pour les retrouver. En revanche, ils courent davantage de risques que quelqu'un les remarque ou qu'on leur tombe dessus par hasard.

— Dans une des cachettes, oui. Et ça ne changerait rien pour les autres. Mais ce n'est qu'une hypothèse. Une seule planque serait plus facile à surveiller.

— J'en parlerai à Pat Devlin, en tout cas. Mais il faudra que je lui dise que c'est une idée à moi. Il ne sait pas que tu es dans le coup.

— Dis-lui ce que tu veux. Ce n'est pas lui qui les trouvera, de toute façon. Ce sera moi. »

17

Baalbek, Liban
Mercredi 19 septembre, 7 heures

A la mosquée Al-Rida, les prières du matin s'achevaient. C'était le plus important des lieux de culte de la communauté chiite de la ville, ainsi que le quartier général de la branche libanaise du Hezbollah. A l'extérieur, les rues étaient tendues de drapeaux rouge et blanc ou jaune et vert. A l'intérieur, des hommes barbus discutaient par petits groupes. Certains se serraient la main pour prendre congé et regagner leurs boutiques ou leurs bureaux. D'autres renouaient avec de vieilles connaissances. Quelques-uns, à l'écart, entonnaient une dernière prière. Des vieillards, les mains occupées à égrener leur chapelet, étaient assis au premier rang. Des adolescents, imberbes ou à la barbe encore duveteuse, observaient leurs aînés afin d'apprendre à se conduire dans la société des adultes. Quelques enfants, des garçons uniquement, jouaient tranquillement aux pieds de leurs pères.

A la porte de la mosquée, des miliciens en armes vêtus de shorts kaki et de vestes en treillis surveillaient les passants. Ce n'étaient pas les soldats qui patrouillaient d'habitude aux abords des lieux de culte, mais des miliciens entraînés, combattants de longue date du Hezbollah, qui avaient connu l'action durant la guerre civile et continuaient la lutte contre le régime sioniste du Sud. Un peu plus loin, on avait installé des barrages qui empêchaient voitures et camions d'entrer dans le périmètre de la mosquée. Aucun étranger à la communauté des fidèles n'était autorisé à s'en approcher à moins de cinq cents mètres.

Quelques retardataires priaient sans prendre garde aux conversations qui se déroulaient alentour. Au centre de chaque groupe, on reconnaissait le turban noir et blanc et la tunique noire des *ulama*. Plusieurs d'entre eux étaient iraniens, représentants de la République islamique ou émissaires des chefs religieux des séminaires de Qum, Karbal ou Al-Najaf. La plupart d'entre eux étaient des hommes jeunes, qui venaient de terminer leurs études. Tous semblaient animés des plus grands espoirs, et tournaient fréquemment la tête vers une porte basse, située à l'arrière du bâtiment.

On entendit un vacarme de voix, devant l'entrée principale. Un groupe de femmes, uniformément voilées et vêtues d'amples robes noires, traversa rapidement la mosquée pour rejoindre la section réservée aux femmes, séparée de celle des hommes par d'épais rideaux gris. En tête de leur cortège venaient les *Arais al Damm*, les fameuses Épouses du Sang, qui avaient offert leur vie à Husayn, le petit-fils du Prophète et le Prince des martyrs. Toutes avaient fait le vœu de s'immoler en sacrifice le jour venu. Un sacrifice d'un genre nouveau : elles lanceraient des attaques suicides contre les ennemis de l'Islam. Elles faisaient pour la plupart partie de la brigade Saïda Zaynad, une organisation dirigée et financée par le Hezbollah.

Leur succédèrent une trentaine de femmes d'âges divers, également vêtues de noir : les mères, sœurs, tantes, grand-mères ou cousines d'Épouses du Sang, qui avaient d'ores et déjà donné leur vie à la cause. Elles marchaient lentement, pour ne pas déranger les hommes en prières. Personne ne les salua. Elles allaient et venaient en silence.

Comme si on leur avait donné le signal, les hommes et les jeunes gens se réunirent autour du *minbar*, la haute chaire d'ordinaire réservée aux sermons du vendredi. Des serviteurs leur proposèrent des verres d'eau de rose ou de *sharbat* en les bénissant au passage.

La veille, on avait entendu dire que Saïd Mohammed Husayn Fadlullah prêcherait après la prière. Le chef religieux le plus respecté du Hezbollah ne faisait plus que de rares apparitions en public. Certains des fidèles réunis dans la mosquée l'entendraient aujourd'hui pour la première fois. D'autres voulaient profiter de l'occasion d'écouter à nouveau la voix qui les avait guidés pendant la guerre civile et l'invasion.

Enfin, la porte située à l'arrière de la mosquée s'ouvrit pour livrer passage à deux religieux suivis du sheikh lui-même. Il avait soixante ans, mais son allure était celle d'un homme beaucoup plus jeune, malgré ses cheveux gris et son regard sérieux, brillant d'émotion contenue. Il portait son turban noir comme une couronne. Tandis que ses deux assistants prenaient place de chaque côté de la chaire, il monta les marches et s'arrêta sur l'avant-dernière.

Nul ne parlait, nul ne bougeait. Tous les yeux étaient braqués sur lui.

A son expression, l'on comprenait sans mal que les nouvelles dont il était porteur seraient importantes.

« Je vous salue, enfants de Dieu. Vous avez été forts et loyaux, fidèles à la vraie foi. Vous aimez le Prophète, que la paix soit sur lui, vous aimez les saints imams et Husayn le martyr. Nous avons partagé mille et un chagrins. Nous avons vu couler mille et un fleuves de sang sur les rives de notre pays : le sang de nos fils et de nos filles, de nos frères et de nos sœurs. Le Liban est devenu plaine du sacrifice ; Beyrouth, le tombeau de nos enfants. »

Il s'interrompit et contempla un instant le rideau gris derrière lequel étaient dissimulées les femmes.

« Les Épouses du Sang sont aujourd'hui parmi nous. Que Dieu les bénisse. Que le prophète et sa fille Fatima leur accordent leur protection. Elles ont rivalisé de courage avec nos hommes. Je les félicite. Que Dieu leur ouvre bientôt les portes du paradis. »

Un frisson parcourut la section des femmes. Il n'y avait pas à se tromper sur le sens des paroles de l'orateur : on appellerait bientôt des volontaires ; certaines d'entre elles ne verraient plus longtemps le jour se lever.

« Les devoirs des croyants sont peu nombreux. Prier, respecter le jeûne, effectuer un pèlerinage à La Mecque, éviter les interdits, faire le bien. Mais notre époque nous impose à tous un devoir nouveau : la guerre sainte contre les ennemis de l'Islam, jusqu'à leur extermination. Car ce que Dieu a promis se réalisera. Aujourd'hui, cependant, une nouvelle menace plane sur le cœur de l'Islam. »

Le silence était total, l'océan des visages levé vers lui, chaque souffle retenu dans la poitrine.

« Les délégués qui se sont rendus à la conférence d'Irlande ont été pris en otages par une bande de croisés et dc sionistes. Parmi eux se trouve mon ami et mon maître, le père de toutes les vertus, sheikh Mu'in Usayran. Tous ici l'aiment et le connaissent. Ses commentaires sur la parole de Dieu se trouvent dans tous les foyers des croyants, partout dans le monde. Pourtant, à l'heure où je vous parle, sa vie est suspendue à un fil. Sa vie, et celle de ses compagnons.

« Peuple de Dieu, rentre chez toi et prie pour la vie de nos otages. Il n'y aura pas de manifestations publiques, qui ne serviraient qu'à les mettre un peu plus en danger. Il faut agir sans bruit. Et nous ne sommes pas sans ressources. Nous sommes faibles, certes, mais nous sommes des milliers. Et comme notre Dieu l'a dit : Si vous êtes cent, et que vous en ayez la patience, vous vaincrez un millier d'incroyants, car ce sont des ignorants. »

Le sheikh se tut. Ici et là, dans la mosquée, des gens pleuraient. On versait des larmes pour les martyrs, on lançait des imprécations contre les ennemis de l'Islam. Cette nouvelle calamité réveillait tous leurs chagrins, toutes leurs colères, toutes leurs frustrations. Mortalité infantile, cancers, pertes de guerre, faim et pauvreté, souffrance quotidienne de l'exil, humiliations répétées dans les villages du Sud ou les faubourgs de Beyrouth, moissons perdues, mariages brisés, examens ratés, vies gâchées : tout bouillait dans cette marée de lamentations sur le sort d'hommes et de femmes dont ils ne savaient pratiquement rien.

Depuis des siècles, on avait piétiné et méprisé la terre du Liban. La prospérité des dernières décennies les avait laissés à l'écart. Ils avaient vu leurs maisons, leurs magasins, leurs fermes détruits dans un bain de sang où tourbillonnaient les avions israéliens, les navires de guerre américains et les fusils russes. Ils étaient des naufragés de la terre, qui n'avaient plus rien à perdre qu'ils n'aient déjà perdu.

Tandis que les cris diminuaient d'intensité, le sheikh descendit les marches de la chaire. Des hommes se précipitèrent pour lui baiser la main. Il salua ses connaissances, bénit les enfants qu'on poussait devant lui, sourit à tous. Il fallut vingt minutes à ses assistants pour lui frayer un passage jusqu'à la porte par laquelle il était entré. L'un des jeunes hommes l'ouvrit tandis que l'autre aidait son maître à la franchir. La porte se referma sur le brouhaha qui régnait dans la mosquée.

Ils se retrouvèrent dans une petite pièce sommairement meublée. L'un des murs était décoré d'un grand portrait de l'imam Khomeini, l'autre d'une photographie du regretté imam Musa al Sadr, le chef de la révolution chiite libanaise, qui avait disparu quelque part en Libye, des années auparavant.

Un homme de haute taille était assis sur un tabouret. Il se leva précipitamment lorsque Fadlullah entra, s'approcha respectueusement de lui et porta sa main à ses lèvres.

« Abu Hida, murmura le vieil homme en prenant la main de l'homme dans la sienne. Quel bonheur de te voir ! Je ne crains plus rien, désormais. Qu'on nous apporte du café, puis nous parlerons. J'ai un travail à te confier. »

18

Merrion Square, Dublin
Mercredi 19 septembre, 8 h 30

Declan avait passé la majeure partie de sa vie confronté au terrorisme. Il avait dix-huit ans lorsque les Événements avaient éclaté au Nord et ils n'avaient guère mis longtemps à dispenser leur ombre sur la République tout entière. Après avoir terminé ses études à University College il était entré dans la police et on l'avait rapidement affecté à la branche spéciale, où il travaillait au sein du 6e Département, qui surveillait les activités de l'IRA au Sud.

Il avait été l'un des premiers sur les lieux de l'attentat lorsque les bombes de l'UDA avaient fait vingt-cinq morts en plein centre de Dublin, en 1974. Par la suite, comme beaucoup de ses compatriotes, il avait vécu dans la crainte de voir le conflit prendre de l'ampleur et entraîner l'Irlande du Sud dans un cycle de terreur et de représailles avant de se terminer en guerre civile. Son grand-père avait combattu durant les années vingt, et avait constaté à ses dépens les ravages des querelles intestines dans les familles et les villes. Declan n'avait jamais oublié ses mises en garde. Le danger s'était éloigné, mais la menace subsistait, muette, inconsciente, sous-jacente.

Il avait assisté à bien des actes de folie, durant toutes ces années. La parade avait défilé devant son bureau, témoignant de l'imagination débridée des hommes. Mais cette fois, c'était différent ; il le savait. Il le sentait. Les événements de Castletown House n'étaient pas l'œuvre de l'IRA, de l'Armée nationale de libération de l'Irlande, de la Force de l'Ulster ni d'un des quelconques groupes terroristes auxquels Declan avait fait face par le passé. Il s'agissait de quelque chose d'autre, accompli pour des raisons qu'il était incapable de deviner. *Le Seigneur a vu, et le Seigneur a entendu, la grande faiblesse des nations et des fils de l'homme.*

Il était arrivé à son bureau à 8 heures et demie. Celui-ci se trouvait dans un bunker souterrain, aménagé quelques années plus tôt pour accueillir les membres du gouvernement et les grands commis de l'État en cas d'attaque nucléaire. Il était désaffecté depuis un certain temps. On y entrait par une librairie de livres anciens de Upper Mount Street, dont la cave communiquait avec ces locaux par un tunnel. Une volée de marches menait au bunker, situé dans le sous-sol du jardin de Merrion Square.

Le libraire était le frère de Martin Fitzsimmons, un homme d'une discrétion absolue. Il avait peu de clients, et son stock était sans intérêt, et ridiculement cher. Les rares bibliophiles qui poussaient la porte de son échoppe la quittaient bien vite, sans avoir rien acheté.

Le seul regret de Declan était de se trouver si près du siège du gouvernement. Il ne pouvait s'empêcher de fantasmer en imaginant les scènes qui se déroulaient au-dessus de sa tête.

Paddy O'Leary avait transmis à Fitzsimmons la liste des vingt-cinq hommes et femmes choisis par Declan. Martin s'était chargé de les faire envoyer en « mission spéciale », sans donner aucune explication. Declan les connaissait tous personnellement, et il les accueillit un à un, chaleureusement. A 8 heures et 50 minutes, l'équipe était opérationnelle.

Les téléphones, fax et ordinateurs étaient prêts à fonctionner. Une liaison par modem leur donnait accès à l'ordinateur central de la police nationale et donc aux fichiers centraux des services de sécurité européens. Trois opérateurs étaient chargés de tenir l'équipe au courant de toutes les avancées des diverses forces de police engagées dans l'enquête. Declan ne souhaitait pas perdre de temps en doublant leurs recherches.

A 9 heures, les membres de l'équipe se réunirent dans la pièce spacieuse qui servirait de quartier général des opérations. Tous étaient en civil, comme Declan l'avait demandé. Il ne voulait pas qu'on se pose des questions en voyant entrer une foule de policiers en uniforme dans la librairie la moins fréquentée de Dublin. Le *Herald* se perdrait à coup sûr en conjectures sur un trafic de livres pornographiques. La ville tout entière n'en rêvait-elle pas depuis des années ?

« Je vous remercie d'avoir accepté de faire partie de cette opération. Vous devez savoir que nous travaillerons sans doute en dehors des strictes limites de la loi. Officiellement, le Taoiseach ne détient pas le pouvoir de mettre sur pied une opération secrète sans l'aval du gouvernement, ou de la Commission nationale de sécurité. Officiellement toujours, je ne suis plus chef de la SDU ; j'ai même été suspendu de mes fonctions. Le fait d'être ici, et de m'adresser à vous, est une transgression en soi.

« Sachez que si quelque chose tourne mal au cours de notre opération, il est plus que probable que le Taoiseach et les autres personnalités impliquées nieront avoir eu connaissance de notre mission. Si nous échouons, nous n'avons aucune indulgence à espérer. Au contraire, attendez-vous à être suspendus, ou même exclus des services de police. Je pencherais plutôt pour la seconde hypothèse. Si certains d'entre vous ne sont pas disposés à courir ce risque, ils sont libres de nous quitter dès maintenant. Il n'y aura pas d'autre occasion. Vous en êtes, ou vous n'en êtes pas. On ne reviendra pas là-dessus. A vrai dire, je ne resterais peut-être pas si j'avais le choix. Mais je suis dedans jusqu'au cou, alors... »

Il parcourut la pièce du regard. Sa dernière remarque avait suscité quelques sourires, mais aucun malaise sensible. Parmi les hommes et les femmes de l'équipe, il y en avait plusieurs avec qui il avait travaillé par le passé : Dominic Lawlor ; Tim O'Meara, qui avait perdu un œil lors de l'attaque d'une usine d'armements à Glasnevin, en 1983, et dont la carrière avait été sauvée grâce à l'intervention personnelle de Declan ; Maire O'Brien, avec qui Declan avait passé six mois à traquer une bande spécialisée dans l'enlèvement qui opérait dans les environs de Offaly, coupable du rapt de six industriels et de l'assassinat de deux autres. Nul ne le quitta des yeux. Nul ne bougea. Nul ne manifesta le moindre signe de départ. Il avait bien choisi.

« Merci, dit-il. J'espère qu'aucun d'entre vous n'aura à regretter sa décision par la suite. Maintenant, avant de poursuivre, nous allons fixer quelques règles de base. Primo : nous serons opérationnels vingt-quatre heures sur vingt-quatre ; toutes les permissions sont annulées, sauf avis contraire, et le personnel sera consigné dans ce bunker durant l'opération. Il faudra aérer un peu les chambres à coucher. J'ai demandé des draps et des serviettes de toilette, etc. Ce ne sera pas un quatre-étoiles, mais ce sera beaucoup plus confortable que d'effectuer des rondes. »

Ses paroles furent accueillies par une série de grognements approbateurs.

« Comme je vous l'ai dit, vous en êtes ou vous n'en êtes pas. Vous pourrez téléphoner chez vous pour annuler vos engagements. Mais j'ai besoin de tout le monde sur place, en cas d'urgence. Dominic Lawlor formera les équipes, et établira les tours de garde. Grainne Walsh me secondera. S'il nous faut plus de gens, nous en aurons, mais je préférerais travailler avec le moins de personnes possible. Ce qui signifie deux fois plus de boulot pour tout le monde. Si j'en prends un à glander, je vous garantis qu'il n'aura pas besoin de la bénédiction du Taoiseach pour se retrouver de corvée de patates à Galway. »

Il s'interrompit. Personne ne pipa mot.

« Deusio : cette opération est de loin supérieure au top secret. Vous n'en parlerez à personne ; quand je dis personne, cela inclut vos femmes ou vos maris, vos petits amis, vos parents, le facteur et même le curé, si certains d'entre vous ont l'habitude d'aller se confesser. S'il y en a qui ont un besoin pressant d'absolution, je ferai amener un prêtre, pour votre usage personnel, et il restera enfermé ici jusqu'à la fin de notre mission. »

Ils sourirent. Le péché n'était pas leur préoccupation principale. Tous avaient eu assez d'occasions de prendre conscience de la faiblesse humaine pour relativiser l'importance des transgressions mineures.

Declan entreprit alors de leur expliquer du mieux qu'il put ce qui s'était passé à Castletown House. C'était le moment le plus difficile de la réunion, et il l'avait envisagé avec crainte pendant toute la nuit. Les policiers morts étaient des amis, parfois intimes, des membres de la nouvelle équipe. Lorsqu'il eut achevé son récit, beaucoup pleuraient. Mais il savait désormais qu'il pouvait compter sur eux, quoi qu'il arrive, quel que soit le nombre de nuits qu'il leur faudrait passer dans ces locaux. Tous étaient prêts à risquer plus que leur vie pour frapper les assassins et les traîner devant la justice.

Il sortit une feuille de papier de sa poche.

« J'ai reçu ça par fax ce matin. L'original a été déposé à Iveagh House cette nuit par un homme en motocyclette. Seul le gardien de nuit l'a vu entrer, et il ne s'est pas donné la peine de sortir son registre. Jusqu'à maintenant, les kidnappeurs ont eu la vie belle. On a désormais établi de nouvelles règles de sécurité dans tous les bâtiments officiels où de tels messages risquent d'arriver. Il faut leur rendre les choses difficiles, les forcer à l'erreur. »

Il déplia la feuille et lut.

Qui nous sommes, ce que nous sommes, n'a aucune importance. Ce qui compte, c'est que nous tenons vingt-huit vies entre nos mains et qu'elles s'éteindront si nos exigences ne sont pas satisfaites. Nous ne demandons que la simple justice.

Premièrement : en Arabie, l'interdiction de toute autre religion que l'islam sera levée ; les chrétiens retrouveront la liberté de culte.

Deuxièmement : en Iran, l'Église recouvrera ses biens et la conversion de l'islam au christianisme sera autorisée.

Troisièmement : au Soudan, les responsables des persécutions contre les chrétiens au Sud-Soudan seront châtiés et l'on mettra fin à toutes les tentatives d'imposer la loi islamique à des non-musulmans.

Quatrièmement : en Éypte, les coptes seront autorisés à construire des églises et les musulmans qui ont agressé des chrétiens à Asyut seront arrêtés.

Cinquièmement : dans les États islamiques, les missionnaires chrétiens jouiront des mêmes droits que ceux accordés aux missionnaires musulmans dans les pays occidentaux.

Sixièmement : la suppression de toutes les restrictions

sur l'importation et l'édition de la Bible dans les pays islamiques.

*Ces exigences une fois satisfaites, nous libérerons les otages sans leur avoir fait aucun mal. Il en va de votre responsabilité devant Dieu de vous assurer que nos requêtes parfaitement justifiées seront transmises aux pays en question. En gage de votre coopération, vous ferez publier une petite annonce dans l'*Irish Times *de demain. Elle stipulera : « Nous croyons en Dieu. » Cela suffira. En cas de non-parution, nous serons devant la douloureuse nécessité d'exécuter le premier des otages.*

Nous vous contacterons par téléphone demain à 21 heures.

Nous prions Dieu pour que le bon sens prévale, et que nous puissions nous montrer miséricordieux. Autrement, la colère du Seigneur sera soudaine, et Sa vengeance rapide.

Un long silence suivit cette lecture. Declan replia la feuille et la remit dans sa poche. Au fond de la pièce, quelqu'un trouva le courage de poser la question que tout le monde avait sur les lèvres.

« La petite annonce est-elle parue, monsieur ? »

Declan ferma brièvement les yeux, puis les rouvrit. Il était fatigué. Chacun voyait qu'il portait les stigmates de Castletown House.

Il secoua la tête.

« Non. Le gardien de nuit n'a parlé du message à personne. Il a fallu attendre que les gens arrivent au boulot ce matin. L'édition du *Times* était déjà en vente que nous n'étions encore au courant de rien. »

19

Bureau du directeur et coordinateur
des services secrets pour l'Irlande du Nord
Stormont Castle, Belfast
Mercredi 19 septembre, 9 h 55

« Vous devriez vous marier, Perkins. Les épouses font ce genre de choses gratuitement.

— Oui, monsieur le Directeur. On m'en a parlé, en effet. »

Perkins avait été vu dans une boîte de nuit du Golden Mile de Belfast, en compagnie d'une personne de mœurs plus que discutables. En soi, cela n'avait rien de dramatique, et Willoughby n'était pas du genre à en faire toute une histoire. Mais à Belfast, un officier du MI5 devait faire très attention à ses fréquentations. On n'attrape pas les mouches avec du vinaigre et les tendres appas de la chair se révélaient parfois mortels, pas toujours pour celui qui y avait succombé mais pour une tierce personne dont il aurait imprudemment mentionné l'existence.

« Vous avez compris que vous allez devoir nous quitter, n'est-ce pas, petit idiot ? Une atteinte à votre réputation. Cela pourrait difficilement être pire. »

Perkins, honteux, hocha la tête.

« C'est bien ce que je me disais, monsieur le Directeur.

— C'est bien ce que je me disais ! Vous avez agi comme un imbécile. Qu'est-ce qui vous a pris, d'ailleurs ? Je ne vous savais pas si fragile de ce côté-là.

— Je ne le suis pas en général, monsieur le Directeur. C'est que... J'avais un peu bu et... cette femme...

— Je ne tiens pas à entendre le récit de vos fredaines, Perkins. Cette affaire sera versée à votre dossier, et je n'ai pas besoin de vous dire qu'elle affectera sérieusement votre carrière. A votre place, je songerais à me chercher un autre boulot. M'avez-vous apporté le dossier O'Dalaigh ? »

Le visage de Perkins s'éclaira. Il s'en tirerait peut-être avec une bonne engueulade, puis on n'en parlerait plus.

« Le voici, monsieur le Directeur.

— Vous dites qu'on l'a repérée hier. Pourquoi ne suis-je averti que maintenant ?

— Quelques ratés dans la transmission, monsieur le Directeur.

— Expliquez-vous, je vous prie.

— Je ne suis sûr de rien, mais c'est ce qu'on m'a dit.

— Renseignez-vous. Et assurez-vous que cela ne se reproduira pas. Maintenant, sortez d'ici et envoyez-moi Harker. »

Geoffrey Willoughby se cala dans son fauteuil et parcourut le rapport. Il occupait les fonctions de directeur et coordinateur du MI5 en Irlande du Nord depuis trois ans, mais il avait toujours l'impression d'être assis sur le fil du rasoir. Il n'exerçait pas plus de contrôle sur les événements que lorsqu'il était arrivé, et il s'attendait à chaque instant à ce que ses projets lui explosent à la figure. Littéralement.

Le véritable danger, cependant, résidait moins dans les bombes et les balles que dans une insidieuse propension au cynisme. Il les observait depuis des années, les politiciens, les universitaires, les soldats et les espions, fiers de leurs schémas et de leurs plans infaillibles, un par un, ils rouillaient. Vu de Londres, cela ressemblait à des enfantillages. Mais sur place, on ne pouvait plus se permettre le luxe qu'autorisait la distance. Il s'était pris au jeu, et il commençait à sentir les attaques de la rouille sur sa propre armure. Mettre la main sur Maureen O'Dalaigh et ses hommes lui rendrait son lustre avant que ne sonne l'heure de rentrer chez lui.

La porte s'ouvrit et Anthony Harker entra. Il referma la porte sur lui comme si, par ce geste, il interdisait l'entrée de la pièce à tout ce qu'il traînait derrière lui : le département,

Stormont Castle, Belfast et l'Irlande du Nord tout entière. Mais cette barrière ne lui était pas indispensable : sa propre attitude suffisait à établir un mur entre lui et le reste du monde.

Willoughby sourit et lui proposa de prendre un siège. Harker était un homme d'une quarantaine d'années, qui faisait beaucoup plus jeune que son âge. Ce n'était pas sa forme physique qui attirait ou retenait tout d'abord l'attention mais son visage, qui s'imposait par son impassibilité. Rien n'en modifiait jamais l'expression. Cette capacité à dissimuler toute émotion était si bien ancrée en lui qu'on avait d'emblée l'impression de se trouver en face d'un homme capable de tout.

Harker redonnait confiance à son patron, il lui laissait entrevoir la possibilité de croire en une sorte de victoire ou, tout du moins, en une issue honorable. Son passé était une énigme, y compris pour Willoughby, qui s'était aperçu, peu après son arrivée dans la province, qu'il avait beau être censé contrôler tout le département, il ne contrôlait en tout cas pas Harker. Il était sacré, intouchable. Il avait toujours été là, il y resterait bien après le départ de Willoughby, et remplirait le même rôle auprès de son successeur. Harker était le cœur et le cerveau du département. S'il mourait, il deviendrait son fantôme.

« O'Dalaigh fait surface, dit Willoughby.

— C'est ce que j'ai cru comprendre.

— Vous avez donc lu ceci ?

— Il y a quelques minutes, oui.

— Ça vous paraît vraisemblable ?

— Absolument. Pierce est digne de foi. Il a des yeux de lynx. Mais ce n'est pas seulement une question de vision. Il se trame quelque chose. Certains de leurs chefs s'agitent.

— Ce ne sont pas les chefs que je veux. C'est O'Dalaigh. Vous le savez.

— Elle est dans tous les coups, donc elle est concernée par ce qui se prépare. Mes hommes ont les oreilles clouées au sol. Dans un jour ou deux, nous la tiendrons.

— Parfait. Ne me décevez pas. Et ramenez-la-moi vivante. Je veux la totalité de son groupe d'intervention.

— Je ferai de mon mieux. »

Un silence s'établit, qui modifia la tonalité de leur

conversation. Avec Anthony Harker, Willoughby s'était ouvert la piste des recoins les plus obscurs de la jungle de l'Irlande du Nord.

« Et notre autre affaire ? demanda-t-il à son subordonné. Où en est-on ?

— Wetherell ? C'est réglé. En douceur.

— Plus de problème, alors ? »

Harker secoua la tête.

« Il reste Carberry. C'est un gros poisson, et difficile à atteindre. Les conséquences seraient très graves.

— Je sais. Faites ce que vous pourrez. Assurez-vous qu'il n'y a pas eu d'autres fuites.

— Ce sera tout ?

— Non, dit Willoughby. J'ai reçu ceci de Londres, ce matin. (Il lui tendit un document sans faire de commentaire. Harker le lut et le lui rendit.)

— Ça a donc commencé.

— Il est temps que vous alliez à Dublin. Sinon, nous perdrons le contrôle.

— Très bien. Et si vous avez besoin de moi ici ?

— Je me débrouillerai. Vous m'avez bien déblayé la route. »

Harker fit mine de se lever puis se ravisa.

« Dois-je parler de Scimitar à Mangan ? »

Willoughby secoua la tête.

« Pas encore.

— Ça l'aiderait à comprendre...

— Non. Attendons encore. Il n'a aucun besoin d'être au courant pour le moment. Et s'il s'en va, moins il en saura mieux ça vaudra. Y compris pour lui.

— Parfait. Je serai à Dublin dans la soirée. Prévenez-les de mon arrivée. Et que je parlerai en votre nom. »

Harker se leva sans plus de cérémonie et sortit de la pièce. Willoughby frissonna, et prit un petit carnet dans sa poche. Il le consulta et composa un numéro de téléphone.

« Ciaran Clark ? dit-il lorsqu'on lui répondit, Geoffrey Willoughby. J'aimerais vous parler en particulier, si possible. »

20

Dublin
Mercredi 19 septembre, 10 h 5

« Ça ne me fait pas vraiment plaisir, monsieur, mais il faut bien reconnaître qu'ils n'ont pas tout à fait tort, avança Dominic Lawlor, sur le ton de celui qui est sûr de son bon droit, et n'hésite pas à assumer les conséquences de ses convictions. Au sujet des musulmans, je veux dire. Et de leur façon d'agir. Vous savez — leur manière d'imposer leur loi. Et de faire exécuter tous ceux qui ne sont pas d'accord avec eux. De lapider les femmes. Nous sommes des chrétiens, nous aussi, après tout. »

Declan observa calmement son subordonné, qui lui avait toujours semblé être un homme raisonnable, un bon policier, qui exerçait une influence apaisante sur ses hommes et détestait les fanatiques de tout poil.

« Quelqu'un d'autre partage-t-il cette opinion ? » demanda Declan.

Personne ne répondit, mais il sentait que les paroles de Lawlor éveillaient un écho favorable dans la pièce. Il savait depuis le début que sa tâche ne serait pas facile.

« Bien. Je vais donc essayer d'être clair. Si vous pensez vraiment ce que vous venez de dire, Dominic, c'est-à-dire que les terroristes n'ont peut-être pas tout à fait tort, je préfère que vous nous quittiez immédiatement. Ainsi que tous ceux qui partagent votre avis. Prenez le temps de réfléchir, vous tous. Mais je ne veux pas qu'il y ait dans cette équipe une seule personne qui puisse envisager que les terroristes pourraient être excusés ou compris, et que les victimes n'ont eu que ce qu'elles méritaient. Est-ce clair ? »

Lawlor était blême. Il ne s'était pas attendu à une aussi rude rebuffade. Mais il savait que Declan ne plaisantait pas. Son choix était simple : soit il prenait son arme et il quittait le bureau, soit il réfléchissait un peu. Avec un autre homme que Declan Carberry, il n'aurait pas hésité à prendre ses cliques et ses claques.

« Bien, reprit Declan. Cette réunion a assez duré. Si vous avez des questions, vous me les poserez tout à l'heure. »

Declan savait que l'unique manière d'empêcher les membres de son équipe de ratiociner à perte de vue était de les mettre au boulot sur-le-champ.

« Vous savez ce que vous avez à faire, pour la plupart. Je veux un premier rapport à une heure. Liam, Grainne, venez un instant dans mon bureau.

« Votre expérience à tous les deux me sera très utile, poursuivit Declan après avoir refermé la porte sur eux. Vous connaissez ce genre de problème. Mais je tiens à être sûr que vous n'allez pas me laisser tomber en cours de route.

— Ce n'est pas aussi simple que ça en a l'air, malheureusement », dit Grainne.

La jeune femme avait étudié le droit pendant deux ans avant de renoncer, et de s'enrôler dans la police. Sa décision n'avait pas été motivée par de quelconques difficultés à passer ses examens, elle n'en avait aucune, mais par la certitude qu'une fois diplômée elle se trouverait du mauvais côté de la loi. C'était l'un des esprits les plus brillants de toutes les forces de l'ordre, et son absence se ferait cruellement sentir. Mais Declan savait que s'il faisait mine de minimiser les difficultés, elle n'hésiterait pas un instant à quitter l'équipe.

« Non, ce n'est pas simple. Et ce ne sera pas facile non plus. Je ne suis même pas certain que le Taoiseach ait pris la bonne décision, ni que j'aie eu raison d'accepter la mission qu'il m'a confiée. Mais j'ai décidé de lui faire confiance. Entre nous, il lui arrive de donner l'impression de manquer de jugeote, mais il ne faut pas s'y fier. C'est un politique, voilà tout. Padraig Pearse est loin d'être un idiot. Et pour ce genre d'affaires, il a même un certain talent.

« Malheureusement, son pouvoir est limité. Si nous ne voulons pas que notre opération avorte au moment où les Anglais et les autres viendront y fourrer leur nez, nous ne pouvons pas compter sur les informations en provenance du bureau du Taoiseach et des autres services de renseignement. Si nous voulons savoir ce qui se passe, nous devrons le découvrir par nous-mêmes. Plus vite notre système de surveillance sera en place, mieux ça vaudra. Demain à cette heure-ci, nous aurons autant de mal à installer une écoute téléphonique en Irlande qu'à convaincre le pape d'utiliser un préservatif.

— Qui sommes-nous censés écouter, monsieur ? » Liam était un homme du Kerry. Declan savait qu'il n'avait pas beaucoup apprécié le rôle qu'on lui avait fait jouer dans le passé, lorsque son unité était chargée d'infiltrer des groupes politiques non violents.

« Tout le monde, rétorqua Declan, qui récita la liste qu'il avait établie dans sa tête un peu plus tôt dans la matinée. L'état-major de la Garda, à Phoenix Park, la police municipale à Harcourt Street, le bureau du Premier ministre, les services de renseignement, du gouvernement et de l'armée. Toutes les ambassades du Moyen-Orient. Et l'ambassade de Grande-Bretagne, pour faire bonne mesure. D'autres, si vous avez des idées. »

Grainne fit la grimace.

« Qu'est-ce qui vous chiffonne, inspecteur Walsh ? Voyez-vous des objections ? Des objections légales, ou morales ? Vous êtes mon second dans cette opération. Il faut que je sache si je peux compter sur vous.

— Il ne s'agit pas de cela, monsieur. Les cibles que vous venez de nommer ne sont pas faciles à atteindre, c'est tout. Toutes sont protégées par des systèmes de brouillage et d'antidétection. Et ce sera difficile de les surveiller toutes à la fois. Nous disposons d'un nombre d'hommes plus que limité.

— Vous avez raison. Occupez-vous d'en recruter davantage. Quel genre d'équipement vous faut-il ?

— Il me faudra un ICR. Ce système peut enregistrer cent vingt lignes simultanément. En soi, ça ne sert pas à grand-chose, sauf si on peut se procurer un Timesearch. C'est un engin qui lit les bandes magnétiques à six cents fois la vitesse normale. Il lui faut deux minutes pour lire vingt-quatre heures de bandes. On peut le programmer sur des phrases ou des mots clés : otages, par exemple.

— Parfait. Où peut-on en dégotter un ?

— Il y en a un au siège de la poste.

— Bon. Vous aurez un ordre de réquisition. En ce qui concerne les écoutes, faites preuve d'autorité. Vous avez tous les deux travaillé avec des types de Telecom Eireann. Mettez-leur la pression, ils coopéreront. Faites plus attention avec les autres. Vous jugerez vous-même de ce qui est bon à dire et de ce qui ne l'est pas. Moins vous parlerez, mieux ce sera, mais il faut obtenir leur coopération. Jouez sur leurs sentiments nationalistes, par exemple.

« Je vais vous remettre la liste des gens au courant de notre opération. Voyez-les en premier, ils vous assisteront dans toute la mesure de leurs moyens. Même quand les Européens pointeront leur nez, les nôtres nous aideront sans doute. »

Le téléphone sonna. Declan décrocha, écouta attentivement. L'expression de son visage s'assombrit. Puis il blêmit. S'il n'avait pas été aussi pâle depuis qu'on lui avait confié cette mission, on aurait pu dire qu'il était exsangue.

Il raccrocha enfin. Se tut un instant, sans quitter des yeux la surface polie de son bureau. Puis il les regarda enfin.

« Ils ont exécuté le premier otage », dit-il.

21

Phoenix Park, Dublin
Mercredi 19 septembre, 10 h 30

Martin Fitzsimmons attendait à l'entrée de Park Gate ; Phoenix Park s'étendait derrière lui, vert, humide, à moitié caché dans la brume. On apercevait à peine l'immeuble de la Garda. Declan était souvent venu ici, plus souvent qu'il ne l'aurait souhaité, en fait, mais cette fois, c'était différent.

« Voici l'endroit où on l'a découvert, dit Martin sans préambule. C'est un délégué égyptien. Il s'appelle Abd al-Halim'Abbud.

— Tu en es certain ? C'est bien son nom ? Ça me dit quelque chose, mais je ne sais plus quoi. »

Les deux hommes marchaient vers le monument de Wellington. Declan remarqua à peine les voitures de police, les hommes en uniforme noir, l'ambulance prête à emporter le corps du défunt. C'était un spectacle hélas familier. D'ailleurs, en une seule journée, il avait appris à considérer les événements avec une certaine distance.

« Un attaché de l'ambassade l'a identifié il y a une demi-heure. Tu peux le voir si tu veux. C'est un certain Hafiz. »

Declan secoua la tête.

« Les otages ne m'intéressent pas individuellement. Savoir qui est exactement cet Abd je ne sais quoi ne m'aidera pas à retrouver ses assassins. Mais je veux voir s'ils n'ont pas laissé un indice quelconque, une piste qui puisse me conduire à eux.

— Tout ce que l'on peut dire, c'est qu'ils ont le sens de l'humour. »

Ils étaient arrivés au pied du monument, le plus grand obélisque du monde, qui s'élevait sur soixante-dix mètres au-dessus du sol. Le corps avait été jeté sur les marches, contre un pilier massif, comme offert en sacrifice à une divinité païenne. Cela semblait inutilement cruel de l'avoir abandonné là, dans le brouillard, loin de la chaleur du soleil. Declan s'en souvint soudain. C'était l'homme que Ciaran Clark avait présenté à Concepta pendant la réception. C'était le chef de la délégation égyptienne. Il se demanda s'il avait une femme et des enfants

« Le sens de l'humour ? Je ne vois rien de bien drôle.

— Le mot n'est sans doute pas approprié. Mais regarde... cet obélisque ! Ils ont bien choisi leur endroit.

— Un Égyptien au pied du fameux obélisque de Dublin ? C'est ça que tu veux dire ? »

Fitzsimmons acquiesça. Il regrettait d'avoir prononcé le mot humour. S'il y avait une chose qu'il haïssait par-dessus tout, c'était bien de se pencher sur des cadavres dans un parc glacé. Il n'était pas policier, après tout. Il n'avait jamais été autre chose qu'un homme d'idées, qui travaillait en coulisses.

« Qui l'a découvert ?

— Une patrouille de la Garda.

— Par hasard ? »

Fitzsimmons secoua la tête.

« Pas du tout. Il y a eu un appel téléphonique, d'une cabine de Trim. On y a envoyé des hommes. »

Le quartier général de la Garda, un long bâtiment sur leur droite, était un lieu particulièrement bien situé, entouré, à un jet de pierres, de nombreux sièges administratifs, et protégé par la haute croix érigée en 1979, à l'occasion de la visite en Irlande du pape Jean-Paul II. Tous ces emblèmes avaient-ils un sens, se demandait Declan, ou lui seul était-il frappé par ce symbolisme ?

« On a touché au corps ?

— Non. Si l'IRA est dans le coup, il est peut-être piégé.

— Ça m'étonnerait fort, dit Declan.

— Nous avons dû renforcer les mesures de sécurité du

président et de l'ambassadeur des États-Unis. On est trop près.

— Ils ne risquent rien. Lâchez les guêtres de l'Américain. Je n'ai aucune envie qu'il se mette à se poser des questions. Ça arrivera bien assez tôt. »

Il regarda autour de lui. A quelque distance, un couple à cheval traversait les pelouses, du côté du terrain de polo. Les cheveux de la femme flottaient derrière elle comme un drapeau. Elle montait un cheval gris. Un jour, un de ses rares jours de congé au Liban, Amina et lui avaient ainsi parcouru des kilomètres sur une plage déserte. Cette réminiscence soudaine lui fit mal, et il s'efforça de l'oublier.

« Ont-ils dit pourquoi ? Ils ne nous ont même pas laissé le temps de répondre à leurs revendications. Et nous n'avons aucun moyen d'entrer en contact avec eux. »

Fitzsimmons contemplait le cadavre, à quelques pas de lui. L'Égyptien était trempé par la rosée et le brouillard. L'homme avait dû être séduisant. On ignorait encore depuis combien de temps il était mort.

« Je n'ai pas pris cet appel, et il n'a pas été enregistré. On ne s'attendait pas à ça.

— Bon Dieu, Martin ! Les appels sont censés être enregistrés vingt-quatre heures sur vingt-quatre.

— Je te dis ce que je sais. Il a peut-être été enregistré, après tout. Le terroriste a dit que cela nous prouverait qu'ils étaient sérieux. Et qu'il y aurait un mort par jour tant que leurs revendications ne seraient pas satisfaites. Il a ajouté qu'on trouverait un corps au pied du Duc de Fer. Et il a raccroché. »

Ils se rapprochèrent du malheureux Égyptien. On lui avait lié les mains derrière le dos. Il portait une djellaba blanche et, enroulé autour de la tête, un simple morceau de tissu blanc taché du sang qui avait coulé d'une blessure par balle à la tempe gauche. Il était chaussé de légères babouches en cuir, et semblait dormir comme un enfant. Mais ses yeux grands ouverts fixaient la pierre grise pour l'éternité. Declan se pencha et lui baissa les paupières.

Il redressa le corps. On ne voyait pas d'autre blessure. Declan étudia ses mains, ses bras, ses jambes et ses pieds sans rien remarquer d'inhabituel. Mais le corps serait bientôt examiné par des mains plus habiles que les siennes. Au moment où il allait se relever, quelque chose le frappa néanmoins. La montre-bracelet de l'Égyptien détonnait avec la tenue du mort. C'était une montre banale, dont le bracelet rouge portait l'inscription : « Une heure plus près du retour du Seigneur. »

Il ôta la montre et la retourna. Le boîtier d'acier ne présentait aucune particularité. La petite aiguille se déplaçait à vitesse normale, comme pour railler la mort. Au dos, on pouvait lire la marque : End'Time Products Inc., Decatur, Illinois.

Declan glissa la montre dans sa poche et laissa retomber le bras de l'Égyptien. Fitzsimmons fit mine de n'avoir rien vu. Tandis qu'ils s'éloignaient, Declan se tourna vers lui.

« Il va falloir se remuer le train si on ne veut pas en avoir encore beaucoup d'autres... »

Fitzsimmons hocha la tête.

« Le Taoiseach a convoqué les représentants de tous les pays concernés. Certains arriveront de Londres ce matin. D'autres sont déjà sur place, car ils ont une représentation à Dublin.

— Je veux être prévenu dès que les ravisseurs reprendront contact. Assure-toi que toutes les conversations sont surveillées et enregistrées.

— Je ferai de mon mieux, Declan. Je me suis demandé... Comment crois-tu qu'ils ont choisi leur première victime ? »

22

Assis sur un rocher, il contemplait l'océan. L'air était rempli de son odeur. Il soufflait un froid vent d'est qui le glaçait. Chacune de ses inspirations lui rappelait les longues heures passées sur un autre rivage. Autre lieu, autre époque, autre monde : reverrait-il jamais l'Amérique ? En fait, cela n'avait pas vraiment d'importance. Où qu'il fût, son Père était avec lui. Mais, convaincu d'avoir une mission spéciale à accomplir là-bas, il se sentait des affinités avec ce pays, et rêvait toujours de retourner chez lui en triomphateur, pour y bâtir sa Nouvelle Jérusalem dans le désert.

Une mouette le survola en poussant un cri rauque. Il frissonna légèrement et serra les bras autour de son corps pour se protéger du vent. Un bruit le fit se retourner. Ezéchiel venait à sa rencontre sur la plage. Il le reconnut à sa casquette rouge et son coupe-vent vert. Son pas devenait de plus en plus ferme à mesure qu'il progressait vers le sable dur. Des flaques d'eau salée abandonnées par la marée descendante léchaient de petits rochers recouverts d'algues qu'Ezéchiel franchissait d'un pied léger. Lorsqu'il parvint à côté de son maître, il respirait calmement. Seul son regard révélait la tension qui l'habitait.

« Nous avons un problème. Je pense que vous devriez venir voir par vous-même.

— Je t'ai dit que je ne voulais pas être dérangé.

— Je suis désolé. Mais c'est peut-être important, et ce n'est pas une question que je puisse résoudre seul. »

Il grimaça, partagé entre l'irritation d'être interrompu et la fierté devant la déférence de son jeune lieutenant.

« De quoi s'agit-il ? » C'était ainsi que les disciples étaient venus à lui la première fois, sur les rivages de Galilée. Il les revoyait, Pierre, Jean, se dirigeant vers lui qui se tenait debout au bord de l'eau. Lorsque tout ceci serait terminé, il retournerait peut-être en Israël, pour vivre sur les rivages de Galilée avec ses disciples.

« Un des Algériens. Il prétend qu'il est malade.

— Il le prétend ou il l'est ?

— Il me paraît mal en point. »

Ils retournèrent ensemble vers la longue et basse grange où étaient retenus les otages. Le bâtiment ne comprenait qu'une seule entrée, gardée jour et nuit par des hommes armés de AK 47. Les rares fenêtres avaient été condamnées. L'intérieur était éclairé par une série d'ampoules électriques alimentées par un générateur situé dans une cabane voisine.

Les deux hommes entrèrent. La longue pièce était séparée en deux par un couloir central. Le long des murs, les lits étaient alignés comme dans un baraquement, et séparés les uns des autres par des cloisons de bois qui constituaient deux rangées de cellules donnant sur le couloir. Manifestement, les cloisons étaient beaucoup plus récentes que le bâtiment. La grange, destinée à abriter du bétail et des réserves de nourriture, était en pierres sèches recouvertes à l'origine d'un toit de chaume qui avait été remplacé par des plaques de tôle ondulée lorsqu'on avait installé les cloisons.

Chacune des cellules enfermait un otage. Les femmes se trouvaient dans une section séparée, à l'extrémité de la grange, isolée du dortoir des hommes par une porte en bois massif. Elles disposaient de leurs propres cabinets de toilette ; deux gardes armés veillaient sur elles. Il n'y avait pas de femmes parmi les gardes ; ainsi en avait décidé le Maître, qui craignait que des présences féminines ne nuisent à la discipline. Les femmes lui avaient déjà causé des problèmes dans le passé.

L'Algérien était couché dans le troisième lit à droite. L'un des deux délégués d'Arabie saoudite, Hasan al-Turki, était assis à côté de lui. On l'avait détaché et autorisé à quitter sa cellule afin qu'il serve d'interprète. Le malade et lui pouvaient communiquer en arabe classique, le langage commun de tous les gens instruits, quelles que fussent les différences de leur langue usuelle.

L'Algérien s'appelait Ali Bouslimani. C'était un homme qui approchait de la soixantaine, professeur de philosophie à l'université d'Alger et théoricien du FIS, le Front islamique du salut. Blême, il respirait avec difficulté. Al-Turki lui tenait la main et lui parlait doucement.

Au moment où Ezéchiel et le Maître s'encadrèrent dans l'ouverture de la cellule, l'Arabe se leva, rouge de colère.

« Cet homme doit sortir d'ici, sinon il va mourir. »

Le Maître le bouscula pour accéder au pied du lit du malade. Il regarda Bouslimani. L'Algérien le fixait sans le voir, le regard égaré.

« De quoi souffre-t-il ?

— Il a... le *khunaq*. Je ne connais pas le mot dans votre langue. C'est une maladie de cœur. Très grave. Ses médicaments sont dans sa chambre, à Castletown House. Le choc de l'attaque et le traitement qu'il a subi l'ont rendu extrêmement malade. Il faut l'envoyer d'urgence à l'hôpital.

— Il n'en est pas question, aboya le Maître.

— Appelez un médecin, alors, faites quelque chose. Si on ne le soigne pas, il va mourir.

— Je suis navré, mais je ne puis l'autoriser.

— Voulez-vous dire que vous n'avez prévu aucune assistance médicale, ni pour nous ni pour vos hommes ?

— Dieu est notre médecin, fut l'unique réponse qu'il obtint.

— Vous osez parler de Dieu ? Dieu souhaite-t-il la mort d'innocents ? Les fait-il prisonniers ? Les laisse-t-il attachés comme des animaux ? »

Le Maître se tourna vers Ezéchiel.

« Emmène-le. Je m'occupe du malade. »

Al-Turki fit un geste pour se rapprocher du lit.

« Laissez-moi rester avec lui. Et donnez-moi du papier et un stylo. Il veut écrire à sa femme et à ses enfants, en Algérie.

— Personne n'écrira la moindre lettre. Et maintenant, sortez d'ici. »

Al-Turki ne céda pas. C'était un homme de taille moyenne, sans grande force physique. Mais sa djellaba était tachée du sang d'un policier à qui il avait tenté de porter secours avant d'être emmené de force hors de Castletown House.

« Nous avons tous des familles, insista-t-il. Il serait cruel et injuste de ne pas les rassurer sur notre sort. Je ne vois pas le mal qu'il y aurait à leur écrire. »

Le Maître le frappa durement au visage. Al-Turki trébucha, puis se raffermit.

« Vous serez jugé, dit-il.

— Le juge, c'est moi. Ezéchiel, emmène-le. »

Lorsqu'ils furent sortis, le Maître se pencha sur le malade. Bouslimani tendit la main et lui prit le poignet. Il ne parlait pas anglais.

« *Ana marid...*, murmura-t-il. *Utlub li tabiban... Ana ma'it...* »

Le Maître posa sa main sur celle du malade. Il ne comprenait pas un mot de ce qu'il disait, mais devinait qu'il s'agissait d'un appel au secours.

« Prions ensemble, dit-il. Je vais demander à Jésus de vous guérir. Il vous suffit de croire en lui. Il vous lavera de vos péchés. Je vais vous rendre la vie. »

Il passa plus d'une heure au chevet du mourant, la tête baissée, priant pour sa guérison et son salut. De temps à autre un garde armé passait devant la cellule et l'observait avec curiosité. On entendait parfois crier, en arabe, en anglais ou en iranien. Mais la plupart du temps le silence était total, oppressant, comme si chacun retenait son souffle dans l'attente de quelque chose d'indéfinissable. Derrière les rideaux, une femme pleurait. Personne ne vint la consoler. Et un homme, qui se prenait tantôt pour Jésus-Christ tantôt pour Dieu lui-même, murmurait des prières à l'oreille d'un agonisant.

23

St. Stephen's Green, Dublin
Mercredi 19 septembre, 18 h 35

Declan regarda sa montre et leva les yeux au ciel. Il se faisait tard. Seamus Cosgrave aurait dû être là depuis une demi-heure. Il n'entrait pas dans ses habitudes de faire attendre Declan. Ils s'étaient brièvement parlé au téléphone trois heures plus tôt et Cosgrave avait promis d'arriver peu après 6 heures. Ce n'était pas leur lieu habituel de rendez-vous, mais Declan lui avait clairement expliqué l'endroit où ils se retrouveraient, et Cosgrave ne pouvait pas s'être trompé.

Declan se leva et se mit à arpenter les alentours. Personne ne le protégeait. Si on le suivait, il devrait s'en apercevoir tout seul. Mais, en scrutant attentivement les parages, il ne vit rien de suspect.

Cosgrave arrivait enfin : il traversait le pont. Les deux hommes se croisèrent sans se faire le moindre signe. C'étaient de vieux routiers. Cosgrave poursuivit sa route vers la fontaine. Declan en fit le tour en sens inverse, pour vérifier si Cosgrave n'était pas suivi.

Ce dernier l'attendait, assis sur un banc, faisant mine de lire un exemplaire du *Herald*.

« Vous êtes en retard.

— Sûr, monsieur Carberry. Mais on est dans un endroit public ; il a bien fallu que je me méfie. Si jamais on nous voyait ensemble... »

Cela faisait onze ans que Cosgrave était le principal indicateur de Declan au sein de l'IRA. Il l'avait arrêté en 1985 pour contrebande d'armes, et l'avait travaillé au corps. En creusant un peu, il avait découvert d'autres charges à retenir contre lui, plus graves encore. Bien que ne possédant pas les preuves suffisantes pour l'accabler, Declan avait réussi à convaincre Cosgrave qu'il avait intérêt à coopérer.

Cela n'aurait peut-être pas suffi, mais Cosgrave s'était marié un an auparavant. Une gentille fille, Teresa, et Seamus en était fou. Il avait plus de trente ans, et, ayant consacré sa vie entière au mouvement, il était privé depuis toujours de compagnie féminine. Désormais, le temps qu'il passait loin de sa Teresa lui semblait du temps perdu. Un homme de l'IRA amoureux ! Il avait fait hurler de rire les types qui l'interrogeaient. Sauf Declan, qui comprit le pouvoir de l'amour.

Circonstance aggravante, Teresa venait de mettre au monde un enfant, Joseph, et les Cosgrave songeaient déjà à lui donner des frères et sœurs. Seamus, le benjamin de douze enfants, adorait les grandes familles. C'était un assassin, incontestablement, mais chez lui, c'était un mari aimant et un tendre père. Ainsi en allait-il de la tragédie de l'Irlande, songeait Declan qui savait qu'il y en avait beaucoup d'autres comme lui.

Il ne fallut pas longtemps à Declan pour convaincre son prisonnier. Il avait de quoi l'expédier en prison pour de longues années. Quand il en sortirait, son fils Joseph serait un homme ; il ne l'aurait pas vu grandir. Sa femme aurait vieilli, elle aurait perdu sa vivacité et son charme. Et d'autres hommes, peu dignes de confiance, en auraient profité.

Seamus avait essayé de s'en tirer en livrant de vagues bribes d'information, mais Declan en avait exigé davantage. Il avait en quelque sorte acheté Seamus pour la vie. En échange d'une peine d'une seule année de prison, l'homme s'était engagé à lui donner personnellement des informations pendant des années. Il payait toujours. Seamus était le mouchard de Declan, sa meilleure source. Il n'avait jamais laissé personne d'autre s'approcher de lui.

Deux prêtres, plongés dans leur conversation, passèrent devant eux. Un groupe d'enfants jouaient au football avec un vieux ballon. Une jeune femme, le visage crispé par la douleur, actionnait un fauteuil roulant. La fontaine déversait interminablement ses ruisseaux d'eau claire dans son bassin. De gros nuages noirs assombrissaient le ciel.

« Comment va Teresa ?

— Très bien, merci. Avez-vous su que sa mère était morte il y a quelques mois ?

— Oui. Était-elle très âgée ?

— Quatre-vingt-dix ans passés. Une femme bien. Fervente catholique. Jusqu'à l'année dernière, elle ne ratait jamais la messe. Elle nous manque beaucoup.

— Et les enfants, comment vont-ils ?

— On n'a pas à se plaindre. Joseph a eu le premier prix d'irlandais, la semaine dernière. J'ai appris, au sujet de votre fille, monsieur Carberry. Je suis désolé, vraiment. Vous devez être très malheureux.

— N'en parlons pas, Seamus. Ça vaudra mieux. Que sais-tu sur lundi soir ?

— Lundi soir ? Que s'est-il passé lundi soir ?

— Tu dois le savoir mieux que personne, Seamus. C'étaient les vôtres, ou l'Armée nationale de libération de l'Irlande ?

— L'ambassadeur, vous voulez dire ? C'étaient des hommes du commando de Dublin. Mission spéciale.

— Dans quel but ?

— Il n'y avait pas de but particulier. Le Conseil a appris où se rendait Reynolds ce soir-là. Ils ont monté l'embuscade ensemble. Pour lui prouver qu'il est vulnérable. On ne voulait ni le tuer ni demander une rançon.

— Pourquoi ne m'en as-tu pas parlé ? Pourquoi ne m'as-tu pas prévenu ? Ce n'est pas un incident mineur. »

Cosgrave secoua la tête.

« Je n'en ai entendu parler que ce matin. Vous aussi, vous avez tout fait pour que personne ne soit au courant. Pas un mot dans les journaux, dit Cosgrave en désignant le sien. Ni ailleurs. Qu'est-ce qui se passe ? »

Declan observa son informateur. Il faisait plus que ses quarante ans. Le visage pâle, les traits tirés, il payait le prix d'une vie entière dans le mouvement. Declan supposa qu'il disait la vérité.

« Et Castletown ? C'était un commando de Dublin,

aussi ? Je ne pensais pas que vous auriez le culot d'organiser un truc comme ça. »

Cosgrave, surpris, regarda Declan.

« Castletown ? Où ça perche, ça ?

— A côté de Celbridge. L'espèce de château.

— Quand ?

— En même temps que l'embuscade. Lundi soir. Et ne prétends pas qu'il ne s'est rien passé. J'y étais. »

Cosgrave posa son journal sur le banc.

« Il n'y a eu que l'embuscade, monsieur Carberry. Je vous le jure devant Dieu. Rien d'autre.

— Tu viens de me dire que tu n'étais pas au courant de cette embuscade jusqu'à ce matin. On ne t'a peut-être rien dit de Castletown.

— Une grosse affaire ?

— Très grosse.

— Alors, je le saurais. Franchement, monsieur Carberry. Je le saurais. J'ai vu Gerry Noonan, ce matin ; on a parlé de l'embuscade ; il m'a dit qu'elle s'était bien déroulée, qu'il n'y avait pas eu de morts, sauf un garde du corps anglais, mais ça... Mais il n'a rien dit d'autre.

— Seamus, l'embuscade était une manœuvre de diversion. Elle ne représentait rien. Il s'agissait simplement d'attirer un maximum de soldats et de policiers sur les lieux. Pendant ce temps, un groupe d'hommes armés attaquait Castletown House et prenait d'importantes personnalités en otages. N'en souffle mot à personne. C'est compris ? »

Cosgrave avala nerveusement sa salive et hocha la tête.

« Comptez sur moi, monsieur Carberry. Je ne suis au courant de rien.

— Et maintenant, écoute-moi bien. Je ne crois pas aux coïncidences. Deux actes de terrorisme, à la même heure et à quelques kilomètres de distance, ça n'arrive pas par hasard. Tu me suis ?

— Parfaitement, monsieur Carberry. Vous êtes toujours parfaitement clair. Mais je ne sais rien, voilà la vérité vraie ; et je vous jure que personne n'en sait plus que moi dans le mouvement.

— Et pourtant, ces deux événements sont certainement liés. Je veux que tu me trouves ce lien. Je veux savoir qui a profité de l'embuscade, et comment on a ficelé tout ça.

Cadeaux de Noël assurés pour toute la famille en cas de réussite. »

Cosgrave s'agitait de plus en plus. Il jetait de rapides coups d'œil à droite et à gauche. Si on le voyait en conversation avec le chef de la police spéciale, sa vie ne tiendrait plus qu'à un fil.

« Vous m'en demandez trop, monsieur Carberry, je vous le jure. Je me ferais piquer... Je ne suis même pas censé être au courant de l'embuscade.

— Assieds-toi, Seamus, et écoute bien. Ces informations, il me les faut. Il me les faut absolument. Il y a eu des morts à Castletown. Des policiers. Des hommes à moi. Beaucoup d'autres vies sont en danger. Donne-moi les renseignements que je te demande sous vingt-quatre heures, et tu n'auras pas à le regretter. Laisse-moi tomber, et je fais ressortir ton dossier.

— Sainte Mère de Dieu ! Une seule journée ? »

Declan ne pipa mot. Il surveillait Cosgrave du coin de l'œil, tous ses sens cependant en éveil pour vérifier que nul ne s'intéressait de trop près à lui et à son compagnon... Il savait à quoi pensait Cosgrave, il le connaissait comme sa poche.

« On serait quittes, cette fois, monsieur Carberry ? Voilà le plus beau cadeau de Noël que vous pourriez me faire. »

Comme tous les mouchards, Cosgrave rêvait du jour où il serait à nouveau libre. Depuis onze ans, il vivait dans la crainte d'être découvert, torturé et exécuté. Un seul homme, Declan Carberry, pouvait le soulager de ce fardeau.

« Peut-être, Seamus. Peut-être bien. Si tes renseignements sont bons, s'ils me permettent de me rapprocher de la solution, alors nous serons peut-être quittes.

— Qui cherchez-vous ?

— Les gens qui sont derrière l'attentat de Castletown House. Je veux mettre la main dessus, Seamus. Je le veux à un point que tu ne peux pas imaginer. Aussi fort que je veux l'assassin de ma fille.

— Je vais me débrouiller. Vous les aurez. »

Il se leva. En ramassant son journal, il s'aperçut que Declan l'avait remplacé par un exemplaire de l'*Evening News*.

« Ne m'appelle pas au numéro habituel, Seamus. Tu

trouveras le nouveau dans ton journal. Tu pourras m'y laisser un message à toute heure du jour ou de la nuit. Et n'oublie pas : dans les vingt-quatre heures. Je ne peux pas attendre plus longtemps. File, maintenant, je surveille tes arrières. »

Cosgrave empocha le journal et se dirigea vers le pont. Declan le regarda partir. Une seule pensée l'obsédait : Amina.

24

Bureau du Premier ministre, Dublin
Mercredi 19 septembre, 21 heures

Comme promis, le téléphone retentit à 9 heures. Padraig Pearse attendit trois sonneries avant de décrocher. Il souleva le récepteur d'une main tremblante.

« Ici le Taoiseach. Qui est à l'appareil ? »

Il y eut un court silence. Le bureau était rempli d'hommes silencieux, penchés sur leurs appareils. L'appel était enregistré, son origine serait détectée. Dans des pièces voisines, des experts analyseraient la voix et le message, pour y déceler d'éventuels indices cachés. Toutes les permissions avaient été annulées, les unités étaient en état d'alerte permanent.

« Mon nom n'a aucune importance. Je suis celui qui est. »

La voix, abrupte, mécanique, semblait déguisée.

« Écoutez-moi bien, mon petit monsieur, murmura Padraig Pearse à qui la référence biblique n'avait pas échappé, je me fiche que vous soyez Dieu en personne. Mais ça suffit comme ça. Votre satané message nous est parvenu trop tard. Ça ne vous a pas empêché de tuer un innocent.

— Personne n'est innocent. Nous naissons pécheurs, nous mourons pécheurs, à moins de rencontrer le Seigneur. Avez-vous trouvé Jésus-Christ, monsieur le Premier ministre ? L'avez-vous accueilli dans votre cœur ?

— Parlons plutôt de notre problème. Si vous avez autre chose à me dire, vous le ferez plus tard.

— Je dis ce qui doit être dit. Ma voix est la voix de Jésus. Mes paroles sont les paroles de Dieu. N'essayez pas de marchander avec moi, ne vous croyez pas malin. Je suis celui qui est. Je ferai ce que j'ai dit que je ferai. »

Mangan jeta un coup d'œil au commissaire Devlin, assis à ses côtés. Il couvrit le récepteur de sa main.

« Bon Dieu, Pat ! C'est un cinglé. Je vais essayer de le garder en ligne. Vos types l'ont-ils localisé ? »

Devlin secoua la tête.

« Pas encore. Dans une minute. Faites-le parler. »

Mangan retira sa main.

« Donnez-moi un numéro où je puisse vous joindre, dit-il. Il faut éviter que ce genre d'erreur se reproduise.

— Il n'y a pas eu d'erreur. Je prendrai contact avec vous quand je l'estimerai nécessaire. Les choses ont mal commencé. Je souhaite qu'elles s'améliorent. Pour vous comme pour les hommes et les femmes qui sont en mon pouvoir. En tout premier lieu, je veux savoir si vous acceptez d'être mon intermédiaire avec les gouvernements concernés par mes revendications. »

Devlin griffonna quelques mots à l'intention de Mangan.

« ON LE TIENT. CABINE TÉLÉPHONIQUE À MOUNTCHARLES, DONEGAL. »

Mangan hocha la tête puis se concentra à nouveau sur son interlocuteur.

« Tout ce que je peux faire, c'est accepter de leur parler en mon nom propre. Je n'ai aucun moyen de pression sur eux. Et mon gouvernement ne peut endosser la responsabilité...

— Transmettez-leur simplement mes exigences. Ce sont eux qui choisiront, et qui seront responsables. Mais je vous prie de souligner à leur intention les conséquences du plus petit retard. Pour simplifier les choses, je formulerai une exigence à la fois. Ceci aidera les fils de Satan à se soumettre à nos conditions. La première est la libre circulation du Saint Livre dans les pays musulmans. Je suis disposé à accepter un accord initial concernant l'Arabie saoudite, l'Iran et la Malaisie. Ils ont jusqu'à demain soir pour obéir. Qu'ils nous le fassent savoir par une déclaration dans l'édition de vendredi matin du journal en langue arabe *Al-shark al-awsat*, publié à Londres. S'il n'y a rien, le prochain otage mourra. »

Le Taoiseach se prit la tête entre les mains. Il ne s'était jamais senti aussi impuissant. Pat Devlin se pencha vers lui. De la sueur perlait à son front. Il ne pouvait faire semblant d'ignorer la présence d'Anthony Harker, assis près du mur, muet et immobile.

« Qu'est-ce qui lui prend ? Il doit bien se douter qu'on a localisé l'appel. »

Padraig Pearse haussa les épaules.

« On dirait qu'il aime le son de sa propre voix. A quelle distance sont vos hommes ?

— Ils sont partis de Donegal. Ils ne peuvent plus être bien loin. Continuez de le faire parler.

— Il faut mettre certaines choses au point », reprit le Premier ministre, que des spécialistes de la négociation en cas de prise d'otages avaient soigneusement entraîné pour cette conversation. Bien qu'il eût la gorge nouée, il lui fallait poursuivre.

« Je vous écoute.

— Tout d'abord, il nous faut un nom de code. Nous ne pourrons pas garder longtemps le secret sur le kidnapping. Dès lors que l'affaire sera connue, n'importe qui pourrait m'appeler de votre part. Nous serions à la merci du premier malade venu.

— C'est d'accord. Je me présenterai sous le nom de code de Carmel. Moi et mon premier lieutenant serons seuls à connaître le mot de passe.

— Deuxièmement, nous ne pouvons accepter que se reproduise ce qui est arrivé la nuit dernière. Si votre messager se présente à ma porte, je vous donne ma parole d'honneur qu'il ne sera ni arrêté ni suivi.

— Inacceptable. Vous n'êtes plus aux commandes. On vous surveille, même pendant que nous parlons. Votre parole ne vaut pas un *nickel*. Ensuite ?

— Mais où seront délivrés vos messages ? Il faut que nous le sachions à l'avance.

— Ils seront délivrés où et quand je voudrai. Autre question ? »

Devlin griffonna un autre mot.

« CABINE TÉLÉPHONIQUE EN VUE. QUELQU'UN À L'INTÉRIEUR. CONTINUEZ DE L'OCCUPER. »

« Très bien, dit Padraig Pearse, dont le cœur battait aussi fort que s'il se trouvait lui-même à Mountcharles. (Il ne pouvait croire que cela eût été aussi simple.) Nous avons besoin d'avoir la preuve que les otages sont vivants et en bonne santé. Envoyez-nous des photos, des lettres. N'importe quoi. Il faut que... »

L'expression de son visage changea soudain. Il contempla le récepteur en fronçant les sourcils, puis le reposa doucement.

« Ça a coupé. D'un seul coup. »

Des têtes se relevèrent. Un homme en costume gris et cravate jaune prit le téléphone du Taoiseach et le porta à son oreille en faisant signe à un de ses collègues, installé devant une console à l'autre bout de la pièce. Ce dernier poussa quelques boutons puis haussa les épaules en retirant son casque.

« Que se passe-t-il ? demanda Padraig Pearse. Bon Dieu, Pat, que se passe-t-il ? »

Devlin fronça les sourcils.

« Je ne sais pas. Ils ont dû l'arrêter, maintenant. On essaye d'entrer en liaison avec la patrouille.

— La ligne est morte tout d'un coup, poursuivit Padraig Pearse. Comme si quelqu'un avait coupé le fil. J'ai l'impression que quelque chose a mal tourné.

— Il n'y a pas de raison. Ils étaient sur lui. Il n'a pas pu s'en tirer. »

Personne ne bougeait. Dans un recoin, un technicien s'époumonait dans un microphone. Un des hommes en complet murmurait des instructions dans un téléphone mobile. Harker observait en silence. La porte restait fermée. Personne n'entra. Personne ne sortit. L'homme à la cravate jaune reposa le téléphone sur le bureau du Taoiseach.

Plusieurs minutes passèrent. Padraig Pearse se leva et alla à la fenêtre. Il faisait nuit noire, le silence était trop profond. Ce soir, il ne se trouvait plus dans son bureau, sa ville, son pays. Il était entré dans le meilleur des mondes, avec son peuple. Il se retourna en entendant la porte s'ouvrir.

Tomas O'Sullivan entra. Il salua le Taoiseach avant de traverser la pièce pour s'approcher de Devlin.

« On vient d'apporter ceci, monsieur. J'ai supposé que vous voudriez le voir tout de suite. »

Devlin lut le message. Padraig Pearse le rejoignit. Il vit le sang se retirer du visage de son vieil ami.

« Que se passe-t-il, Pat ? Ils ne l'ont pas eu, ce salaud ? »

Devlin secoua la tête. Il était livide. Le Taoiseach remarqua que ses mains tremblaient.

« Une unité de renfort de Ballyshannon est arrivée à Mountcharles il y a quelques minutes.

— Et alors ?

— La cabine était piégée. Il y a eu une explosion. Une grosse explosion. L'unité de Donegal a sauté. Cinq hommes. Ils sont tous morts. »

25

L'aube pointait, délavée, pâle et hésitante, comme ternie par des eaux sales. En s'en approchant d'assez près, songeat-il, on devait en sentir l'odeur. Comme cela ressemblait peu aux aurores triomphantes qu'il avait connues dans le désert du Nouveau-Mexique ou au lever d'un soleil nimbé d'or dans son Texas natal.

Après qu'ils eurent ramé sur environ quatre cents mètres, il ordonna à Ezéchiel de ralentir.

« Nous devrions être assez éloignés du rivage, maintenant. Dans quel sens va le courant, le vois-tu ?

— Vers le large, après avoir dépassé cette île.

— C'est parfait. Allons-y. »

Il était assis à l'avant d'une barque à rames. S'il regardait derrière lui, il voyait la petite plage où ils s'étaient embarqués et, un peu plus loin, l'étendue de terrain vallonné où s'élevait la grange qu'ils avaient choisie comme quartier général de son opération.

« Ne devriez-vous pas dire une prière ? » demanda Ezéchiel.

Il secoua la tête.

« Cela ne servirait à rien. Il est déjà en enfer. Et il y restera pour un million d'années. Et un autre million ensuite. Il n'a aucun moyen d'en sortir, désormais. Ça ne me fait pas plaisir, de l'imaginer en train de rôtir dans les flammes ; ça ne me fait pas plaisir du tout. Mais c'en est fait, il a choisi. J'ai tenté de le convertir, tu le sais. Je lui ai offert la joie de la révélation du Christ. Il a préféré prier Mahomet, et me demander d'aller chercher un médecin. Du diable ou du médecin, il ne savait lequel appeler le plus fort. »

Sa plaisanterie le fit rire aux éclats. Ezéchiel sourit, lui, mais d'un sourire contraint où se mêlaient l'amour et l'angoisse.

Penser au feu de l'enfer le troublait. Brûler un million d'années, sans répit... Sa femme et ses enfants étaient morts dans un incendie, ils avaient brûlé vifs avec des dizaines de ses plus proches amis. Cela n'avait pas duré longtemps, mais ils avaient davantage souffert qu'il n'était humain de souffrir. Il s'abîma dans la contemplation de l'eau, dans l'espoir qu'elle éteindrait la torture des flammes dont l'évocation le tourmentait.

« Puis il est mort, poursuivit le Maître. Et il est allé droit en enfer. Il n'y a pas de médecin, là en bas. (Il s'interrompit un instant.) Sauf des avorteurs, évidemment. »

Ezéchiel eut un pauvre sourire. Il n'aimait pas penser à l'enfer.

La dépouille d'Ali Bouslimani reposait au fond du bateau. Il était mort dans d'atroces souffrances, au milieu de la nuit.

« Son corps pourrait nous servir, avança timidement Ezéchiel. S'ils n'acceptent pas nos revendications, et que nous devions leur fournir un nouveau cadavre. »

Il secoua la tête. Non loin, le grand Atlantique roulait. Il ressentit l'immensité de l'océan comme si la profondeur et l'infini avaient une odeur.

« Si les Saoudiens refusent — et ils refuseront — l'un des otages doit mourir. J'ai donné ma parole. Il n'y aura ni tricherie ni substitution. Leurs vies sont comptées. Même moi je ne puis rallonger ce que Dieu a décidé de raccourcir. »

Ezéchiel savait qu'il n'avait pas intérêt à discuter. L'humeur de son maître était imprévisible, changeante. A le contrarier, chacun prenait le risque de subir le même sort que Bouslimani. Sans exception. Il jeta un coup d'œil rapide à la bosse qui gonflait l'anorak de son compagnon, qui ne quittait jamais son arme.

« Vous ne pensez pas qu'ils accepteront nos propositions ?

— Il ne faut pas qu'ils les acceptent, répondit le Maître en clignant de l'œil. Surtout pas.

— Je ne comprends pas.

— Tu devrais, pourtant, Ezéchiel. Ils vont tous mourir. Nos exigences sont exorbitantes, je m'en suis assuré. Les cadavres vont s'accumuler, ils s'affoleront de plus en plus, mais ils ne pourront pas souscrire à ce que j'exige. Satan ne fait pas de concessions. Il sait, et ses disciples aussi, que la liberté de culte serait une hache plantée à la racine d'un arbre pourri. Ils ne peuvent pas se le permettre. Ils préféreraient un million de morts. Dix millions. Donc, ils diront non, jusqu'à ce que tous les otages soient morts. Et ce sera terminé. Nous rentrerons chez nous, toi et moi. Et les vagues ramèneront sur le rivage un corps sans visage.

— Ils en feront des martyrs. J'ai vu ça à la télévision. Ils s'habillent de noir et ils agitent des drapeaux. Ils adorent les martyrs. Ils les utilisent pour devenir plus forts encore. »

Le Maître sourit d'un air sardonique. La barque se soulevait et retombait au creux des vagues. La lueur pâle qui se levait à l'est teintait l'eau d'un gris sale.

« Plus forts, oui, mais plus faibles aussi. Si nous les excitons comme il faut, si nous les poussons à bout, ils nous donneront des martyrs, à nous aussi. Une moisson, Ezéchiel, comme des fruits tombant des hautes branches d'un arbre. Le sang des martyrs a nourri l'Église. Si nous provoquons Satan, il nous en offrira de nouveaux. Et les nôtres lanceront un cri si puissant qu'il déchirera le ciel de Washington. Il ne restera qu'une solution : la guerre. La dernière croisade, Ezéchiel. Songes-y. Je partirai, à la tête de mes armées, et je combattrai Satan jusqu'à ce qu'il soit enchaîné et jeté dans la fosse. Ce jour ne tardera plus, désormais. »

Comme pour faire écho à ses paroles, un rayon de soleil perça les nuages gris. Il l'observa, le vit briller puis disparaître. Un sentiment de gloire imminente le submergea.

« Il est temps de mettre celui-ci au lit. »

Il se pencha vers le corps et le prit sous les bras.

« Prends-le par les pieds, et aide-moi à le faire passer par-dessus bord. Attention, ne faisons pas chavirer le bateau. »

L'opération se révéla plus délicate que prévu. Ezéchiel dut se rasseoir pour maintenir l'embarcation en équilibre. Lorsque la tête et les épaules du mort dépassèrent le plat-bord, la barque pencha dangereusement. Plus le corps glissait à l'extérieur, et plus le bateau gîtait. Au moment où ils commençaient à craindre de chavirer malgré leurs précautions, le cadavre tomba enfin dans les flots, dans un sombre éclaboussement. Deux pieds semblèrent s'agiter convulsivement, puis ils ne virent plus rien. Il n'y avait plus que le clapotis, qui battait contre la coque de la petite embarcation.

26

Dublin
Jeudi 20 septembre, 8 heures

Declan avait convoqué l'équipe A pour une conférence matinale, et il le regrettait déjà. Une nuit d'insomnie et la migraine qui le taraudait depuis quatre heures du matin l'avaient épuisé. L'idée qu'à tout moment on pouvait mettre fin à sa mission n'était pas faite pour améliorer son état. De sa vie, il ne s'était senti aussi impuissant. On lui avait interdit de rechercher le meurtrier de sa fille, et il était incapable de trouver et de sauver Amina.

« J'espère que vous avez tous bien dormi, dit-il en passant en revue les hommes et les femmes qui l'entouraient, et qui semblaient tout sauf reposés. (Il n'était donc pas le seul, se dit-il avec soulagement.) Je suis navré que vous ne jouissiez pas, dans vos quartiers, du confort auquel vous êtes habitués. J'ai bien suggéré qu'on installe nos bureaux au Shelbourne Hotel, mais on m'a répondu qu'en raison de considérations budgétaires cela n'était pas envisageable dans l'immédiat. »

Sa plaisanterie suscita quelques sourires aigres-doux. Les restrictions budgétaires ne faisaient plus rire personne.

« La nuit dernière, poursuivit Declan, il s'est passé deux événements qui nous concernent au premier chef. Tout d'abord, une initiative du MI5 pour prendre la direction des opérations dans la crise qui nous intéresse. Un type du nom de Harker, dont vous avez sans doute entendu parler, a vu le

Taoiseach dans la soirée. Il parlait au nom du Directeur et coordinateur des services de renseignement en Irlande du Nord. Nous ignorons comment Willoughby a eu vent de l'affaire des otages, mais la question est purement formelle.

« Le MI5 n'est pas en mesure de nous imposer sa loi. Mais l'Irlande fait partie de la Communauté européenne, et de nombreux accords nous lient à l'Europe dans la lutte antiterroriste. Les commissions concernées sont influentes et le MI5 entretient des contacts rapprochés avec les services de renseignement des divers pays. Harker n'a eu qu'à agiter l'épouvantail d'une action européenne conjointe devant Mangan pour qu'il choisisse le moindre mal, et que nous ne perdions pas toute notre autonomie nationale.

« Ce qui signifie que depuis huit heures hier soir notre opération semi-légale est entrée dans une totale clandestinité. Nous sommes hors la loi, et plus seuls que jamais. Même si nous continuerons d'avoir des relations avec le C3 et la police nationale. »

Il marqua un temps d'arrêt. Tous comprenaient désormais, et cela se lisait sur leurs visages, qu'ils risquaient de sérieux ennuis.

« Deuxièmement, les preneurs d'otages sont entrés en contact avec le Premier ministre en personne. Voici une transcription de la conversation entre M. Mangan et un homme qui semble être leur chef. »

Il la lut à haute voix. Nul ne l'interrompit. Nul ne posa de questions.

« Je ne ferai pas de commentaire à ce sujet pour l'instant. Nous y reviendrons. Mais il faut que vous sachiez pourquoi la conversation s'est interrompue aussi abruptement. »

Et il leur relata l'explosion qui avait fait cinq morts parmi les forces de l'ordre.

« Je viens de recevoir le premier rapport après enquête préliminaire sur les lieux. Nous savons deux choses : primo, la silhouette dans la cabine téléphonique était un mannequin de vitrine. Deusio, le combiné du téléphone était rattaché à un poste de radio à ondes courtes. Celui qui a parlé avec le Taoiseach n'était pas dans la cabine. Si son émetteur est assez puissant, il pouvait se trouver n'importe où dans le pays.

— Ou à l'extérieur des frontières, coupa Liam Kennedy.

Dans le Nord, ou en Écosse. Et même plus loin s'il a transmis par satellite.

— Vous avez raison. Je suis convaincu que les otages ne sont pas sortis du pays, mais celui qui contrôle l'opération est peut-être déjà en Angleterre. Cependant, je crois que nous devons agir sur la présomption que les gens que nous recherchons sont tous ou presque tous en Irlande. Si ce n'est pas le cas, l'Europe prendra le relais. »

Il consulta les dossiers qui se trouvaient sur son bureau.

« Vous avez dit que nous reviendrions sur le contenu de la conversation entre le preneur d'otages et le Premier ministre », dit Grainne Walsh, qui avait l'air beaucoup plus en forme que ses collègues. Elle faisait partie de cette insupportable catégorie de personnes capables de passer six mois dans les geôles thaïlandaises ou de traverser la Chine en train et d'émerger de ces épreuves en ayant l'air de sortir de chez le coiffeur.

Declan hocha la tête.

« Merci de me le rappeler, Grainne. Vous êtes apparemment la seule à avoir bénéficié d'une bonne nuit de sommeil. J'espère que vous me ferez un café après la réunion.

— Un sucre ou deux, monsieur le Commissaire ?

— Pas de sucre. Je suis au régime. Donc, la conversation avec le Taoiseach. Elle mérite qu'on s'y attarde, pour un certain nombre de raisons. D'abord, l'interlocuteur du Premier ministre a jugé utile de déguiser sa voix. Craignait-il qu'on la reconnaisse ? Et si oui, pourquoi ?

« Autre chose, toujours au sujet de sa voix. L'homme aurait-il un accent ? Dans ce cas, plusieurs possibilités s'offrent à nous. »

Declan appuya sur un bouton qui se trouvait sur son bureau.

« Myles ? Voulez-vous venir, je vous prie ? »

La porte s'ouvrit pour livrer passage à un homme de petite taille, aux cheveux roussâtres et au nez épaté, habillé de tweed, et qui entra dans la pièce avec répugnance. Declan lui désigna un siège.

« Je vous présente le professeur Myles O'hUiggin, dit-il, un de mes vieux amis. Il dirige le département d'étude des religions à Trinity College. Je lui ai expliqué la nature de notre problème et il a accepté de faire partie de notre équipe. Il me semble que nous aurons bien besoin de ses lumières avant que tout ceci ne soit fini. (Il s'arrêta et regarda O'hUiggin.) Je viens de leur signaler la question de l'accent, Myles. Vous pourriez peut-être compléter. »

O'hUiggin acquiesça. Il semblait mal à l'aise, comme un poisson hors de l'eau. Sa vie s'était jusqu'ici déroulée sans heurts et sans crainte. Pourtant, durant ces dix dernières années, il avait vu son domaine de compétences s'élargir et devenir crucial pour les hommes politiques de nombreuses régions du globe. Maintenant sur le devant de la scène, il craignait que son expertise ne fût pas à la hauteur de la situation.

« Eh bien, commença-t-il, en hésitant sur le langage à employer face à cette assemblée dont les membres avaient passé l'âge d'être étudiants, mais n'étaient pas davantage des collègues dont il pût attendre des connaissances et une compréhension égales aux siennes. Je dois vous dire, vous le comprendrez, que je ne peux que me livrer à des suppositions, à des hypothèses de travail. Nous disposons de peu de matière, de presque rien, en fait, et...

— Venez-en au fait, Myles. Ceci n'est pas une conférence. Dites-leur simplement ce que vous m'avez dit.

— Excusez-moi, Declan. Je ne suis pas habitué à ce que vous appelez des réunions d'information. Je vais faire de mon mieux.

— Parfait.

— La question de l'accent est intéressante, poursuivit O'hUiggin, car je suis persuadé que nous n'avons pas affaire à un groupe d'Irlandais. Pour plusieurs raisons. D'une part, il y a très peu de sectes dans le pays. Il y en a davantage dans le Nord, bien entendu, et nous ne pouvons exclure totalement cette possibilité. Les plus influentes ont des représentations ici, mais il ne me semble pas qu'elles soient mêlées à notre affaire.

« Les messages écrits et la conversation téléphonique d'hier inclinent à penser qu'il s'agit d'un groupe de chrétiens d'extrême droite. Mais, d'après ce que l'on m'a dit de l'échelle de cette opération, je ne peux pas croire qu'une petite secte y soit impliquée. Il n'y en a pas une seule qui en ait les moyens, qu'ils soient financiers ou logistiques. Plusieurs d'entre elles, cependant, ont des ramifications internationales, et nous ne négligerons pas ces pistes. Mais je pencherais personnellement pour une autre explication, car les sectes irlandaises sont non violentes et, à ma connaissance, elles n'entretiennent pas de relations avec des groupes étrangers ne respectant pas les mêmes options pacifiques.

« Si nous cherchions une secte de chrétiens d'extrême droite dotée des moyens financiers, du personnel et de l'organisation nécessaires pour entreprendre une action de cette ampleur, je me dirigerais immédiatement vers les États-Unis, où plusieurs groupes correspondent à cette description. Deux indices m'y induisent : tout d'abord, l'interlocuteur du Premier ministre lui a dit : « Votre parole ne vaut pas un *nickel.* » C'est ainsi qu'on appelle en Amérique, vous le savez certainement, les pièces de cinq *cents* en métal jaune. Ensuite, ceci. (Il sortit de sa poche la montre que Declan avait trouvée la veille au poignet du mort.) Cette montre a été retirée du poignet du premier otage assassiné; il semble qu'on la lui ait passée en guise de déclaration d'intention. Elle est fabriquée aux États-Unis, et il se trouve que je sais que là-bas de nombreux chrétiens intégristes en portent de semblables. M. Carberry a l'intention d'enquêter sur la vente et la distribution de ces montres auprès de l'usine d'origine.

« C'est à peu près tout pour le moment. Comme je vous le disais, nous ne disposons que de peu de matière. Je n'aime pas à conjecturer, et en d'autres circonstances je n'aurais...

— Merci, Myles. Restez dans les parages, je vous communiquerai toute information nouvelle. Si vous trouvez un moyen d'identifier ces gens, il nous sera plus facile de leur mettre la main dessus. »

O'hUiggin se leva. Au fond de la salle, un jeune informaticien, Tim Donnelly, leva la main.

« Monsieur le Professeur, s'il vous plaît, le nom de code choisi par le ravisseur a-t-il un sens, à votre avis ? »

O'hUiggin secoua la tête.

« Non, je ne crois pas. C'est trop général. Le mont Carmel est un lieu biblique bien connu. Le prophète Ezéchiel y a vaincu les prêtres de Baal. Dans l'État moderne d'Israël, il est situé au-dessus du port de Haïfa. Ce nom de code se comprend fort bien dans le contexte qui nous préoccupe. Mais je ne sais pas s'il a un sens particulier pour notre interlocuteur. Nous verrons par la suite.

— D'autres questions à poser au professeur ? Non ? Parfait. Nous allons donc le laisser travailler.

— Declan, si vous avez besoin de moi, je serai toute la journée dans la pièce que vous avez mise à ma disposition. Il faut que je fasse quelques recherches. J'aurai besoin d'un certain nombre de documents, la liste sera prête demain. Il faudra que vous me les fassiez porter. La bibliothèque de l'université mettrait trop de temps à me les procurer. Cependant, j'aurais accès à beaucoup de choses par Internet, si nous étions branchés. Pouvez-vous vous charger de ça ?

— Ça ne devrait poser aucun problème. »

O'hUiggin une fois sorti, Declan reprit la parole.

« Ne le mésestimez pas. C'est un homme brillant. Il verra des choses qu'aucun de nous n'aurait vues, il établira des liens que nous serions incapables d'imaginer. Ne vous fiez pas à son numéro de professeur distrait. Myles fait partie des meilleurs. Et nous avons besoin de quelqu'un qui soit capable d'interpréter les déclarations des preneurs d'otages.

— Les officiels ne vont-ils pas avoir recours à lui ? demanda Grainne.

— Ils ne le trouveront pas. Il m'a donné sa parole de ne pas sortir de cet immeuble avant la fin de l'enquête. Selon lui, il y a des chances pour que le chef de la bande soit américain, ainsi que plusieurs des membres de son groupe. Vous êtes d'accord ? »

Quelques personnes approuvèrent de la tête.

« Bien. C'est la seule piste dont nous disposions. Pronsias et Brendan, suivez-la. Trouvez tous les Américains entrés en Irlande depuis, disons... trois ou quatre mois. Et parmi ceux-là, tous ceux qui y sont restés. Lorsque vous en serez là, nous vérifierons toutes les adresses. Selon moi, les organisateurs sont sur place depuis un certain temps, mais le menu fretin n'est arrivé que quelques jours ou quelques heures avant l'opération. »

Le téléphone sonna. Declan répondit. C'était Padraig Pearse.

27

Belfast
Jeudi 20 septembre, 11 h 30

L'avion atterrit à Aldergrove à l'heure, sous un ciel bleu que ne troublait aucun nuage. La veille, Abu Hida s'était rendu de Beyrouth à Athènes, puis d'Athènes à Amsterdam. Il était porteur de faux papiers, fournis par le service de renseignement du Hezbollah à Sidon. En quittant l'aéroport de Schiphol, il était allé dans un café du centre d'Amsterdam, où un partisan malaisien lui avait remis de nouveaux papiers d'identité et une grosse somme d'argent en livres sterling. Le Malaisien lui avait aussi prêté un rasoir pour qu'il se coupe la barbe.

Le soir même, Abu Hida s'était embarqué sur un vol pour Newcastle, au nord de l'Angleterre. Son vol provenant d'un pays de la Communauté européenne, il n'y avait pas eu de contrôle des douanes, et la police s'était contentée de jeter un coup d'œil à son passeport européen, au même titre que pour tous les ressortissants des pays de la Communauté. On était venu le chercher à l'aéroport, pour l'amener dans une maison de Benwell, à l'ouest de Newcastle, où il rencontra un groupe d'étudiants iraniens. Le lendemain matin, il s'envolait pour Belfast, sous l'identité de Ghiyath Shafique, un épicier pakistanais résidant à Gateshead.

Le vol du matin était une sorte de navette, fréquentée par une majorité de commerçants habillés de costumes bon marché. Personne ne lui prêta la moindre attention. Les agents de sécurité des deux aéroports l'interrogèrent négligemment sur les raisons de sa visite, puis le laissèrent passer. Ils recherchaient des hommes répondant aux noms de Liam ou de Brendan, et qui étaient originaires de Turf Lodge et d'Ardoyne, non de Lahore ou de Rawalpindi.

Il n'était ni grand, ni beau, ni particulièrement élégant. Toutefois il ne passait pas inaperçu, surtout à cause de ses yeux, immenses, d'un noir profond et d'une vigilance sans défaut ; de sa bouche aussi : fine, ferme, et donnant l'impression d'être à tout moment prête à rire ou à sourire, comme si toute l'énergie de son visage s'était concentrée dans ses lèvres. Anthony Harker eût-il été de service à l'aéroport qu'il l'eût reconnu pour ce qu'il était. Ils étaient frères, d'une certaine façon.

Il prit le premier taxi de la file et donna une adresse dans le centre. Un barrage se dressait sur la route, mais la police connaissait les chauffeurs de taxi, tous protestants. Le sergent de service ignora Abu Hida. D'un signe de tête, il leur livra passage.

Le chauffeur de taxi jeta un coup d'œil dans son rétroviseur et engagea la conversation. Les hommes d'Ulster ont toujours compensé leur haine farouche pour leurs voisins par une attitude amicale envers les étrangers.

« C'est votre premier séjour dans notre province, monsieur ? demanda-t-il, trahissant son affiliation religieuse au moment même où il ouvrait la bouche, car aucun catholique n'aurait parlé des six comtés comme d'une “province”, pas plus qu'il ne lui serait venu à l'idée d'appeler Derry “Londonderry”.

— Oui, marmonna Abu Hida.

— Ne faites pas attention aux flics, mon vieux. Ils font leur boulot. Et ils nous protègent. (Il prit un virage serré et la ville se déploya sous leurs yeux, allongée au bord de ses eaux étincelantes.) Vous habitez en Angleterre ?

— Oui, à Gateshead.

— Ah bon ? Ma fille cadette a fait ses études tout près de là, à Newcastle. Sociologie, ou un truc dans ce genre. Elle est rentrée au pays, maintenant. Pas comme d'autres, qui s'en vont et ne reviennent jamais. Pourtant, ça va mieux qu'avant. L'Irlande du Nord c'est comme partout, maintenant. Vous pouvez y vivre des années sans avoir le moindre problème. C'est à ne pas croire ce qu'on voit à la télé, ou ce qu'on lit dans les journaux. Bien sûr, il y a un assassinat de temps en temps, mais ça n'a plus rien à voir avec la situation d'il y a dix ans. On dit même qu'il y a plus de crimes en métropole qu'ici. Parole ! C'est quoi, votre partie ? »

Abu Hida avait du mal à suivre le flot rapide et rocailleux, au lourd accent local. Il parlait cependant bien l'anglais, mais ici, il avait l'impression de se trouver dans un pays étranger.

« Excusez-moi. Je n'ai pas bien compris.

— Vous travaillez dans quoi ?

— J'ai une épicerie. Et je loue des cassettes vidéo.

— On dit que beaucoup des vôtres tiennent des petits commerces, en Angleterre. C'est quand même malheureux de ne pas pouvoir rester en Inde. Le soleil doit vous manquer.

— Je suis pakistanais.

— C'est du pareil au même, pas vrai ? »

Abu Hida regardait la ville. Depuis des années, on lui décrivait Belfast comme la Beyrouth de l'Europe. Il s'attendait à trouver une cité ravagée par la guerre, parcourue d'incessantes patrouilles rivales, mais ce qu'il voyait ressemblait davantage aux rues mornes de n'importe quelle petite ville de province.

« Vous êtes hindouiste, alors ?

— Non, musulman.

— C'est vrai ? Un jour, j'ai eu Salman Rushdie dans mon taxi, à la place même où vous êtes assis. Parole ! Mais dites, vous êtes un musulman catholique ou un musulman protestant ? »

C'était une blague classique, mais il fallait être irlandais pour en saisir le sel, et Abu Hida montra sa perplexité.

« Excusez-moi, mais je...

— Bien sûr, bien sûr... Je plaisantais, c'est tout. »

Abu Hida aperçut une ou deux voitures militaires, mais aucune trace de bombes ou d'agression. Quel que fût le combat que l'on menait ici, se dit-il, les morts n'étaient que des symboles, qui témoignaient du refus des concessions que la paix rendrait inévitables.

Tout en parcourant les rues calmes, il se demandait pourquoi on l'avait envoyé ici, et s'il pourrait croiser son destin dans un tel lieu. L'espoir le quitta tout d'un coup.

« Vous voilà rendu, dit le chauffeur de taxi en s'arrêtant devant un restaurant indien, l'Imambara, à l'architecture extérieure ornementée de dorures parfaitement déplacées dans cet environnement victorien. Vous avez des amis ici ?

— Des amis ?

— Vous savez, de la famille, des relations.

— Oui. Mon cousin. Je vais habiter chez lui.

— Je suis sûr qu'ils sont très heureux à Belfast. Personne ne les embête ici, pas comme de l'autre côté de l'eau. Les gens sont tous les bienvenus, en Irlande du Nord. Qu'ils soient noirs, jaunes ou marron, ça ne change rien. Tant que vous n'êtes pas catholique, pas vrai ? »

Abu Hida paya la course et entra dans le restaurant. C'était l'heure du déjeuner et de nombreux clients s'y pressaient, attirés par les prix modiques. Un garçon s'approcha de lui.

« Je voudrais voir M. Shafique. Dites-lui que son cousin d'Angleterre est arrivé. »

Shafique était le propriétaire. Il s'approcha nerveusement de son hôte, un sourire contraint lui étirant les lèvres. Bien que de petite taille, il devait peser deux fois plus qu'Abu Hida. Chacun de ses gestes était empreint d'une politesse exagérée, qui donnait à sa voix des accents de fausseté servile.

Abu Hida le considéra immédiatement comme le frère jumeau de son chauffeur de taxi. Les deux hommes éprouvaient le même besoin d'être rassurés. Ils désiraient pardessus tout être aimés, et auraient sans doute tout sacrifié dans ce but, y compris l'occasion d'être eux-mêmes.

« Bienvenue, s'exclama le petit homme. Vous devez avoir faim. Je vais demander qu'on vous prépare à déjeuner. Notre nourriture est parfaitement *halal.* »

Abu Hida secoua la tête.

« Il y a trop de monde, ici.

— Vous avez raison. Montons dans mon bureau. » Il saisit la valise d'Abu Hida et le précéda dans un couloir où l'odeur de curry bon marché suivit les deux hommes.

Le bureau était une petite pièce bourrée de cartons d'épices et de sacs de linge sale. Les murs étaient tapissés de mauvaises reproductions. Sur le bureau trônait une photographie d'un monument baigné d'une lumière dorée.

« C'est le temple d'Imambara. J'ai donné son nom à mon restaurant. Ma famille en est originaire, mais moi, je n'y suis jamais allé. »

Abu Hida n'avait pas de temps à perdre en réminiscences.

« Je désire rester seul. Quand j'aurai fini mes prières, je déjeunerai. A deux heures, un homme viendra me demander. Il se présentera sous le nom d'Ali. Envoyez-le-moi immédiatement. »

28

Le prétendu Ali se présenta peu après deux heures. Abu Hida avait prié, s'était restauré et reposé. Il était prêt à affronter les difficultés qui l'attendaient. Elles faisaient partie de sa jihad, de sa lutte personnelle contre l'incroyance, celle du monde comme la sienne propre.

Ali était arabe, comme lui : un Irakien du Sud qui ne ressemblait pas du tout à M. Shafique. Il était maigre, calme, et ne se satisfaisait pas d'une vie fondée sur des images de piété familiale ou des reliques d'un passé aboli et oublié. Il portait des vêtements bon marché. Son apparence générale, sa barbe et sa chevelure soignées impressionnèrent favorablement Abu Hida.

Il savait qu'Ali avait combattu contre Saddam Hussein durant l'insurrection chiite de 1991, qu'il avait étudié à l'université théologique d'al-Najaf et qu'il avait présidé une cellule du parti Da'Wa dans sa ville natale de Suq al-Shuyukh, un des fiefs de la résistance à Saddam et à sa dictature sunnite. Il avait fui son pays sur l'ordre de l'un de ses professeurs, Hujjat al-Islam al-Ghaffari, et vivait depuis cinq ans en Irlande où il préparait un doctorat à Queen's University. Ce qui ne l'empêchait pas d'avoir d'autres activités.

Shafique se retira. Dès qu'il fut sorti, Abu Hida interpella Ali.

« Crois-tu qu'on puisse lui faire confiance ?

— C'est un homme réaliste, qui connaît le prix de la trahison. Son cousin, celui dont tu portes le nom, est un croyant, très actif dans le mouvement en Angleterre. Dans sa famille, il y a plusieurs chiites convaincus. Shafique n'a aucune raison de te trahir.

— Il ne le fera sans doute pas exprès, mais il est capable de commettre des erreurs involontairement. Il parle trop, à tort et à travers. Surveille-le de près. Préviens son cousin, avertis-le de l'importance de ma présence ici, mais sans lui donner de détails. Qu'il fasse la leçon à notre M. Shafique, qui doit connaître les conséquences d'une indiscrétion, sur lui et sur sa famille. »

Il s'interrompit. Bien qu'ignorant beaucoup de choses du passé d'Ali, il savait d'instinct que c'était un homme sur qui l'on pouvait compter. Abu Hida avait passé sa vie parmi des hommes entièrement dévoués à une cause, disposés à mourir pour elle, et qui considéraient toute forme de compromis comme une trahison de leur idéal. Comme lui-même, ces hommes n'accordaient aucune importance à leur misérable existence. Et ces hommes se reconnaissaient entre eux.

« Laissons là Shafique. As-tu pris contact comme prévu ? »

Ali, de son vrai nom Abu Hamad al-Rikabi, hocha la tête.

« Ils nous attendent. L'heure et le lieu n'ont pas encore été précisés. Je peux t'emmener chez moi, et nous attendrons ensemble leur appel. J'habite tout près.

— Savent-ils à quoi ils s'engagent ?

— Je crois. Il y a des hommes d'expérience parmi eux.

— Nous verrons. Aurai-je l'équipement que j'ai demandé ?

— Presque. Pour les armes, c'est d'accord. Ils m'ont garanti qu'ils te fourniraient ce que tu désires.

— Nous verrons.

— Tu auras le reste dès que tu auras pris contact avec le groupe qui travaillera avec toi. Je suis désolé, mais c'était matériellement impossible de se procurer le tout en si peu de temps. Mes amis font leur possible.

— Du moment que je suis armé, c'est l'essentiel. »

Ali consulta sa montre.

« Nous devrions y aller. As-tu d'autres bagages ?

— Non. »

Ali se pencha pour prendre la valise, mais son compagnon la lui retira des mains.

« Tu n'es pas mon domestique, dit-il gentiment. Je ne te demanderai que ce que je ne peux pas faire moi-même. »

Ali sourit.

« On m'avait dit que tu serais d'un commerce difficile.

— Plus que tu ne peux l'imaginer », dit Abu Hida qui ouvrit la porte sans ajouter un mot.

Dublin
16 h 28

Grainne Walsh entra dans le bureau de Declan, qui sursauta. Il pensait à Amina.

« Je pense que vous devriez venir écouter, monsieur. »

Il la suivit. Plusieurs de ses hommes étaient rassemblés autour d'un bureau sur lequel était posée une radio. Ce doit être les informations de 4 heures et demie, se dit Declan. Quelqu'un augmenta le volume.

« ... Joint ce matin par téléphone, un représentant du syndicat considère cette offre comme inacceptable. Le mouvement de grève se poursuivra donc, jusqu'à plus ample informé. Revenons maintenant à l'information que je vous donnais au début de ce journal et selon laquelle l'Irlande aurait à affronter une prise d'otages. J'ai en ligne Siobhan Coyle, notre correspondante à Londres. Y a-t-il quelque chose de nouveau, Siobhan ?

— Pas encore, Raymond. Les porte-parole des principales ambassades arabes refusent d'accréditer la nouvelle. Ils affirment que la conférence se déroule comme prévu. Pour le moment, nous ne disposons que de rumeurs provenant de quelques organisations fondamentalistes du Moyen-Orient qui prétendent que leurs délégués sont introuvables et que, selon des fuites provenant des services de renseignement occidentaux, ils auraient été enlevés. Des preuves de ces allégations devraient être fournies à l'agence Reuter ce soir, à Beyrouth.

— Je vous remercie, Siobhan. A Dublin, le ministre des Affaires étrangères, Ciaran Clark, a déclaré officiellement que les délégués ne couraient aucun danger. Il a laissé entendre que ces rumeurs sont propagées dans le dessein

de saboter la conférence, et qu'elles émanent sans doute de groupes extrémistes qui n'ont pas été invités à prendre part à ces conversations. Selon le porte-parole du Premier ministre, la conférence se déroule normalement à Castletown House, et fait l'objet de mesures de sécurité exceptionnelles.

« Passons maintenant aux dernières nouvelles sportives... »

29

Belfast
Jeudi 20 septembre, 19 h 10

Ali se mit au volant. Il connaissait la ville comme sa poche.

Le coup de téléphone qu'il avait reçu vingt minutes plus tôt lui avait fixé le lieu et l'heure du rendez-vous, en plein cœur du ghetto catholique de la ville. Depuis son arrivée à Belfast, le jeune Irakien nouait des contacts avec les groupes républicains. Leurs membres et lui avaient en commun une même haine pour l'impérialisme britannique ; elle suffisait à créer entre eux une complicité immédiate.

Il tombait une pluie fine et obstinée dans les rues parcourues par des patrouilles armées et par des tanks britanniques ; un jeune soldat anglais les visa d'un fusil menaçant. Les deux hommes s'enfonçaient dans un dédale obscur, où des veilleurs attentifs les suivaient de leurs yeux fatigués. Les devantures des magasins étaient condamnées. Les murs étaient recouverts de slogans dont l'idéalisme dépassé évoquait le souvenir d'un passé improbable. Des caméras en circuit fermé traquaient l'éventuelle présence d'un tireur embusqué. Les voitures étaient rares, et en mauvais état. Abu Hida comprit enfin ce qu'il était venu faire en ces lieux : il croiserait peut-être son destin dans cette île balayée par la pluie, après tout.

Il existe un mot arabe, *al-mustad'afin*, qui signifie les pauvres, les malheureux ; on peut traduire de mille façons, mais il recouvre toujours la même misère, les « damnés de la terre » dont parle Frantz Fanon. Depuis des siècles, les chiites se considéraient comme faisant partie de ces éternels sacrifiés ; désormais, ils relevaient la tête et revendiquaient ce qui leur appartenait.

Abu Hida combattait à Beyrouth depuis des années ; il avait appris à ne voir dans les Occidentaux qu'un bloc monochrome de tyrans riches et luxueusement vêtus dont l'unique but était la destruction de tout ce qui lui était cher, des profiteurs, des manipulateurs impliqués dans le trafic international de la drogue, de la pornographie et des armes. Bien que conscient du fait que sa vision était mensongère et simplificatrice, il s'en servait car elle l'aidait davantage que la vérité. Sa haine pour la cruauté et la trahison l'avait conduit à perpétrer les plus féroces des actes de guerre. Et, pour nourrir sa haine, il s'était accroché à cette image d'un monde occidental arrogant et immoral.

Mais en parcourant ce quartier misérable, peuplé de jeunes gens en anoraks bon marché, de femmes chargées de mauvais cabas, d'enfants au regard vide, il comprenait qu'il y avait ici aussi des *mustad'afin*. Il n'aurait pas l'occasion de constater qu'il y avait des rues aussi sinistres que celles-ci dans les quartiers protestants, qu'il y avait des miséreux dans la Grande-Bretagne tout entière et que le véritable ennemi n'était ni les Anglais, ni les forces de l'impérialisme, ni les armées d'occupation, mais cette pauvreté rampante, croissante, insidieuse, qui brisait les vies de tous, de quelque origine qu'ils fussent.

Ils s'arrêtèrent devant un immeuble de deux étages dans Clonelly Avenue. Ali observa attentivement les parages avant de sortir de voiture. La maison ressemblait à toutes les autres ; une bicyclette d'enfant rouillait dans le jardinet ; une antenne de satellite se dressait dans un coin ; les volets n'avaient pas été repeints depuis des années, ils pourrissaient doucement. La porte s'entrouvrit. Ali murmura quelques mots à l'intention d'une ombre. Non loin, un chien aboyait, indifférent, agacé peut-être par le silence. Le vrombissement d'un hélicoptère recouvrit un instant sa voix. Une surveillance incessante, et pas de liberté.

Ali se tourna vers lui.

« On t'attend », dit-il.

30

Ils étaient trois, deux hommes debout et une femme assise. La maison avait été réquisitionnée une demi-heure plus tôt ; ses locataires, les Cronin, une famille catholique de cinq enfants dont le père était au chômage et la mère faisait des ménages, y vivaient depuis toujours. Ils étaient allés s'installer chez la sœur de la femme, à Turf Lodge, sans penser même à se plaindre. Prêter sa maison, cacher un fugitif ou une caisse de munitions, cela faisait partie de la routine.

Ali lui présenta Desmond McCormick et Con McKearney, deux hommes d'une trentaine d'années aux yeux fixes et aux lèvres minces. Abu Hida leur serra la main et les jaugea tour à tour : il savait que le succès de sa mission dépendait de leur loyauté et de leurs compétences.

La femme était un peu à l'écart. Abu Hida aurait pu l'ignorer, d'abord parce que c'était une femme et par ailleurs parce qu'elle ne ressemblait en rien au stéréotype du combattant. Chez lui, les femmes étaient soit voilées soit vêtues de treillis militaires. Maquillage, parfum et beaux habits étaient la panoplie du camp ennemi. Pourtant, celle-ci était élégante et sentait bon.

Ali le conduisit à elle, qui se leva lentement et tendit une main aux ongles soignés.

« Voici Me Maureen O'Dalaigh, dit-il à Abu Hida avant de se tourner vers la jeune femme. C'est l'homme dont je vous ai parlé », ajouta-t-il à son intention.

Ali prit sa main, et ressentit immédiatement ce qu'il n'avait pas décelé chez les deux hommes : la force, la dureté et la détermination d'un tueur. Le maquillage et les vêtements n'étaient qu'un camouflage. Ils se serrèrent la main.

« Je suis heureuse de vous connaître, dit-elle. Ali m'a beaucoup parlé de vous. Il dit que chez vous, on vous considère comme un héros.

— Nous n'avons pas de héros. Nous sommes des combattants. Je ne me bats pas pour moi-même, mais pour les imams.

— Bien entendu. Vous êtes chiite, n'est-ce pas ?

— Oui. Un musulman qui aime la famille du Prophète. »

Il s'interrompit en s'apercevant qu'il tenait toujours sa main dans la sienne. Il la lâcha, gêné.

« Je comprends, dit-elle. Le *ahl al-bayt.*

— Vous êtes bien informée, répondit Abu Hida, étonné.

— Je lis beaucoup, vous savez. Nous ne sommes pas tous incultes comme ces deux abrutis », dit-elle en regardant avec un sourire les deux hommes qui se tenaient à ses côtés.

« Me O'Dalaigh est docteur en droit de Queen's University, dit Ali. C'est une femme intelligente. Attention à ce que vous direz devant elle. »

Abu Hida sourit. Une avocate, voilà qui expliquait les vêtements élégants et la coiffure soignée. Mais pas la force.

« En revenant de l'aéroport, mon chauffeur de taxi m'a demandé si j'étais un musulman catholique ou un musulman protestant. J'ai trouvé que c'était une question assez stupide. »

Elle sourit, et il se demanda si elle se moquait de lui comme elle s'était moquée de ses deux compatriotes.

« Ici, les gens ne pensent qu'à ça. C'est l'unique question qu'ils se posent. Il y a deux camps, et il faut pouvoir tout ranger dans l'un ou dans l'autre. Si on n'est pas protestant, on est catholique, un point c'est tout, peu importe qu'on soit juif ou hindouiste. Et vice versa, naturellement.

— Le pauvre ! s'exclama McCormick en prenant Abu Hida par le bras. Ne l'accable pas avec nos histoires, Maureen.

— Voulez-vous boire quelque chose ? demanda McKearney.

— Un thé ou un café, volontiers.

— Rien de plus costaud ?

— Je ne comprends pas.
— Une bière, ou un whisky ? Il y en a dans la cuisine. »
Abu Hida secoua la tête.
« Je ne bois pas d'alcool.
— Oh, pardon ! j'oubliais que...
— Bon Dieu, Con, intervint Maureen. Tu vas arrêter de perdre du temps ? On est ici pour parler affaires, pas pour bavarder autour d'une Guinness. Asseyez-vous, et mettons-nous au travail. »

McKearney baissa la tête et s'exécuta. Ali resta debout.
« J'ai apporté ce que vous vouliez, dit McCormick, un homme agité et nerveux qui ne tenait pas en place. (Il se baissa, ouvrit le sac de sport à ses pieds et en sortit une arme qu'il tendit à Abu Hida.) Elle n'est pas chargée », dit-il.

Abu Hida prit l'arme à deux mains et la souleva avec la délicatesse d'un chirurgien examinant un membre brisé. C'était un fusil Heckler & Koch identique à celui qu'il utilisait chez lui. McCormick lui passa ensuite une Franchi automatique qu'Abu Hida vérifia soigneusement avant de la poser à côté de l'autre.

Vinrent ensuite un pistolet automatique P7M8 Heckler & Koch 9 mm, un Sig-Sauer avec chargeur de quinze balles, un fusil d'assaut Steyr AUG, deux lentilles de visée à infrarouge et plusieurs boîtes de munitions.

« C'est parfait, dit Abu Hida. Vous avez été très efficaces.
— On les a fait venir tout spécialement, dit McKearney. J'espère que ça en vaudra la peine. Des armes comme ça, on en aurait bien besoin pour nous.
— Tais-toi, Con. Tu me donnes mal à la tête, jeta O'Dalaigh.
— C'était juste pour dire...
— Abstiens-toi. Le feu vert a été donné par l'état-major. Il a été ratifié par le Conseil de l'armée ce matin. Tu y trouves peut-être à redire ? Si tu veux, j'ai le numéro de Dan Hughes, tu peux l'appeler pour lui donner ton avis.
— Laisse-le, Maureen, plaida McCormick. Inutile de se disputer entre nous. »

Abu Hida intervint.
« Monsieur McKearney, vous aurez autant d'armes que

vous voudrez comme celles-ci. Si les vôtres jouent leur rôle, je vous donne ma parole que vous recevrez ce que vous voudrez. Vous avez déjà négocié avec Ali. Vous savez que nous tenons nos promesses. Ces armes, j'en ai besoin pour mener à bien la tâche qui m'a été assignée. Et maintenant, si vous n'y voyez pas d'objections, j'aimerais que nous passions à notre problème.

— Avant cela, l'interrompit Maureen, je voudrais savoir quelles sont vos preuves du maintien en détention de certains de vos amis. Selon la radio, la conférence se déroule normalement. Cette histoire d'otages est une simple rumeur. »

Abu Hida secoua la tête.

« Des agresseurs armés ont attaqué lors de la réception de lundi soir. Ce n'est pas une rumeur, c'est un fait. Les services secrets de trois pays arabes au moins ont intercepté une série de messages codés entre les diverses commissions antiterroristes occidentales. Ces messages décrivaient en détail l'assaut et ses suites. Je recevrai de plus amples informations, des mêmes sources, par l'entremise d'Ali. J'espère, grâce à elles, localiser et libérer les otages.

— Pourquoi ne pas laisser faire les services de sécurité irlandais ?

— Ils n'ont plus la maîtrise des opérations. Le MI5 a pris le relais. Vous serez sans doute d'accord avec moi : on ne peut pas leur faire confiance.

— Et vous, peut-on vous faire confiance ? » demanda Maureen en le scrutant comme si elle pouvait lire dans ses pensées et même dans son âme.

Il n'était pas habitué à ce genre de relations avec les femmes. Celle-ci posait des questions, exigeait des réponses et remettait les hommes à leur place. Son intime conviction étant qu'elle était de la même trempe que lui, il lui était difficile de ne pas la traiter en égale.

« Nous devons nous faire confiance mutuellement, répliqua-t-il. (Il parlait de confiance personnelle, qui n'impliquait en rien les comportements de leurs organisations.) Si nous ne le pouvons pas, j'agirai seul. Ce sera beaucoup plus difficile, et j'aurai peu de chances de réussir, mais je n'ai pas le choix. »

Il savait qu'il lui fallait gagner leur estime. Dans son

pays, il n'avait plus rien à prouver à personne, mais ici, parmi des étrangers qui ne partageaient pas sa foi, il était à découvert. Il regarda la petite pièce sinistre, avec ses bibelots de pacotille et son papier peint bon marché, son tapis troué et ses meubles bancals. Voilà tout ce qu'ils avaient en commun, leur pauvreté et une haine congénitale pour un ennemi aux multiples visages. Il s'en serait satisfait s'il n'y avait pas eu cette femme. Ses vêtements, ses manières, son intelligence et le fait même qu'elle fût une femme l'impressionnaient, l'intimidaient.

« J'ai besoin de votre aide, poursuivit-il. Je ne connais pas votre pays. Je ne saurais pas par où commencer à rechercher les otages. Je ne dispose que d'un accès, par personne interposée, à des communications entre services secrets, et encore, il est limité. Je ne crois pas que les forces de sécurité officielles retrouvent la trace des ravisseurs à temps. Sans votre aide, je serai sérieusement handicapé. »

Il s'interrompit. Il pleuvait sans discontinuer. L'obscurité s'épaississait. Un autre hélicoptère passa au-dessus de leurs têtes. La pièce sentait le rance et la sueur.

« Ce que je vous demande est dangereux. Mais, que nous réussissions ou que nous échouions, je vous garantis que vous recevrez les armes de votre choix ainsi que les explosifs dont vous aurez besoin, ici ou en Angleterre. Et que nous nous chargerons de l'entraînement de vos hommes. »

Maureen O'Dalaigh l'observa attentivement. Ses mains, ses pieds, sa manière de bouger, sa façon de parler. A son corps défendant, elle l'admirait. Physiquement, il lui plaisait, mais elle savait qu'il ne s'agissait pas de cela. Elle devinait chez lui une force presque tellurique, parfaitement contrôlée. Si elle avait disposé de quelques hommes de cette trempe, se disait-elle, cette guerre absurde serait peut-être enfin arrivée à son terme. Le niveau moyen des recrues de l'IRA était incroyablement bas. Chaque fois qu'une bombe explosait trop tôt et que des innocents mouraient, elle en pleurait. Il le fallait, c'étaient les aléas de la guerre, mais elle le déplorait, et n'en tirait aucun orgueil. En réfléchissant, une idée se fit jour dans son esprit. Pourquoi continuer d'envoyer à l'entraînement au Liban ou en Iran des hommes du genre de McKearney et McCormick? Mieux vaudrait que Abu Hida lui envoie quelques hommes comme lui pendant un an.

« J'ai besoin de savoir une chose, dit-elle. Êtes-vous ici pour les libérer ou vous a-t-on envoyé pour les exécuter ? »

Elle est rusée, se dit-il en comprenant qu'il ne pourrait pas lui dissimuler grand-chose.

« Le sheikh Mu'in Usayran était mon ami. Sa vie compte beaucoup pour les chiites du Liban.

— Vous n'avez pas répondu à ma question.

— Je suis venu en Irlande pour sauver le sheikh. Votre tâche est de me conduire à lui. Ses ravisseurs seront punis. Ce qu'il adviendra des autres otages ne me regarde pas. Et vous non plus », poursuivit-il après avoir marqué un temps d'arrêt.

Con McKearney alla à la fenêtre pour regarder attentivement à droite et à gauche, comme s'il était inquiet. Un hélicoptère tournait toujours dans le ciel. Il quitta la fenêtre et reprit sa place sans rien dire.

O'Dalaigh hésita puis haussa les épaules. Pourquoi se serait-il soucié de la vie d'un certain nombre d'étrangers alors qu'elle acceptait la mort de nombreux Irlandais pour les intérêts de la cause ?

« Parfait. Par quoi commençons-nous ? Nous sommes disposés à vous aider, dans la mesure de nos moyens. L'armée britannique et les services secrets disposent de ressources très impressionnantes, ils sont en relation avec les autres forces armées, ils ont accès à des banques de données très efficaces. Mais il y a une chose qui leur fait défaut, comme dans votre pays, je le suppose : ils n'ont pas les gens, le cœur des gens, leurs esprits. Le mouvement républicain n'a ni ordinateurs ni transmissions par satellite, pas de système d'écoutes téléphoniques non plus, mais il dispose de la collaboration de milliers de braves gens dans tout le pays. Nous avons des yeux et des oreilles partout. Croyez-moi, il ne se passe pas grand-chose dont nous ne soyons très rapidement informés. Et c'est comme cela que nous mettrons la main sur vos otages. Et que nous les retrouverons avant que les forces de police n'aient l'ombre d'une piste. »

Abu Hida acquiesça. Le bon sens et la franchise de cette femme le rassuraient. Il était persuadé qu'elle ne se vantait pas en affirmant que son organisation pouvait découvrir le lieu de détention des otages.

« Je vous en remercie, dit-il. Mais j'ai besoin de savoir combien d'hommes vous mettrez à ma disposition. »

Maureen se tourna vers McCormick.

« Dezzy, veux-tu lui dire ce que nous avons prévu ? »

McCormick respira profondément. Abu Hida le sentait mal à l'aise. Il témoignait à Maureen O'Dalaigh une déférence de subordonné. Il y avait tant de différence entre eux, songea-t-il. Et ce n'était pas une question de vêtements plus ou moins luxueux, mais de comportement général.

« On a pensé, commença McCormick, que le mieux serait que vous travailliez avec une unité de service actif, un commando, quoi. Il vous aidera dans vos recherches, et, s'il faut passer à l'acte, ce sont des hommes habitués à se battre. Ces unités sont en général basées dans le Nord, mais il y en a une actuellement dans le Sud, et elle attend vos ordres. »

Il hésita avant de poursuivre, comme si ce qu'il avait à dire était délicat.

« En fait, le problème, c'est qu'ils sont tous du Nord, des types de Belfast, qui ne connaissent pas le Sud. Le chef d'état-major a donc décidé de les mettre sous le commandement de quelqu'un de familier avec tout le pays. Il a choisi M^e^ O'Dalaigh, ici présente.

— Je ne comprends pas, dit Abu Hida.

— C'est très simple, intervint Maureen. Les garçons des commandos sont bien entraînés, ce sont des durs, ils ont de l'expérience. Mais hors de Belfast, ils ne vous seraient pas plus utiles qu'une classe de jeunes filles aveugles à la chasse aux papillons. Il leur faut quelqu'un pour leur montrer le chemin. Et il se trouve que ce sera moi. Je suis avocate. Je vais partout. Et partout où je vais pour mon travail, j'œuvre aussi pour la cause.

— Qui êtes-vous exactement ? Quel est votre rang dans la hiérarchie ? »

Elle sourit.

« C'est censé être une information secrète, dit-elle, mais comme Dezzy et Con sont tous les deux au courant, je ne vois pas pourquoi je ne vous le dirais pas. Je fais partie du comité exécutif du Conseil de l'armée. Ai-je répondu à votre question ?

— Je désire savoir pourquoi les vôtres ont cru bon de me déléguer une femme. C'est un travail d'homme. On sera peut-être obligé de tuer. »

Elle rougit de colère ; pourtant, elle avait prévu qu'il lui opposerait cette objection.

« Et vos fameuses Fiancées de la mort ? Elles restent chez elles à se vernir les orteils ? Écoutez-moi bien, mon petit monsieur. Vous n'avez pas le choix. Nous vous rendons service parce que nous le voulons, armes ou pas. Sans moi, vous n'avez pas l'ombre d'une chance. Vous êtes... »

Le téléphone mobile sur la table sonna. Une fois, deux fois, trois fois.

« Répondez, pour l'amour du ciel », s'écria McKearney.

O'Dalaigh saisit le récepteur.

« Oui ? »

Elle écouta son correspondant. Abu Hida eut l'impression qu'elle pâlissait.

« J'ai compris », dit-elle en raccrochant. Sans ajouter un seul mot, elle se dirigea vers la fenêtre. L'hélicoptère semblait plus proche que jamais. La nuit était tombée.

« C'était Jimmy Kane, dit-elle enfin d'une voix presque inaudible. On vient de le prévenir qu'une patrouille militaire est entrée dans cette zone. (Courroucée, elle se tourna vers Desmond McCormick.) Et tes putains de veilleurs ? Où sont-ils passés ? Ils étaient censés être là. Qu'est-ce qui leur est arrivé, bon Dieu ? »

Un grand fracas retentit à l'extérieur. L'hélicoptère s'éloigna. Un mégaphone troua le silence. Une voix anglaise, précise, patricienne, résonna dans la rue balayée par la pluie et rebondit entre les murs des petites maisons décrépites.

« Maureen O'Dalaigh, Desmond McCormick, Con McKearney, la maison où vous vous trouvez est cernée. Vous êtes en état d'arrestation. Je veux que vous abandonniez vos armes et que vous sortiez, les mains sur la tête. Il ne vous sera fait aucun mal. Je vous en donne ma parole. En cas de résistance de votre part, nous ouvrirons le feu. »

Puis le silence retomba. L'hélicoptère revint tournoyer dans le ciel gris d'où presque toutes les lumières avaient disparu.

31

« C'est vous qui les avez amenés jusqu'ici, putains de chiites ! » s'exclama Con McKearney en se précipitant vers Abu Hida, la main levée.

L'Arabe ne bougea pas, ne tenta pas d'esquiver le coup.

« Pour l'amour du ciel, Con, ça suffit ! » Maureen O'Dalaigh s'interposa entre les deux hommes en tournant un visage courroucé vers son subordonné.

« Ce sont des indices de ces salauds d'Anglais, maugréa McKearney, furibond. Ils nous ont piégés !

— Nous verrons ça plus tard, Con. D'accord ? D'accord ? (Sans prêter plus d'attention à Abu Hida, elle se tourna vers McCormick.) Y a-t-il un moyen de sortir par-derrière, Dezzy ?

— Il y a un terrain vague qui nous sépare de Glen Road, dit-il en tremblant. (Le bruit de l'hélicoptère menaçait de couvrir sa voix.) Puis le terrain de sport de l'école des Frères. Si on se débrouille pour traverser la route, on pourra peut-être arriver jusqu'à Turf Lodge. Je ne sais pas. Je ne sais pas, bon Dieu !

— Bon, dit Maureen. Ils auront sans doute posté des soldats de tous les côtés, mais si nous nous séparons, nous avons une chance. Ça dépend du temps dont ils ont disposé pour lancer leur attaque. J'essayerai d'aller vers Whiterock. Dezzy, tu prendras de l'autre côté, vers le Glen. Si tu parviens jusque chez Andy Doyle, il te fera sortir de la ville en voiture. (Elle s'adressa alors à McKearney.) Con, descends vers l'église, de l'autre côté de Glen Road. Il y a une Ford

Escort garée devant. Rouge. Voilà les clés. Sors de la ville aussi vite que tu pourras. (Puis elle les regarda l'un après l'autre.) Vous êtes armés ? »

Ils acquiescèrent tous les deux.

« Bon. En route, alors.

— Et eux, tu ne vas pas les laisser s'en tirer comme ça, tout de même ? (McKearney sortit son arme et visa Ali et Abu Hida.) Ce sont eux qui nous ont fourrés dans ce pétrin. Ils n'attendent qu'une chose, qu'on s'en aille pour tranquillement rejoindre leurs copains, ces salauds de bouchers qui sont là, dehors. (Il tenait fermement son arme.) Si tu n'as pas l'intention de faire quelque chose, moi si », ajouta-t-il.

Con McKearney avait déjà tué. Il avait assassiné une quinzaine d'hommes et de femmes : un policier en congé jouant avec ses enfants, une écolière qui s'était trouvée dans sa ligne de feu, un soldat tiré dans le dos comme un lapin. Et bien d'autres encore. Une longue liste de morts inutiles, routinière dans le monde où il vivait. Une liste bonne à faire un héros d'un tigre de papier.

Il se rapprocha d'un pas d'Abu Hida, les deux mains sur son arme, prêt à tirer.

« Salaud de mouchard ! s'écria-t-il. Et après, ce sera ton tour », ajouta-t-il en direction d'Ali.

Ce furent ses dernières paroles. Personne ne vit Abu Hida lancer le lourd cendrier qui se fracassa sur le front de McKearney. Ce dernier vacilla un instant, sans lâcher son arme, puis ses jambes cédèrent et il s'effondra comme un pantin désarticulé. Le revolver rebondit aux pieds d'Abu Hida.

Dezzy McCormick s'agenouilla auprès de McKearney.

« Il est mort, dit-il. Vous l'avez descendu, putain de salaud !

— Laisse tomber, Dizzy. Tu ne peux rien pour lui. »

Maureen prit son compagnon d'armes par le bras et le releva. Elle regarda Abu Hida, comprenant son geste. Son visage était impassible, comme si la mort de McKearney n'avait trouvé sur lui aucune aspérité à laquelle s'accrocher.

Le mégaphone retentit à nouveau.

« Deuxième sommation. Il n'y en aura pas de troisième.

Vous êtes cernés. Abandonnez vos armes et rendez-vous. Il ne vous sera fait aucun mal, je vous en donne ma parole. »

« Fonce, Dezzy. »

Maureen poussa McCormick hors de la petite pièce et le suivit vers la cuisine, située à l'arrière de la maison. Alors qu'elle parvenait à la porte, une main se posa sur son bras.

Abu Hida se tenait à ses côtés, en secouant la tête.

« Ce serait un suicide, dit-il. Ils s'attendent à ce que vous tentiez une sortie. Ne leur faites pas ce cadeau. Restez avec moi, je vous sortirai d'ici. »

McCormick avait ouvert la porte de derrière. Il regarda Maureen.

« Allez, viens, se plaignit-il. Qu'est-ce que tu attends ? »

Elle considéra Abu Hida. L'Arabe était calme, maître de lui. Ce n'était pas normal. Et si Con avait eu raison ? se disait-elle. Si les deux Arabes étaient des infiltrés achetés par les services secrets britanniques ? Abu Hida ne tenta pas de la convaincre. C'était à elle de faire son choix. Elle respira profondément et se décida.

« Si vous êtes avec ces salauds, je vous aurai, dit-elle. Vous me comprenez ? Ça prendra le temps qu'il faudra, mais je vous aurai, je vous ferai crever à petit feu. (Puis elle se retourna vers McCormick.) Dépêche-toi, Dezzy. Moi, je reste. Bonne chance. On se verra demain soir chez McD. Tu m'offriras une bière. »

Dezzy hésita. Tout seul, ce ne serait pas facile. Il comprenait qu'il allait servir d'appât, faire diversion, mais il n'avait guère le choix. Il préférait encore tenter sa chance dans le noir plutôt que de rester là, pris dans le filet, à attendre l'arrivée des renforts qui resserreraient inévitablement leur étau autour de la maison.

« C'est juste, dit-il d'une voix hésitante, mais comme il ne lui restait qu'à se retirer avec panache, il ajouta : A bientôt, donc. »

Maureen referma la porte dès qu'il fut sorti et courut dans la pièce de devant. Les lumières étaient éteintes et la pièce n'était éclairée que par le réverbère du coin de la rue.

Ali n'était pas resté inactif. Il avait chargé trois armes, et en avait équipé deux des lentilles à infrarouge qui permettaient d'identifier la cible à plus de trois cents mètres, dans l'obscurité totale. Vu les circonstances, cela suffirait amplement.

Abu Hida prit le fusil et tendit la Franchi à Maureen O'Dalaigh.

« Vous savez vous en servir ? » lui demanda-t-il.

En guise de réponse, elle libéra la crosse, arma, et fixa l'arme sous son bras.

« Je me charge de l'arrière, dit Ali, qui avait pris le fusil d'assaut. Quand vous serez prêts à partir, dites-le, je vous couvrirai. »

On entendit tirer derrière la maison. Dezzy McCormick tentait sa chance. Selon eux il ne résisterait pas bien longtemps.

Ali prit une boîte de munitions et sortit dans le couloir.

« Restez accroupie, ordonna Abu Hida. Quand on commencera à tirer, envoyez de courtes rafales. Bougez après chaque rafale, sinon ils vous localiseront. Je monte ; ne tirez pas avant que je sois en position. »

Elle le regarda comme si elle le voyait pour la première fois.

« Nous allons crever ici », dit-elle calmement. Ils étaient dans une situation impossible, et elle savait qu'ils n'avaient aucune chance de s'en tirer.

« C'est faux. Ça m'est déjà arrivé plusieurs fois. Faites-moi confiance, je vais vous sortir d'ici. Après, ce sera à vous de jouer. Il faut que nous restions ensemble.

— Et lui ? interrogea-t-elle en désignant la porte par laquelle était sorti Ali.

— Ali ? Il va mourir. (La voix d'Abu Hida ne trahissait nulle émotion.)

— C'est ainsi ? Il sacrifie sa vie pour que vous puissiez sortir vivant d'ici, et vous l'abandonnez ? »

Abu Hida hocha la tête.

« Vous ne comprendriez pas facilement. Et je n'ai pas le temps de vous expliquer. C'est notre destin, voilà tout. Autrement, rien n'aurait de sens. »

Elle jeta un coup d'œil sur la pièce miteuse, sur les rues sordides qui l'entouraient, rythmées par la cadence toujours renouvelée de la pauvreté, de la haine, de la rancœur et du bruit de bottes des soldats qui les poursuivaient.

« Tout cela aurait donc un sens ? demanda-t-elle comme si elle se posait la question pour la première fois.

— Oui, aux yeux de Dieu.

— Je ne crois pas en Dieu.

— Alors rien n'a de sens. Et votre colère moins que toute autre chose. »

A l'arrière, les tirs s'arrêtèrent brusquement. Devant, l'officier au mégaphone avait pris sa décision.

« L'un de vous a été tué. Toute résistance de votre part provoquerait de graves représailles. J'ai ordonné l'assaut. Mes hommes ouvriront le feu sur quiconque fera usage de son arme. »

Abu Hida était arrivé dans la chambre à coucher. Il ouvrit la fenêtre et l'arracha de ses gonds. Le bois pourri céda sans difficulté. La faible lumière du réverbère l'empêchait de bien voir ; il saisit son arme, visa et tira dans l'ampoule.

Les yeux fermés, il attendit de ne plus être aveuglé. Lorsqu'il les rouvrit, il vit des hommes courir sur le trottoir opposé, de sombres silhouettes en treillis. Les militaires n'entreraient pas immédiatement, ils attendraient les premiers coups de feu pour localiser leurs adversaires.

Derrière la maison, on tirait déjà. Abu Hida savait qu'il pouvait compter sur Ali pour tenir le plus longtemps possible.

L'hélicoptère était toujours là, mais ils n'utiliseraient pas ses projecteurs, de peur d'éclairer leurs propres hommes et d'en faire des cibles faciles. Abu Hida aurait cependant payé cher pour disposer d'un SA-7, un lance-missiles personnel capable de faire exploser un hélicoptère en plein vol. S'ils utilisaient ses projecteurs pour suivre leur fuite, leur tâche n'en serait que plus ardue.

Il avait trois objectifs principaux. S'il les atteignait, la femme et lui avaient une chance de s'échapper. Il ôta la lunette de visée à infrarouge de son fusil pour observer la rue. Si l'ennemi le voyait, il ne se sentirait pas directement menacé, bien qu'il pût supposer qu'il avait une lunette de vision nocturne. Abu Hida ne pensait pas que les Britanniques étaient au courant de sa présence et de celle d'Ali, sauf s'ils étaient mieux renseignés qu'il ne l'imaginait. S'ils n'avaient aucun soupçon, ils croyaient désormais Maureen O'Dalaigh et Con McKearney seuls dans la maison, car ils avaient certainement identifié Dezzy McCormick. L'élément de surprise jouerait en faveur d'Abu Hida.

Sa première cible se tenait dans un étroit passage entre deux maisons délabrées, à une trentaine de mètres à sa gauche. Il poursuivit son observation. La deuxième cible se trouvait sur le seuil d'une porte ouverte, dans la maison exactement en face de lui. La troisième n'était pas en vue, mais Abu Hida était certain qu'elle était là. Elle ferait son entrée si les deux premières étaient mises hors de combat.

Il revissa la lunette sur son fusil et visa le premier soldat, le messager chargé de relayer les ordres. Il fallait tirer vite, avant que quiconque ne s'avise de l'existence du fusil. Le soldat portait un gilet pare-balles et un casque. On ne le voyait que partiellement, car il s'abritait derrière un mur. Un tireur de la force de Con McKearney ne l'aurait jamais touché, même avec un missile antichar.

Il visa entre l'épaule de l'homme et le haut de sa tête. Ne bouge pas, songea-t-il. Dans la rue, une voix s'écria soudain : « Un fusil à la fenêtre du haut ! »

Abu Hida respira calmement et tira. La tête du soldat bascula, et il s'écarta précipitamment, juste à temps pour éviter la fusillade nourrie qui arracha les derniers vestiges de la fenêtre et cribla de balles les murs et le plafond de la petite chambre à coucher.

Il profita du silence relatif qui s'ensuivit.

« Maître O'Dalaigh, cria-t-il, couvrez la rue ! De gauche à droite. »

Elle ouvrit le feu et il se redressa, visa et tira. Droit devant lui. L'homme sur le seuil de la porte tomba en avant et s'écroula sur le chemin. Ses doigts s'ouvrirent et lâchèrent le mégaphone. Abu Hida recula de nouveau. Un cri retentit à l'extérieur.

« Le capitaine est touché ! »

Abu Hida rampa et prit position de l'autre côté de la fenêtre ; il s'appuya contre le mur. En face de lui, un soldat s'était agenouillé derrière une barrière et tirait méthodiquement dans le salon. Abu Hida lui expédia une balle entre les deux yeux. Il atteignit un autre soldat, qui se dirigeait vers une voiture. A ce moment-là, sa troisième cible apparut dans son champ de vision ; accroupi contre le flanc du véhicule, le soldat parlait dans un émetteur de radio. Avant qu'il ait réussi à se mettre à l'abri, l'Arabe lui avait tiré une balle dans le cou.

Les forces de l'ordre comprenaient enfin qu'elles n'avaient pas affaire à deux adversaires seulement, ni à des tireurs maladroits. Un feu nourri provenait toujours de l'arrière de la maison. Ali ne ménageait pas ses munitions. Il avait dû causer de sérieux dégâts dans les rangs des soldats.

Abu Hida rejoignit Maureen O'Dalaigh dans la pièce du bas. Elle insérait un nouveau chargeur dans sa Franchi. Il parcourut l'espace en rampant, pour ne pas se découper dans l'ouverture de la fenêtre, saisit le sac contenant les armes et se tourna vers elle.

« On part dans une minute. Vous serez prête ? »

Elle acquiesça, et tira une courte rafale.

Abu Hida courut à la cuisine, où Ali s'était abrité derrière une machine à laver et un réfrigérateur qu'il avait couchés sur le sol.

« Ali, nous allons tenter une sortie par-devant. Tu peux nous couvrir ? »

Ali hocha la tête. Il tira plusieurs fois dans la nuit, et vida son chargeur. Le silence seul lui répondit.

« Ils reprennent position. Allons-y, avant qu'ils ne donnent l'assaut.

— C'est mon dernier chargeur, dit Ali en se tournant pour suivre Abu Hida. Vous aurez intérêt à vous dépêcher. »

Abu Hida sortit le Sig-Sauer du sac et le tendit à Ali.

« Tiens. Ne te laisse pas prendre vivant. »

Ali mit la main dans sa poche et donna à Abu Hida les clés de la voiture.

« Prends ça, tu en auras besoin. »

Ils se voyaient à peine. Toujours à genoux, les deux hommes s'étreignirent.

« Ton nom sera vénéré, *shahid*, dit Abu Hida. Salue le Prophète de ma part. Et demande à son petit-fils de me prêter sa force. »

Ali l'embrassa en pleurant. Puis il empocha l'arme et rampa jusque dans le salon où il prit la place de Maureen O'Dalaigh. « Allez-vous-en, maintenant », lui dit-il.

Lorsqu'elle parvint à la porte, elle entendit un coup de feu et un soldat cria.

Abu Hida, armé jusqu'aux dents, des chargeurs de réserve dans ses poches, était convaincu que des renforts ne tarderaient pas à arriver. L'hélicoptère surveillait le terrain. D'autres allaient certainement le rejoindre. Maureen et lui auraient à peine le temps de s'éloigner; tous ses espoirs résidaient en la parfaite connaissance du terrain de son alliée.

Il lui tendit les clés de la voiture d'Ali.

« La voiture est à gauche de la grille d'entrée. Ils n'ont pas essayé de l'enlever. Je m'occupe de tous ceux qui auraient tenté de s'abriter derrière elle. Vous, entrez-y, et concentrez-vous sur le volant. Amenez-nous chez quelqu'un qui soit capable de nous faire quitter Belfast ce soir même. Est-ce possible?

— Oui. Nous prévoyons toujours un moyen de nous échapper.

— Parfait. Vous êtes prête ? »

Elle ne répondit pas immédiatement.

« C'était mon beau-frère, vous savez.

— Qui ?

— McKearney. Il vous aurait tué.

— Je sais. Je suis désolé pour votre sœur.

— Ne gaspillez pas votre pitié. Elle l'a quitté depuis des années. Et il ne l'a pas volé. Comment saviez-vous que ce n'était pas le frère de mon mari ?

— Vous n'êtes pas mariée. Vous ne l'avez jamais été. Et vous n'auriez jamais épousé un homme d'une famille de ce genre. Et maintenant, êtes-vous prête ? »

Il avait un sacré culot, se dit-elle, et elle aurait aimé lui rabattre son caquet. Mais le moment était mal choisi.

« Je suis prête.

— On y va. »

32

Dublin
20 h 10

Ciaran Clark téléphona juste après dîner. Sur une ligne qu'il prétendait sûre, mais Declan en doutait. Le M15 considérait probablement comme prioritaires toutes les communications que donnait ou recevait le ministre des Affaires étrangères. Padraig Pearse l'avait prévenu de l'arrivée de Harker, et cela n'avait pas amélioré la paix de son esprit, ni sa migraine. C'était un homme dont on lui avait souvent parlé, et dont il connaissait le pouvoir. Leurs chemins ne s'étaient pas croisés directement, mais Declan avait souvent senti l'ombre de Harker sur son épaule. Une mission ratée, une rétention d'information, une mort inexpliquée, et le même nom revenait toujours, murmuré dans l'angoisse.

« La ligne a été vérifiée il y a une demi-heure, Declan, dit Ciaran Clark.

— Ne vous y fiez pas. Il y a mille manières de brancher une écoute.

— Pour l'amour du ciel, Declan ! Si vous continuez, je vais devenir aussi paranoïaque que vous ! »

Declan soupira.

« Que voulez-vous, Ciaran ?

— Bavarder un peu, c'est tout. Un peu de conversation ne vous fera pas de mal, je suppose. Vous avez une piste ?

— Rien dont vous ne soyez au courant, Ciaran.

— Vous êtes censé mettre la main sur autre chose, justement. Vous n'avez aucune idée de l'endroit où ils pourraient être ? Même une supposition ? Vous n'avez pas idée des pressions que nous subissons, Declan. Nous ne pourrons pas continuer longtemps à nier en bloc, à prétendre que les délégués sont sains et saufs. On nous demande des preuves. Et c'est exactement ce que nous ne pouvons pas leur fournir. La presse nous harcèle, Declan ! La radio, les gens de la télévision ! Vous ne pouvez pas imaginer ! Bon Dieu ! Il faut qu'on leur dise quelque chose. N'importe quoi, juste pour leur montrer qu'on avance, que nous ne nous tournons pas les pouces. »

« Nous. » Ce mot ne faisait pas d'ordinaire partie du vocabulaire de Ciaran Clark, qui était de la génération d'individualistes qui s'en tenaient strictement au « je ».

« Vous êtes seul, Ciaran ?

— Quoi ?

— Y a-t-il quelqu'un avec vous ?

— Évidemment que non, répliqua le ministre après un instant d'hésitation. Personne ne sait que je vous parle. Bon Dieu ! Il n'y a presque personne qui sache que vous travaillez encore pour nous.

— Avez-vous parlé avec Padraig Pearse, aujourd'hui ?

— Oui, une ou deux fois. Il est inquiet ! Nous le sommes tous !

— Je sais. Écoutez, Ciaran, je n'ai rien que vous puissiez livrer en pâture à la presse pour le moment. Gagnez du temps. Baratinez-les. C'est vous l'expert ! Vous faites ça très bien, Ciaran, croyez-moi.

— Il faut que nous sachions, Declan.

— Qui, nous ? »

Ciaran ne répondit pas.

« Je prendrai contact avec vous dès que j'aurai la moindre nouvelle, Ciaran, comptez sur moi.

— Nous... »

Il s'interrompit. Le silence était si complet que Declan eut l'impression que Ciaran écoutait quelqu'un. D'ailleurs, il se conduisait d'une façon plus cérémonieuse que d'habitude, comme un homme qui obéit à des ordres.

« Je vous rappellerai, Declan. Dans une petite heure. N'importe quoi nous aiderait. Mais nous ne sommes pas la Sainte Église, nous n'espérons pas de miracles. »

Il raccrocha. Declan attendit un instant, puis composa le numéro personnel que lui avait donné Padraig Pearse. La sonnerie retentit deux fois puis l'on décrocha.

« Paddy ? C'est Declan Carberry. Je voudrais parler à Padraig. »

Il y eut une imperceptible hésitation au bout du fil.

« Il est en réunion, monsieur Carberry. Une réunion de dernière minute. Je suppose que vous imaginez la fébrilité qui règne par ici. Je dirai au Taoiseach que vous avez téléphoné. Il vous rappellera dès que possible. »

Paddy raccrocha. Declan considéra le récepteur comme s'il l'avait personnellement trahi. Paddy O'Leary ne s'était jamais adressé à lui de façon aussi distante. Le Taoiseach ! Comme s'ils n'étaient pas de vieux amis, comme si Padraig Pearse n'était pas son beau-frère... Que se passait-il ? Padraig Pearse lui avait pourtant assuré qu'il pourrait le joindre à tout moment, même s'il devait interrompre quelque chose d'autre. Paddy essayait-il de protéger Declan ? Ou lui signifiait-on sa disgrâce ? Qu'est-ce qui se tramait ?

Il posa le récepteur. Sur son bureau la petite aiguille de la pendule avançait imperturbablement. Le silence l'exaspérait. Même la pendule ne bronchait pas. Comme si le temps avait perdu quelque chose de grande valeur.

33

Belfast
21 h 15

Ils avaient réussi, mais de justesse. Sans Maureen O'Dalaigh, Abu Hida aurait été pris au piège. Elle les avait sortis du labyrinthe de ruelles au sud de Glen Road, et avait su choisir une route qui n'était pas coupée par des barrages.

Tout en conduisant, elle parlait dans son téléphone portable. Il y avait évidemment un risque que les Anglais les écoutent, mais Maureen préféra croire qu'ils ignoraient qu'elle possédât un appareil cellulaire. D'ailleurs, il n'était pas à son nom, il appartenait à un avocat au-dessus de tout soupçon, membre du Rotary Club local et qui comptait parmi ses clients d'éminents représentants du gouvernement et des forces de l'ordre.

Elle acheva sa conversation et rangea le téléphone dans sa poche.

« Tout est prêt, dit-elle. Écoutez-moi attentivement, je vais vous dire ce que nous allons faire. »

Au-dessus de leurs têtes, l'hélicoptère qui ne les avait pas lâchés tournoyait et les épinglait dans le faisceau de son puissant projecteur.

Maureen O'Dalaigh prit un virage brusque et s'engagea dans Falls Road. Quelques tours de roue de plus, et ils surplombaient le commissariat de police. Elle arrêta la voiture. Non loin, en dessous d'eux, on apercevait un barrage.

« On laisse la voiture », dit-elle à Abu Hida.

Le cimetière de Milltown était à leur droite, et l'on pouvait distinguer les pierres tombales dans l'obscurité. Ils en escaladèrent la clôture.

« Restez tout près de moi, murmura-t-elle. S'ils nous ont repérés, ils seront là dans quelques minutes. »

Ils parcoururent rapidement les allées bordées de tombes. Abu Hida avait l'impression d'être chez lui. Les morts se ressemblent tous. En fin de compte, tout revenait à cela.

Ils sortirent du cimetière de l'autre côté de Falls Park. Une voiture était garée non loin de là, une Datsun verte. Le barrage était à leur gauche. Lorsque Maureen lança le moteur, Abu Hida vit un policier regarder dans leur direction.

Maureen O'Dalaigh tourna dans Whiterock Road et s'arrêta devant une grande école, juste avant un virage.

« On est à St. Peter's. On descend. »

Elle avait pris la direction des opérations et il l'acceptait volontiers. Ce n'était pas le moment de faire preuve de susceptibilité mal placée.

Non loin, au sommet de la colline, se dressait un bâtiment aux fenêtres illuminées, mais autour d'eux, l'obscurité était totale. Quelqu'un s'était débrouillé pour que tous les réverbères de l'éclairage urbain soient éteints. L'hélicoptère aurait du mal à les repérer, malgré ses équipements sophistiqués.

« Voilà l'hospice de Notre-Dame. C'est là que nous allons.

— C'est un endroit sûr ?

— Nous n'y resterons pas, mais on y trouvera un moyen de sortir de la ville. »

Maureen connaissait bien le terrain ; elle se dirigeait sans aucune hésitation. Ils parvinrent au garage de l'hospice. Les portes en étaient ouvertes et une ambulance y stationnait.

« C'est vous que les Anglais cherchent ? demanda un homme qui sortit de l'ombre.

— C'est nous. Vous êtes Gerry ?

— Ouais.

— Vous pouvez nous faire sortir d'ici ?

— Je peux vous conduire jusqu'au Royal. Après, ce sera à vous de vous débrouiller.

— Ça me va, dit Maureen en jetant un coup d'œil autour d'elle. Il devait y avoir une infirmière avec vous, non ?

— Oui. Eileen. Elle sera là dans un instant. Nous partirons dès que vous serez installés. Qui est le type avec vous ?

— Ça ne vous regarde pas. Aidez-nous à monter. »

Un espace avait été aménagé à l'arrière de l'ambulance, sous l'emplacement de la civière. Ils s'y glissèrent l'un après l'autre, Abu Hida le premier. Il heurta le fond avec sa tête et se recroquevilla, son sac entre les genoux. Maureen O'Dalaigh le suivit et s'insinua dans l'étroite cachette, tête-bêche avec son compagnon. L'homme ferma la porte et ils se retrouvèrent dans le noir complet.

Au-dessus de l'hospice, un second hélicoptère avait rejoint le premier. Leurs projecteurs balayaient le sol, les faisceaux de lumière se croisant et se recroisant pour ne pas perdre leurs proies.

Lorsque l'ambulance démarra, les hélicoptères la suivirent. Mais, au même moment, les phares de la Datsun se rallumèrent et la voiture bondit en avant. Le second hélicoptère hésita, et fit demi-tour pour la suivre.

L'ambulance passa devant le centre de loisirs et prit à gauche, en direction du Royal Victoria Hospital. Le chauffeur n'avait pas branché sa sirène, mais il conduisait vite.

Un barrage se dressait sur Broadway, coupant la route. Il y en avait un autre devant l'hôpital des enfants. Des policiers armés se tenaient de part et d'autre des deux chars qui bloquaient le passage. L'ambulance ralentit et s'arrêta. Deux policiers armés de mitraillettes s'approchèrent du véhicule.

« Descendez, je vous prie. »

Le chauffeur obtempéra en maugréant.

« Que se passe-t-il, bon Dieu ? Il y a un hélico qui m'a pas lâché depuis que j'ai quitté l'hôpital. J'ai un malade, à l'arrière. Il faut que je l'amène au Royal.

— Voulez-vous ouvrir la porte arrière, je vous prie ?

— Ouvrez-la vous-même.

— Je vous ai dit d'ouvrir cette porte. Je ne vous le demanderai pas deux fois. »

Le chauffeur s'exécuta. Une infirmière était assise à côté du brancard où reposait un vieillard, sous une couverture.

Le policier entra dans l'ambulance.

« Avez-vous un document d'identification sur vous ? » demanda-t-il à l'infirmière.

Cette dernière désigna un badge en plastique épinglé sur sa poitrine, où étaient inscrits son nom et sa fonction. Le badge comportait également une photo, que le policier examina soigneusement, comparant le visage à celui de l'infirmière. Il correspondait.

« Qu'est-ce qu'il a ? demanda le policier en montrant le vieillard.

— Ça se voit. Il a fait une attaque, on l'amène au Royal pour l'examiner. A l'hospice, nous ne sommes pas équipés pour le faire, vous le savez parfaitement bien. Et maintenant, nous pouvons repartir ? Il va y rester, si on ne se dépêche pas. »

Le policier hésita ; il se pencha pour examiner le vieillard couché sur la civière. On lui donnait quatre-vingt-dix ans, son visage était marqué par la douleur, ses rares cheveux étaient blancs, ses lèvres serrées. Ses yeux bleus et délavés, grands ouverts, semblaient fixer l'éternité. Il n'avait rien d'un homme qui venait de prendre part à une fusillade de rue. Le policier souleva la couverture ; le vieillard était vêtu d'un pyjama d'hôpital en coton rayé. Il ne sentait pas bon.

« Laissez-le tranquille, voyons. Il va prendre froid ! »

Le policier haussa les épaules et rabattit la couverture. Il ne comprenait pas. Le pilote de l'hélicoptère avait été si catégorique ! Mais ni l'infirmière ni ce vieillard malade ne comptaient parmi les gens qu'il recherchait.

Pourchassée par l'hélicoptère, la Datsun fonçait dans Whiterock Road. Elle heurta un char au carrefour. Les renforts étaient enfin arrivés de Fort Whiterock. Le conducteur perdit un instant le contrôle de son véhicule, puis il redressa et s'enfuit dans un crissement de pneus.

La fusillade éclata de toutes parts. Des balles atteignirent la voiture, qui poursuivit sa route en zigzaguant, puis s'arrêta. Des soldats en armes convergèrent vers elle, s'attendant à un feu nourri. Mais il ne se passa rien. Les soldats approchèrent lentement.

La porte du passager s'ouvrit et quelqu'un fit mine de sortir.

« Ne tirez pas, s'exclama une voix anglaise. Il nous le faut vivant, ce pourri ! »

Le passager tituba un instant sur la route puis s'écroula. Un instant plus tard, il était entouré de soldats, leurs fusils pointés sur lui. Pendant ce temps, d'autres hommes en armes se précipitaient sur la silhouette couchée sur le volant.

Une lumière violente éclaira l'individu étendu sur le sol.

« Bon Dieu ! C'est un gosse. »

Il était jeune, incontestablement — douze ou treize ans au maximum. Plusieurs balles l'avaient touché, mais il vivait encore, ses lèvres remuaient.

« On... faisait... rien... C'était juste... pour s'amuser, m'sieur... une petite balade, juste une petite balade... Le frère de Kevin... il nous a dit qu'il y avait une voiture... on voulait juste faire une petite... balade... »

34

Dublin
21 h 40

Pronsias Donnelly et Brendan Cahill se présentèrent au rapport à 9 heures 30. Declan les reçut brièvement et convoqua l'équipe. Lorsque tout le monde fut réuni, Pronsias prit la parole. C'était un homme de toute petite taille, aux mains et aux traits délicats. Cahill était debout à côté de lui, le teint gris et presque transparent sous cet éclairage brutal. Pronsias s'éclaircit la gorge, comme pour éliminer la poussière accumulée durant une longue journée passée dans une salle d'archives. Mais en fait, c'était sur un écran d'ordinateur qu'il s'était abîmé les yeux.

« Bon. Si vous êtes jamais allé en Amérique, vous savez qu'il y a plus d'Irlandais là-bas qu'ici, et qu'ils préfèrent tous y vivre plutôt que de revenir au vieux pays, comme ils disent. Mais ils adorent y passer leurs vacances. Cette année, on s'attend à environ 500 000 touristes américains. Du 1er mai à la fin août, la période que nous devions vérifier, il en est entré 260 000, la plupart d'entre eux par les aéroports de Dublin ou de Shannon.

« 247 000 étaient de simples touristes, en voyage organisé. 800 sont venus travailler pour des firmes irlandaises ou américaines, 11 000 sont des étudiants qui ont suivi les cours d'une université d'été et 600 se sont inscrits à l'université pour de plus longues périodes. Nous avons également des universitaires participant à des colloques, des religieux catholiques venus séjourner dans leurs maisons mères, des écrivains, des compositeurs et ainsi de suite. Beaucoup d'entre eux ont de la famille ici, on a du mal à les localiser précisément. Ils n'ont pas besoin de visas, ni de se déclarer à la police. On ne retrouve leur trace que lorsqu'ils repartent. »

Il s'interrompit et consulta son dossier, puis releva la tête avant de s'adresser à Declan.

« Brendan va poursuivre. C'est lui qui a fait les recherches sur ceux qui sont toujours là. »

Cahill, un homme mince à la calvitie précoce, prit la parole en se balançant d'un pied sur l'autre, comme s'il perdait l'équilibre.

« A notre connaissance, sur les 260 000 touristes américains qui sont entrés sur le territoire entre mai et août, 245 000 sont repartis. La saison touristique est presque terminée, et les universités d'été sont fermées. La plupart des hommes d'affaires ne sont restés qu'un jour ou deux. Voilà pour la majorité de nos visiteurs. »

Il toussa nerveusement en regardant autour de lui, puis baissa les yeux sur ses notes. Lorsqu'il faisait son rapport, il avait toujours l'impression de se retrouver à l'école. Pour le moment il déplorait amèrement d'avoir quitté sa terre natale, et de ne plus aider son frère aux champs.

« Il nous reste donc quelques touristes, des étudiants inscrits pour l'année universitaire et des employés sous contrat de longue durée. Nous ne savons pas vraiment ce que nous cherchons, et nous ne disposons pas du personnel nécessaire pour nous livrer à une enquête approfondie. Il nous faudrait l'aide de la police pour vérifier si ces gens sont bien là où ils sont censés être. Ce serait l'unique façon de restreindre notre liste de suspects.

— Au cas où nous obtiendrions cette collaboration, intervint Declan, combien de temps nous faudrait-il pour arriver à ce résultat ? »

Brendan haussa les épaules.

« Environ deux jours. Il y a des gens en balade, ou à la pêche. Il y a ceux qui ne veulent pas qu'on les trouve, qui sont venus en Irlande pour avoir la paix.

— Ça n'a pas d'importance. Ce que nous cherchons, c'est un groupe de gens séjournant au même endroit. Des touristes qui ne sont pas descendus à l'hôtel, ni dans un camping.

— Et si la police ne nous aide pas ? » demanda Pronsias, toujours debout.

Declan sentit la migraine revenir. Juste derrière les yeux, cette fois, comme un orage pointant à l'horizon.

« Nous n'avons aucune chance. Tout seuls, c'est impossible. Et ça n'en vaut peut-être pas la peine. La piste américaine n'est qu'une hypothèse.

— Je croyais qu'on nous avait promis toute la collaboration utile, dit Liam.

— En effet. Mais je ne sais pas pour combien de temps. Trop de gens sont au courant de notre opération. A la première fuite, nous aurons les mains liées. Je vous avais prévenus dès le début. »

Declan libéra ses hommes et retourna dans son bureau. Grainne Walsh alluma la télévision. C'était l'heure du journal de 22 heures.

Ciaran Clark, blême, les traits tirés, apparut à l'écran et confirma la prise d'otages ; puis il mentionna les pressions exercées sur le gouvernement irlandais par le monde arabe. Le ministre de l'Intérieur lui succéda, et détailla les mesures prises pour retrouver les disparus. Tous les gouvernements concernés étaient d'accord : on ne négocierait pas avec les terroristes. Nul ne mentionna la présence dans la capitale de représentants des services secrets britanniques. Le Taoiseach ne fit aucune déclaration.

A la fin du bulletin, une curieuse information fut livrée à la curiosité des téléspectateurs.

« *Sur la foi d'allégations selon lesquelles le Premier ministre serait impliqué dans une affaire de détournement de fonds publics, le député O'Mara a réclamé ce soir l'ouverture d'une enquête préliminaire. Lors d'une conférence de presse qu'il a tenue dans le comté de Lifford, M. Devlin a déclaré être en possession de documents prouvant ces malversations. D'importantes sommes d'argent auraient été versées à des pays du Moyen-Orient afin d'arracher la signature de contrats avec la société d'exportation de viande appartenant à M. Mangan, EuroChick. Un porte-parole de la société, qui possède des succursales en France, en Belgique et en Allemagne, a déclaré ce soir que ces rumeurs étaient dénuées de tout fondement. Mangan s'est, pour sa part, abstenu de tout commentaire. M. O'Mara s'adressera demain à la Chambre.*

« *Le...* »

Grainne éteignit le récepteur. Puis elle se retourna et aperçut Declan debout sur le pas de la porte. Il était livide.

« Je suis navrée. Je ne savais pas que vous étiez là, monsieur. Je... Voulez-vous écouter la fin du journal ? »

Elle était très gênée. Après tout, son patron était le beau-frère du Premier ministre que l'on venait d'accuser.

« Non, Grainne, j'en ai entendu assez.

— Ce n'est certainement pas vrai. »

Declan haussa les épaules. Il n'avait plus de certitudes d'aucune sorte. Cela expliquait peut-être les réticences de Ciaran Clark, et les embarras de Paddy O'Leary, ainsi que l'arrivée à Dublin de Harker. Ils n'avaient pas perdu de temps, apparemment.

« Ça pourrait l'être, dit-il à Grainne. Padraig Pearse n'est pas un parangon de vertu. Mais ce n'est pas un homme malhonnête. Ça m'étonnerait qu'il ait utilisé des fonds publics. Sans doute y a-t-il un noyau de vérité, et quelqu'un s'en est emparé pour monter toute cette affaire.

— Mais dans quel but ?

— Cela me paraît évident, dit Declan avec un pauvre sourire. Pour le virer. Pour le remplacer par quelqu'un de plus souple, qui coopérerait plus volontiers. Je parierais pour Ciaran Clark. »

Il était tard, comme le constata Declan en regardant sa montre.

« Allons nous coucher, dit-il. Demain, on ne chôme pas. L'équipe de nuit nous réveillera s'il se passe quelque chose de nouveau. »

Il s'effaça pour laisser passer Grainne.

« Il ne nous reste pas beaucoup de temps, n'est-ce pas, monsieur ? »

Il secoua la tête.

« Vingt-quatre heures, peut-être moins. Sans Padraig Pearse, nous n'existons plus.

— Et alors ? On laisserait tomber l'enquête, purement et simplement ?

— Probablement, oui.

— Même si... Mais non, je fantasme.

— Même si quoi ? »

Elle hésita un instant.

« Même si cela signifiait la mort des otages ? »

Declan ne lui répondit pas. Cette idée l'obsédait, jour et nuit.

35

Belfast
21 h 50

Pendant que l'infirmière escortait le vieillard à l'intérieur de l'hôpital, où on l'examinerait avant de le renvoyer à l'hospice de Notre-Dame le lendemain matin, le chauffeur demeura dans l'ambulance en attendant que le champ soit libre. L'hélicoptère continuait de tourner en rond au-dessus d'eux ; de temps à autre, il envoyait un coup de projecteur qui balayait les environs. Une deuxième ambulance se présenta, d'autres sortirent précipitamment. Elles ne tarderaient pas à revenir avec leur lot de blessés.

« Vous pouvez sortir, maintenant », dit le chauffeur après avoir inspecté les alentours.

Maureen apparut la première, suivie de Abu Hida.

« Bon Dieu ! s'exclama-t-elle en s'étirant pour essayer de retrouver l'usage de ses membres ankylosés, cette planque n'a vraiment pas été conçue pour deux ! Je crois que je me laisserais prendre par les flics plutôt que de retourner là-dedans ! Vous auriez pu vous tenir tranquille, poursuivit-elle en se tournant vers Abu Hida. Vous n'avez pas cessé de me donner des coups de pied dans la tête. »

Il lui sourit. C'était la première fois que son visage perdait son expression de sérieux ; il en était complètement transformé. Maureen sentit une boule lui nouer l'estomac.

« Vous avez la tête dure, ce sont mes pieds qui ont le plus souffert.

— On n'a pas de temps à perdre en plaisanteries, grommela le chauffeur, un petit homme grincheux, mécontent d'être mêlé à ce genre d'affaire, mais conscient du prix que sa famille et lui paieraient s'il refusait.

— On s'en va, dit Maureen. Dès que vous aurez ressorti l'ambulance. Avec un peu de chance, c'est peut-être vous que les Anglais suivront.

— J'espère que non. Je voudrais bien rentrer chez moi plutôt que d'être interpellé et interrogé toute la nuit.

— Vous vous êtes bien conduit, Gerry. Il ne vous reste qu'à vous taire, et à vous assurer que cette femme en fera autant.

— Eileen ? Eileen est réglo. Elle serait avec vous, si elle était pas obligée de travailler.

— Je m'en souviendrai. Filez, maintenant. »

Il remonta dans l'ambulance et s'éloigna, les laissant dans l'allée, devant la porte principale. Lorsque l'ambulance franchit les grilles, ils entendirent des sirènes qui se rapprochaient.

« Mettez cette blouse », souffla Maureen à Abu Hida. Le chauffeur leur avait laissé deux blouses blanches avec des stéthoscopes dépassant des poches. Les vêtements leur allaient assez bien pour qu'ils passent pour des médecins.

Ils marchèrent jusqu'à la grille. Lorsqu'ils l'atteignirent, le mugissement des sirènes devint assourdissant. Une ambulance blanche fonçait sur eux, et ils durent bondir sur le côté pour ne pas se faire écraser. Deux autres ambulances suivaient, lancées elles aussi à toute vitesse.

Au moment où ils allaient s'esquiver par la grille ouverte, un médecin les rattrapa en courant.

« Qu'est-ce qui vous prend ? Vous n'allez pas vous esquiver ! Vous ne voyez pas qu'il y a des urgences ? Il y a eu de gros dégâts à Andersonstown. On va avoir besoin de tout le monde.

— Pour l'amour du ciel, protesta Maureen, on vient juste de finir. Je n'en peux plus ! »

Le médecin, un homme d'un certain âge au teint brique, s'emporta violemment.

« Je me fous de savoir si vous êtes crevée ou pas. Personne ne quitte le service.

— Je suis désolée, mais j'ai autre chose à faire », dit-elle.

Le médecin, la face cramoisie, semblait au bord de l'attaque. Il avança d'un pas vers Maureen.

« C'est invraisemblable ! s'écria-t-il. Je n'en crois pas mes oreilles. Pour qui vous prenez-vous, espèce de petite garce ? Si vous ne revenez pas immédiatement, je... »

Sa voix fut couverte par une sirène : la troisième ambulance franchissait les grilles d'entrée. Maureen avança d'un pas vers le médecin en lui souriant : elle glissa une main sous sa blouse blanche. Au moment où l'ambulance passait, elle jeta un bref coup d'œil autour d'elle. Il n'y avait plus personne. Elle sortit son arme, et tira deux balles dans l'estomac du médecin, à bout portant. Le bruit des coups de feu se perdit dans le mugissement du moteur de l'ambulance.

Abu Hida saisit l'homme sous les aisselles et le tira dans les buissons, à quelques mètres de l'entrée.

« Tirons-nous », cria Maureen.

Ils sortirent de l'hôpital. Les quelques personnes attirées par le bruit des sirènes les regardèrent passer sans leur accorder la moindre attention : ils n'étaient ni plus ni moins que deux médecins qui allaient prendre un repos bien mérité.

Maureen le guida dans le dédale, évitant les barrages et les contrôles, jusqu'à ce qu'ils arrivent dans une petite impasse, dont les maisons délabrées servaient de frontière entre le quartier catholique et le quartier protestant. La plupart étaient abandonnées. Maureen poussa la porte de la troisième.

« Entrez, vite. »

Il n'y avait pas de lumière, mais leurs yeux s'étaient habitués à l'obscurité. Maureen se dirigea sans hésiter vers une trappe aménagée dans le sol, et l'ouvrit.

« Passez », dit-elle à Abu Hida.

Au-dehors, des voitures de l'armée patrouillaient toujours.

« Je préférerais rester ici et me battre, dit-il, plutôt que de me planquer dans une cave jusqu'à ce qu'ils me trouvent. »

C'était l'une des rares choses dont il eût peur, bien qu'il

eût du mal à se l'avouer. Se faire piéger dans une pièce sans issue, ou dans un quelconque souterrain.

Maureen secoua la tête avec colère.

« Ce n'est pas une cave, rétorqua-t-elle impatiemment. C'est notre porte de sortie. »

36

Vendredi 21 septembre, 2 h 15

Il passait parfois la nuit entière à prier ou à lire les saintes écritures. Ce soir, il avait cherché une réponse du début à la fin de la Bible, sans la trouver. Parfois, les nuits étaient si longues et si noires qu'il pensait ne jamais revoir l'aurore.

Il alla à la fenêtre. Tout était sombre, il n'y avait de lumière nulle part, même pas celle d'un bateau sur la mer grise. L'immensité lui pesait sur les épaules. Pas de lumière, aucune réponse, nulle part. Le doute le tourmentait. Avait-il eu raison de se laisser utiliser par d'autres ? Que ferait-il ensuite ? Comment se sortirait-il de cette affaire sans causer la destruction de son peuple et la sienne, comme il l'avait déjà fait une fois ?

Il ne doutait pas de son messianisme, de sa supériorité sur les autres hommes, ni même de ses dons divins. Pas plus qu'il ne doutait de la fin et de la renaissance du monde, pour très bientôt, et de l'avènement de sa nouvelle Jérusalem, sur laquelle il régnerait, souverain du monde, fils de Dieu. De lui, il ne doutait pas. Mais les autres, il en avait peur. Une fois déjà, il avait été pris au piège, horriblement. Désormais, il n'avancerait plus sans certitudes.

Il saisit la Bible qui se trouvait sur sa table de nuit. Avec sa reliure fatiguée, et ses pages tachées de sueur, le Livre lui sembla lourd. Comme il aurait voulu pouvoir s'y insinuer et y trouver le refuge contre les doutes qui l'assaillaient. Il l'ouvrit au hasard et lut.

Son cœur bondit dans sa poitrine. Le signe qu'il attendait était là. Dieu ne l'avait pas abandonné. Ce qu'il devait faire était simple, et magnifiquement évident. Il referma la Bible et la garda un moment dans sa main. Elle lui parut légère, cette fois, comme si Dieu l'avait allégée à son intention. Il se rassit à sa table en souriant.

Zacharie, le second d'Ezéchiel, dirigeait l'équipe de garde, constituée de cinq hommes vigilants et armés : deux se trouvaient à l'intérieur avec Zacharie et trois surveillaient le périmètre. Les otages étaient enfermés dans leurs cellules, sans lumière et sans nourriture. Beaucoup priaient ou psalmodiaient des versets du Coran. Le livre du diable, dans la langue du diable. Il ne les empêchait pas de chanter, car cela renforçait encore sa résolution. Une femme pleurait. Une autre chantait et sa voix s'élevait, seule dans ses propres ténèbres.

Il trouva Zacharie à l'intérieur du poste central ; il lisait la Bible. Ils se saluèrent.

« Fais lever tout le monde, dit-il. (La perspective de ce qui l'attendait le stimulait. Il n'éprouvait plus la moindre incertitude.) Y compris les prisonniers et l'Anglais. »

Étonné, Zacharie le regarda, puis jeta un coup d'œil à l'horloge.

« N'est-il pas un peu tard ? Ne vaut-il pas mieux attendre le matin ?

— Non, non, ça ne peut pas attendre. Dieu me commande de leur parler tout de suite. Et d'agir de même. Ne me mets pas en colère, Zacharie. Ne fais jamais mine de t'opposer à moi, ou je t'écraserai. Tu m'as compris ? »

Son accent du Texas, d'ordinaire traînant, nonchalant, avait pris une âpreté violente, dangereuse. Zacharie hocha la tête. Il avait déjà vu son maître dans ce genre d'humeurs, plus d'une fois. Une folle excitation, suivie d'un plongeon brutal dans la dépression. L'enthousiasme, les larmes, la rage et le déchaînement de la sexualité. Cet homme était tout à fait imprévisible. En de telles circonstances, l'amour et la fidélité pourtant immenses de Zacharie le cédaient à la peur.

« Fais rentrer tes hommes. Toute la garde. Nous nous réunirons dans la salle à manger, et nous étudierons la

Bible. Je veux que tout le monde soit là, même les Babyloniens. »

C'était ainsi qu'il désignait les mécréants, ceux que Dieu haïssait et qu'il avait rejetés.

Zacharie dissimula son mécontentement. Ce genre de séances durait souvent quatre heures. Il était même arrivé, plus d'une fois, de devoir les subir douze heures d'affilée. Le Maître prêchait et donnait ses dernières interprétations de la Bible. Rien d'autre. Quiconque s'endormait ou se montrait distrait encourait les risques d'une punition immédiate. Zacharie savait, mieux que son chef, à quel point les hommes étaient fatigués, et avaient besoin des quelques heures de sommeil qu'ils pourraient grappiller de-ci de-là. Ils payaient le lourd tribut des préparatifs de l'opération, de l'opération elle-même, de leur fuite et de la vigilance constante qu'ils devaient déployer depuis.

En soupirant, il se leva. Cela ne servirait à rien de perdre du temps. Il n'en faisait jamais qu'à sa tête, et Zacharie le suivait depuis assez longtemps pour savoir qu'on ne gagnait rien à le contrarier. Il ordonna aux deux hommes qui se trouvaient à l'intérieur d'aller chercher leurs collègues. Le chef se dirigeait déjà vers la salle à manger, où il se mettrait en condition pour la séance. Zacharie était nerveux, comme toujours avant ces cérémonies. Le Maître en profitait souvent pour leur annoncer quelque chose : une révélation, un point de vue nouveau, ou une conversation personnelle avec Dieu.

La partie nord de la grange avait été séparée en deux : un dortoir pour les gardes et une petite chambre pour le Maître. Il était le seul à jouir d'une salle de bains, sommaire et petite, mais privée. Zacharie pénétra dans le dortoir. Les hommes n'apprécieraient pas qu'on les réveille, mais ils obéiraient aux ordres. Il n'y avait pas d'autre choix. Sans leur chef, ils n'étaient rien. Il les avait libérés de leurs liens, les avait arrachés à leur vie antérieure et leur avait en échange offert sa présence, et la promesse du paradis. Il n'avait rien d'autre à donner, et ne désirait rien d'autre.

Il actionna l'interrupteur et quatre rangées de tubes fluorescents clignotèrent paresseusement avant de s'allumer.

En une demi-heure environ, la salle à manger fut remplie. Il avait fallu passer les menottes aux otages et les y amener deux par deux. Assis, le Maître attendait, le visage impassible. Il avait pris place sur une sorte d'estrade qu'il avait fait construire pour parler à ses compagnons. Il y avait un microphone devant lui, et deux haut-parleurs puissants de part et d'autre de son pupitre improvisé. Sur sa demande, les otages s'assirent aux premiers rangs et ses hommes les entourèrent, arme au poing. Il appela Ezéchiel et lui parla doucement. Ezéchiel tournait le dos au public, et personne ne le vit blêmir.

« Vous êtes sûr ? » demanda-t-il.

Le Maître hocha la tête. Il n'avait jamais été plus sûr de quoi que ce soit.

« Absolument sûr, oui. Et cette nuit même. Va chercher ce que je t'ai demandé. Et attends dehors que je te dise de me les apporter. »

Ezéchiel s'inclina et s'éloigna de l'estrade. Sans jeter un seul regard derrière lui, il sortit.

Le silence tomba sur le public. Il ne pouvait considérer cette assemblée comme une congrégation, car il y avait, réunis ici, trop de fils du diable. Il les contempla un à un. Les hommes qu'il avait si soigneusement sélectionnés, puis leurs prises de guerre.

En souriant, il descendit du haut tabouret et fit les cent pas devant l'estrade qui s'élevait à environ un mètre du sol, ce qui suffisait à lui faire dominer une assemblée assise, sans pour autant instaurer trop de distance entre elle et lui.

Il savait que la majorité de ses auditeurs ne comprendraient pas un mot de ce qu'il allait dire. « Vous écoutez, mais vous ne comprenez pas, vous regardez, mais vous ne voyez pas... » Si les apôtres en leur temps avaient pu s'exprimer, si des hommes vivants aujourd'hui avaient reçu le don du Saint-Esprit, ne pouvait-il, lui, demander à Dieu de dispenser ce soir la compréhension dans les cœurs de ces infidèles ?

« Vous croyez que vous êtes intelligents, commença-t-il à voix très basse, presque inaudible au-delà du premier rang. Vous vous croyez malins, vous imaginez que Dieu vous sourit avec bienveillance. Eh bien moi, qui ne suis pas intelligent, qui ne suis pas malin, je sais pourtant que vous n'êtes qu'un tas de merde.

« Oui, c'est bien ce que je dis. Vous trouvez que je ne devrais pas m'exprimer ainsi ? Vous pensez qu'un prédicateur, un prophète ordonné par Dieu ne devrait pas employer ce vocabulaire ? C'est cela que vous pensez ? »

Il les avait vus sursauter, ceux d'entre eux du moins qui comprenaient et qui avaient fini par admettre que l'homme qui tenait entre ses mains leur destin était considéré comme un saint par ses disciples. Mais personne, naturellement, ne soupçonnait sa réelle identité, ne se doutait qu'il était le vrai David, le roi d'Israël, le Fils de Dieu, l'Agneau, Jésus-Christ revenu sur terre avant le Jugement dernier.

Il leur sourit. On ne lui sourit pas en retour. A quoi pensaient-ils ? Qu'attendaient-ils ? Qu'Allah vienne à leur secours ?

« Vous êtes pleins de merde, poursuivit-il d'une voix plus claire, parce que vous croyez en un faux Dieu, un Dieu de mensonges et d'iniquités. Je ne blasphème pas. C'est la vérité. Votre Dieu est Satan en personne, même si vous le nommez Allah et que vous vous agenouilliez devant lui matin, midi et soir.

« Il n'y a qu'un seul vrai Dieu, et il n'a qu'un seul Fils. Venez à eux, ou allez en enfer. C'est aussi simple que cela. La vérité de Dieu est toujours simple, et sa parole n'a pas changé. »

Il s'interrompit et jeta un coup d'œil sur ceux qui l'entouraient. Ses gardes paraissaient fatigués, et les prisonniers déconcertés. Ils étaient en son pouvoir. Leur vie ou leur mort, et tout ce qui existe entre les deux, dépendaient de son bon plaisir.

Il rechercha la lumière en lui-même, la lumière qu'il était sûr de trouver, enfouie parfois sous de si épaisses couches de ténèbres qu'il doutait alors qu'elle l'éclairât un jour à nouveau. Mais aujourd'hui, elle brillait, et attendait qu'il la fît régner sur la terre.

« On prévint le prophète Daniel que les livres étaient désormais fermés. "Va ton chemin, Daniel, dit-il, car les livres sont fermés, et scellés jusqu'à la fin des temps." Et Notre Seigneur Jésus-Christ répéta l'avertissement de Dieu lorsqu'il lut le livre d'Isaïe dans la synagogue. Écoutez l'évangile de Luc : "Et il referma le livre, le rendit au prêtre et se rassit."

« Et voilà pourquoi on m'a envoyé. Pour briser les sceaux du livre. Pour rompre les sept sceaux des sept manuscrits. "Et j'ai vu dans la main droite de celui qui était assis sur le trône un livre scellé de sept sceaux. Et j'ai vu un ange, qui proclamait d'une voix tonnante : Qui sera digne d'ouvrir le livre et de briser les sceaux ?"

« Aujourd'hui, je vous le dis. Moi, j'en suis digne. Seul l'Agneau peut briser ces sceaux. Seul Dieu peut vous révéler la parole du Livre. Seul le vrai David peut vous initier à la véritable volonté de Dieu. »

37

Amina contemplait l'homme assis sur l'estrade avec une horreur croissante. Depuis le début des événements, elle s'efforçait de rassurer les femmes musulmanes, de les aider à comprendre ce qui se passait. Aucune d'entre elles ne parlait bien l'anglais, elles n'avaient aucun moyen de saisir ce qui leur arrivait. Amina le leur avait expliqué, plus ou moins.

Maintenant, en écoutant cet individu pâle et arrogant, elle se sentait envahie par un sentiment proche de la panique. Jusqu'à présent, tout avait semblé relativement rationnel. Une bande de terroristes avait pris d'importantes personnalités en otages. Il n'y avait là rien d'exceptionnel, rien qui pût engendrer une peur particulière. Il y aurait des conditions, des négociations, des compromis de part et d'autre puis ils seraient relâchés. Que les ravisseurs réclament de l'argent, des armes ou la libération de prisonniers, tout cela pouvait se discuter. Après tout, ils n'étaient ni à Beyrouth ni à Téhéran. Peut-être pourrait-elle même favoriser le déroulement des négociations, après s'être assurée qu'elle ne courait aucun risque particulier en dévoilant son identité.

Aux uns et aux autres, elle avait conseillé de ne pas s'inquiéter, avait affirmé que les autorités irlandaises étaient certainement engagées dans la recherche d'une solution. C'étaient des gens honorables, disait-elle, ils feraient tout leur possible pour obtenir la libération des otages. Ses paroles prenaient l'allure d'un communiqué officiel. Mais elle croyait sincèrement à ce qu'elle avançait.

Jusqu'à présent. Désormais, elle commençait à comprendre l'horreur de leur situation. Il ne fallait plus s'attendre à rien de rationnel. Ils étaient tombés au pouvoir de fous dangereux. L'homme qui s'adressait à eux pouvait réclamer la lune, ou la paix sur la terre, ou un trône à la droite du Seigneur, et cela même Padraig Pearse Mangan ne pourrait le lui procurer. Il continuait de parler.

« C'est dans le livre d'Ezéchiel que Dieu révèle ses desseins. Comme la majorité d'entre vous, réunis ici ce soir, ne connaît pas les livres saints, je vais vous en lire un passage. »

Mais il n'ouvrit pas la Bible. C'était inutile. Les mots étaient gravés dans sa mémoire.

« Puis je mettrai à la tête de mes brebis un seul pasteur qui les nourrira, mon serviteur David; c'est lui qui les nourrira, c'est lui qui sera pour elles un pasteur. Alors moi je serai leur Dieu, tandis que mon serviteur David sera prince au milieu d'elles. Moi, Iahvé, j'ai parlé. »

Il éleva la Bible, la brandit devant eux telle une arme menaçante. C'est ainsi qu'il l'entendait. Il voulait transformer la parole divine en un missile dirigé contre le cœur des infidèles. Il avait toujours conseillé à ses disciples de posséder deux armes : une AK 47 et la parole de Dieu.

Amina le regardait, tétanisée, de plus en plus convaincue qu'elle ne sortirait pas vivante de ses griffes.

« Avez-vous lu l'histoire de David et Goliath ? Le jeune berger s'offre à affronter l'arrogant Goliath, le champion des Philistins, armé d'une seule fronde. Et sa première pierre atteint le champion au front et l'abat. Peut-être connaissez-vous cette histoire, et vous êtes-vous demandé ce qu'elle signifiait vraiment, ce que Dieu tentait de nous enseigner grâce à elle. Certains prédicateurs disent que ce n'est qu'une manière de nous apprendre que le faible peut triompher du fort, qu'un enfant armé de sa foi en Dieu peut vaincre un géant en armure.

« Mais si la Bible ne nous en disait pas plus que cela, nous ne l'appellerions pas le Livre de Dieu. Pour savoir que le faible peut triompher du fort, il me suffit de lire le *Reader's Digest*, ou une ânerie New Age au rayon des soldes de Dalton. La parole de Dieu va bien au-delà, croyez-moi. »

Tout le monde le considérait en silence. La majorité de

ses auditeurs ne comprenaient pas un traître mot de ce qu'il disait. Certains priaient entre leurs dents. Dans cette pièce, deux dieux en colère s'affrontaient.

« Je ne sais pas ce que vous en pensez, mais, à mon avis, lire l'histoire d'un combat qui s'est déroulé il y a des milliers d'années en Israël ne présente pas le moindre intérêt. C'est du passé, c'est mort et enterré. Ce qui compte, c'est ce que cela signifie, et ce que cela signifie nul ne le savait avant que Dieu ne brise les sceaux du Livre. »

Il regardait leurs visages anxieux et perplexes, percevait leur colère, et leur désespoir. Ses propres hommes, revêtus de leur treillis, semblaient fatigués, mais ils l'écoutaient attentivement. Ils savaient qu'ils n'avaient pas intérêt à s'endormir pendant un de ses sermons sur la Bible. Il observa la femme assise au deuxième rang; elle ne le quittait pas des yeux. Elle devait avoir encore plus peur que les autres, se dit-il. Il connaissait son nom. Ezéchiel l'avait renseigné peu après qu'ils étaient arrivés. C'était la maîtresse de Declan Carberry, le chef de l'équivalent du FBI en Irlande. Il remarquait seulement maintenant qu'elle était très jolie. Plus vieille, sans doute, qu'elle ne le paraissait, mais très jolie. Ses seins étaient beaux. Il demanderait à Ezéchiel de la lui amener dans sa chambre, cette nuit. Mais il fallait d'abord qu'il termine sa tâche.

« Comme vous le savez, les enfants d'Israël et les Philistins étaient en guerre. David se dressa devant les Israélites et fit face à Goliath. Puis il dit : "Je viens à toi au nom de Dieu, le Dieu des armées d'Israël, que tu as défiées." »

Il s'interrompit, jouissant de leur trouble. Il fallait qu'ils le suivent, qu'ils lui consacrent toute leur attention s'ils espéraient comprendre quelque chose à leur situation. C'était l'extase qu'il cherchait depuis toujours, qui lui procurait presque plus de plaisir qu'un orgasme : la jubilation de tenir entre ses mains le sort des autres.

« Réfléchissez encore à cette histoire, poursuivit-il. Voyez-la à travers mes yeux. Je vais vous montrer le chemin. David dit qu'il combattra au nom de Dieu; nous comprenons donc qu'Israël représente l'humanité tout entière, puisque Dieu est le Dieu de tous, et pas seulement celui des Israélites. Or, un simple mortel, du nom de Goliath, ne peut pas mettre en péril l'humanité tout entière.

Non, le véritable ennemi, c'est Satan, Satan et l'armée du diable. L'unique espoir de salut de l'homme est de se dresser face à Satan. Et nous savons où est ce salut, et quel est le Sauveur : c'est Jésus-Christ. Et nous comprenons, car c'est écrit dans la Bible, noir sur blanc, que David et Jésus-Christ ne sont qu'une seule et même personne. "Puis je mettrai à la tête de mes brebis un seul pasteur qui les nourrira, mon serviteur David, et c'est lui qui les nourrira." »

Amina était déconcertée. Cette logique qui, selon elle, n'en était pas une lui était parfaitement étrangère. Elle avait beau être musulmane, elle avait été élevée dans le plus œcuménique des pays arabes, en compagnie de chrétiens maronites. Plus tard, lorsque la guerre civile avait éclaté, elle avait considéré sa connaissance des deux religions comme un atout précieux pour essayer de rétablir la paix entre les deux communautés qui se déchiraient. Il y avait beaucoup de choses admirables dans l'enseignement de la foi chrétienne, elle le reconnaissait volontiers, mais ce qu'elle entendait maintenant était bien autre chose. Cela allait bien au-delà de l'entendement, bien au-delà de la raison. Elle comprenait que c'était bien pire. Elle allait mourir parce qu'un dément avait éradiqué la raison.

« Les écritures sont claires pour les hommes au cœur pur. Dans l'histoire de David et de Goliath, nous comprenons qu'Israël représente l'humanité et les Philistins les forces du mal ; de la même façon, dans le livre d'Isaïe, les Assyriens représentent les États-Unis et les deux tribus la descendance de David. Mais ceux d'entre vous qui connaissent la Bible savent aussi que les paroles de Dieu ont plus d'un sens. Goliath représente Satan, mais aussi la Bête, l'Antéchrist qui apparaîtra à la fin des temps. Et les Philistins, qui représentent-ils d'autre ? »

Il s'interrompit, braqua ses yeux dans ceux des cinq ou six Arabes qui le comprenaient. Avaient-ils enfin peur de lui ? Vraiment peur ?

« Si vous prenez un bon dictionnaire, vous traduirez aisément. Le pays des anciens Philistins est celui qui se nomme maintenant Palestine. *Falistin*, comme on dit en arabe, n'est-ce pas ? » poursuivit-il en souriant.

Personne ne lui répondit.

« L'armée des Philistins symbolise les Palestiniens

d'aujourd'hui. Et ces derniers représentent les Arabes, qui eux-mêmes représentent les disciples du faux prophète arabe, Mahomet. Voilà comment tout s'éclaire. Si nous lisons le livre de Daniel, nous trouvons d'innombrables prophéties sur le temps de la fin. Écoutez ce que dit Dieu : "Va, Daniel, car ces paroles sont secrètes et scellées jusqu'au temps de la fin." Et deux versets plus loin : "Et depuis les temps où cessera le sacrifice perpétuel et sera établie l'abomination de la désolation, il y aura 1290 jours. Heureux celui qui attendra et arrivera à 1335 jours ! Et toi, va jusqu'à la fin."

« Je n'ai pas besoin de vous rappeler, c'est clairement exprimé dans les écritures, qu'il faut compter chaque jour pour une année. 1335 années, est-ce que cela a un sens pour vous ? Cela n'en avait pas pour moi non plus, au début. Mais Dieu a éclairé mon cœur.

« L'instauration de l'horreur dont il est question dans le verset s'est produite en l'an 622, le premier du calendrier musulman. Les Arabes ont envahi la Palestine et construit une grande mosquée sur l'emplacement du temple de Dieu, à Jérusalem. Et ils sont restés là, abomination de Satan, à gouverner la Terre Sainte pendant 1330 années. Non pas des années chrétiennes, mais des années musulmanes, qui suivent la lune comme la suivaient les anciens calendriers juifs.

« L'année 1335 du calendrier musulman correspond à l'an 1917 de notre ère. L'année où les Turcs furent jetés hors de Palestine, l'année où s'acheva le règne des musulmans sur la Terre Sainte. Dieu n'aurait pu prévoir l'avenir plus clairement. Mais personne ne l'avait compris avant que j'advienne et que je brise les sceaux.

« Satan fut renvoyé, mais pas complètement. La mosquée d'Omar s'élève toujours sur l'emplacement du Temple. La Terre Sainte est toujours encerclée par les armées des incroyants. 1917, nous le savons, ne fut pas l'année de la fin du temps mais du commencement de cette fin. Désormais, nous approchons de la véritable fin.

« Si nous lisons le livre de Daniel, dans le chapitre neuf nous voyons que Dieu a déterminé une période de sept ans, "une semaine", avant le dernier avènement. Et je vais vous dire quand commence la dernière semaine de ces années.

Elle a commencé en 1993, l'année de ma grande souffrance. Peu après, le gouvernement d'Israël a signé un traité avec les Palestiniens — les Philistins, les armées de la Bête. Nous pouvons voir ici plus encore que l'accomplissement de la prophétie de ce même verset du livre de Daniel : "Place et fossés seront rebâtis, mais dans la détresse des temps... pour faire cesser l'iniquité, pour sceller le péché, pour expier l'offense, pour faire venir la justice éternelle, pour sceller vision et prophète et pour oindre le Saint des Saints."

« Et ceci nous mène à aujourd'hui. Au moment même où la Bête s'apprêtait à rompre le traité. Vous étiez réunis dans ce but, et si Dieu n'avait pas veillé, vous auriez réussi. Mais il veillait. Et il attendait. Et il m'a envoyé, comme il avait envoyé David aux Philistins, pour vous abattre, comme David a abattu Goliath. »

Amina le regardait ; elle avait compris qu'il était fou et qu'il se préparait quelque chose d'abominable. De quoi parlait-il, lorsqu'il disait que 1993 était l'année de sa grande souffrance ? S'était-il passé quelque chose qui pût lui fournir un indice sur l'identité de cet homme ? Elle fouilla dans sa mémoire, mais en vain.

« Cette nuit, reprit le dément, j'ai demandé à Dieu de me montrer le chemin. J'ai prié pour qu'il me guide, et j'ai ouvert la Bible. Et j'ai lu les versets suivants, dans le deuxième livre de Samuel : "David donna des ordres aux jeunes gens et ceux-ci les tuèrent. Puis ils leur coupèrent les mains et les pieds qu'ils suspendirent au-dessus de la piscine d'Hebron." Et ceci fait, comme Dieu nous l'enseigne dans le chapitre suivant, "ils oignirent David comme roi sur Israël".

« A lire ce verset, je me suis souvenu d'un autre. Vous le trouverez chez Matthieu. "Si ta main ou ton pied t'offensent, coupe-les et jette-les au loin. Mieux vaut pour toi d'entrer dans la vie comme un infirme plutôt que de posséder deux mains et deux jambes qui te précipiteraient dans les flammes éternelles."

« Nous voici donc enfin tous réunis : le vrai David, le roi oint par Dieu, et les troupes de Goliath, les chefs de l'armée de Satan, alignés devant moi comme des prisonniers de guerre. On m'a dit que dans votre pays la loi veut que l'on coupe la main d'un voleur; c'est donc ce que nous allons faire. »

Il leva les yeux sur le fond de la pièce. Ezéchiel se tenait sur le pas de la porte, attendant d'être appelé.

« Ezéchiel, m'as-tu apporté ce que je t'ai demandé ? »

Ezéchiel pénétra dans la pièce. Il tenait dans sa main droite la longue hache dont ils se servaient pour couper du bois et sous son bras gauche le billot de bois où ils posaient les bûches pour les fendre. Zacharie le suivait avec un petit chaudron plein de goudron chauffé.

Il attendit que son lieutenant soit parvenu à côté de l'estrade.

« Installe cela ici, dit-il en contemplant les otages. Il y a sept lettres dans le nom de Goliath. Il y a sept sceaux, et sept rois, sept anges et sept fioles, sept têtes et sept couronnes, sept pains et sept paniers, sept mois et sept semaines, sept prêtres et sept trompettes, sept bœufs et sept béliers, sept esprits et sept étoiles. Sept mains seront donc coupées. »

Il fit signe à deux de ses hommes. « Amenez-moi quatre prisonniers. »

38

Craiguenamanagh Farm
Ballybay, comté de Monaghan
Vendredi 21 septembre, 7 h 15

L'aube qui se levait sur les champs tira Conor Melaugh d'un mauvais sommeil. Non que sa conscience eût troublé ses rêves. Il avait déjà tué. Souvent et quelquefois atrocement, mais après son premier meurtre et le bref remords qui s'était ensuivi, il n'avait plus connu de culpabilité, que ce soit dans son sommeil ou éveillé. Il s'enorgueillissait d'être un soldat engagé dans les derniers combats de la plus longue des guerres, une guerre que son père et son grand-père avaient menée avant lui. Or, à la guerre, il n'y a ni coupable ni innocent.

Pourtant, depuis qu'il était à Ballybay, il n'avait pas passé une seule bonne nuit. C'était le gamin qui le tracassait. Le gamin qu'il avait envoyé à la mort, sciemment.

Cette mort le hantait, ainsi que le rôle qu'il y avait joué. Il n'en savait pas assez. Il lui fallait découvrir qui avait transmis des informations aussi confidentielles aux siens, et pourquoi les militaires avaient accepté de ne pas riposter pendant que l'IRA tirait à volonté. Ces questions, et d'autres du même genre, l'éveillaient aux premières heures du jour, la peur au ventre.

Il se leva et alla à la fenêtre, où il essuya de la main la buée sur la vitre. Il n'y avait pas de rideaux, pour que l'approche du cottage fût plus difficile. Une quelconque lumière dans les champs alentour l'aurait immanquablement réveillé.

Un ciel gris et plombé, un champ mouillé, parsemé de champignons, des collines bleuâtres, un corbeau sur une branche dénudée... il frissonna, de froid et d'angoisse. Décidément, il détestait la campagne. Il était un citadin dans l'âme. Il préférait l'asphalte des rues à la boue ou l'humidité de l'herbe mouillée.

Les soldats avaient reçu l'ordre de ne pas tirer, et Conor Melaugh voulait savoir qui avait donné cet ordre, et pourquoi. Une fois encore, des larmes de colère et de remords coulaient sur son visage. C'était lui qui avait fait entrer Gearoid Lalor dans l'armée, qui l'avait choisi et entraîné. Un bon petit gars, un des meilleurs. Et il l'avait renvoyé entre les pattes du détachement de soldats britanniques, en toute connaissance de cause. Ses lèvres formèrent silencieusement le mot « Judas ».

Il descendit prendre son petit déjeuner dans la cuisine. Le cottage était glacial. Il se baissa, alluma le petit poêle et attendit qu'il soit en route avant de se relever. La table était encombrée de vaisselle sale, et une odeur de nourriture rance flottait dans l'air froid, lui retournant l'estomac. Il détestait vivre comme un animal, dans le froid et l'humidité, dans la puanteur. Il aurait tellement voulu être de retour à Belfast, bien au chaud dans son lit, à côté de sa femme, et de ses enfants endormis dans la pièce voisine. Au lieu de cela, il lui fallait se bagarrer avec un réchaud à gaz au beau milieu d'un désert, et manger un mauvais petit déjeuner. Il se demanda combien de temps encore cela durerait.

Une fille du village était censée lui apporter des provisions aujourd'hui même. Que Dieu lui vienne en aide s'il lui prenait la fantaisie d'être en retard ! Il n'était pas censé se montrer plus qu'il n'était nécessaire dans le village, même si les autochtones savaient qui ils étaient, lui et les autres membres du groupe d'action éparpillés dans plusieurs fermes des environs.

Il se fit du bacon frit, dans une poêle où stagnait la graisse de la veille. Bernadette, sa femme, nettoyait les plats tous les jours. Elle tenait bien sa maison. Les protestants avaient beau les prendre pour des animaux qui vivaient dans la crasse, Bernadette aurait pu en remontrer à plus d'une femme d'intérieur. Dieu, comme elle lui avait manqué quand il était en prison. Ça avait failli le rendre fou !

On entendait un tracteur aller et venir dans le lointain. Les Clancy étaient déjà au travail, à semer ou à récolter, il ne savait pas ce que l'on faisait dans les champs en cette saison. Il avait échangé quelques mots avec eux, mais sans plus. Sorti de ses rues familières, il perdait son assurance en même temps que sa réputation de héros. Il n'était que toléré, dans ces parages, telle une relique d'un passé romantique.

Le bruit d'un moteur de voiture couvrit celui du tracteur. Il posa sa fourchette et alla à la porte. Ce ne pouvait être encore ses provisions. La fille faisait ses courses en ville avant de le livrer, et il était bien trop tôt. Une Datsun bleue s'arrêta devant la porte et Fintan Mellows en descendit. C'était le messager entre les membres du groupe d'action et la brigade de Belfast, Conor l'avait rencontré trois ou quatre fois. Il leur apportait les dernières nouvelles, transmettait les ordres et se chargeait de répercuter les réclamations. De plus, il était le seul autorisé à envoyer des nouvelles aux familles des fugitifs.

Les deux hommes s'assirent dans la cuisine, la seule pièce du cottage où il ne fît pas une température glaciale. Conor frissonna à l'idée de passer un hiver entier à Ballybay.

« Votre petit déjeuner va refroidir », dit Mellows, un homme jovial et corpulent, qui exerçait le métier d'électricien. Quelques années auparavant, il avait représenté le Sinn Fein au Conseil du comté de Monaghan, et il connaissait une foule de gens.

« Je vous en offrirais volontiers un morceau, mais c'est tout ce qu'il me reste.

— J'ai déjà déjeuné. Vous mangez trop, ou on ne vous apporte pas assez de provisions ?

— J'en accepterais volontiers un peu plus.

— Je m'en occupe. Pas question de vous voir mourir de faim... ajouta Mellows en riant, car Conor Melaugh ne faisait certes pas pitié. Mais trêve de plaisanterie. Vous n'aurez plus à vous inquiéter de cela pendant un moment. Vous nous quittez aujourd'hui. On a reçu des instructions du Nord. »

Conor sentit son cœur lui manquer. Était-on au courant

du rôle qu'il avait joué ? Le rappelait-on pour l'interroger et le châtier ?

« Que se passe-t-il ?

— Votre unité d'action se reforme. Mission spéciale.

— On rentre à Belfast ?

— Je n'en sais rien. On m'a demandé de fournir de l'équipement et des provisions pour un groupe mobile. Je suppose donc que vous n'allez pas rentrer au bercail de sitôt. Vous serez chef de groupe, comme avant, mais on vous expédie un responsable de mission.

— On vous a dit qui c'était ?

— Oui. Maureen O'Dalaigh. Vous la connaissez, je crois. Elle est en route. Et il paraît qu'elle amène quelqu'un avec elle. »

Le cœur de Conor s'emballa. Maureen O'Dalaigh et quelqu'un d'autre. Cela ressemblait beaucoup à une équipe chargée d'une exécution. S'il avait eu deux sous de jugeote, il aurait pris ses jambes à son cou dès que Fintan Mellows aurait tourné les talons. Mais il ne serait pas allé bien loin. Sa maison était trop éloignée, il était sans ressources, et sans personne à qui se fier pour le tirer d'affaire.

« Vous n'avez pas la moindre idée de l'objet de cette mission ? »

Fintan haussa les épaules.

« Vous savez bien qu'ils ne m'ont rien dit. Moins j'en sais, mieux ça vaut pour tout le monde. Tout ce que je peux vous apprendre, c'est qu'il y a eu du grabuge hier soir à Andersonstown. Dezzy McCormick et Con McKearney y sont restés. Mais il n'y a pas que des mauvaises nouvelles, loin de là. Plus de douze soldats anglais ont été tués, et plusieurs autres blessés. Vous vous rendez compte ? »

Conor le regarda, stupéfait. Dezzy McCormick et Con McKearney n'étaient pas de force à infliger de telles pertes à des troupes régulières.

« Qui y avait-il d'autre, de chez nous ?

— Je ne sais pas. Mais il y a un avis de recherche concernant Maureen O'Dalaigh.

— Maureen ? Elle ne se débrouille pas mal, mais douze soldats...

— Vous le lui demanderez vous-même quand elle sera là. Elle est censée arriver à 9 heures. Nous nous retrouverons tous chez Joe McCartan. Je passerai vous prendre à 9 heures moins le quart. Et je demanderai à Joe de vous préparer un deuxième petit déjeuner.

— Les autres sont prévenus ?

— Pas encore. J'y vais de ce pas. A tout à l'heure. »

Dès qu'il fut parti, Conor alluma la radio, mais les différentes chaînes ne diffusaient que de la musique. Le récit de Mellows l'avait rassuré. Si Maureen était elle-même en cavale, elle devait avoir, pour venir ici, de meilleures raisons que de s'occuper de lui.

Il lui restait une chose à faire avant le retour de Fintan. Il voulait prévenir sa famille qu'il allait déménager. Il avait transgressé tous les règlements en disant à sa femme où il était, mais il voulait qu'elle puisse le joindre en cas d'urgence.

Il sortit et ferma la porte derrière lui. La cabine téléphonique était à environ sept cents mètres, sur la route de Ballybay. Bernadette serait encore à la maison. Le principal était qu'elle ne se fasse pas de souci pour lui.

39

L'aube pointait, hésitante, comme épuisée par sa longue traversée de l'Atlantique. L'air frais sentait la pluie. De la brume stagnait sur Croaghmarhin et le sommet du mont Eagle, à l'ouest de Ventry. Les pics de la Brandon étincelaient au soleil levant ; on aurait dit un autre pays. Il avait plu pendant la nuit, et là où l'eau était restée, les gouttes brillaient sur les pentes dorées. Depuis son belvédère de Clogher Head, Michael Deighan voyait à des kilomètres, dans toutes les directions.

Il aperçut le petit bateau avec trois hommes à bord qui ballottait sur les flots. Cela faisait plusieurs jours qu'il l'avait remarqué, le matin et parfois l'après-midi, allant et venant entre la terre et la petite île inhabitée d'Inishtooskert. Des touristes, sans doute, comme ces gens dans le petit camping de Ballyferriter. Ils pêchaient certainement, pourtant il ne les avait jamais vus tendre la moindre ligne le long de la côte. Peut-être attendaient-ils d'être plus loin du rivage.

Il en avait touché un mot à Sean Dearg la veille et ce dernier avait promis une récompense à Michael s'il se débrouillait pour les lui présenter. Sean vendait toutes sortes de choses, et il fournissait la moitié des restaurants de Dingle en produits de première qualité : crabes et homards de Kenmare, saumon de Sneem, huîtres de Galway, œufs, lait et bacon de sa propre ferme.

Michael se mit en route et dévala le chemin sinueux qui menait à la petite baie où ils abordaient en général, dans l'espoir d'y arriver avant eux. Pour un homme de plus de soixante ans, il était en bonne forme physique. Ses vieilles jambes lui feraient bien encore un an ou deux. Il gloussa en songeant à la belle somme qu'il gagnerait si ces étrangers acceptaient son offre. Sean Dearg était un homme de parole. Qui sait ? Ces gens auraient peut-être d'autres petits boulots à lui confier, des tâches qu'ils préféreraient ne pas faire eux-mêmes, pour s'éviter le trajet jusqu'à la civilisation. Et ils reviendraient peut-être l'année suivante, ou enverraient des amis.

Des mouettes et des cormorans tournoyaient dans le ciel, puis s'abattaient sur l'eau en hurlant. En plus de soixante ans, il n'avait jamais quitté le coin, n'était même pas allé jusqu'à Tralee ou Killarney, et moins encore dans de grandes villes comme Cork ou Dublin. Quel intérêt ? S'il regardait autour de lui, il n'arrivait pas à comprendre les jeunes gens qui, à chaque génération, partaient pour ne pas revenir ; ils allaient à Dublin, en Angleterre ou en Amérique, comme leurs grands-parents. Certains réussissaient très bien, mais il se demandait s'ils ne perdaient pas quelque chose de très précieux. Il n'avait jamais été riche, parfois il avait même eu de la peine à se nourrir, mais il était chez lui, parmi les siens, il pouvait parler irlandais à qui il voulait, et il serait enterré dans une terre hospitalière.

Le sentier était raide, mais il en connaissait chaque pierre. Lorsqu'ils entreprirent de tirer le bateau sur les galets, il les attendait. Ils étaient tous habillés de manière identique : combinaison noire, bonnet de laine noire et lourdes bottes. Manifestement pas de simples vacanciers amateurs, mais des touristes sérieux, chasseurs ou grimpeurs, ce genre-là. Mais ça n'empêchait pas d'avoir de l'appétit.

Il se dirigea vers eux et tendit le bras pour les saluer.

« *Dias muire duit, Ta se an mhaidin deas.* »

Il se doutait bien qu'ils ne parlaient pas irlandais, mais pensait qu'ils seraient flattés qu'on pût le croire.

« Je suis désolé, dit l'un d'entre eux, un grand barbu, nous ne parlons pas irlandais. »

Michael rit.

« Ça m'aurait bien étonné, allez, dit-il en les regardant de plus près. Je m'appelle Michael Deighan, de Dunquin, juste là, un peu plus bas. J'ai déjà vu votre bateau, et je me suis dit que j'allais me présenter. Je suis un vieil ami de Sean Dearg, de Dingle. Vous avez peut-être entendu parler de lui. »

Le grand barbu secoua la tête.

« Hélas, non, monsieur... heu... Deighan. Bon, ravi de vous avoir rencontré, mais on est un peu pressés.

— Bien sûr, bien sûr. Vous partez à la chasse, hein ? Mais c'est vraiment dommage que vous ne connaissiez pas Sean Dearg, il vous rendrait des tas de services. »

Il regarda le bateau. Les touristes ne transportaient qu'un grand sac de toile et une bâche. Leurs armes ou leurs pièges devaient être cachés dessous.

« Vous ne pêchez pas, pas vrai ?

— Non, fit l'homme de haute taille. Nous devons y aller, maintenant.

— Je vous retiens pas, pas vrai ? »

Il avança d'un pas vers le bateau.

« On dirait le bateau de Seamus Maguire, de Glashabeg. C'est lui qui vous l'a vendu ? En tout cas, il lui ressemble drôlement.

— Je ne sais pas à qui ce bateau a été acheté. Si vous voulez bien nous laisser le monter sur la plage, nous allons filer.

— Vous comptez rentrer ce soir ?

— En principe, oui. Mais je ne vois pas...

— Ce que j'en dis, c'est parce que vous risquez d'avoir des ennuis. Le temps va se gâter, pour sûr. Et quand la mer est mauvaise, et qu'on n'est pas habitué, c'est dur de rentrer à Inishtooskert. Si une vague vous prend par le côté, vu le poids que vous trimballez à l'arrière, vous pourriez bien chavirer. Je vais mettre ce sac ailleurs, et l'un de vous se mettra sur le banc de nage. »

Avant qu'Ezéchiel ne puisse l'en empêcher, le vieux bonhomme s'appuya sur le plat-bord et entra dans le bateau.

« Mais c'est inutile, voyons. Nous... »

Michael saisit le sac de toile pour le transporter au milieu du bateau. Ce faisant, il perdit l'équilibre, car le bateau n'était pas totalement échoué sur la terre ferme. Le sac lui échappa des mains et tomba. Son contenu s'éparpilla dans le fond du bateau.

Immobiles, les trois hommes regardaient le vieillard.

Michael se releva, et une fois sur ses pieds il se pencha pour ranger le sac. Il lui fallut quelques instants pour identifier ce qu'il voyait. Des crabes ? Des petits homards cuits ? Puis il comprit enfin que c'étaient des mains, des mains humaines, qui étaient répandues dans le fond du bateau.

Un grand cri jaillit de sa poitrine, et il sauta à l'eau. Les trois hommes, impassibles, le regardaient.

Ezéchiel entra dans l'eau et en tira le vieil homme. La bouche de Michael s'ouvrait et se fermait sporadiquement, sans pouvoir rien produire. Il n'y avait pas de mots pour ce qu'il venait de voir. Y avait-il eu un accident ? Ces hommes étaient-ils des médecins, des chirurgiens venus d'Amérique pour guérir les malades ?

Non, se dit-il en regardant les trois personnages vêtus de noir. Ce n'étaient pas des médecins. Et ils n'étaient pas venus guérir qui que ce soit.

« Jésus ! s'écria-t-il en fermant les yeux.

— C'est exactement cela », murmura Ezéchiel en sortant un pistolet de sa poche et en l'appuyant sous le menton du pauvre diable.

Le coup de feu retentit dans la lande et au-delà, se répercuta contre les murs des chapelles et des oratoires, rebondit sur les vagues puis s'estompa peu à peu.

Dans le silence revenu, Ezéchiel tira le bateau au sec et songea aux pêcheurs des rivages de la lointaine Galilée.

40

Bureau du sous-secrétaire permanent à la sécurité
Stormont Castle, Belfast
Vendredi 21 septembre, 8 h 30

Au début, personne ne prit la parole, puis tous voulurent parler à la fois. Le directeur des services de renseignement sirotait son café en les regardant passer de l'état de choc à la colère puis aux accusations réciproques. Il ne lui appartenait pas de les juger, même si certains des hommes présents dans la pièce considéraient que c'était son boulot. Il ne désirait en fait qu'une ou deux choses : une cible légitime, ou un bouc émissaire. Les autres étaient venus pour se faire pardonner ou se trouver des excuses, comme d'ordinaire. Il les laissait parler : ça ne pourrait pas leur faire de mal d'extérioriser un peu leur amertume.

Pour les évaluer, si l'envie l'en prenait, il utilisait une combinaison de facteurs allant de l'origine de leur cravate à leur accent, leurs animaux domestiques préférés et leur fidélité conjugale. Ayant commencé sa carrière dans les arcanes des ministères, il s'était très tôt intéressé aux petites informations qui pouvaient un jour se révéler utiles. Il appelait cela la science du ragot appliqué.

Si cela s'avérait nécessaire, et cela se produisait de temps à autre, il en savait assez sur tous les hommes réunis ici pour les réduire au silence ou ternir définitivement leur réputation. Vu la crise majeure qui les secouait aujourd'hui, il était assez heureux de posséder ces quelques armes.

Le sous-secrétaire était assis à son bureau immaculé, et hochait la tête d'un air grave lorsque l'occasion s'en présentait. Willoughby remarqua qu'il faisait les mots croisés du *Financial Times*. Avec un peu de chance, cela l'occuperait jusqu'à la fin de la réunion. Sa présence ici et la fonction qu'il occupait étaient purement formelles. Willoughby se réjouissait qu'il le comprît et ne fît aucun effort pour se mêler d'affaires qui n'étaient pas de son ressort. Rien de plus agaçant qu'un sous-secrétaire qui se monte du col. Burrowes était en poste dans la province depuis deux ans, et il n'avait pas fait le moindre faux pas. Étant donné l'échec dramatique de l'opération de la veille, sa tête allait sûrement tomber. Quel dommage, songea Willoughby.

Mais le directeur des services de renseignement se souciait davantage de savoir si d'autres têtes suivraient celle de Burrowes. La sienne était-elle vraiment à l'abri ? Une catastrophe inopinée comme celle-ci risquait de gâcher une retraite bien méritée. Il avait vu plus d'un de ses collègues faire les frais d'une indiscrétion minime, ou d'une erreur de calcul apparemment sans conséquence.

Il observa attentivement les hommes qui l'entouraient. Se retourneraient-ils contre lui ou se contenteraient-ils de Burrowes, qui constituait une cible plus facile à atteindre, et dont on se passerait si facilement ?

Tous les membres du comité exécutif de la province avaient répondu à la convocation. Willoughby poussa un profond soupir et s'abîma dans la contemplation du portrait de la reine, au-dessus de la cheminée. Quel soulagement de constater qu'elle était encore là, même si elle ne tenait pas vraiment la barre !

« Messieurs, dit-il enfin en posant sa tasse de café sur la table basse que l'on avait respectueusement placée près de lui, on dirait bien que nous n'avançons pas.

— Mais si, répliqua Andy Kerr, de la branche spéciale. Nous prenons lentement conscience de nous être fait piéger comme des bleus.

— Cela ne suffira pas à découvrir le ou les responsables de la mort de nos hommes, lâchement assassinés hier. Et il est de notre devoir de nous en soucier en toute priorité. Voyons, Charlie, poursuivit-il en s'adressant au chef des forces terrestres, le général Wainwright, à qui devons-nous le tuyau crevé qui a provoqué la catastrophe d'hier soir ?

« Comme vous le savez, quelques gros bonnets de l'IRA ont refait surface il y a deux jours. Parmi eux, cette femme sur qui vous voulez tellement mettre la main, Maureen O'Dalaigh. Selon vos instructions, nous nous sommes donc mis en chasse.

« Hier, à 4 heures de l'après-midi, nous avons eu une information importante, provenant d'un de nos meilleurs indicateurs. Son nom de code est Yellow Man. »

Jim Erwin, le patron de la section de renseignement du RUC, intervint.

« Cela fait sept ans qu'il travaille pour nous. Il est sous la responsabilité de mon chef d'antenne régionale.

— David Cree ?

— Oui, monsieur. Si David était présent, il se porterait lui-même garant de cet homme. Il ne lui a jamais donné une fausse information.

— Pourtant, monsieur Erwin, cette fois-ci nos hommes étaient attendus. Deux types de l'IRA ont été tués, il y a un troisième mort, non identifié pour l'instant, et O'Dalaigh a réussi à s'enfuir en compagnie d'une autre personne.

— Il s'en est fallu d'un cheveu, monsieur. L'IRA n'aurait pas pris le risque de faire tomber dans un piège quelqu'un d'aussi important que O'Dalaigh.

— Oublions cet aspect des choses pour l'instant. Qu'en est-il des deux personnes en fuite ?

— On les a suivies jusqu'au Royal Victoria Hospital, et elles ont disparu. On est sûr qu'il s'agissait d'O'Dalaigh, mais on n'a pas la moindre piste concernant son compagnon.

— Ce qui est sûr c'est qu'il s'agit d'un terroriste expérimenté. Et qui a appris à se battre. »

On frappa discrètement à la porte et une secrétaire déposa une feuille de papier pliée sur le bureau de Burrowes, qui y jeta un coup d'œil et la passa à Willoughby.

« Il me semble que ceci vous concerne, Geoffrey. »

Willoughby lut.

« Eh bien, messieurs, il semble que notre type ait été

identifié. Les Allemands l'ont retrouvé dans leurs dossiers sur le Moyen-Orient. Il s'appelle Abu Hamad al-Rikabi, un Irakien inscrit pour le moment à Queens University. On dirait que les choses se compliquent, n'est-ce pas ? »

41

Dublin
Vendredi 21 septembre, 9 h 14

Declan remua doucement la tête, rempli d'espoir. Il semblait que tout restât en place. Il essaya de nouveau, et eut l'impression, cette fois, que quelque chose bougeait. Il ferait mieux de rester tranquillement assis. Mais c'était là un luxe qu'il ne pouvait vraiment pas se permettre.

La sonnerie du téléphone retentit. Il l'ignora et poursuivit ses exercices de relaxation. Il s'efforçait de ressentir chaque muscle de son corps et de les détendre un à un, en partant du crâne. Le téléphone sonnait toujours. Chaque fois qu'il arrivait à hauteur du nez, la pensée d'Amina s'imposait à son esprit, et la douleur revenait.

Dans un profond soupir, il finit par décrocher.

« Carberry, aboya-t-il sans aménité.

— Declan, c'est Martin Fitzsimmons. Écoute-moi bien, et sans m'interrompre. Je peux être coupé d'un instant à l'autre. Ciaran Clark vient d'être nommé Premier ministre. Il a prêté serment il y a deux minutes à peine. Sa première démarche a été de déclarer ton opération illégale. Harker a fait descendre des troupes du Nord.

— Quoi ? Mais il n'a pas le droit...

— Tais-toi, Declan. Il connaît l'emplacement de tes bureaux. Il s'apprête à débarquer d'un instant à l'autre. On te dira que tu es hors la loi, et on te sommera de te rendre. Si tu n'exécutes pas ses ordres, il a reçu l'autorisation de lancer l'assaut et de te faire sortir de force.

— De force ?

— Si nécessaire, oui. Declan, je te conjure de te tirer de là en vitesse. Harker ne te laissera pas t'en sortir vivant.

— Que veux-tu dire ?

— Rappelle-toi notre conversation d'il y a une semaine, Declan. Je t'ai prévenu que le MI5 te portait un intérêt très malsain depuis ton rendez-vous avec McKeown. J'ai un peu creusé de mon côté. Je suis absolument persuadé qu'Harker est responsable du meurtre de McKeown et de la tentative d'assassinat dont tu as été victime. Vendredi dernier, un officier des services secrets britanniques a été tué à Belfast. Il s'appelait Wetherell. Ça te dit quelque chose ?

— Oui, dit Declan, qui sentit la migraine regagner du terrain.

— Harker était au courant de la mort de Wetherell dix heures avant que son corps n'ait été identifié. Tire-toi, Declan. Il ne te donnera pas de deuxième chance. »

42

Stormont Castle, Belfast
9 h 16

« Qu'est-ce qu'un Irakien fabriquait dans cette maison, bon sang ? Pourquoi n'avons-nous pas été prévenus ? »

Geoffrey Willoughby avait réuni les officiers du MI5 à qui il savait pouvoir faire une entière confiance. Ces hommes avaient du tact, on pouvait se fier à leur jugement. Ils avaient un problème à résoudre et Willoughby savait qu'il ne s'agissait pas seulement de sauver sa propre carrière.

« Nous pensons que les Irakiens sont peut-être venus vendre des armes », dit Raymond Tolliver, un spécialiste du Moyen-Orient, et l'officier responsable, au sein du MI5, d'une opération ultrasecrète nommée Scimitar. Il était arrivé de Londres le matin même.

« Vous pensez ? interrogea Willoughby sans parvenir à dissimuler son sarcasme.

— Il y a des chances, monsieur. C'est en tout cas le bruit qui a couru. Et nous avons toutes les raisons de croire à la qualité de l'informateur connu sous le nom de Yellow Man. Il connaissait le lieu et l'heure du rendez-vous.

— Tenons-nous-en aux faits, je vous prie, monsieur Tolliver. Yellow Man n'a donné que deux noms que l'on puisse vérifier.

— O'Dalaigh était là, monsieur, nous en sommes sûrs. On a retrouvé ses empreintes sur une table et une tasse ; et aujourd'hui, elle est introuvable.

— Bon. Trois noms, alors. Savez-vous qui est Yellow Man ? demanda Willoughby à Alan Rigby.

— Il s'appelle Tobin. Sean Patrick Tobin. Un mouchard modèle, depuis 1989. Pas une fausse note.

— Voilà qui n'est pas rassurant en soi ! Mais s'il est si bon que cela, pourquoi ne l'avons-nous pas utilisé nous-mêmes ? Pourquoi l'avoir laissé aux Irlandais ?

— Parce qu'ils collaboraient parfaitement, monsieur. C'est un type de Belfast, un dénommé Maguire, qui était l'officier traitant de Tobin. Ils s'entendaient bien, Tobin avait confiance en Maguire. Si nous l'avions récupéré, on aurait pu craindre qu'il ne le prenne mal. On a subi pas mal de revers, vous savez.

— Peu m'importe. Amenez-le-moi. Et pas plus tard que ce soir. »

Rigby ouvrit grands les yeux. Il ne s'était jamais bien entendu avec Willoughby, et il trouvait que la décision du directeur n'était pas bonne. Les relations entre le MI5 et les services de renseignement de la police de l'Ulster étaient assez mauvaises comme cela ! Pourquoi les envenimer encore ? Rigby était venu d'Angleterre dans l'intention expresse d'éviter la guerre entre les deux organisations.

« Ils le prendraient mal, Geoffrey. Si vous n'y voyez pas d'inconvénient, je préférerais...

— Je me contrefiche de vos préférences. Et de la susceptibilité de X ou Y. Je veux Yellow Man ici, ce soir même. Veillez à ce qu'il soit en bon état. Malcolm l'interrogera. »

Willoughby se retourna vers un homme assis deux chaises plus loin.

« Tirez-en ce que vous pourrez, Malcolm. Inutile de le ménager. Après cette nuit, il ne nous servira plus jamais à rien. Mais qu'il nous dise ce que nous voulons savoir. »

Avant même que Malcolm Blake ait eu le temps de répondre, Willoughby s'adressait à nouveau à Tolliver.

« Vous me parliez de cet Arabe, Raymond ?

— Oui, monsieur. Voilà. Selon les Allemands, al-Rikabi a déjà été impliqué dans des trafics d'armes. Il est probable qu'il se trouvait à Ballymurphy pour organiser une livraison.

— Qu'est-ce que vous me racontez, mon vieux ? L'IRA et Saddam Hussein seraient en pleine idylle ? »

Tolliver fit un signe de dénégation.

« Au contraire, monsieur. Al-Rikabi était un chiite, un opposant actif au régime laïc irakien. Il a combattu les troupes de Saddam dans le Sud, puis il a quitté le pays. Il était surveillé depuis un bon moment, mais on lui a laissé les coudées franches. Il aurait pu servir un jour, si les chiites avaient pris le pouvoir, ou s'il y avait eu un nouveau conflit, et que nous ayons eu besoin d'infiltrer les services secrets irakiens. Nous ne l'avons pas officiellement recruté, mais il était sur la liste de nos agents potentiels.

— Et, à votre avis, les chiites possèdent assez d'armement pour intéresser l'IRA ?

— Absolument. J'en ai parlé avec Ronald Calverley, de la Metropolitan Special Branch. Il est chargé de la surveillance de tous les groupes islamistes du pays. Il connaît al-Rikabi depuis belle lurette. Ces types reçoivent tout ce qu'ils veulent d'Iran. Et ce que les Iraniens n'ont pas, ils le demandent aux Libanais.

— Vous pensez donc qu'hier soir ils faisaient une livraison ?

— Non, monsieur. C'est impossible. La voiture d'al-Rikabi a été interceptée peu après la fusillade. Il y avait deux gosses à bord. Nous pensons que les fugitifs les ont utilisés pour faire diversion. Toujours est-il qu'il n'y avait rien dans le véhicule. O'Dalaigh et son compagnon n'auraient pas pu transporter eux-mêmes la cargaison. Non. Ils ont sans doute conclu un accord. Peut-être leur a-t-on montré quelques échantillons. »

Ça sentait mauvais, se disait Willoughby en hochant la tête. Le gouvernement avait subi de sévères attaques au sujet de ventes d'armes à Saddam. Pourtant, il avait beaucoup d'amis, des hommes de qualité, honnêtes, loyaux envers leur pays, et qui y avaient participé car ils pensaient servir au mieux les intérêts de la Couronne. La presse ne leur avait pas fait de cadeau. D'autre part, la façon dont les alliés avaient laissé tomber les opposants à Saddam après la guerre du Golfe, et livré les chiites à la vindicte du dictateur, n'était pas bien vue non plus.

Et pourtant, se disait Willoughby, le monde civilisé n'avait vraiment rien à gagner à laisser les barbus prendre le pouvoir. Saddam était peut-être une brute, un homme qu'on n'avait aucune envie d'inviter à dîner, mais cette brute comprenait le fonctionnement du système. Ce n'était pas lui qui couperait un jour le robinet des approvisionnements en pétrole de l'Occident, comme ces imbéciles d'Iraniens fanatiques, tout juste bons à lire le Coran et à lapider leurs femmes. En fin de compte, Saddam Hussein était un homme avec qui on pouvait parler affaires. Des affaires pas très propres, bien sûr, mais qui prétend qu'on peut faire avancer une situation sans se salir un peu les mains ? Pour les enturbannés, il n'était même pas question de discuter s'il y avait un verre d'alcool sur la table.

Cependant, il fallait tenir compte de l'opinion publique, qui ne manquerait pas de s'émouvoir si elle apprenait que des opposants à Saddam livraient des armes aux terroristes irlandais. Les journaux rejetteraient le blâme sur des ministres du gouvernement, sous prétexte que c'était leur faute si les chiites en étaient réduits à de telles extrémités. Voilà qui ne plairait pas du tout aux patrons politiques de Willoughby. Surtout maintenant, avec l'opération Scimitar et ce qu'était en train de mijoter Harker dans le Sud. Rien de tout cela ne devait filtrer.

« Je vous ordonne de ne pas souffler mot de la piste irakienne à la presse. »

Il regarda Rigby.

« Vous m'avez bien compris, Alan ? Je vous tiendrai pour responsable s'il y a la moindre fuite. Il y avait trois terroristes dans cette maison, hier soir. O'Dalaigh, et les deux morts. Un point c'est tout. C'est bien entendu ?

— Ce sera délicat d'expliquer que trois Irlandais ont réussi à tuer quinze soldats anglais, monsieur, et que l'un d'eux a réussi à s'enfuir. Et il ne faut pas négliger la possibilité que l'IRA fasse une déclaration de son côté.

— Je suis persuadé que l'IRA préférera garder secrète l'identité de ses alliés. En tout cas pour le moment. Quoi qu'il en soit, trouvez une explication. On paie des gens pour trouver des explications à tout, n'est-ce pas ? On les paie même très cher. Je me contrefiche de leurs éventuels états d'âme. Ce qui compte, c'est que personne n'entende parler des Irakiens.

— Je ferai tout mon possible, Geoffrey.

— Faites mieux que ça. Bon, et maintenant, Tolliver, le cinquième homme ?

— Eh bien, nous avons de bonnes raisons de penser qu'il est arrivé avec al-Rikabi.

— Un autre Irakien ?

— J'ai discuté pendant une demi-heure ce matin avec Willi Seghers, le responsable de la Commission européenne antiterroriste chargée du Moyen-Orient. Il a la preuve qu'un des chefs du Hezbollah a quitté le Liban hier, et qu'il a fait escale à Amsterdam avant d'atterrir quelque part dans le Royaume-Uni. Ils ne sont pas encore absolument certains de son identité ni de sa destination finale. Cependant, selon nos sources, il a quitté le Liban peu après un sermon de Sayyid Mohamed Husein Fadlullah, le chef religieux du Hezbollah au Liban. Or, l'un des otages de Castletown est le sheikh Mu'in Usayran, le bras droit de Fadlullah. On suppose que Usayran est venu en Irlande sous le nom de Hadj Ahmed al-Madani. Seghers estime que l'homme qui a quitté le Liban hier a sans doute été envoyé en Irlande pour se porter au secours de Usayran. Lorsque j'ai appris qu'un chiite irakien proche du Hezbollah avait été trouvé mort à Belfast, je suis arrivé à la conclusion que notre cinquième homme était peut-être ce terroriste libanais. »

Willoughby sourit avec satisfaction. La piste libanaise lui plaisait. On pourrait même prétendre que al-Rikabi était libanais et non pas irakien.

« Je vous remercie, dit-il. J'aimerais vous dire un mot en particulier, monsieur Tolliver. »

Lorsque les autres furent sortis du bureau, Willoughby versa du whisky dans deux verres et en tendit un à Tolliver.

« Bon. Et quelles sont les conséquences de tout cela sur Scimitar ?

— Ça remet tout en question, monsieur. Il faut que Harker s'assure de la bonne marche des événements dans la République. Je vais rentrer à Londres immédiatement, et lancer les choses de là. Il faut que nous obtenions l'accord du Hezbollah avant qu'il ne soit trop tard, sinon...

— Sinon, nous sommes des hommes morts, monsieur Tolliver. »

43

Dublin
9 h 17

« Liam, prenez contact directement avec Harcourt Street. Prévenez-les qu'une bande armée est sur le point d'attaquer un local du gouvernement, à Merrion Square. Donnez-leur notre adresse, et assurez-vous que les ordinateurs le transmettent immédiatement. »

Declan poursuivit en se tournant vers Grainne.

« Lancez un appel à toutes les voitures de police qui patrouillent dans le centre-ville. Dites-leur la même chose. Un assaut contre des bureaux gouvernementaux. Débrouillez-vous pour qu'ils croient que c'est un appel en provenance du quartier général.

— Mais, monsieur, les voitures de patrouille n'ont pas de policiers armés à leur bord. Elles ne pourront s'opposer aux sections de Harker.

— Harker n'est pas un imbécile. Il ne peut pas se permettre d'organiser un carnage. Ses hommes auront reçu l'ordre de reculer. Ils sont bien entraînés. Allez, lancez le message.

— Monsieur ! »

Dominic Lawlor surveillait les moniteurs de contrôle des niveaux supérieurs.

« Que se passe-t-il ? » Declan se rua sur les écrans du circuit intérieur de télévision. Il vit des hommes en noir équipés de masques à gaz se rassembler devant la porte qui donnait sur le premier niveau du bunker. On aurait dit une exacte réplique des événements de Castletown House. Sauf que, cette fois, il était prêt.

« La porte est bloquée ?

— Oui, monsieur.

— Combien de temps mettront-ils à l'ouvrir ?

— Tout dépend de ce qu'ils utiliseront, monsieur. Deux, trois minutes, au maximum. »

Ils parviendraient donc au premier niveau très rapidement. L'équipe de Declan avait dû emballer du matériel et détruire des documents trop sensibles avant de prendre la fuite. Des chauffeurs les attendaient, au volant de camions, à la sortie de secours du bunker. Une sortie de secours que seul Padraig Pearse connaissait, et dont il avait informé Declan personnellement. Ce dernier était prêt à parier que Ciaran Clark n'était pas au courant.

Declan se pencha à nouveau sur le moniteur. Deux hommes s'étaient attaqués à la porte blindée avec des chalumeaux. Elle ne résisterait pas longtemps.

Il saisit un microphone.

« Attention ! Ceci est une zone protégée. Vous attaquez une installation gouvernementale secrète sans les autorisations nécessaires. Vous n'avez pas le droit de pénétrer dans ce secteur. Prenez contact avec votre commandant immédiatement. »

Deux des soldats se concertèrent rapidement et l'un d'entre eux prit un micro pour s'entretenir avec l'extérieur. Declan estima que cette diversion lui accorderait un délai supplémentaire d'une minute.

Maire O'Brien surgit à la porte de secours.

« Les camions sont chargés, monsieur.

— C'est bon. On y va, tout le monde. Nous nous retrouverons au point de rendez-vous numéro un. »

Les Anglais avaient recommencé à s'attaquer à la porte principale, derrière laquelle veillaient deux des hommes de Declan, armés de fusils d'assaut et prêts à couvrir la fuite de leurs collègues. Ils seraient les derniers à partir.

Tous les autres se précipitèrent dans l'étroit corridor qui menait à la sortie de secours. Ce tunnel aboutissait à un parking souterrain, trois rues plus loin. Un moniteur surveillait les alentours. Tout était parfaitement normal.

« Ils ont franchi la porte, monsieur.

— Bon, sortez d'ici », dit Declan à Dominic Lawlor en le poussant dans le tunnel. Sur son écran, il voyait les troupes se préparer à lancer l'assaut. Elles prenaient position, armées de fusils et de grenades.

« Reculez, cria Declan à ses deux hommes. Au tunnel, vite ! »

La porte s'ouvrit d'un seul coup et des grenades explosèrent. Declan avait les oreilles protégées. Il ferma les yeux une seconde pour ne pas être ébloui par l'éclair de lumière bleuâtre des grenades, puis les rouvrit et appuya sur un bouton.

Le couloir qui le séparait de la porte s'enflamma soudain et il se rua sur la sortie de secours, dont il referma la porte derrière lui.

44

Craigpatrick, par Mountshannon, comté de Clare
Vendredi 21 septembre, 14 h 25

Craigpatrick était la maison de vacances de Padraig Pearse Mangan. Simple mais confortable et discrète, il se l'était fait construire au début de sa carrière politique ; sa situation à quelques kilomètres seulement de sa circonscription de Limerick lui convenait parfaitement. Il pouvait y recevoir des journalistes ou des collègues et les emmener ensuite dans le petit village de Scarriff où il était né, pour leur montrer avec émotion la modeste maison où il avait été élevé, et où ses parents n'habitaient plus depuis longtemps.

Declan et Concepta, à qui Padraig Pearse avait demandé de considérer cette maison comme la leur, y avaient souvent passé des fins de semaine ou des vacances, surtout quand Mairead était petite. Depuis quelques années, ils y allaient moins, car la carrière politique de Padraig Pearse exigeait souvent leur présence à ses côtés, mais Declan en avait toujours la clé.

L'équipe se retrouva dans un pub de Ennis, comme convenu. Lorsque tout le monde fut arrivé, ils repartirent les uns après les autres pour Craigpatrick. Personne ne les avait suivis. Les routes étaient si désertes, entre Dublin et cette région reculée, qu'il était vraiment impossible d'être filé sans s'en apercevoir, quelle que soit l'habileté des poursuivants. Declan estimait que Harker, pour l'instant, avait perdu leur trace. Avec un peu de chance, ils pourraient continuer à travailler pendant quelques jours sans avoir besoin de déménager encore une fois. Si cela devenait nécessaire, ils se réfugieraient dans les Burren, une région rocheuse du nord du comté, où abondaient les grottes et les cavernes, et qui était sans aucun doute la moins hospitalière des contrées irlandaises.

Declan conduisait une des voitures. Pendant que les autres allaient à Craigpatrick, il se rendit à Mountshannon, pour parler avec la gouvernante de Padraig Pearse, Norah O'Shea. Il savait qu'elle passait une fois par jour dans la maison, pour alimenter la chaudière et faire le ménage.

Elle le salua chaleureusement, comme on accueille un vieil ami, mais il décela dans son attitude une certaine anxiété. Avant d'entrer au service de Mangan, elle avait perdu son mari et ses deux fils, qui s'étaient noyés. Peu à peu elle avait rebâti sa vie, et jouissait, en tant que gouvernante de la maison du Taoiseach, d'une considération qu'elle craignait de perdre. Vingt-quatre heures plus tôt, elle travaillait pour le Premier ministre d'une petite nation indépendante. Aujourd'hui, elle ne savait de quoi demain serait fait, et son employeur courait le risque d'être inculpé et envoyé en prison.

Declan s'adressa à elle en pesant ses mots. Il mit l'accent sur ses fonctions de chef de la police du pays. Tant que Ciaran Clark n'aurait pas lancé un mandat d'amener contre lui, Norah n'avait aucune raison de connaître la véritable situation de Declan.

« J'ai besoin de votre aide, madame O'Shea, dit-il comme s'il s'agissait encore d'une des conversations confidentielles qu'elle appréciait tant lorsque Padraig Pearse dirigeait les affaires de la nation. Je n'ai pas besoin de vous dire que mon beau-frère a des ennuis, de graves ennuis. Vous l'avez certainement appris par la radio.

— C'est affreux, monsieur Declan. Vraiment affreux ! Le pauvre, il doit être dans un état ! Lui qui a toujours fait si attention... Je suppose que sa sœur est avec lui ? Il ne vous manquait plus que ça, après tout ce que vous avez passé tous les deux. Que Dieu nous vienne en aide à tous.

— Elle est à la campagne, dans sa famille, et je suis certain que Padraig l'y rejoindra sous peu. Une chose que je peux vous garantir, c'est qu'il est innocent des accusations portées contre lui. C'est la raison de ma venue. Je mène une enquête secrète, destinée à rétablir la vérité. Nous découvrirons sans aucun doute qu'il s'agit d'une machination montée de toutes pièces. Et voilà pourquoi j'ai besoin de votre aide.

— Vous pouvez compter sur moi, monsieur Declan, vous le savez bien. Est-ce qu'il viendra, lui ?

— Non. Il est retenu à Dublin. Tout dépend maintenant de notre enquête. Si je trouve les preuves que je cherche, M. Mangan sera libre à nouveau. Mais cette opération est absolument clandestine, personne n'est au courant. Si l'on venait à apprendre que je suis ici avec une équipe d'inspecteurs... »

Il s'interrompit, laissant à l'imagination de son interlocutrice le soin d'évaluer les conséquences d'une éventuelle indiscrétion.

« Disons que Padraig Pearse a des ennemis politiques, et que ces hommes utiliseraient contre lui ma présence ici. Je suis son beau-frère, après tout, et il ne leur faudrait guère de temps pour m'accuser de quelque chose, moi aussi. Il ne faut donc souffler mot à personne de ma mission. »

Madame O'Shea approuva vigoureusement de la tête. Elle se considérait comme tenue à la discrétion, et ce ne serait pas la première fois qu'elle cacherait soigneusement le nom de certains visiteurs.

« Comptez sur moi, monsieur. Je resterai bouche cousue.

— J'en suis convaincu. Mais ce ne sera pas tout. Nous aurons besoin de provisions. Si je vais moi-même à Mountshannon ou à Whitegate, on me reconnaîtra à coup sûr. Pensez-vous que vous pourrez vous débrouiller pour faire les courses dans plusieurs endroits différents, pour ne pas attirer l'attention ? Un des membres de mon équipe vous servira de chauffeur. Si on vous pose des questions, répondez que Concepta a amené des amis passer quelques jours de vacances ici. »

Cela s'était assez souvent produit pour être parfaitement plausible. Declan ajouta qu'il lui enverrait Grainne Walsh dans l'après-midi.

« Que Dieu vous bénisse, monsieur, dit madame O'Shea. Je n'ai cessé de penser à vous et à Mme Carberry, pendant ces trois dernières semaines. Mairead était la plus jolie fille de la terre. »

Il l'interrompit avant que cela ne devienne trop pénible. Craigpatrick éveillait tant de souvenirs heureux !

« Je suis sûre que vous arriverez à vos fins, monsieur Declan. Et si vous avez M. Mangan au téléphone, dites-lui que je pense bien à lui. J'ai allumé un cierge pour lui hier soir, à l'église. Et je le referai ce soir. Vous le lui direz, hein ? »

ces trois dont [illegible], Mairead était la plus jolie fille de la [illegible]. »

Il l'affronterait avant que cela ne devienne trop pénible. [illegible] s'éveillant [illegible] de souvenirs heureux.

« Je suis sûre que vous arriverez à vos fins, monsieur [illegible]. Et si vous avez M. Maguire au téléphone, dites-lui que je pense bien à lui. J'ai allumé un cierge pour lui hier soir à l'église. Et je le referai ce soir. Vous le lui direz, hein ? »

45

Belfast
Vendredi 21 septembre, 19 h 40

Sean Tobin congédia Yellow Man pour la soirée. Il s'était habitué à sa double personnalité, habitué à vivre ses deux vies en parallèle, sans les laisser jamais se croiser ni se superposer. Pour être un bon indicateur, il fallait aussi qu'il fût un bon officier de l'IRA. Une bavure d'un côté aurait immanquablement des répercussions sur l'autre. Il passerait la soirée au McD, il engrangerait un maximum d'informations utiles à transmettre à ses chefs de l'IRA, pour leur prouver qu'il faisait son boulot. A leur tour, et comme gage de leur confiance en lui, ils lui parleraient d'actions passées ou à venir et il communiquerait une partie de ce qu'il avait appris à Tommy Maguire.

Hélas, il en était venu, avec le temps, à faire confiance au protestant, et à l'apprécier en tant qu'homme. Ils étaient très semblables, au fond. Ils aimaient tous les deux le football et les fléchettes, avaient des enfants du même âge, regardaient les mêmes programmes de télévision, et ils étaient en outre apparentés : un cousin de Tommy, protestant, avait épousé une nièce de Sean, catholique, et le couple était parti vivre en Angleterre.

Il se glissa dans le pub et se dirigea droit vers le bar, au-dessus duquel trônait un portrait de Mairead Farrell, une activiste de l'IRA tuée à Gibraltar en 1988, entouré des drapeaux de la République et des quatre provinces. Tous ses vieux amis étaient là, des gens qu'il connaissait depuis l'enfance. Presque personne n'ignorait qu'il faisait partie de l'IRA, mais ils étaient peu nombreux à savoir quel était son rang dans l'organisation. D'ailleurs, avec le resserrement du système des cellules, on ne pouvait jamais affirmer catégoriquement que l'homme assis là en face, avec qui on avait joué à lancer des pierres aux Anglais quand on était gamin, appartenait ou non à l'IRA.

Jimmy McMenemy était à sa table habituelle, apparemment bien imbibé. Sean prit son verre et alla s'asseoir avec lui. Il savait que Jimmy était armé. De sa place, il jouissait d'une vue imprenable sur la porte d'entrée et quiconque la franchissait. Ici, comme dans tous les fiefs républicains, l'on craignait surtout de voir apparaître une bande de Loyalistes, arme au poing, et balayant les lieux d'un feu aveugle et meurtrier. Toutes les caméras de sécurité du monde ne pouvaient empêcher un groupe d'hommes de rentrer à la volée, de tirer et de s'enfuir. C'était déjà arrivé, et cela arriverait encore.

La mission de Jimmy McMenemy était d'arrêter la fusillade avant même qu'elle n'ait commencé. Chaque soir il s'asseyait à la même place, son arme prête, et surveillait la porte. Mais lorsqu'il en était à sa cinquième ou sixième pinte de bière, on pouvait émettre les doutes les plus sérieux sur la qualité de ses réflexes en cas d'attaque imprévue.

Sean prit place à côté de lui.

« Salut, Jimmy. Tu as vu Patrick, ce soir ?

— Il est passé. On s'attend à des ennuis, après hier soir.

— Ouais, je sais. D'ailleurs, il faut que je voie quelques personnes, moi aussi. Andy McAteer a dit qu'il viendrait un peu plus tard. Sa petite fille est malade.

— J'en ai entendu parler. Elle est au Royal ?

— Elle y est entrée ce matin. Ils sont en train de lui faire un scanner.

— Qu'est-ce qu'elle a ?

— Aucune idée. Elle a commencé à se sentir mal dans la nuit ; le docteur est venu ce matin, et il l'a immédiatement fait admettre à l'hôpital. Andy est inquiet. Il a peur que ce soit grave.

— Quel malheur ! Une si gentille gamine ! »

Jimmy but une longue gorgée de Guinness, qui déposa sur sa lèvre supérieure une large traînée de mousse.

« Et ta mignonne Bridget, comment va-t-elle ? »

Bridget Noonan était la petite amie de Sean. Ils vivaient ensemble depuis trois ans et envisageaient de se marier au printemps. Ils avaient déjà un enfant, une petite fille dont Sean était extraordinairement fier. Ces deux femmes représentaient sa raison de vivre.

« Super. Elle est sortie avec sa sœur, ce soir. Elles sont allées voir des amis. Ils appelleront sans doute tout à l'heure. »

Barley O'Brien, un homme de haute taille, se joignit à eux. Il tenait un grand verre de bière dans une main, et un exemplaire de *An Poblacht* dans l'autre.

« Fantastique, hier soir ! Seize soldats tués. Le dernier vient de rendre son âme à l'Angleterre.

— Est-ce qu'on sait qui des nôtres y a participé ? demanda Sean.

— Tu n'es pas au courant ? Ça me surprend beaucoup.

— Pourquoi ? feignit de s'étonner Sean, qui n'avait pas confiance en Barley et n'aurait jamais admis devant lui qu'il appartenait à l'IRA.

— Tu sais parfaitement pourquoi, rétorqua Barley.

— On m'a dit que c'était Con McKearney et Dezzy McCormick, intervint Jimmy. C'est dur à croire, qu'ils aient tué tous ces soldats !

— Plus que dur, répliqua Barley. D'ailleurs, on m'a dit qu'on a trouvé le corps d'un troisième homme, dans la maison.

— Ce devait être un sacrément bon tireur, dit Jimmy. Con McKearney n'était pas mauvais, mais quand même... Quant à Dezzy... »

A cet instant, la porte s'ouvrit et livra passage à deux hommes en complet. Tout le monde se raidit. La main de Jimmy glissa sous la table. A l'autre bout de la pièce, une main appuya sur un bouton caché.

Les étrangers scrutèrent la salle, indifférents à la tension qu'ils provoquaient. L'un d'eux aperçut le petit groupe assis à la table de Jimmy. Il murmura quelques mots à l'oreille de son compagnon et ils traversèrent la salle.

« Enfin, te voilà », dit l'un des hommes à Sean, sans

s'intéresser aux deux autres convives. Il avait l'accent anglais, mais sans affectation. Son ami le rejoignit.

« Salut, Sean, dit-il à son tour. Il y a quelques vieux amis qui voudraient te dire un mot. On a une voiture dehors. (Puis il jeta un bref coup d'œil à Jimmy.) Je ne te conseille pas de bouger, mon pote, à moins que tu n'aies envie de rejoindre feu Con McKearney. »

Un je ne sais quoi dans le ton et les manières de l'étranger incita Jimmy à suivre son conseil.

« Viens, Sean, Tommy Maguire t'attend. Il dit que tu lui as promis des informations sur hier soir », reprit l'un des étrangers.

Sean regarda autour de lui. Tous les yeux étaient braqués sur lui. Et les regards étaient tous hostiles. Ces étrangers n'appartenaient pas à l'armée, c'était manifeste. Et chacun savait que les agents des services secrets britanniques n'avaient pas l'habitude de ramasser des gens dans les rues ou dans les bars lorsqu'il s'agissait d'interrogatoires de routine. Il ne restait pas beaucoup de possibilités.

Sean se leva, les jambes raides, la tête en feu. Ces hommes en costume gris l'avaient tué aussi sûrement que s'ils lui avaient tiré une balle dans le corps.

46

Centre de détention du MI5
Malone Road, Belfast
21 h 10

Willoughby entra subrepticement dans la pièce, tel un chat poursuivant une proie, nimbé d'une indéfinissable aura d'autorité. Si l'on avait pu, jusque-là, douter de l'identité du détenteur du pouvoir, l'arrivée de Willoughby dissipa ces doutes. Il avait consacré l'effort de toute une vie à apprendre à s'imposer sans élever la voix ni porter un uniforme éloquent ni invoquer des règlements.

La pièce n'était pas agréable ; elle n'était pas censée l'être. Officiellement, elle n'existait pas. Les responsables du renseignement d'Irlande du Nord appelaient officieusement « le cercueil » ce local sans fenêtre, aux murs peints en noir et au plafond en miroir, comme dans une chambre de bordel. En se livrant à une comparaison hâtive, on aurait pu considérer ce bâtiment tout entier comme un bordel, les agents qui s'y précipitaient jouant le rôle des maquereaux et les mouchards qu'ils y interrogeaient celui des prostituées. Mais on aurait commis une grave erreur.

Il ne s'agissait pas ici de prostitution mais de jeu de hasard. Un jeu dangereux, pouvant provoquer la ruine, ou même la mort. Les hommes et les rares femmes qui fréquentaient le lieu misaient leur sang sur une partie qui se déroulait dans la province tout entière. Parfois ils gagnaient, parfois ils perdaient, mais ils continuaient tous de lancer leurs dés jusqu'à ce qu'une bombe ou une balle les force à quitter la table.

Tobin était assis par terre, dos au mur, et regardait devant lui comme un homme qui a vu le fantôme de son père. Il ne portait qu'un caleçon. Sa peau nue était pâle, parsemée de taches écarlates. Malcolm Blake était assis sur une chaise, à côté de lui. Ils venaient de passer une heure ensemble. En temps ordinaire, cette heure n'aurait été qu'un prélude, avant de passer à l'interrogatoire proprement dit, mais Blake savait que Willoughby voulait des résultats cette nuit même. Il avait mis autant de pression que possible sur Tobin, mais pour l'instant il n'en avait rien obtenu.

« Merci, Malcolm, dit Willoughby. Allez donc boire une tasse de thé, vous devez être fatigué. Je voudrais parler seul à seul avec Yellow Man. »

Blake eut un regard perplexe.

« Vous en êtes sûr, monsieur ? Je ne pense pas qu'il soit encore tout à fait prêt.

— Ne vous inquiétez pas, Malcolm, il va se préparer lui-même, maintenant, n'est-ce pas, Sean ? »

Tobin ne répondit pas. Blake sortit en haussant les épaules. Il surveillerait la suite des événements sur son écran de contrôle, dans la pièce voisine. Willoughby s'approcha de la chaise, la retourna et s'y laissa tomber, à califourchon.

« Alors, Sean, Malcolm s'est bien comporté avec vous ? »

Tobin, les yeux obstinément baissés, ne répondit pas.

« Voyons, Sean, soyez raisonnable. Selon tout ce que l'on m'a rapporté, vous êtes un beau parleur. Vous bavardez volontiers. »

Tobin leva son regard sur l'homme dont il ignorait l'identité. On comprenait vite qu'il détenait les clés du pouvoir. Un pouvoir dont lui-même avait toujours été éloigné, et qui ne lui en semblait que plus dangereux.

« Je veux voir Tommy Maguire. C'est mon officier traitant. C'est à lui que je parlerai. »

Willoughby secoua la tête.

« Ce n'est pas une bonne idée, Sean. Nous sommes bien au-delà de Tommy Maguire et de ses semblables. Vous êtes entre les mains de grands garçons, maintenant. Le jeu a changé. Croyez-moi, je suis votre seul espoir de sortir d'ici vivant. »

Tobin, le visage bouleversé, l'air désespéré, le contemplait avec rage.

« Arrêtez vos conneries. Vos putains de sbires sont entrés chez McD comme si le bar leur appartenait. Ils m'ont appelé par mon nom et ils m'ont dit qu'on avait des renseignements à me demander. Bon Dieu ! vous auriez aussi bien pu crier sur les toits que j'étais un mouchard.

— Vous avez l'esprit vif, Sean. C'était exactement le but que nous poursuivions. Je suis en colère, Sean, et je suis inquiet. Il s'est passé hier soir quelque chose qui a bouleversé tous les équilibres. Que dit-on, dans ce genre de circonstances ? Rupture de contrat ? Oui, ce doit être ça. Votre dossier est clos. En ce qui me concerne, vous n'existez plus. Vous n'êtes plus en vie. Vous ne reverrez jamais Bridget. On dira à votre fille que vous êtes mort. Et cela n'étonnera personne, vu que vos amis de chez McD répandront la bonne parole sur vos activités parallèles. Des gens très désagréables vont poser de vilaines questions à Bridget. Je ne lui donne pas beaucoup de chances. Et vous ? »

Tobin ne répondit pas. Il ne savait que trop que l'homme en costume rayé, au visage impassible et au maintien compassé, disait la pure vérité, et qu'il tenait son destin entre ses mains aristocratiques.

« Vous m'avez assassiné, dit-il enfin. Aussi sûrement que si vous m'aviez tiré une balle entre les deux yeux. J'espère que vous êtes satisfait, maintenant. Je ne vous ai jamais trahi, j'ai fait ce que vous vouliez. Tommy Maguire et moi, on avait un contrat. Vous l'avez trahi, espèces de salauds ! Jamais je n'aurais dû faire confiance à des putains d'Anglais.

— Écoutez-moi bien, Sean. Je suis navré de l'évolution de la situation. Sincèrement. J'aurais préféré pouvoir continuer à vous utiliser. Vous nous avez beaucoup aidés, par le passé, et je suis persuadé que vous auriez persévéré dans cette voie à l'avenir. Tommy Maguire a une excellente opinion de vous. Comme nous tous. Yellow Man est une légende, chez nous. »

Willoughby s'interrompit pour regarder l'homme assis sur le sol. Il avait l'impression qu'il pouvait l'éliminer, l'effacer de la surface de la terre du bout du pied. En vérité, c'était exactement ce qu'il était en train de faire.

« Malheureusement, Sean, les choses ne se sont pas déroulées comme prévu. Comme je vous le disais, depuis hier soir il y a rupture de contrat. Ce qui s'est passé la nuit dernière est intolérable, vous savez aussi bien que moi que cela modifie la donne de fond en comble. Je veux tout savoir. Dites-moi la vérité, et vous passerez le reste de votre misérable existence dans les meilleures conditions. Essayez de me jouer un tour, et vous vous retrouverez derrière le McD, avec une étiquette autour du cou. Je vous conseille d'accepter mes propositions. Il faudrait être idiot pour les refuser. »

Willoughby regardait le tas de chair pathétique recroquevillé par terre, dans son caleçon douteux. Il déplora soudain d'avoir été obligé de passer tellement de temps dans des endroits comme celui-là, à fréquenter des individus aussi minables. C'était humiliant. Une retraite dorée lui parut plus tentante que jamais. Mais, hélas, plus inaccessible que vingt-quatre heures plus tôt.

« Il faut que vous compreniez une chose, Sean : vous avez trois minutes pour vous décider. Je n'ai franchement pas plus de temps à perdre avec vous. J'ai d'autres obligations, sacrément plus importantes que de sauver la vie d'un mouchard. Ne gaspillez pas vos trois minutes, Sean. »

Il se dirigea vers la porte.

« Vous ne m'avez pas dit votre nom, protesta Tobin. J'ai besoin de savoir qui vous êtes, bon Dieu !

— Je ne doute pas que cela vous ferait plaisir, Tobin. Malheureusement, il est trop tard pour les mondanités. Malcolm sera de retour dans trois minutes. Avec un magnétophone. »

Trois minutes, ce n'est pas long. Juste le temps de cuire un œuf à la coque. Ou d'écouter une chanson. Ou de courir un kilomètre. Bien trop court pour prendre une décision qui vous engage à la vie à la mort. Mais Sean Tobin avait déjà réfléchi à la question qui se posait maintenant à lui. Il avait toujours su qu'il risquait de se trouver un jour dans cette situation et qu'il n'aurait guère le choix.

La porte s'ouvrit, Blake entra, un automatique à la main. Sean Tobin n'éprouvait pas le moindre doute : il l'utiliserait s'il n'obtenait pas satisfaction. C'était trop dangereux de réexpédier un mouchard démasqué dans la nature. Les mouchards en savaient trop sur les deux clans opposés : convenablement interrogé par l'IRA, un informateur de longue date comme Yellow Man pouvait livrer de nombreux détails utiles. Mieux valait ne pas lui en donner l'occasion, faire le nécessaire ici et balancer son cadavre dans les rues en laissant croire qu'il avait été exécuté par ses propres amis.

« Alors, Sean, on a réfléchi ?

— Il tiendra parole ? On peut lui faire confiance ?

— Qui ? Mon patron ? Vous trouverez pas un type plus réglo.

— Je n'ai pas d'autre choix que de vous croire, c'est bien ça ?

— Je suis heureux que vous le compreniez. Allons-y, maintenant.

— Puis-je avoir une chaise ?

— Tout à l'heure. Vous aurez tout ce que vous voudrez tout à l'heure. Pour l'instant, dites-moi tout ce que vous savez, sans rien oublier. »

Tobin ferma les yeux. Il essaya d'imaginer une plage ensoleillée ; mais il ne voyait qu'une sombre ruelle entre des maisons aux fenêtres closes. Et n'entendait que des coups de feu dans le lointain.

« L'unité de service actif qui a exécuté l'opération du mois d'août, vous savez, celle où vos types ont été tués, elle s'est reformée. On l'a réactivée. Dans le Monaghan, de l'autre côté de la frontière. Je ne peux pas vous dire où exactement, honnêtement. Maureen O'Dalaigh est à leur tête. Avec quelqu'un ; un étranger. Il était là-bas avec elle, hier soir. »

Ils passèrent une heure ensemble, et ce fut l'heure la plus longue de la vie de Yellow Man. Il prenait un plaisir amer à tout dire à cet Anglais, à se soulager, une fois pour toutes. Ce serait la dernière fois, la dernière trahison, le dernier acte de la carrière de Yellow Man. Demain, Sean Tobin commencerait une nouvelle vie, sous un faux nom. Sa destination ne comptait pas, pourvu que Bridget et leur petite fille soient avec lui, et que ce soit un pays où l'on parlait anglais. Ce paradoxe le fit rire. Il avait consacré son existence à essayer de se débarrasser des Anglais, et voilà qu'il n'avait qu'une envie : continuer de parler leur langue. Évidemment, l'irlandais ne servait pas à grand-chose, même en Irlande.

Blake le laissa où il l'avait trouvé en arrivant, dans cette pièce froide et sombre, perdu dans un rêve de grands espaces ensoleillés.

Willoughby l'attendait dans la pièce voisine, d'où il avait surveillé la séance à travers une glace sans tain.

« Bien joué, Malcolm. Je crois que nous avons ce qu'il nous faut. C'est fini pour ce soir, ici, en tout cas. Nous allons mettre sur pied une expédition pour retrouver leur unité de service actif avant qu'elle ne quitte le Monaghan. J'aurais bien aimé suivre l'opération jusqu'au bout, mais il vaut mieux envoyer des hommes postés le plus près possible de la frontière.

— Je pourrais demander à l'équipe de vous tourner une cassette vidéo. De la phase finale pour le moins. »

Willoughby refusa de la tête.

« Beaucoup trop morbide, Malcolm. Et risqué. Si les images venaient à tomber entre de mauvaises mains... Non, je me contenterai d'écouter le rapport verbal.

— Parfait, monsieur. Je m'occupe de monter l'opération.

— Ne prenez aucun risque, Malcolm. Il faut réussir. Il s'agit d'un compte personnel à régler.

— Je sais, monsieur. Faites-moi confiance. Ces salauds auront le temps de se voir mourir, et de savoir qui leur tire dessus.

— C'est bien. Et, Malcolm — il s'interrompit et montra la pièce voisine —, veillez à ce qu'on s'occupe de ça avant de partir.

— Rupture totale de contrat, monsieur ?

— Exactement.

— On lui avait fait des promesses, monsieur. Notre responsabilité morale...

— Cela n'existe pas. Ce mot n'a pas de sens. Personne n'a la moindre responsabilité envers un terroriste. S'il sort d'ici, même sous un faux nom, il nous fait courir un risque. Il sait que nous nous intéressons à l'unité de service actif de

Conor Melaugh. Il sait, ou il a deviné, que les types qu'ils ont tués à Malone House appartenaient au MI5. Et si ça se trouve, il sait même pourquoi ils ont été tués. Ce qui signifie qu'il possède encore des informations à vendre. Qu'il peut même parler à la presse, à un quelconque torchon de Sydney, qui se sentirait une quelconque responsabilité morale en ce qui concerne la divulgation de secrets d'État britanniques.

« Il vaut mieux qu'on le retrouve dans son élément naturel, au fond d'un caniveau de Belfast. Ce qui nous permettra de dénoncer la façon dont l'IRA traite les siens. »

Blake sortit son petit pistolet de sa poche et vérifia que le cran de sûreté était lâché.

« Et la femme, monsieur, Bridget Noonan ? Elle est toujours dans le couloir. Elle en vaut la peine ou je la renvoie dans ses foyers ? »

Willoughby pesa le pour et le contre.

« Non. Occupez-vous d'elle aussi. Ça fera bonne mesure. »

Blake hocha la tête et ouvrit la porte. Le directeur ne bougea pas ; il rêvait. Il rêvait à une maison près de Fowney, avec vue sur la mer. Le premier coup de feu ne troubla pas ses songes.

47

23 h 12

Recroquevillée sur sa couche inconfortable, elle écoutait le vent souffler d'une extrémité à l'autre de l'île puis reprendre sa course au-dessus de l'Atlantique. De hautes vagues venaient se fracasser contre les rochers, comme si elles étaient déterminées à les abattre. Elle savait qu'ils étaient sur une île de la côte ouest, mais elle n'en connaissait pas le nom, qui n'aurait d'ailleurs rien signifié pour elle. Ce n'était qu'un rocher nu, se détachant sur la mer immense, un endroit où nul, sauf un ermite ou un mystique, n'aurait eu idée d'élire domicile.

« L'agneau de Dieu. » C'était le nom que se donnait le fanatique qui les retenait en ces lieux. D'autres noms lui venaient à l'esprit, beaucoup moins flatteurs. Après l'abominable séance au cours de laquelle il avait fait couper les mains de ces malheureux, il lui avait parlé. Il lui avait annoncé qu'il avait le pouvoir de la libérer à l'heure de son choix. Il ne l'avait pas énoncé clairement, mais il avait laissé entendre le prix qu'elle aurait à payer pour sa liberté. Comme c'était déprimant que ce soit si prévisible, si trivial, et que même un homme qui se considérait comme le fils de Dieu ne rêvât pas de quelque chose d'un peu plus original !

Elle était alors beaucoup trop bouleversée pour répondre. Mais cette nuit, pendant qu'elle écoutait l'orage qui se déchaînait, une question la taraudait : serait-il disposé à libérer d'autres femmes en échange de leurs faveurs ?

C'était une pensée répugnante. Mais l'état de certaines des femmes s'aggravait. Plus vite elles sortiraient de cet enfer, mieux cela vaudrait. Et pour qu'Amina eût quelques chances d'intervenir avec succès, il ne fallait pas qu'elle fût encombrée par trop de malades. Deux des femmes avaient appris à se battre, les autres avaient passé leur vie derrière des murs, sous des voiles. Et, à son avis, les hommes n'étaient guère plus valeureux.

Le vent semblait souffler assez fort pour jeter bas les fragiles constructions qui les abritaient. Elle le souhaitait presque. Lorsque les rafales se calmaient un peu, elle entendait une des femmes, une Iranienne nommée Nushin, qui pleurait dans la cellule voisine. D'un peu plus loin parvenaient les cris de souffrance des hommes à qui on avait coupé les mains.

Comment pouvait-on vivre sur un sol aussi peu hospitalier, se demandait-elle. Comment pouvait-on arracher sa maigre pitance à la mer, et à cette terre aride ? Il lui semblait que si le vent ne s'arrêtait pas, elle allait devenir folle.

Étendue dans l'obscurité, elle s'efforçait d'imaginer son corps comme une entité séparée. Telle une prostituée, une nonne ou une cancéreuse, elle désirait creuser un abîme entre elle et sa chair, désunir ce qu'elle avait toujours considéré comme ne faisant qu'un. Allongée, immobile comme la pierre, elle écoutait, attendant, entre deux battements de cœur, le bruit de pas qui s'arrêteraient à sa porte. Elle n'avait toujours pas pris sa décision.

48

Craigpatrick
Samedi 22 septembre, 2 h 20

La journée avait été longue pour la plupart des membres de l'équipe chargés de leur nouvelle installation. Ils avaient rebranché leurs lignes téléphoniques, transformé des tables en bureaux, connecté les télécopieurs et les ordinateurs.

Mme O'Shea et Grainne avaient parcouru toute la région pour acheter des provisions sans attirer l'attention. Les deux réfrigérateurs étaient pleins, le congélateur débordait presque. On aurait pu soutenir un siège. Declan serrait les dents à cette image, qui n'était pas totalement dénuée de fondement.

Tout le monde était fatigué. Certains étaient allés se coucher, Myles O'hUiggin s'attardait dans la bibliothèque pour découvrir des livres qui lui seraient peut-être utiles par la suite, mais il s'était déjà relié au réseau Internet, qui lui donnait accès à de multiples banques de données internationales.

Ceux qui ne possédaient pas de compétences techniques avaient pour mission d'écouter les bulletins d'information de la quinzaine de chaînes que recevait Craigpatrick, grâce à son antenne satellite. Les nouvelles étaient toutes mauvaises.

Ciaran Clark, le nouveau Taoiseach, avait reconnu officiellement la prise d'otages de Castletown House, mais il affirmait qu'il avait la situation bien en main, que l'enquête progressait, que des arrestations auraient lieu sous peu et que les otages seraient rapidement libérés, sans qu'il leur eût été fait aucun mal.

Le nouveau gouvernement avait gardé secrets les noms des prisonniers. Ni Ciaran Clark ni le nouveau porte-parole du gouvernement qui lui avait succédé sur les écrans, un homme falot que nul ne reconnut, n'avaient dit un seul mot des revendications des preneurs d'otages. Pas plus qu'ils n'avaient fait état de la mort du délégué égyptien, ou de la menace qui planait sur la vie des autres prisonniers.

En Haute-Égypte, un car de touristes français avait été attaqué. Un groupe fondamentaliste avait revendiqué l'attentat, et prétendu agir en représailles à la prise d'otages. Une Niçoise avait été tuée et plusieurs autres personnes blessées. La police avait ouvert le feu et tué deux militants. Nul ne comprenait que l'on eût pris pour cible un groupe de Français.

L'enquête sur les finances personnelles de Padraig Pearse Mangan se poursuivait. L'ex-Premier ministre avait déclaré, par l'intermédiaire de ses avocats de Dublin, qu'il niait toutes les accusations lancées contre lui et qu'il ferait la preuve de sa totale innocence.

Declan souhaita une bonne nuit à ceux qui étaient encore debout et se retira. Il dormait dans la chambre de Padraig Pearse. Se coucher dans le lit d'un homme en proie à un tel calvaire ne promettait pas la meilleure des nuits, mais il s'endormit pourtant comme une pierre et rêva qu'il était de retour au Liban, où il poursuivait un homme dont il ne voyait pas le visage. Et Amina lui criait des choses qu'il ne pouvait entendre.

Il se réveilla d'un seul coup, et mit quelques secondes à reprendre ses esprits. Dominic Lawlor était penché sur lui.

« Monsieur Carberry, réveillez-vous, je vous en prie. »

Declan grogna. « Quelle heure est-il ?

— 5 h 10, monsieur. On vous appelle de Dublin. Un type qui veut vous parler personnellement.

— A cette heure-ci ? Qui est-ce ?

— Je ne sais pas, monsieur. Cet individu refuse de donner son nom. Mais il prétend que c'est urgent. Que c'est une question de vie ou de mort.

— Il y a intérêt ! »

Declan se leva péniblement. Il faisait un froid glacial dans la chambre non chauffée. Il enfila son pantalon et jeta une couverture sur ses épaules avant de se laisser tomber dans le fauteuil près du bureau et de soulever le récepteur.

« Carberry, jeta-t-il, en se disant qu'il aurait de la chance s'il échappait à une nouvelle migraine.

— Bon Dieu, monsieur Carberry, ça fait plus d'une heure que j'essaye de vous joindre... »

C'était la voix de Seamus Cosgrave, l'indicateur de Declan.

« Seamus ? Comment vous êtes-vous procuré ce numéro ?

— C'est vous qui me l'avez donné, il y a un an ou deux. Vous étiez en vacances et il me fallait un moyen de vous joindre, en cas d'urgence. Et par tous les saints du paradis, monsieur Carberry, pour y avoir urgence, il y a urgence ! Si vous ne m'aidez pas, je suis un homme mort, aussi sûr que je vous parle en ce moment. »

Le débit et la respiration de Cosgrave étaient haletants. Declan savait qu'il n'aurait pas téléphoné sans une bonne raison. On pouvait penser ce qu'on voulait de Cosgrave, mais ce n'était pas un pleutre.

« Que se passe-t-il, Seamus ? Quel danger courez-vous ? Vous avez été découvert, c'est ça ?

— J'en sais trop rien, mais j'ai mis le doigt où je n'aurais pas dû, et j'ai paniqué.

— On vous cherche ?

— Oui, j'en suis certain. Vous m'avez toujours dit que vous m'aideriez si ça arrivait. Il faut que vous me mettiez à l'abri. Teresa est dans tous ses états. Ils ne lui feront pas de cadeau s'ils pensent qu'elle est au courant. Vous le savez, hein, monsieur Carberry. Il faut nous tirer de là. Sinon, je suis un homme mort, et mes enfants seront orphelins. Vous avez dit qu'on me donnerait une nouvelle identité, et du fric pour filer.

— Calmez-vous, mon vieux ! Où êtes-vous ? Chez vous ?

— Chez moi ? Vous vous imaginez que je suis en train de les attendre chez moi ? Je suis dans une cabine, à Terenure.

— Parfait. Emmenez votre femme et vos enfants dans un endroit où ils seront en sécurité. Je prends une voiture et je viens à Dublin. Il me faudra environ deux heures. Rendez-vous devant la poste centrale à 8 heures. Et soyez à l'heure, pour l'amour du ciel. Moi non plus, je n'ai pas intérêt à traîner.

— Drôle d'endroit pour un rendez-vous, monsieur Carberry ! Je vais déposer la famille chez ma sœur. Ils y resteront jusqu'à ce que j'aille les chercher. On prend nos vêtements d'été ?

— Quoi ?

— C'est l'été, en Australie, pas vrai, monsieur Carberry ?

— Certainement. Mais laissez tomber les vêtements pour le moment. Soyez à la poste à 8 heures, un point c'est tout. Et avant de partir, dites-moi sur quoi vous avez mis le doigt. »

L'homme ne répondit pas immédiatement. Declan entendit une voiture passer dans la rue. Puis Seamus reprit la parole.

« C'est que, monsieur Carberry, il faudrait que je sois le roi des idiots pour vous le dire maintenant. C'est mon assurance vie, en quelque sorte. C'est pour le savoir que vous allez venir me chercher. Mais je peux vous dire une chose : ça concerne les étrangers qui ont été pris à Castletown.

— Seamus, c'est une information importante, des vies en dépendent. Parlez, je viendrai à la poste quoi qu'il arrive.

— Pardon, monsieur Carberry, mais il s'agit de ma vie, de celle de ma femme et de mes enfants. Rendez-vous à 8 heures. »

Seamus Cosgrave raccrocha.

49

Ballybay
Samedi 22 septembre, 7 h 14

Abu Hida raccrocha doucement le téléphone. Il s'émerveillait encore de la facilité des communications de l'ère moderne. Des villes s'écroulaient, des pays s'effondraient, on sacrifiait avec indifférence des vies d'enfants, mais de la cabine téléphonique de ce petit village irlandais perdu, il pouvait appeler un homme qu'il avait vu à Baalbek deux jours auparavant. La fatigue le submergea soudain. Il était fatigué de se battre, fatigué de tuer, fatigué de courir derrière le martyre. Au Liban, on le considérait comme un héros, mais au fond il ne désirait plus qu'une chose : vivre en paix avec une femme et des enfants.

Il referma la porte de la cabine et retourna lentement au cottage. Sur l'autre trottoir, un homme le dévisagea, puis détourna son regard. Les gens savaient qu'il valait mieux ne pas s'intéresser de trop près aux étrangers.

Durant son enfance, il n'avait connu que l'insoutenable pauvreté du Sud. Puis il y avait eu la guerre civile et l'invasion. Aujourd'hui, on constatait la lente et régulière érosion de l'orgueil national, sous les yeux d'un monde indifférent. Il croyait toujours en Dieu et au Prophète, aux imams, à la révolution, au droit des affamés à se rebeller contre leurs oppresseurs. Il espérait toujours que Dieu apporterait plus de justice et qu'il serait un jour possible de bâtir sur la terre une société que ne gouvernerait pas le seul profit, que n'empoisonnerait pas la soif de pouvoir, que ne corromprait pas l'inégalité la plus flagrante. Il priait chaque jour pour que sonne l'heure où il pourrait baisser les armes. Mais au fond de son cœur il savait que les massacres ne s'arrêteraient jamais, et que tout continuerait comme par le passé, jusqu'à ce qu'il meure lui aussi sans que sa mort mette fin aux tueries ni aux larmes.

Lorsqu'il arriva au cottage, les autres prenaient leur petit déjeuner. L'ambiance était morose. Tous payaient le lourd tribut de la clandestinité. Ils s'étaient ramollis, ils s'apitoyaient sur leur sort et s'agaçaient mutuellement. Maureen O'Dalaigh, la veille, avait passé la journée à leur insuffler une peur salutaire de Dieu, et, de façon plus immédiate, une sainte terreur d'elle. Aujourd'hui, Abu Hida les entraînerait au tir dans les collines de Shantonagh, ce qui ne le réjouissait aucunement.

Lorsqu'il entra dans la pièce, les hommes levèrent la tête. Il y avait du ressentiment dans l'air, car il avait supprimé le bacon des menus. Sa manière d'être mettait mal à l'aise ses compagnons, qui savaient qu'il se montrerait exigeant et implacable et qu'il n'hésiterait pas à sacrifier leurs vies à tous pourvu que sa mission réussît.

Maureen lui tendit une tasse de café. Travailler avec un étranger l'énervait, elle aussi. Le Conseil avait transigé avec un de ses plus anciens principes en acceptant d'aider Abu Hida. D'ordinaire, les contacts de l'IRA avec les terroristes étrangers se limitaient strictement à la vente ou à l'achat d'armes, et les diverses offres ou demandes d'assistance émanant du Hezbollah, par exemple, avaient toujours été rejetées.

En 1988, tandis que Gerry Adams était à Téhéran pour négocier la libération de Brian Keenan, des représentants de l'IRA rencontraient à Beyrouth les chefs du Hezbollah, dont Abu Hida. Le Hezbollah avait garanti la libération de Keenan en échange d'une assistance aux groupes terroristes islamiques en Europe. L'IRA avait refusé.

Quelle était la raison de ce changement de politique? Maureen n'avait pas été consultée au sujet de la réponse à donner à la demande du Hezbollah, et elle ne voyait pas à quelle logique cette décision obéissait, ni ce que le mouvement avait à y gagner. Un peu d'argent, peut-être, des armes à volonté, la possibilité d'entraîner les jeunes recrues dans les camps libanais ou iraniens ? Ce n'était certes pas négligeable, mais cela ne valait pas, à son avis, que l'on prît le risque de perdre le soutien et l'approbation de l'opinion publique de son pays.

L'IRA ne pouvait exercer aucun contrôle sur le Hezbollah ou sur l'un quelconque des autres groupes terroristes fondamentalistes. En Irlande, on n'avait pas oublié la façon dont ses ravisseurs avaient traité Keenan, qui pourtant, en tant qu'Irlandais, ne pouvait être soupçonné de sympathie pour les puissances coloniales. De nombreuses familles irlandaises avaient des parents aux États-Unis, et considéraient l'Amérique comme leur second foyer. La haine des musulmans pour le grand Satan convenait mal à des gens qui obtenaient tant d'aide, financière ou morale, de la part de cette région du monde.

Ils avaient passé l'après-midi et la soirée de la veille à envisager les divers moyens dont ils disposaient pour retrouver les otages. On avait envoyé des éclaireurs dans tout le pays, afin de recueillir des indices sur leur lieu de détention. Quelqu'un avait-il vu ou entendu quelque chose d'inhabituel ? Avait-on remarqué des étrangers hors des sentiers d'ordinaire battus par les touristes ? S'était-il produit des incidents hors du commun ? Il faudrait sans doute plusieurs jours avant que ces démarches portent leurs fruits mais Maureen était persuadée que les preneurs d'otages se trahiraient ; et qu'elle le saurait. Elle avait des yeux et des oreilles partout, et partout des gens se sentaient redevables envers elle ou le mouvement.

Abu Hida but son breuvage en se demandant pourquoi on appelait ça du café. Cette boisson insipide n'avait rien à voir avec le café fort auquel il était habitué dans son pays. On avait posé sur son assiette une épaisse tranche de pain noir, qu'il beurra comme le faisaient ses compagnons. Il ne savait encore comment les juger.

Conor Melaugh, leur chef, était le plus expérimenté, et celui sur qui compter en cas d'urgence. Mais il manifestait une telle amertume qu'il faudrait le manipuler avec précaution. Seamus Lenihan semblait être un homme intelligent, mais Abu Hida ne l'estimait pas entièrement digne de confiance. Le petit boiteux, Colm O'Driscoll, était celui qui lui ressemblait le plus ; mais la mort de sa femme et la longue absence de ses enfants avaient considérablement amolli sa détermination. Eugene O'Malley, celui qui leur avait joué de la musique la nuit dernière, était le plus équilibré, mais Abu Hida n'était pas sûr de son sang-froid dans l'action.

Tous étaient très différents des hommes qu'il avait connus au Liban. Leur engagement était sincère, ainsi que leur colère, aucun ne reculerait à l'idée de donner sa vie, mais il leur manquait quelque chose d'essentiel : ils n'avaient pas le sens du martyre, de la sainteté du sacrifice volontaire. Leurs propres prêtres condamnaient la violence et déploraient les morts.

Un autre souci le taraudait, sans qu'il parvînt à le définir précisément. L'élan de ce groupe semblait brisé, sa dynamique détruite, comme s'il s'était produit quelque chose de plus grave qu'une simple interruption temporaire d'activité. Il supposait que la raison de leur apparente passivité était à rechercher dans l'incident qui avait provoqué leur mise à l'écart du service actif pendant de longs mois. Chaque fois qu'il s'était risqué à poser une question à ce sujet, on lui avait opposé un silence obstiné, ou l'on avait changé de sujet de conversation. Il faudrait qu'il interroge Maureen, dont il sentait les bonnes dispositions à son égard, et qu'il savait pouvoir utiliser.

« Vous avez obtenu votre communication ? lui demandait justement la jeune femme.

— Sans aucune difficulté.

— Vos amis ont-ils des nouvelles des otages ?

— Non, dit Abu Hida. Si ce n'est la reconnaissance de l'existence des otages par le gouvernement irlandais. Mes amis s'efforcent d'obtenir plus de détails.

— Ça m'étonnerait qu'on leur en donne beaucoup.

— Les gouvernements parlent toujours le moins possible, en effet. (Abu Hida termina sa tasse de café instantané et regarda son interlocuteur en ajoutant :) Vos amis aussi, d'ailleurs.

— Ce qui signifie ?

— Mon correspondant m'a dit que l'attaque de Castletown a été précédée d'une embuscade tendue à l'ambassadeur britannique à quelques kilomètres de là. C'était une manœuvre de diversion. Les horaires ont été parfaitement calculés pour que les forces de l'ordre ne puissent venir au secours de Castletown House.

— Vraiment ?

— Mon correspondant affirme aussi que ce sont vos unités de service actif qui ont tendu cette embuscade. Trouvez-vous cela vraisemblable ? demanda Abu Hida d'une voix coupante.

— Je n'en avais pas la moindre idée. (Maureen O'Dalaigh se sentait nerveuse et isolée.) Le commandement sud aurait pu en prendre l'initiative.

— Vous en auriez entendu parler, dans ce cas.

— Pas avant l'opération. Avant l'action, ce genre d'information ne circule jamais hors des groupes concernés. J'aurais pu l'apprendre par la suite, mais je ne suis pas sur place. »

Il hocha la tête. Elle disait peut-être la vérité.

« Néanmoins, ajouta-t-il en repoussant sa tasse, vous vous rendez compte que cela introduit une fausse note dans nos relations. Si l'un de vos groupes a joué ce rôle dans l'attaque, il est difficile de ne pas en tirer la conclusion que l'offensive elle-même était une opération montée par l'IRA. »

L'atmosphère était maintenant chargée d'électricité ; ils le sentaient tous les deux.

« Non, dit Maureen. Ce n'était pas l'IRA. Je peux le jurer. Vous avez peut-être raison en ce qui concerne la manœuvre de diversion, je vais me renseigner et je saurai bientôt la vérité, faites-moi confiance. Mais nous n'avons pas la moindre raison d'avoir pris les vôtres en otage. »

Elle commençait à se dire que si l'information que venait de lui communiquer Abu Hida était authentique, elle expliquait peut-être la raison pour laquelle le Conseil avait accepté d'apporter son aide au Libanais. S'étaient-ils laissé entraîner dans unc entreprise qu'ils regrettaient maintenant ? La présence d'Abu Hida dans leurs rangs était-elle un geste d'excuse, une façon d'éviter de futures représailles lorsque le rôle joué par l'IRA serait découvert ?

« Les vôtres se sont peut-être dit qu'ils pourraient utiliser les otages pour faire pression. »

Maureen secoua la tête. Les autres la regardaient, conscients de son embarras.

« Faire pression ? Mais sur qui, et dans quel but ? C'est Londres qui nous intéresse, pas le Moyen-Orient.

— Il y a au Moyen-Orient des puissances qui peuvent exercer une pression sur Londres, vous savez.

— Peut-être, dit Maureen en haussant les épaules. Mais je n'y crois pas.

— Espérons que vous avez raison.

— Vous avez ma parole. »

Il laissa flotter le serment dans l'air étale.

« Je vous crois. Vous n'êtes certainement pas au courant, dit Abu Hida qui l'avait observée attentivement et avait lu la sincérité dans ses yeux. Mais les miens auront besoin de plus que cela. Il faudra apporter des preuves de ce que vous avancez.

— Des preuves ? Mais quel genre de preuves voulez-vous que nous donnions ? »

Cependant, à l'instant même où elle posait cette question, Maureen entrevoyait la réponse.

« Le commandement sud saura qui vous a poussés, ou payés, ou obligés à tendre cette embuscade. Ce sont évidemment les mêmes que ceux qui ont organisé l'opération de Castletown House. Il vous suffira de me donner leurs noms et leurs coordonnées. »

Il s'interrompit.

« Si, par malheur, vos supérieurs refusaient de me communiquer cette information, je vous garantis des représailles rapides. Ceux de chez moi s'occuperont de vous d'une façon qui fera frémir même les Anglais. Vous me comprenez ? »

Maureen avait perdu tout son appétit. Elle le regarda et acquiesça.

« Oui, dit-elle doucement, je vous comprends. »

50

Dublin
Samedi 22 septembre, 7 h 45

Declan écoutait la radio dans sa voiture. Un car transportant des ingénieurs hongrois qui travaillaient à un projet d'irrigation dans le sud de l'Algérie avait été attaqué par un groupe de moudjahidin se réclamant du Front islamique du salut, désormais illégal. A Dhaka, un ouvrier suisse avait été assassiné par un tireur embusqué ; un journaliste américain, Bill Adair, avait été sérieusement blessé par l'explosion d'une bombe devant la porte de sa chambre d'hôtel à Ankara, et l'on annonçait, de source non officielle, qu'un groupe d'ouvriers allemands étaient retenus en otages dans le sud de l'Iran.

Les représailles à la prise d'otages de Castletown House ne se faisaient pas attendre, et elles menaçaient d'être démesurées. Declan, découragé, soupira et éteignit le poste de radio tout en ralentissant.

La circulation, fluide jusqu'à présent, devenait de plus en plus dense à mesure qu'on se rapprochait de l'heure de pointe. Declan évita les axes les plus encombrés et se dirigea vers le siège de la poste. Il avait l'intention de passer devant plusieurs fois pour vérifier que Cosgrave n'avait pas été repéré. Une fois rassuré, il le ferait monter en voiture. Après, il ne savait pas.

On avançait au pas. Declan roulait en seconde. Il était presque 8 heures. Cosgrave allait s'énerver s'il prenait trop de retard. Son indicateur n'aurait pas pu choisir plus mauvais moment pour être débusqué, se disait Declan. Deux semaines plus tôt, il aurait monté une petite opération pour recueillir Cosgrave et l'expédier avec sa famille hors du pays, comme il le lui avait promis. Mais désormais, Declan courait presque autant de dangers que l'homme traqué. L'unique chance de survie de Cosgrave résidait dans le pouvoir de persuasion de Declan, qui convaincrait peut-être Martin Fitzsimmons d'intervenir. Si Martin ne pouvait pas, ou si, pour une raison quelconque, il s'y refusait, Cosgrave n'aurait qu'une issue : se terrer quelque part jusqu'à ce que la situation évolue. Si elle évoluait.

La rue semblait bloquée. Des travaux, peut-être, pensa Declan. Mais les voitures démarrèrent, et il vit ce qu'il se passait. Un agent de police détournait la circulation sur une seule file. L'autre était fermée : un car de police en bloquait l'accès. Deux autres agents établissaient un périmètre de sécurité autour de la poste. Une sirène retentit dans le lointain, et s'approcha.

Il n'avait pas besoin de s'arrêter pour comprendre la situation. La scène était familière, évidente. Les assassins de Cosgrave ne s'étaient pas donné la peine d'organiser l'habituelle parodie de procès. Et ils n'avaient pas résisté à la symbolique d'une exécution par l'IRA devant la poste centrale : c'était sur ces mêmes marches qu'avait été proclamée, en 1916, dans l'indifférence des badauds, la naissance de la République d'Irlande. Aujourd'hui, les passants manifestaient la même attitude devant le cadavre de la dernière victime du rêve républicain.

Declan eut à peine le temps d'apercevoir le drap blanc qui recouvrait le corps de Cosgrave. Il reconnut le policier penché sur lui, un certain Breathnach, mais n'avait aucune raison de s'arrêter pour demander des explications. Quelles que fussent les informations que voulait lui communiquer Cosgrave, il les avait emportées dans la tombe.

La femme et les enfants de Cosgrave étaient peut-être encore sains et saufs. Declan devait prendre le risque d'entrer en contact avec eux. Si Cosgrave les avait déposés chez sa sœur comme il en avait l'intention, ils y seraient encore. Declan n'avait pas l'adresse sur lui, mais il connaissait le nom de famille et le quartier. Il entra dans une cabine téléphonique où il savait trouver un annuaire. La sœur de Cosgrave y était, sous le nom de son mari, Mulcahy.

Il mit vingt minutes à arriver à Terenure. Christine Mulcahy habitait une maison mitoyenne, au fond d'une impasse. Elle avait épousé un homme qui l'avait sortie des taudis du nord de la ville, où son frère et elle avaient été élevés. Sans le vouloir, Seamus l'avait ramenée dans un univers où des inconnus frappaient à votre porte avant 9 heures du matin.

« Vous êtes Christine Mulcahy ? »

Elle regarda autour d'elle, mal à l'aise. Son mari n'était pas parti travailler ce matin, au cas où il y aurait des ennuis.

« De la part de qui ?

— Ne vous inquiétez pas, madame Mulcahy. Je ne vais pas vous créer de problèmes. Je suis un ami de Seamus.

— Seamus qui ?

— Votre frère, Seamus Cosgrave. Je vous en prie, madame, nous n'avons pas de temps à perdre avec ces petits jeux. Teresa et les enfants sont là ? »

Elle se retourna et appela son mari.

« Tim ! Viens, s'il te plaît. »

Declan insista.

« Christine, écoutez-moi. Teresa est en danger. Il faut qu'elle s'en aille d'ici le plus vite possible. Vous comprenez ? »

Un homme de haute stature s'encadra sur le pas de la porte. Il était plombier, mais pratiquait la culture physique de façon intensive. Il avait un morceau de tuyau en main, comme s'il s'imaginait chasser les tueurs de l'IRA avec son petit bout de plomb.

« Je suis Declan Carberry. Seamus vous a peut-être parlé de moi. »

Tim fit un pas en avant.

« Qu'est-ce qui vous prend de venir ici ? On a assez d'ennuis comme ça. Foutez le camp, et vite.

— Écoutez-moi, reprit Declan. Je me fiche de ce que vous pensez de moi, de mon boulot ou de ce qui s'est passé entre Seamus et moi. Mais il a été tué ce matin, et avant de mourir il m'a dit que les gens qui le traquaient risquaient de s'en prendre aussi à Teresa. »

Christine Mulcahy blêmit. Son mari se rapprocha de Declan en brandissant son tuyau d'un air menaçant.

« Vous feriez mieux de garder ça pour les compagnons d'armes de Seamus, s'ils viennent par ici, dit Declan. Moi, je veux aider sa famille, et c'est leur unique chance de s'en sortir. Je peux entrer, ou vous préférez que tout le monde puisse nous voir ? »

Tim Mulcahy n'avait apparemment pas saisi la gravité de la situation. Il s'avança encore. Christine s'interposa.

« Il a raison, Tim. Pour l'amour du ciel, laisse-le entrer. S'ils ont tué Seamus, ils vont venir chercher Teresa, aussi sûr que Dieu m'a faite. »

Declan entra. Il avait pris une décision. Il fallait que Teresa Cosgrave et ses enfants se réfugient en lieu sûr, quelque part où l'IRA n'irait jamais les chercher. Et il n'avait trouvé qu'une seule solution.

Pendant que Christine, après avoir envoyé les enfants jouer dans leurs chambres, annonçait la terrible nouvelle à sa belle-sœur, Declan resta dans l'entrée, sous l'œil vigilant de Tim. Ça sentait l'huile de friture. Des babioles clinquantes étaient accrochées partout, pour la plupart des souvenirs de vacances passées dans des pays ensoleillés.

L'homme à l'imposante carrure semblait rempli d'une rage qu'il ne savait contre qui extérioriser. Il faisait jouer ses muscles d'un air menaçant, mais Declan n'était pas inquiet. Si l'homme décidait de passer à l'attaque, il le mettrait au tapis d'une seule prise. Le cerveau prime sur les muscles, et l'entraînement de Declan n'était pas purement esthétique, ni son corps destiné à s'exhiber dans de stériles compétitions entre adeptes du culturisme.

Mulcahy ne quittait pas Declan des yeux, sans dire un mot. Ce dernier soupçonnait cet homme de ne pas éprouver le moindre chagrin de la mort de son beau-frère. Christine réapparut un quart d'heure plus tard, les yeux humides et la voix enrouée. La mort de Seamus faisait quand même de la peine à quelqu'un.

« Elle a dit qu'elle partirait avec vous à une seule condition. Elle veut les voir morts, ceux qui ont tué Seamus, je veux dire. Il faut que vous le lui promettiez. »

Declan secoua la tête, navré, mais pas très étonné.

« Vous savez bien que je ne peux pas promettre une chose pareille.

— Elle dit que sinon, elle s'en chargera elle-même, et que ce ne sera pas sa faute. Elle dit qu'il vaut mieux que ce soit vous, pour que ce soit légal.

— Ce ne serait pas légal non plus, murmura Declan. Vous savez bien qu'elle n'a pas la moindre chance de réussir. Pas contre des hommes de cette trempe.

— C'est sa condition. »

Il ferma les yeux. Il avait envie de dormir, de récupérer tout le sommeil dont il manquait depuis des jours et des jours, d'échapper à la migraine qui commençait à lui serrer les tempes. Si Teresa Cosgrave refusait de le suivre dans l'espoir de venger son mari, elle ne tarderait pas à le rejoindre dans la tombe. Mulcahy ne recueillerait pas ses enfants, Declan en était persuadé. Une fois encore, il serait responsable ! Et Mairead... Il avait déjà tant de morts sur la conscience !

« D'accord, dit-il enfin en ouvrant les yeux, d'une voix très basse. Je promets de faire tout ce qui est en mon pouvoir. Mais je ne peux rien garantir. On ne peut jamais dans des cas comme celui-là. Mais je ferai de mon mieux. »

Une minute après, Teresa, très pâle, les yeux rougis, entrait dans le salon. Elle portait un cardigan en laine rouge et une jupe écossaise verte, qui ne lui allaient bien ni l'un ni l'autre.

« Va chercher les enfants, dit-elle à sa belle-sœur. Il est temps de partir. »

Elle jeta alors sur Declan un regard dont il ne sut s'il exprimait une supplication ou la haine la plus farouche.

Pour se rendre à Killiney, il prit une route longue et compliquée, varia sans cesse son allure, emprunta des raccourcis à une vitesse déraisonnable et consulta constamment son rétroviseur pour voir s'ils étaient suivis. Teresa s'était assise à l'avant, son plus jeune enfant sur les genoux. Les cinq autres s'entassaient à l'arrière, muets et hagards, comme s'ils avaient compris qu'il leur arrivait quelque chose de terrible, dont ils ne percevaient pas encore toute la gravité, dont ils ignoraient l'issue.

Teresa ne lui adressa pas la parole. De temps à autre, Declan surprit son regard posé sur lui ; il le fuyait, incapable d'affronter sa douleur. Il savait qu'elle le tenait pour responsable de la mort de son mari et ne doutait pas un instant qu'elle l'aurait volontiers tué de ses propres mains s'il n'avait pas été censé représenter son unique protection, et sa seule chance de venger Seamus.

Bien maigre protection, et chance bien ténue, par ailleurs... Il était loin d'être en mesure de les lui garantir. Et l'éventualité de la mort d'Amina ne lui laissait pas un instant de paix. Seamus Cosgrave, lui, avait su pourquoi on l'exécutait. Amina mourrait sans même connaître l'identité de ses assassins, ou les mobiles de leur entreprise.

Ils arrivèrent chez Declan. Il n'avait pu imaginer meilleur refuge pour la famille éplorée. Mais ils ne pourraient y rester bien longtemps. Concepta pouvait revenir d'un jour à l'autre. Il était hors de question de les amener à Craigpatrick, bien évidemment. A Killiney, la famille Cosgrave serait à l'abri des regards indiscrets pendant quelques jours, et s'il pouvait convaincre Martin Fitzsimmons d'organiser leur départ, si son ami en avait encore la possibilité, ce délai serait sans doute suffisant. Declan frémit à l'idée que son ultime secours était peut-être, lui aussi, hors jeu. Mais il s'interdit de s'appesantir sur cette hypothèse. Il serait bien temps d'y penser si elle se concrétisait.

Il montra le congélateur bien rempli à Teresa, lui apprit à brancher la chaudière, à utiliser le lave-linge et le lave-vaisselle. Elle écoutait d'un air absent. Les enfants, toujours hébétés, regardaient la mer. Declan se demanda s'ils avaient déjà voyagé aussi loin de chez eux. L'aîné pourrait peut-être entrer chez les Frères, comme prévu ; ils représentaient son unique chance d'échapper au sombre destin qui l'attendait dans les rues du nord de la ville.

Au moment où il remontait en voiture pour partir, Teresa sortit de la maison.

« Il m'a dit de vous donner ça, murmura-t-elle en lui glissant une feuille de papier dans la main. S'il ne s'en sortait pas. Je l'aurais bien déchirée, mais je me suis dit que cela vous aiderait peut-être à trouver ses assassins. »

Declan déplia le feuillet et lut.

Un certain Aboo Hitter est arrivé à Belfast il y a deux

jours pour rencontrer Maureen O'Dalaigh. Ils sont maintenant dans le comté de Monaghan avec une unité de service actif, je ne sais pas exactement où. Il cherche des musulmans. C'est votre type ?

Lorsque Declan leva les yeux, Teresa était rentrée dans la maison. Il replia la feuille de papier et l'enfouit dans sa poche.

Au moment où il s'engageait sur la route, un homme assis à l'arrière d'une camionnette immatriculée à Dublin et garée sur le bas-côté appuya sur le bouton de son émetteur radio.

« Cinq à Base. L'oiseau n° 1 est sorti du nid. »

51

Dublin
10 h 24

Declan s'arrêta dans une cabine pour téléphoner à Martin Fitzsimmons.

« Je suis occupé pour l'instant, Declan. Rendez-vous dans une demi-heure sur le pont Macartney, Baggot Street. »

Declan remonta en voiture et se dirigea vers le centre. Lorsqu'il gara sa voiture, une Peugeot bleue s'arrêta quelques mètres derrière lui. Elle ne l'avait pas lâché depuis qu'il était passé devant l'ambassade des États-Unis, où elle avait pris le relais de la Ford noire qui le suivait depuis Blackrock. Ils ne prenaient aucun risque.

Martin, en imperméable beige, une écharpe noire nouée autour du cou, l'attendait au bord du canal. Declan le rejoignit et les deux hommes contemplèrent quelques instants les eaux sombres, où ne naviguait aucun bateau. Une femme et un enfant traversèrent Herbert Place. Un cycliste passa.

Declan montra à Martin le billet de Seamus Cosgrave.

« Je n'y comprends rien. Et toi, Declan ?

— Moi, oui. Je me suis demandé qui pouvait être cet Aboo Hitter. Et j'ai fini par comprendre. Il s'agit d'Abu Hida, un des tueurs du Hezbollah, le meilleur. Du moins, il l'était lorsque je me trouvais au Liban. C'est le fils de Mu'in Usayran, l'un des otages. Ils l'auront envoyé pour le retrouver et le sortir de là.

— Avec l'aide de l'IRA.

— Les otages sont peut-être à Monaghan. »

Martin secoua la tête.

« Certainement pas.

— Comment peux-tu en être aussi sûr ?

— Ce matin, on a déposé un sac devant l'école de chirurgie. Un sac en toile, banal. Un étudiant l'a remarqué, et l'a montré au gardien. On ne sait pas depuis combien de temps il était là. On avait accroché un message autour de la poignée. "Pour le Taoiseach." Nous ignorons s'il s'agit de Padraig Pearse ou de Ciaran Clark. Ça n'a sans doute aucune importance. Toujours est-il que le gardien a préféré appeler la police, qui a immédiatement envoyé une voiture de patrouille. Je suppose qu'ils s'attendaient à un nouveau cadavre.

— C'était ça ? »

Fitzsimmons fit non de la tête ; comme s'il le regrettait, songea Declan.

« Non. Le sac était beaucoup trop petit pour ça. Pourtant, le policier qui l'a ouvert a subi un tel choc qu'il a fallu le faire hospitaliser. Ce sac contenait des mains. Declan, des mains humaines, coupées au poignet.

— Chirurgicalement ? » En posant sa question, Declan sentit la bile lui retourner l'estomac. La question qu'il aurait voulu poser était : des mains d'homme ou des mains de femme ? Mais il ne pouvait s'y résoudre.

« Non. Le médecin légiste suppose qu'on les a coupées avec un instrument très lourd, une hache, sans doute.

— Et le corps, on l'a trouvé ?

— Il ne s'agit pas d'un corps, Declan. Il y avait sept mains dans ce sac.

— Dieu tout-puissant !

— Mais ça ne fait pas sept corps. Il y a trois paires de mains, et une main unique. Donc, nous avons quatre corps au maximum.

— Il avait dit un par jour.

— Je sais. Nous ne pouvons pas être certains qu'il ait manqué à sa parole. Il y a peut-être un cadavre quelque part, qu'on trouvera bientôt. Et les mains ont pu être coupées sur des gens bien vivants. Selon le médecin légiste, les pauvres diables n'étaient pas morts quand on leur a tranché les mains.

— Qui est-ce ? »

Les deux hommes traversèrent le pont. Un passant leur jeta un bref regard, puis se détourna.

« O'Hara. Il a mis sa meilleure équipe dessus. Mais les mains ne nous apprendront hélas pas grand-chose. »

Declan contempla les eaux lisses. Des papiers gras flottaient au gré du faible courant. Il frissonna.

« C'est une histoire de fou, murmura-t-il.

— Oui. C'est peut-être exactement ça. (Martin s'interrompit un instant.) Declan, reprit-il, je voudrais te dire une chose. Il n'y avait pas de mains de femme. »

L'angoisse de Declan grandit encore, jusqu'à devenir intolérable. Il aurait pourtant dû être soulagé par cette nouvelle. Mais une seule image l'obsédait : la main d'Amina saisissant la sienne au bord du fleuve, sa douceur, la façon dont elle avait enveloppé la sienne.

« Est-on certain que les mains appartiennent aux otages ? »

Martin hocha la tête.

« Il y avait une cassette dans le sac. J'en ai fait une copie pour toi, dit-il en sortant une cassette audio de sa poche. Je doute que tu en tires plus de renseignements que nous. La voix est tout à fait claire. Accent américain, texan, selon les spécialistes. Ce qu'elle raconte est complètement insensé, mais éclaire un peu la situation.

— Des témoins ont-ils vu quelqu'un déposer le sac ?

— On interroge les étudiants et le personnel. Mais il y a peu de chances.

— Tu as dit que tu étais sûr que les otages n'étaient pas détenus dans le comté de Monaghan, pourquoi ?

— O'Hara a détecté des traces de sel sur les mains et le tissu du sac. Du sel de mer. La toile en est saturée. O'Hara est persuadé qu'ils sont quelque part sur la côte. Cela rétrécit le champ de nos recherches. Et cela élimine des endroits comme Monaghan.

— Parfait. Il ne nous reste donc plus qu'à explorer deux mille kilomètres de côte, c'est bien ça ? »

Martin sourit.

« Tu oublies la spécificité de notre pays, mon vieux ! Tu

n'as donc rien appris, à l'école ? Et les îles ? Tu n'avais pas pensé aux îles, hein ?

— Tu as raison. Je ne les négligerai plus. Martin, j'ai besoin de ton avis. Faut-il que nous continuions ? Après tout, peu importe qui retrouve les otages. Quant au... différend... entre Harker et moi, c'est une autre histoire. Ça peut attendre.

— Je n'en suis pas certain, Declan.

— Je ne te comprends pas. »

Martin hésita. « Marchons un peu, Declan, veux-tu ? »

Ils s'engagèrent sur Herbert Place, en direction de Huband Bridge.

« Dis-moi, Declan, as-tu entendu parler du réseau Scimitar ? »

Declan fit non de la tête.

« Je n'en avais jamais entendu parler non plus, jusqu'à hier soir. Je n'arrivais pas à comprendre pourquoi le MI5 tenait tellement à contrôler notre affaire. Il y a des raisons évidentes, bien sûr, mais elles ne me paraissaient pas suffisantes pour justifier leur obstination. Et plus j'observais Harker, plus j'étais convaincu qu'il essayait de gagner du temps. Harker s'est mis à m'intéresser plus encore que les otages. Il est en liaison constante avec son patron à Belfast. Il utilise une ligne brouillée, à l'ambassade de Grande-Bretagne. Mes petits gars ont mis sept heures à entrer dans le système. L'écoute n'est pas encore parfaite, mais j'ai pu enregistrer plusieurs messages. Dans trois d'entre eux, il est fait référence à quelque chose qui s'appelle Scimitar. Ça sonnait un peu moyen-oriental, à mes oreilles, donc j'ai posé des questions à des gens compétents. En Europe, ce sont les Allemands qui sont les spécialistes du contre-espionnage arabe. Donc, j'ai interrogé des amis allemands. Mais avant de te raconter ce que m'a dit l'un d'eux, il faut que je t'explique quelque chose que tu ignores sans doute. »

Il s'interrompit. Leurs pas les avaient menés jusqu'à Huband Bridge, et ils se dirigeaient maintenant vers Percy Place.

« En mars 1990, reprit Fitzsimmons, après la réunification de l'Allemagne, les patrons des services de renseignement ont entrepris de réviser leurs vues sur le contre-espionnage. Désormais, il leur fallait considérer comme des étrangers les services de renseignement alliés, qu'ils avaient jusque-là traités comme des amis ; ils ont même proposé des opérations contre les États-Unis, la France et l'Angleterre. Ça peut se comprendre, si l'on songe au nombre d'opérations que ces pays avaient menées sur le sol allemand.

« Fin 91, les installations électroniques de l'Allemagne de l'Ouest, jusqu'ici sous contrôle allié, ont été récupérées par les Allemands. Mais ils ne se sont pas contentés de reprendre le matériel. Ils ont trouvé le moyen de s'infiltrer dans des dossiers qui leur étaient jusque-là interdits.

« Hier soir, j'ai parlé avec Helmut Kuchler, le sous-directeur du *Bundesamt für Nachrichtendienst*, leur département d'espionnage. Je lui ai demandé ce qu'il savait de Scimitar, et il me l'a dit.

« Pendant la guerre du Golfe, les Anglais et les Américains ont installé un vaste réseau de renseignement en Irak. Il s'appelait Scimitar, et il était censé se charger d'une opération ultrasecrète baptisée projet Babylone. Ce projet avait pour but de localiser et de détruire une installation top secret de fabrication et de distribution d'un gaz dans le genre du sarin. Ce que savent les Alliés, c'est que ce gaz est binaire, à l'instar du sarin, qu'on le prétend mille fois plus puissant que la formule de base, et qu'il est encore en phase de production.

« Selon les apparences, Scimitar a réussi. Une antenne de la CIA en Arabie saoudite a été informée de la localisation du site. Des ordres ont été donnés pour qu'on en fasse sortir les agents infiltrés, mais les agents de Scimitar ne sont jamais revenus.

« On a supposé que l'opération Scimitar avait échoué et que les seize agents avaient été exécutés. Mais, peu après la fin de la guerre, des rumeurs ont circulé, selon lesquelles ils auraient été faits prisonniers, et seraient détenus dans divers pays du Moyen-Orient. Des groupes extrémistes de cinq de ces pays les retiennent actuellement en otages. Contrairement à ce qui se passe d'habitude, leur présence n'a pas été divulguée. Leurs familles les croient morts, et personne d'autre n'est au courant de leur existence. Mais on se sert d'eux pour négocier la libération de terroristes. Les Anglais et les Américains veulent les récupérer, Declan, ils le veulent à tout prix. »

Les deux hommes firent halte. Un couple d'amoureux les dépassa.

« Serais-tu en train de me dire... ?

— Mon ami allemand n'en savait pas davantage.

— Mais tu penses que Harker et Willoughby étaient impliqués...

— Oui.

— Ils ne peuvent pas être à l'origine de la conférence, Martin. C'est une initiative personnelle de Padraig Pearse. Je le sais.

— Cela ne fait aucun doute, Declan. Mais je pense qu'il a été facile, une fois l'idée lancée, de l'inciter à inviter tel ou tel délégué. D'ailleurs, il suffisait d'exercer une influence sur Ciaran Clark.

— Nom de Dieu ! On leur a mâché le boulot.

— Eh oui. La CIA et le MI5 n'ont eu qu'à se servir. Et maintenant, ils possèdent leurs propres otages, eux aussi.

— Et pendant qu'ils négocient la libération des agents de Scimitar, Harker gagne du temps. (Declan s'interrompit, frappé par une idée.) Ils n'auraient jamais utilisé leurs propres agents. Ç'aurait été bien trop dangereux si quelque chose avait mal tourné. J'imagine qu'ils se sont servis d'un groupe qu'il est impossible de rattacher à un quelconque service de renseignement. Mais, dans ce cas, comment Willoughby les contrôle-t-il ?

— Il y a des hommes du MI5 avec eux ; Willoughby a fait allusion à une communication téléphonique qu'il a reçue il y a deux jours. Ce que je vais t'annoncer ne va pas te plaire, Declan.

— Je ne comprends pas.

— L'intermédiaire est un certain Peter Musgrave. C'est un nom que tu connais, je le sais. »

Un silence épais enveloppa les deux hommes comme un linceul. Declan ferma les yeux. Il était à nouveau dans le petit salon de thé, il regardait l'assassin de sa fille dans les yeux. Et ce visage l'avait conduit à une photographie dans un dossier, une photographie et une fiche d'identité.

Martin tendit la main et serra le bras de Declan.

« Declan, je peux te sortir de là. Ce ne sera pas commode, mais je le peux. De nouveaux papiers d'identité...

— On n'accroche pas une nouvelle identité sur un homme mort, Martin. Il faut que je continue jusqu'au bout.

— A cause de la femme?

— Amina? Comment es-tu au courant?

— Bon Dieu, Declan! Par moments, on te croirait né d'hier. C'est dans ton dossier. »

Declan secoua douloureusement la tête.

« L'important n'est jamais dans les dossiers, Martin. Fais attention à toi. Je resterai en contact.

— Prends ceci, Declan, dit Martin Fitzsimmons en lui tendant une carte où il avait hâtivement griffonné un numéro. Je ne sais pas combien de temps je pourrai continuer à te renseigner sur ce que nous apprenons de notre côté. La frontière est de plus en plus étroitement surveillée. Toutes les mesures de sécurité sont renforcées. Si tu as besoin d'aide et que tu ne puisses me joindre, appelle ce numéro. Tu ne connais pas le bonhomme, tu n'as pas besoin de savoir son nom. Tu n'auras qu'à lui dire qui tu es; et il fera de son mieux.

— Merci, Martin. Sois prudent. Je t'enverrai une carte postale du bord de la mer. »

Martin regarda Declan s'éloigner et traverser en direction de Wilton Terrace. Il avait laissé sa voiture sur Haddington Road. Au moment où il allait rebrousser chemin, il vit revenir les deux amoureux, toujours main dans la main, et il songea à Declan, qui n'avait trouvé l'amour que pour le perdre à nouveau. Il leur sourit, et la fille lui rendit son sourire. Il ne vit pas le couteau qu'elle avait en main mais il le sentit, comme une brûlure qui lui traversa le ventre et remonta jusqu'au sternum. Il n'eut pas le temps de comprendre ce qui lui arrivait. La dernière image qui s'inscrivit dans son esprit fut celle d'un joli visage, le sourire aux lèvres. Puis il sombra.

52

Bureau des liaisons de sécurité
Thiepval Barracks, Lisburn
Samedi 22 septembre, 14 h 18

Malcolm Blake trouvait que le vieil homme avait l'air épuisé. Il avait veillé toute la nuit, pour monter une nouvelle opération avec Rigby et lui. Ils étaient confrontés à un obstacle majeur : le peu d'informations dont ils disposaient quant à la localisation exacte de Conor Melaugh et de son unité. Monaghan, c'était bien vague !

Willoughby n'avait pas la moindre intention de prévenir les autorités de Dublin de l'activité sur leur territoire d'un commando de l'IRA dépendant du commandement nord. Ils rendraient impossible le genre d'opération qu'il voulait lancer en envoyant ostensiblement des renforts de police dans la région. Pourtant, s'ils ne pouvaient pas faire de reconnaissance sur les lieux mêmes, leur entreprise, qu'ils appelaient entre eux l'opération « Dent pour dent », semblait vouée à l'échec.

Ils avaient besoin d'un coup de pouce du destin. A 14 h 18, ils le reçurent.

Un analyste de l'Agence de sécurité nationale américaine avait intercepté un appel en provenance de la République d'Irlande à destination de Baalbek au Liban. L'appel avait duré cinq minutes, de 7 h 9 à 7 h 14. Il fut enregistré et envoyé, par principe, au quartier général anglais de Cheltenham. L'enregistrement atterrit sur le bureau de l'un des soixante agents qui surveillaient les télécommunications irlandaises.

Depuis l'attaque de Castletown House, les communications entre l'Irlande et le Moyen-Orient faisaient l'objet d'une surveillance accrue. L'enregistrement fut transmis au MI5, et une copie envoyée au MC10, l'unité américaine en charge des dossiers secrets du Moyen-Orient.

La bande fut soumise à un spécialiste des affaires arabes, et, peu après deux heures de l'après-midi, Alan Rigby en recevait une traduction.

Willoughby était assis, le visage marqué par le manque de sommeil. Il était de mauvaise humeur et n'avait plus la force de le cacher.

« Qu'est-ce que c'est ? demanda-t-il à Rigby qui s'approchait de son bureau une feuille de papier à la main.

— Quelque chose d'intéressant, je crois. Hier, il y a eu un appel pour Baalbek, en provenance d'une petite ville du comté de Monaghan, Ballybay. Le destinataire : Ihsan Abbas, membre du Conseil national du Hezbollah. La division K n'est pas encore certaine de l'identité du correspondant en Irlande, mais il y a de fortes chances pour qu'il s'agisse de Abu el-Fath Mohammed Amili, plus connu des services antiterroristes sous le nom de Abu Hida.

— Traduisez-moi cela en anglais.

— Un tueur, Geoffrey. Leur meilleur. Vous comprendrez quand vous aurez lu la transcription. Il est ici pour libérer l'un des otages. L'unité de service actif a été reformée pour l'aider. Maureen O'Dalaigh le seconde. On les tient, Geoffrey. Le plus joli paquet-cadeau dont on puisse rêver ! »

53

Craigpatrick
Samedi 22 septembre, 15 h 45

Le voyage de retour s'était passé sans incident notable. Pendant que Declan parlait avec Martin Fitzsimmons, on avait fixé un petit émetteur sur le pare-chocs arrière de sa voiture. Le véhicule qui le suivit jusqu'au comté de Clare ne s'approcha jamais de plus d'un kilomètre et, malgré la vigilance constante de Declan, malgré ses nombreux détours et ses arrêts fréquents, pour laisser passer les voitures qui roulaient derrière lui, il ne put soupçonner un instant qu'il était suivi.

Grainne Walsh l'attendait dans le jardin, derrière la maison. Elle était impatiente de le voir arriver, car elle avait eu du mal à entretenir le moral de l'équipe pendant son absence.

« Je suis désolé, lui dit Declan en s'asseyant à côté d'elle sur un banc, c'était très important.

— Dominic Lawlor m'a dit qu'il fallait que vous sortiez un mouchard d'une sale situation.

— En effet.

— Vous avez réussi ? »

Il fit signe que non. Sur le lac, un héron étincelait sur les eaux pâles. Seamus Cosgrave avait-il eu l'occasion, une seule fois dans sa vie, de jouir d'une vue aussi paisible que celle-ci ? Avait-il jamais respiré un air aussi pur ? Admiré un si beau soleil ? Entendu tant d'oiseaux chanter en même temps, pêché dans un lac comme celui-ci, marché sur une herbe grasse et verte non souillée par des bouteilles cassées, fait l'amour dans une pinède ? Lui et ses semblables étaient tous pris au piège dans un monde de laideur et de désespoir, de choses qui se brisaient. Le pauvre diable ! Il attendait tellement de sa nouvelle vie !

Grainne comprit le sens du geste de Declan ; elle connaissait le genre de fin promise aux indicateurs, et la culpabilité que ressentaient alors inévitablement ceux qui les avaient manipulés. Cela lui était arrivé deux fois. De désespoir, l'épouse du second s'était suicidée après avoir tué ses enfants. Et, depuis lors, Grainne refusait d'être l'officier traitant d'un mouchard.

Declan mentionna le billet maladroit de Cosgrave, la référence à Aboo Hitter, le lien apparent avec Maureen O'Dalaigh. Elle hocha la tête. Les éléments du puzzle se mettaient lentement en place.

« Je pense que cet homme était à Belfast, la nuit de la fusillade d'Andersonstown, dit-elle. Liam s'était débrouillé pour obtenir de nombreux détails de ses sources à Dublin, en se servant d'un modem verrouillé et du mot de passe fourni par Martin Fitzsimmons. La fusillade porte la signature d'un tueur professionnel, mais lui et les hommes de l'IRA ont peut-être commis une grave erreur. Les Anglais retourneront toutes les pierres du chemin pour lui mettre la main dessus. Il aura sans doute plus de mal qu'il ne le pensait à localiser les otages. Si le MI5 s'est mis en chasse, il se fera prendre dès qu'il pointera le nez.

— Ce n'est pas lui qu'ils cherchent, c'est O'Dalaigh et l'unité de service actif. »

A son tour, il lui expliqua les dessous de l'embuscade de Malone House, et le désir de vengeance des Anglais. Mais il ne lui parla pas d'Austin McKeown, ni du rapport de cette affaire avec l'attentat contre sa propre vie.

« La situation se complique, dit Grainne.

— Mais ça nous donne une chance de plus de retrouver les otages. Si nous dénichons Abu Hida, il nous conduira peut-être à eux.

— Et s'il arrive le premier ?

— Il fera le boulot à notre place.

— Et si son boulot était de les éliminer, et non pas de les libérer ? »

Vous croyez que vous êtes intelligents. Vous vous croyez malins, vous imaginez que Dieu vous sourit avec bienveillance. Eh bien moi, qui ne suis pas intelligent, qui ne suis pas malin, je sais pourtant que vous n'êtes qu'un tas de merde.

La voix résonnait dans la bibliothèque comme celle d'un enfant dans une église, brutale et déplacée. Le malaise qu'elle inspirait à chacun était palpable. Ils écoutaient avec la distance courtoise d'hommes et de femmes pour qui la religion n'avait jamais fait l'objet de sentiments exacerbés. Tous avaient été élevés dans le catholicisme irlandais et même s'ils avaient depuis longtemps cessé de croire aux pouvoirs surnaturels de leur foi, aucun d'entre eux ne l'aurait échangée contre les excès de la rigueur fondamentaliste des protestants.

Myles O'hUiggin était assis dans un coin, il avait l'air de s'intéresser davantage à ses propres pensées qu'aux élucubrations du prêcheur texan. Mais lui seul était capable de suivre les méandres du sermon, de comprendre le sens des allusions et l'extravagant usage des références bibliques.

Et voilà pourquoi on m'a envoyé. Pour briser les sceaux du Livre. Pour rompre les sept sceaux des sept manuscrits. « Et j'ai vu dans la main droite de celui qui était assis sur le trône un livre scellé de sept sceaux. Et j'ai vu un ange, qui proclamait d'une voix tonnante : Qui sera digne d'ouvrir le Livre et de briser les sceaux ? »

Le visage du professeur changea ; on aurait dit que l'homme se réveillait d'un long sommeil. La voix continuait, triomphale, incantatoire, et plus elle se faisait entendre plus l'expression de Myles O'hUiggin reflétait son trouble profond.

Dans l'histoire de David et de Goliath, nous comprenons qu'Israël représente l'humanité et les Philistins les forces du mal ; de la même façon, dans le livre d'Isaïe, les Assy-

riens représentent les États-Unis et les deux tribus la descendance de David.

Le professeur bondit de sa chaise.

« Dieu tout-puissant ! s'exclama-t-il.

— Que se passe-t-il ? lui demanda Declan en arrêtant la bande.

— Rien, rien. La confirmation de quelque chose que je soupçonnais. Continuez. Il faut que j'entende la fin. »

Ils écoutèrent la complexe explication de la prophétie extraite du livre de Daniel et seul le professeur suivait l'esprit tortueux du prédicateur.

Cette nuit, j'ai demandé à Dieu de me montrer le chemin. J'ai prié pour qu'il me guide, et j'ai ouvert la Bible. Et j'ai lu les versets suivants, dans le deuxième livre de Samuel : « David donna des ordres aux jeunes gens et ceux-ci les tuèrent. Puis ils leur coupèrent les mains et les pieds qu'ils suspendirent au-dessus de la piscine d'Hebron. »

Et le sermon se poursuivit jusqu'à sa conclusion désormais prévisible.

On m'a dit que dans votre pays la loi veut que l'on coupe la main d'un voleur ; c'est donc ce que nous allons faire.

Mais l'enregistrement ne s'arrêtait pas là. La bande avait continué de tourner pendant qu'Ezéchiel posait la hache et le billot sur l'estrade, qu'on amenait les quatre otages et que le premier sifflement de la hache retentissait dans un silence de mort, rompu seulement par le hurlement du supplicié. Declan se leva et arrêta le magnétophone d'une main tremblante. Personne ne souffla mot. Personne ne put regarder son voisin. Ils restèrent prostrés pendant un long moment.

A 6 heures, le téléphone sonna.

« Je voudrais parler à Declan Carberry.

— Lui-même. Qui est à l'appareil ?

— Nous ne nous sommes jamais vus, mais je crois que vous me connaissez de nom. Je suis Anthony Harker. »

Declan resta sans voix. Il entendait toujours siffler la hache, et le hurlement du malheureux qui avait glacé tous ceux qui étaient réunis dans la bibliothèque.

« Oui, j'ai entendu parler de vous, en effet. Que voulez-vous ? »

Comment Harker avait-il retrouvé sa trace ? Il écarta pour l'instant la question de son esprit. Il y avait trop de réponses possibles.

« Je vous félicite, monsieur Carberry. Le gouvernement irlandais est fier de vous. Vous l'avez servi avec courage et générosité. Je suis personnellement frappé par votre intégrité et votre débrouillardise. Je vous admire sincèrement.

« Mais pourquoi poursuivre encore ? La troïka qui vous a donné l'ordre d'agir est dissoute. Votre beau-frère a démissionné ; c'est désormais un citoyen comme les autres. Sean Roche a pris une retraite anticipée. Eoin Ceannt a été limogé. Martin Fitzsimmons est mort.

— Quoi ? »

Cette dernière déclaration frappa Declan comme un coup de poing dans l'estomac.

« Il est mort ce matin. La police suppose qu'il s'agit d'un acte de représailles. Il a été poignardé dans Baggot Street. Apparemment, il venait d'avoir une conversation avec un individu non identifié. La police tente d'établir son portrait-robot. »

Harker s'interrompit, comme pour laisser à Declan le temps d'assimiler ses dernières paroles. Ce dernier sentit ses poils se hérisser, il se mordit la lèvre.

« Continuez.

— Votre opération est illégale, mais ce n'est pas sur vous qu'il faut en rejeter le blâme. Vous avez exécuté les ordres de vos supérieurs, vous n'aviez pas le choix. En outre, vous pensiez certainement agir pour le mieux. Le Taoiseach m'a demandé de vous dire que la situation a changé et que vous devez désormais considérer ces ordres comme caducs. Dès maintenant, vous reprendrez votre poste de chef de la police. Mais je peux vous garantir personnellement que très bientôt, dès que l'affaire des otages sera réglée, il y aura plusieurs postes importants à pourvoir. Vous n'aurez qu'à choisir.

— Et si je refuse ?

— Je ne peux pas croire que vous soyez stupide à ce point, monsieur Carberry. Vous n'avez pas le choix. En outre, si vous désirez venir en aide aux otages, vous serez beaucoup plus utile en travaillant avec nous plutôt que contre nous. Nous avons besoin de votre expérience, de vos compétences. Seul, vous êtes impuissant. En admettant même que vous découvriez le lieu de détention des otages, que ferez-vous pour eux ? Vous ne disposez ni de l'armée, ni des forces de police, ni des unités d'élite spécialisées. A quoi vous servira votre poignée de bureaucrates ? Il faudra bien que vous nous transmettiez l'information, pour que nous puissions monter une opération efficace, ou négocier en de bonnes conditions. Pourquoi ne pas le faire tout de suite ? Pourquoi ne pas accepter l'inévitable, et cesser de jouer à des jeux idiots ?

— Ce jeu idiot, comme vous dites, est le seul que je puisse jouer selon des règles que je comprends, et avec des partenaires en qui j'ai confiance.

— Prétendez-vous ne pas faire confiance à votre gouvernement, à votre Premier ministre ?

— Vous n'êtes pas le Taoiseach, monsieur Harker, et jusqu'à présent, je n'ai parlé qu'avec vous. A vrai dire, je ne suis même pas certain de la légitimité de Ciaran Clark. En fait, je ne reconnais ni votre autorité ni la sienne. Pas plus que celle du MI5, d'ailleurs. »

Declan avait beau plastronner, il savait que Harker disait la vérité, et qu'il patinait sur une couche de glace beaucoup trop fine. Il n'avait aucun droit de gâcher les carrières et peut-être les vies des hommes et des femmes qui travaillaient pour lui. Et Harker n'avait pas tort lorsqu'il affirmait que les otages avaient plus de chances d'avoir la vie sauve si l'opération était menée dans les règles, par des hommes bien entraînés et convenablement équipés. La légitimité de l'accession au pouvoir de Ciaran Clark et la présence du MI5 dans la République étaient des questions triviales, comparées à la tragédie de la prise d'otages, et à l'impérieuse obligation de traîner les coupables devant les tribunaux.

Mais Declan n'ignorait pas les desseins secrets de Harker. L'affaire des mains prouvait que l'organisme qui tirait les ficelles n'était pas le MI5. Willoughby, Harker et leurs supérieurs étaient sans doute disposés à sacrifier la vie de quelques musulmans si cela pouvait les aider à augmenter la pression sur ceux qui détenaient les agents du réseau Scimitar. Mais Declan était de plus en plus convaincu qu'ils avaient passé une alliance fort peu sainte avec un individu dont les objectifs étaient totalement différents, un individu dont il venait d'entendre la voix, un individu qui tuerait tous les otages si cela lui chantait.

Dans ces conditions, poursuivre son opération parallèle apparaissait plus vital que jamais pour la sécurité des otages. Les membres de son équipe choisiraient leur destin : il les informerait des offres de Harker, et ils décideraient. Mais lui continuerait, même s'il devait se retrouver seul.

« Je vous donne ma démission, dit-il à Harker. Je rédigerai ma lettre officielle ce soir, et je l'enverrai par télécopie dès demain matin.

— Vous m'avez mal compris, monsieur Carberry. Vous n'avez pas le choix, je vous le répète. Soit vous travaillez avec moi, soit je vous fais arrêter. Il n'y a pas de solution intermédiaire. Ceci s'applique à tous les membres de votre équipe. C'est mon dernier mot.

— Allez au diable ! »

Un long silence suivit l'explosion de colère de Declan, qui s'attendait que son interlocuteur raccroche, ce qu'il ne fit pas. Harker reprit la parole, et son ton n'avait plus rien de conciliant. Toute affabilité était évanouie, on aurait pu établir un parallèle avec un chat, tapi, sortant ses griffes pour bondir sur sa proie.

« Vous n'avez toujours rien compris. Celui qui va aller au diable, ce n'est pas moi. Vous, en revanche, vous êtes sur la mauvaise pente. Je ne vous parle pas de Dublin, je suis à un kilomètre de chez vous. Craigpatrick est cerné. Les troupes tireront sur quiconque essayera de s'enfuir. Je vous donne une demi-heure pour réfléchir avec vos collègues. Si, ce délai passé, vous ne sortez pas de la maison, les troupes ont reçu l'ordre d'y pénétrer, par la force si nécessaire. Et je considère qu'il est de mon devoir de vous prévenir qu'en cas de résistance, vous serez traités sans la moindre indulgence. »

54

Ballybay
18 h 35

La journée avait été longue et pénible, et elle était loin d'être finie. Des armes avaient été livrées de Dublin, et ils les avaient cachées non loin de là. On avait décidé de consacrer la soirée à familiariser les hommes avec les nouveaux équipements, dont les lunettes à infrarouge. Personne n'irait se coucher avant minuit, ou même plus tard, si les hommes étaient lents à apprendre.

Pendant la matinée, puis l'après-midi, Abu Hida avait forcé le respect des plus récalcitrants des membres de l'unité de service actif. Sur sa demande, Maureen n'avait soufflé mot de la fusillade d'Andersonstown ni de sa vie au Liban, des missions qu'il avait exécutées, des hommes qu'il avait tués. Il était simplement sorti avec eux dans la nature, s'était frayé un chemin dans la forêt, avait traversé des rivières en crue et escaladé des collines aux pentes redoutables. Pendant tout ce temps, il les avait poussés au-delà de leurs limites, les aiguillonnant sans pitié ni répit.

Jamais il n'avait élevé la voix, ni demandé aux hommes de faire quoi que ce soit qu'il n'eût au préalable accompli lui-même. Ils l'avaient d'abord suivi avec réticence, et à la fin de la journée ils s'efforçaient de suivre à la lettre ses recommandations. A aucun moment il ne leur avait reproché leurs échecs; et maintenant, il les félicitait pour la plus minime des réussites.

Réunis dans la cuisine, ils dévoraient leur premier repas de la journée. Personne ne parlait. Abu Hida ne mangeait que du pain et du fromage. Maureen était allée téléphoner au village. Abu Hida regrettait son absence. Pendant cette longue journée, elle s'était montrée plus endurante que les hommes et ne semblait pas le moins du monde affectée par ses efforts physiques.

On entendit marcher sur le sentier. Abu Hida alla à la fenêtre. Maureen revenait et en la regardant s'approcher il ressentit la certitude qu'elle avait obtenu les informations dont il avait besoin. Son allure exprimait une allégresse nouvelle.

Lorsqu'elle franchit la porte, il sut qu'il ne s'était pas trompé. Une lueur de triomphe brillait dans ses yeux, celle qu'il y avait déjà lue parfois, lorsqu'elle avait réussi quelque chose de particulièrement difficile.

Il déplorait ses conditions de vie, qui lui interdisaient toute émotion. Il lisait si bien dans les yeux des femmes, il lisait tout ce qui était dissimulé sous le voile. Maureen O'Dalaigh, qui n'avait jamais caché son visage sous un épais tissu, portait un masque d'une autre nature : elle avait appris à neutraliser ses sentiments sous une impassibilité de commande qui ne révélait rien de son trouble. Mais il savait percer ce mystère. Il décelait l'excitation, la peur et — il devait l'admettre — le désir. Et le regret pesait sur son cœur comme une pierre qui l'entraînait au fond.

« On a trouvé un cadavre sur la péninsule de Dingle », annonça-t-elle en claquant la porte derrière elle. Elle était là, devant lui, les yeux vifs. Elle lui rapportait ce qu'il voulait, et, en échange, elle espérait l'avoir à elle.

« Un vieillard, un certain Michael Deighan. Un vieux bonhomme inoffensif, qui rendait des petits services à droite et à gauche, et n'a jamais fait de mal à une mouche. On l'a trouvé sur la plage de Ballyvouteragh, ce matin, la cervelle éclatée.

— Ces vieux sont souvent des emmerdeurs, intervint Conor Melaugh. On a pu le tuer pour des milliers de raisons.

— Tais-toi, Conor, et écoute, tu veux bien? Il y a des étrangers à Inishtooskert. Des Américains, selon les villageois, mais ils les ont à peine vus. Ils ont acheté de nombreuses fournitures à Dingle, au début de l'été. Ils prétendaient être des moines d'une église quelconque, venus faire retraite. Les villageois disent qu'ils étaient gentils, mais très réservés et qu'ils ne sont plus revenus après s'être installés dans l'île. Des hommes uniquement. On leur a fichu la paix. Dans ces parages, les gens respectent les retraites. Ça fait partie de leur culture. Apparemment, ils sont toujours dans l'île, ils prient. Mais de temps en temps certains d'entre eux viennent à terre dans un petit bateau, et prennent des voitures qui sont garées non loin de la plage.

— Où est-ce ? » Abu Hida voulait voir l'endroit sur une carte. Le raisonnement de Maureen l'avait convaincu : une mort violente et inutile, des étrangers reclus, des voyages à terre.

Maureen déplia sur la table une carte de l'Irlande et désigna la péninsule de Dingle.

« C'est ici qu'on a trouvé le vieillard. Un peu plus au sud, voici la baie où sont garées les voitures. Et voilà Inishtooskert. »

Abu Hida hocha la tête. Une île très proche du rivage. C'était l'idéal.

« Y a-t-il beaucoup d'habitants sur l'île ? »

Maureen secoua la tête et lui expliqua que les insulaires avaient tous quitté leur territoire. Abu Hida sourit intérieurement. Tout se mettait parfaitement en place. C'était exactement le genre de lieu qu'il aurait choisi.

« Nous partons demain matin, dit-il. A l'aube. »

55

Craigpatrick
18 h 11

Les mains tremblantes, Declan raccrocha le téléphone. Il inspira profondément, et s'efforça de retrouver son calme. Son cœur était emballé, son esprit essayait de suivre le même rythme. Pendant plus d'une minute il resta assis derrière le vieux bureau de Padraig Pearse, en passant en revue les diverses possibilités.

Le plus facile était de suivre le conseil de Harker : Declan était certain que les membres de son équipe seraient tous promus, et qu'on leur accorderait toutes les primes qu'ils demanderaient. Ils avaient pris beaucoup de risques, et se trouvaient embringués dans une histoire qui ne les regardait pas. Quant à lui, en échange de son silence on lui proposerait certainement un poste important au gouvernement. Peut-être les fonctions qu'occupait précédemment Ciaran Clark. Ou une ambassade prestigieuse, à Paris ou à Washington, ou encore la représentation de son pays à l'ONU. Rien n'était hors de portée pour Harker et ses amis. Et le nouveau Taoiseach pouvait se permettre d'être généreux.

Declan envisagea cette possibilité avec un certain cynisme. Après tout, il avait vécu assez près des cercles du pouvoir pour savoir comment ils fonctionnaient, et connu si intimement le monde des services de renseignement qu'il comprenait que son refus de coopérer ne changerait pas grand-chose. Le sort des otages serait tranché, l'avait sans doute déjà été, par des hommes plus puissants et plus cyniques que lui. S'il parvenait à se faire garantir que le salut d'Amina serait pris en compte, cela revenait au même pour lui. Il pourrait se retirer quelque part avec elle, ce qu'il désirait le plus au monde. Et la terre continuerait de tourner sans lui.

Mais d'autre part...

Il ouvrit la porte. Grainne l'attendait dans la pièce voisine.

« Réunissez tout le monde, Grainne, le plus vite possible. »

Quelques minutes plus tard, l'équipe au complet était rassemblée dans la bibliothèque. Un bref coup d'œil à sa montre et Declan constata qu'il leur restait vingt-cinq minutes pour prendre leur décision.

« Liam, dit-il, appelez l'unité de sauvetage de l'aéroport de Shannon. Servez-vous de la radio, pas du téléphone. Utilisez le code d'urgence. Dites-leur qu'il nous faut un hélicoptère pour un ou plusieurs passagers, dans vingt-cinq minutes. Dites que c'est une priorité, que nous avons des gens qui ont un besoin urgent de secours médical. Ils l'ont déjà fait, ils le referont. Ils connaissent la musique. »

Dès que Liam fut sorti, Declan s'adressa à son équipe.

« Vous vous doutez bien qu'il se passe quelque chose. Je viens de recevoir un appel de Harker. Il sait où nous sommes et ce que nous faisons. Il nous ordonne d'arrêter. »

Declan leur fit un récit précis de sa conversation avec l'homme de Willoughby.

« Voilà où nous en sommes, conclut-il. Je crois qu'on peut lui faire confiance. Vous êtes tous libres de partir ; cette affaire ne vous nuira pas. On ne pouvait pas en espérer plus.

— Pourquoi l'hélicoptère ? demanda Dominic Lawlor.

— Pour ceux qui voudront l'utiliser. Si certains d'entre vous le souhaitent, on les déposera où ils voudront aller. Je ne vous le conseille pas ; mais c'est un choix que vous pouvez faire.

— Le prendrez-vous, monsieur ? demanda Grainne.

— Oui.

— Vous n'avez pas confiance en Harker ? »

Il haussa les épaules.

« Je pense qu'il tiendra ses promesses en ce qui concerne l'unité. C'est l'ex-Taoiseach et vos supérieurs qui vous ont embarqués dans cette entreprise. Personne ne peut vous le reprocher. Harker n'a aucune raison de vous vouloir du mal. Bien au contraire. Vous pouvez lui être utiles.

— Pas vous ?

— Non. Pas moi. »

Grainne l'observa attentivement. Il lui cachait quelque chose.

Liam Kennedy revint.

« Ils sont en route, monsieur. Ils avaient besoin d'une autorisation hiérarchique. Je leur ai donné votre nom. J'espère que je n'ai pas commis d'erreur.

— Aucune importance, dit Declan. Ce n'est plus le moment de se préoccuper de ce genre de détails. Dans combien de temps l'hélico arrivera-t-il ?

— Dans un quart d'heure. Un seul appareil, comme vous l'avez demandé.

— Parfait. Sortez, et tenez-vous prêts à éclairer la plate-forme d'atterrissage. Les interrupteurs sont dans un coffrage, près de la porte de la cuisine. Ne faites rien avant que l'hélico soit au-dessus de nos têtes.

— Nous ne monterons pas tous dans un seul Dauphin, monsieur.

— Je le sais, Liam. Tout le monde ne partira pas. Allez, exécution. »

Un silence profond s'établit dans la pièce. Une voix le rompit.

« Dites-moi, Declan, un service de renseignement américain pourrait-il être impliqué dans cette prise d'otages ? »

Myles O'hUiggin s'était levé. Il tenait une cassette dans sa main. Declan lui trouva l'air très énervé.

« Myles, ceci ne vous regarde plus, désormais.

— Vous m'avez fait venir, Declan, vous m'avez demandé de faire un certain boulot. Je le fais. Je veux savoir si la CIA ou le FBI pourraient être impliqués dans cette affaire. Vous voulez bien me répondre, oui ou non ? »

Declan hésita un instant.

« Oui, dit-il enfin. Presque certainement.

— Je vois. »

Myles se tut, mal à l'aise.

« Declan, pouvez-vous prendre contact avec le FBI ? Pouvez-vous le faire sans leur dire ce qui se passe ? Il y a un point que je dois vérifier.

— Je ne sais pas. Peut-être. Tout dépend de ce que vous voulez savoir.

— Je vous repasserai cette bande tout à l'heure, Declan. Elle n'a peut-être pas beaucoup de sens pour vous, ni pour tous ceux qui l'ont écoutée jusqu'à présent. Pourtant, je vous affirme qu'elle révèle l'identité du preneur d'otages.

— Il est trop tard, Myles.

— Non, Declan, non, il n'est pas trop tard. Pas quand vous saurez qui c'est, et ce dont cet homme est capable.

— Bon. Je vous écoute. Qui est-ce ?

— Il y a quand même un petit problème, Declan.

— Lequel ?

— Cet homme, sur la bande. Celui qui prêche... A notre connaissance à tous... »

La voix du professeur se brisa.

« Voyons, Myles, de quoi s'agit-il ?

— Jusqu'à ce soir, j'aurais pu jurer que cet homme était mort. »

56

Craigpatrick
18 h 26

L'hélicoptère atterrit quelques minutes avant l'expiration du délai fixé par Harker. Pales tournantes, il attendait sur la petite plate-forme au bout du jardin. Padraig Pearse l'avait souvent utilisé pour se rendre à l'improviste dans la capitale ou ailleurs.

Declan ordonna que l'on éteigne les lumières. L'obscurité régna de nouveau. La majorité des membres de l'équipe avaient décidé de saisir la chance que leur offraient Harker et Ciaran Clark. D'ailleurs, du moment que le secret de l'opération était levé, ils ne pouvaient plus faire grand-chose. Les adieux avaient eu lieu.

Les autres coururent à l'hélicoptère. Ils auraient embarqué avant que les troupes n'aient eu le temps de réagir. Declan pensait que l'armée réfléchirait à deux fois avant d'ouvrir le feu sur un hélicoptère de sauvetage. Harker lui-même aurait du mal à justifier une telle action.

Declan montra ses papiers d'identité au pilote, qui semblait furieux.

« Qui que vous soyez, vous voulez bien m'expliquer à quoi rime ce bordel ? (C'était un jeune homme, sorti depuis un an ou deux de l'école de pilotes de Baldonnel.) Une patrouille du Fiannoglach vient de m'intercepter par radio, pour m'ordonner de dégager le terrain. Je leur ai dit que j'exécutais une mission d'urgence, mais je ne peux pas simplement ignorer...

— C'est une urgence, mon vieux. Il faut que nous sortions d'ici en vitesse.

— On m'a dit que je devais aller chercher des blessés. Vous semblez en grande forme, tous autant que vous êtes. Si vous voulez que je décolle, il me faudra une autorisation.

— Celle-ci vous convient-elle ? demanda Declan en sortant son automatique de sa poche.

— Vous allez vous attirer de sacrés ennuis, monsieur. Vous n'avez aucune autorité sur un équipage de l'Air Corps.

— Les problèmes, je m'en charge. Contentez-vous de piloter. »

La radio grésilla.

« SAR 248, ici le capitaine de Rangers Loughran. Vous vous trouvez en zone interdite. Je vous somme d'expliquer votre présence. Terminé. »

Le pilote tendit la main vers son interrupteur mais Declan fut plus rapide que lui et éteignit la radio.

« Décollez, maintenant, dit-il. Vous direz ce que vous voudrez au Fiannoglach. »

Le pilote hésita quelques secondes encore, puis se rendit à la raison : l'homme armé était dans sa cabine et la patrouille au sol. Il mit les gaz.

« Fermez les portes et attachez-vous », dit-il.

Quelques instants plus tard, ils volaient.

« Allez vers le nord, et éteignez vos feux de position. Je ne veux pas qu'on nous suive à la trace. Si vous pouvez voler assez bas pour échapper aux radars, ce sera encore mieux.

— Bon Dieu ! Les monts Aughty sont juste devant nous.

— Laissez tomber les montagnes. Survolez le lac jusqu'à Portumna, puis prenez à gauche, vers Loughrea. Vous passerez entre les reliefs. Ensuite, continuez vers le nord, puis nous croiserons une route. Nous prendrons vers l'est, jusqu'à Ballinasloe. Je vous donnerai d'autres instructions lorsque nous y serons. »

Pendant leur court séjour à Craigpatrick, Liam avait préparé trois positions de repli, avec voitures et équipements. S'ils les retrouvaient, ils pourraient prendre ce dont ils avaient besoin et continuer leur chemin. La seule question : dans quelle direction ?

Leur choix était restreint. Ils ne pouvaient utiliser bien longtemps l'hélicoptère : ils ne tarderaient pas à être repérés, et forcés d'atterrir. La seule possibilité était de rester à l'abri des collines et de se diriger vers le camp de base le plus proche. Ensuite, ils iraient où ils voudraient. Mais Declan ne voulait pas s'éloigner des côtes : si l'information communiquée par Martin était exacte, les otages étaient détenus au bord de la mer ou sur une île. Ce serait donc une erreur de s'enfoncer à l'intérieur des terres.

L'obscurité s'épaississait. Sans leurs instruments, ils se seraient écrasés depuis longtemps. De temps à autre, les lumières d'une ferme clignotaient faiblement avant de disparaître derrière un repli de terrain. Le lac fit place à la terre ferme. Ici, Declan le savait, il n'était plus hors d'atteinte des mains qui se tendaient vers lui.

Ils atterrirent à l'est de Ballinasloe, à l'orée d'une forêt. Après le vacarme du vol, le silence était stupéfiant, on aurait dit que le pays tout entier était subitement devenu muet. Declan imagina les petites créatures des champs et des sous-bois retenant leur souffle, et tremblant dans l'obscurité.

Ils cachèrent tant bien que mal l'hélicoptère sous les branches des arbres. Liam débrancha la radio. Ils laissèrent le pilote dans la cabine, solidement attaché.

Le jeune homme ne pipa mot. Il les regarda s'éloigner dans la nuit en direction de leur point fixe. Il ne savait pas exactement où allaient ces hommes, mais, à son avis, ils n'arriveraient pas à destination. Il n'eut qu'un petit effort à faire pour lever son genou et presser le bouton du signal d'alarme qu'il portait sur la poitrine. Il résonna dans le calme de la nuit, régulier, rassurant. On ne tarderait pas à venir le délivrer.

57

19 h 20

Ils prirent vers le nord jusqu'à Athlone, puis vers l'est, et enfin vers le sud, en direction de Tullamore. Puis ils traversèrent le Grand Canal et s'engagèrent sur la route de Tipperary. Ils n'avaient pas de temps à perdre. L'hélicoptère avait dû être repéré, et on devait les rechercher activement.

Une deuxième voiture, conduite par Dominic Lawlor, avait pris la direction de Galway. Si tout allait bien, ils se retrouveraient à Desmond Castle, au sud de Limerick. Declan ne pouvait que subodorer les ressources des gens de Harker. Peut-être disposaient-ils déjà des numéros d'immatriculation de leurs voitures de réserve. Mais Tim O'Meara avait entouré l'achat et la mise à disposition des véhicules d'autant de précautions que l'Irlande comptait d'autels consacrés à la Vierge, et peut-être n'en retrouveraient-ils pas la trace avant quelques jours.

Declan conduisait une Volvo à la trompeuse allure vieillotte ; en fait son moteur tournait aussi bien que celui d'une Mercedes flambant neuve. Malgré les apparences, O'Meara n'avait pas choisi ses voitures dans une casse. D'ailleurs, dans ces régions rurales d'Irlande une voiture neuve aurait immanquablement attiré l'attention ; mais une panne en pleine nature aurait créé des problèmes d'un autre genre.

Grainne, Liam et Myles O'hUiggin étaient ses passagers. Les trois hommes avaient revêtu des habits de prêtres et Grainne était en religieuse. Pour évidents qu'ils fussent, ces déguisements étaient efficaces. L'Irlande n'est pas l'Angleterre, ni la France : on y est habitué à voir des curés et des nonnes, et les paysans respectent la soutane. Ils avaient de faux papiers de membres d'un ordre de missionnaires africains, à la recherche de fonds. Leur destination présumée changeait tous les quelques kilomètres, chaque fois qu'ils dépassaient le lieu précédent.

Tout en conduisant, Declan avait le temps de réfléchir à ce que lui avait dit Myles. Plus tard, ils reviendraient en détail sur les indices qui avaient conduit celui-ci à son hypothèse. Mais s'il avait raison, et Declan faisait confiance au savant, Amina courait un danger plus grave encore qu'il ne l'avait imaginé. Il connaissait quelqu'un à Washington, qui confirmerait ou infirmerait les soupçons de Myles ; c'était un vieil ami de Declan, un homme à qui il avait rendu de nombreux services. Dès qu'ils auraient trouvé un endroit où passer la nuit, Declan essaierait de le joindre.

Au bord de la route, les arbres formaient un tunnel à perte de vue. Quelques lumières isolées brillaient de-ci de-là, révélant une douloureuse solitude, et la poignante tristesse des champs mouillés. On ne devait pas s'amuser beaucoup par ici, songeait Declan. Et il n'y avait que deux façons de s'en sortir : boire ou se faire curé. Les femmes entraient dans les ordres ou devenaient mères et passaient leur vie assises derrière une fenêtre dans une pièce glacée, à rêver. A rêver à quoi, Dieu seul le savait.

A la campagne, il n'y a pas beaucoup d'endroits où l'arrivée à l'improviste d'un petit groupe de personnes passe inaperçue. Declan avait des amis dans la région, mais il ne voulait pas les compromettre : ce ne serait pas juste de les impliquer dans leur aventure : lui et ses compagnons étaient désormais des parias, des hors-la-loi, et la police n'était pas seule à les rechercher, il ne fallait surtout pas l'oublier.

La Garda avait établi un barrage à Templemore, puis un autre à Thurles. Ils les passèrent sans encombre, mais Declan savait que ce soir toutes les patrouilles ne seraient pas constituées d'unités de la Garda locale, enclines à saluer respectueusement une soutane et un col amidonné. Traîner sur les routes n'était pas sain du tout.

Il se souvint tout d'un coup d'une sortie dominicale avec Concepta et Mairead, quelques années auparavant. Ils avaient visité le château de Ballynahow, une forteresse construite par les Purcell au XVIe siècle. Pour y entrer, ils avaient dû demander la clé dans une ferme voisine, dont Declan se rappelait qu'elle disposait de chambres d'hôtes. Ce n'était pas la saison touristique, mais ces braves gens ne refuseraient sans doute pas d'accueillir de saints hommes. La ferme était à environ trois kilomètres. Declan arrêta la voiture et sortit avec Liam. Penchés sous le capot, ils passèrent quelques minutes à dérégler le moteur. Cela fait, ils se remirent en route.

Une jeune fille leur ouvrit la porte. Elle portait des vêtements qui avaient dû être à la mode quinze ans plus tôt. Elle les dévisagea d'un air égaré, sans doute, se dit Declan, autant parce qu'ils étaient des êtres humains que parce qu'ils étaient des prêtres.

La jeune fille ne semblait comprendre ni l'anglais ni l'irlandais, et Declan commençait à désespérer lorsqu'une femme plus corpulente et habillée de la même manière fit son apparition.

« Pardonnez-moi, mon Père, mais la petite est intimidée par les étrangers. Puis-je faire quelque chose pour vous ? »

Declan lui expliqua qu'ils s'étaient perdus, et qu'ils avaient un problème de voiture. Quelqu'un leur avait dit qu'ils trouveraient peut-être à se loger ici. Pouvait-elle les accueillir pour la nuit ?

La femme hésita un instant. Elle n'ouvrait sa maison que pendant la saison, dit-elle, et n'avait pas grand-chose à leur donner à manger. Mais vu les circonstances... On ne pourrait pas dire qu'elle avait fermé sa porte à des prêtres et à une religieuse sans abri.

Grainne s'installa dans une chambre et les trois hommes en partagèrent une autre.

« Nous aurons à passer un ou deux coups de fil, madame, dit Declan en retournant dans la cuisine après avoir aidé ses compagnons à ranger leurs affaires. Des coups de fil importants, bien entendu, sinon je ne me permettrais pas...

— Mais bien sûr, mon Père. Il y a un téléphone dans le salon. Je vous en prie.

— C'est que... nous devons appeler l'étranger, et ce sera sans doute cher. Si vous êtes d'accord, je calculerai la somme exacte que nous vous devrons. »

La femme, Mme Kavanagh, fronça les sourcils. Son mari

était au pub de Ballycahill, il ne rentrerait pas de sitôt. Mais les desseins de l'Église sont toujours hautement importants, et si ses voisins apprenaient qu'elle, Peggy Kavanagh, avait refusé à un prêtre de se servir de son téléphone...

« J'aurai besoin d'être seul, poursuivit Declan. Il s'agit d'affaires... confidentielles. Je suis sûr que vous me comprenez. »

Aux yeux de Peggy Kavanagh, prêtres et confidentialité étaient une association aussi évidente que vache et lait. Elle connaissait le caractère sacré du confessionnal et ne doutait pas que toute communication religieuse méritât un même respect.

« Mais bien sûr, mon Père. Nous savons garder un secret, ici, aussi bien que partout ailleurs. »

Elle le guida dans la petite pièce qui servait de salon et le laissa seul.

Declan supposait que son appel ne présentait pas de danger. Les communications téléphoniques entre l'Irlande et les États-Unis étaient très fréquentes, surtout en fin de soirée, lorsque les gens étaient encore réveillés en Irlande, et qu'ils savaient pouvoir joindre parents ou amis, à leur retour du travail. Harker n'avait aucune raison de supposer que Declan essaierait de joindre quelqu'un aux États-Unis et les vérifications de routine ne présenteraient aucun signe particulier.

Il appellerait Conrad Lee chez lui, à Washington, en espérant qu'il n'était pas parti en vacances, ou sorti. Plusieurs sonneries retentirent avant qu'une jeune fille ne décroche.

« Bonjour, dit Declan qui supposa qu'il parlait à Tracy, la plus jeune des filles de son ami, qu'il ne connaissait pas.

— Bonjour, qui est à l'appareil ?

— Un ami de ton père. Je téléphone d'Irlande. Est-il là ?

— Il est là. Mais il m'a dit de toujours demander de la part de qui.

— Dis-lui : de la part de l'Irlande. Il saura qui je suis. Et, Tracy, je voudrais que tu me rendes un service : peux-tu demander à ton père de ne pas prononcer mon nom quand il répondra ? Il comprendra.

— D'accord. »

Trente secondes plus tard, Declan reconnaissait la voix de Conrad.

« Des problèmes, mon vieux ?

— Comment l'as-tu deviné ?

— Tu as demandé que je ne prononce pas ton nom, et il s'en passe de drôles, par chez toi, en ce moment. Et on m'a dit que tu étais mouillé jusqu'au cou. Et parce que tu m'appelles. »

Declan avait connu Conrad Lee au Liban, lorsque ce dernier travaillait dans les services de renseignement de l'armée. Conrad avait ensuite intégré le FBI, et passé quelque temps à Londres, dans l'équipe de liaison internationale. Declan l'avait souvent accueilli chez lui, pour des week-ends ou des vacances.

« Tu as vu juste, Conrad. J'ai des problèmes. Des problèmes graves. Mais je te demande de me croire : je suis toujours du bon côté de la barricade.

— Tu ne m'as pas demandé de nouvelles des enfants.

— Comment vont les enfants ?

— Très bien. Evangeline m'a demandé la semaine dernière quand nous retournerions en Irlande. Son oncle Denis lui manque. Comment vont Concepta et Mairead ?

— Concepta va bien. Elle est à la campagne, dans sa famille.

— Mairead est entrée à l'université ? »

Declan ferma les yeux. Une vague de tristesse le submergea, le laissant nu et souffrant dans sa chair.

« Non. Elle... Mairead est morte, Conrad. Elle a été tuée il y a quelques semaines. Je t'en prie... Ne me demande pas de parler de cela maintenant. »

Il y eut un long silence. Conrad était très attaché à Mairead.

« Dieu tout-puissant ! Je suis navré, Declan. Rien de plus horrible ne peut... Je ne sais pas quoi te dire... Est-ce pour cela que tu m'appelles ?

— D'une certaine façon, oui. Je ne peux pas entrer dans les détails. Mais j'ai besoin d'un renseignement, j'en ai terriblement besoin. Et je ne vois que toi qui puisses me le fournir.

— Cela t'aidera à trouver l'assassin de Mairead ?

— Cela se pourrait.

— Alors, je te dirai tout ce que tu voudras, si je peux évidemment. Que veux-tu savoir ? »

Declan le lui dit.

« Tu parles sérieusement ?

— Je n'ai jamais parlé plus sérieusement de ma vie. Nous pensons que c'est lui qui détient les otages, quelque part sur la côte.

— C'est impossible. Il est mort.

— Il n'empêche.

— Bon. Je vais voir ce que je peux dénicher. Où puis-je te rappeler ? »

Declan lui donna le numéro de la ferme. Cela ne changeait rien : si l'appel était surveillé, ils avaient déjà le numéro.

« Encore une chose, Conrad. Quand tu rappelleras, c'est une femme qui te répondra, une certaine Mme Kavanagh. Peux-tu lui dire que tu appelles du Vatican, et que c'est urgent ? Demande le Père MacLogan.

— Le Père MacLogan, de la part du Vatican. C'est bon. Je ne te poserai pas de questions. Tu veux que je parle italien ?

— Ça m'étonnerait que cela serve à quelque chose !

— Bon. Je te rappelle dès que j'ai ce que tu veux. Mais je doute énormément de trouver quoi que ce soit.

— Essaye toujours.

— Bonne chance, Declan. Fais attention à toi. »

Declan raccrocha. Il inscrivit le temps exact qu'avait duré sa conversation et en calcula le prix. C'était presque comique d'imaginer que lui, le responsable du plus important des services de renseignement en Irlande, en était réduit à téléphoner à ses collègues sur une ligne de ferme, et à compter le prix par minute de son appel.

Ses compagnons étaient à la cuisine et dévoraient un repas substantiel, apparu comme par miracle. La conversation était un peu guindée, bien que Myles, grâce à sa connaissance approfondie du domaine religieux et ses nombreux contacts avec la hiérarchie de Dublin, l'entretînt de son mieux.

Grainne regarda Declan, qui comprit immédiatement que quelque chose avait mal tourné.

« Mme Kavanagh vient de nous donner les dernières nouvelles, dit Grainne. N'est-ce pas, madame ?

— Oui, dit la grosse femme en levant les yeux. On a du mal à le croire, mais figurez-vous qu'il y a des terroristes en liberté entre ici et Ballinasloe. Des terroristes ! Comme dans le Nord ! Ici, nous sommes des gens paisibles, on s'occupe de nos petites affaires. Ils ont dit qu'il y avait des hommes de la Garda partout. Je suis très inquiète pour Pat ; il risque d'avoir des ennuis en rentrant à la maison. Imbibé comme il le sera, il ne comprendra rien à ce qui se passe. »

Elle se rendit compte qu'elle avait gaffé, et détourna son regard.

« C'est pas qu'il boive tant que ça, mais le samedi, de temps en temps, il se prend une pinte ou deux, avec ses amis.

— Il y a aussi de bonnes nouvelles, n'est-ce pas, madame Kavanagh ?

— Ça oui ! Ça soulage un peu. Les Rangers en ont déjà trouvé plusieurs et ils les ont tués. Ils étaient dans une voiture qui aliait vers l'est. Dieu seul sait ce qu'ils allaient faire par là ! Ils ont rien à faire par ici, rien du tout ! »

58

Ballybay
20 h 45

Comme il l'avait déjà fait, il se rendit au village pour téléphoner à son contact à Baalbek. Usayran serait libre demain, *inch Allah*. Et si Dieu ne le voulait pas ? Il refusa d'envisager cette éventualité.

« Sur une île, tu dis ? »

La ligne était mauvaise, ce soir, le satellite n'était pas en bonne position. On sentait une distance, un éloignement, imperceptibles lors de son premier appel. Et par-delà cette immensité, songea-t-il, nous parlons de nos vieilles haines. Il se sentait perdu.

« Un endroit qui s'appelle Dingean, Dingle en anglais, si tu cherches sur une carte. Il s'agit d'une péninsule, et d'un archipel. Personne n'y habite. C'est un endroit parfait. Je n'aurais mieux choisi.

— Et pourtant, tu les as trouvés.

— Je n'aurais pas commis les mêmes erreurs qu'eux.

— Et tes hommes ? Seront-ils capables de faire le boulot ? Ils sont préparés ?

— Pas aussi bien que je l'aurais souhaité. Ils n'ont jamais subi de véritable entraînement. Mais on peut compter sur eux, j'en suis certain. S'il le faut, je les enverrai faire une diversion pendant que je libérerai le sheikh.

— Il faudra le faire sortir de l'île.

— Ne t'inquiète pas. J'y ai pensé.

— Et le reste de ta mission ?

— Nous verrons. Le sheikh passe en priorité. Une fois qu'il sera en sécurité, je m'occuperai du reste.

— Et s'ils l'ont tué ?

— Alors, je le vengerai. »

La nuit était tissée de fils d'une encre plus sombre encore. En retournant au cottage, sur la route bordée d'arbres et de buissons, le paysage lui inspira une mélancolie rêveuse. Toute cette richesse, tout ce vert lui étaient presque intolérables et l'obscurité lui donnait la déprimante sensation d'être enfermé dans une prison. Il n'y avait pas d'étoiles, le ciel était plombé, bas, il se sentait coupé du royaume de la lumière, des célestes contrées des imams et des anges. Pure imagination, se dit-il, des contes à dormir debout, faits pour leurrer les enfants et les paysans. Mais il voulait pourtant y croire, à ce royaume au-delà de la lune, où rien jamais ne changeait, où un jour durait un million d'années, où les femmes étaient vierges pour l'éternité, où seules coulaient des larmes de joie.

En approchant du cottage, il remarqua un subtil changement d'atmosphère, si imperceptible qu'il le rejeta tout d'abord, et s'accusa de se laisser aller à ses humeurs. Mais en s'engageant dans le sentier qui menait à la maison, dont les lumières étaient presque invisibles à travers le rideau d'arbres, l'impression d'étrangeté l'assaillit à nouveau et se transforma en conscience du danger. L'immobilité et le silence étaient trop intenses. La nuit dernière, on entendait des oiseaux, et les petits animaux de la forêt. Des sons minuscules, mais bien présents. Cette nuit, rien ne bougeait.

Il entendit alors un bruit sur sa gauche, un son aigu, très particulier, qu'il reconnut immédiatement car il l'entendait depuis l'enfance : une culasse de fusil qui se refermait.

Il ne ralentit ni n'accéléra. S'il y avait des hommes armés dans les parages, ils attendraient que tout le monde soit à l'intérieur des murs pour se manifester plutôt que de tirer sur lui et d'alerter ses complices. Et s'ils projetaient de les attaquer, ils attendraient sûrement que leurs cibles soient endormies. Il continua de marcher, sans avoir vraiment peur bien qu'il eût conscience des canons de fusils braqués sur lui, et de l'infime geste qui suffirait à le tuer. Il atteignit enfin la porte, et entra.

Lenihan, Melaugh et O'Driscoll jouaient aux cartes en misant des allumettes. Eugene O'Malley était assis dans un coin et jouait doucement de sa flûte ; la mélodie, poignante et émouvante, parut presque familière à Abu Hida. Les quelques jours qu'il avait passés en leur compagnie avaient montré à l'étranger la profondeur de l'abîme qui séparait les Anglais de ces Irlandais. Il les salua et se rendit dans la cuisine.

Maureen nettoyait un pistolet sur la table. Elle le regarda entrer et lui sourit.

« Ça s'est bien passé ?

— Comme la première fois », dit-il tout en fronçant les sourcils et en lui faisant signe de le suivre dans le salon.

Les autres relevèrent la tête. Abu Hida alluma le téléviseur et monta le son jusqu'à ce que le bruit couvre ses paroles. Il se rapprocha de Maureen et murmura rapidement à son oreille. Là dehors, ils avaient peut-être des micros directionnels pointés sur eux.

« Nous avons de la visite. Je ne sais pas combien ils sont.

— Salauds d'Anglais !

— Comment savez-vous que ce sont des Anglais ? On est en territoire irlandais, non ? »

Elle hocha la tête.

« Oui, mais ce ne sont sûrement pas des soldats irlandais. S'ils nous attaquent, c'est pour nous tuer. Les Irlandais ne le feraient pas. Ils essayeraient de nous arrêter.

— Qui que ce soit, je pense qu'ils attendent qu'on bouge, ou qu'on dorme. Dites aux autres de continuer à jouer aux cartes comme si de rien n'était. Et vous, montez au premier avec moi. »

Pendant que Maureen faisait passer le message, Abu Hida sortit une lentille de vision nocturne de la boîte qu'on leur avait envoyée de Dublin. Il baissa le son de la télévision puis suivit Maureen dans l'escalier. Ils s'arrêtèrent sur le palier, devant la porte de l'une des chambres donnant sur le devant de la maison.

« Ils nous surveillent sûrement avec le même genre d'engin, lui dit-il en désignant la lunette. Il faut que vous me couvriez pendant que je leur rends la politesse. Entrez dans la chambre, mais n'allumez pas la lumière. Faites semblant d'être fatiguée, ça ne devrait pas être trop difficile. Ne regardez pas par la fenêtre, ne montrez aucun signe d'inquiétude. Déshabillez-vous, et mettez-vous au lit. Prenez votre temps. Je veux qu'ils ne vous quittent pas des yeux.

— Vous voulez me faire faire un strip-tease pour ces salauds ? (Maureen était rouge de colère.)

— Je ne comprends pas. Faire quoi ?

— Laissez tomber. Vous ne pouvez pas comprendre. Ils verront bien, avec leurs jumelles ?

— Assez bien pour que cela retienne leur attention. Ne donnez pas l'impression que vous savez qu'on vous regarde. S'ils pensent que nous savons qu'ils sont là, ils attaqueront immédiatement.

— Que ferez-vous, pendant que je les occuperai ?

— Je vais les compter. Vous êtes prête ?

— Je veux votre parole que vous ne raconterez pas ça aux autres. Vous m'entendez ?

— Je vous la donne, dit-il en s'agenouillant. Éteignez la lumière et entrez, maintenant. Rappelez-vous, vous êtes très fatiguée. Trop fatiguée pour allumer la lumière ou tirer les rideaux. »

Elle ouvrit la porte. Une seule lumière éclairait la pièce : une bougie votive allumée devant une image du Sacré-Cœur. Malgré l'obscurité, elle avait l'impression qu'elle allait monter sur scène. Elle imagina la mer de visages d'hommes, les yeux fixés sur elle, le souffle court, la bouche sèche. Lentement, elle parcourut la pièce. Abu Hida rampait derrière elle. Lorsqu'elle fut assurée qu'il était entré, elle referma la porte. Cette chambre, où elle avait pourtant dormi la nuit précédente, sentait encore l'humidité, comme si elle était inhabitée depuis des mois ou même des années.

Le lit était assez haut et placé de telle manière que, si elle s'asseyait sur le bord, on la voyait encore de l'extérieur. Elle s'avança vers la couche, les épaules basses, la tête penchée. Abu Hida avait raison, elle n'avait pas besoin de faire semblant. Cette longue journée l'avait vraiment épuisée. En s'asseyant, elle le vit gagner lentement du terrain tout en se maintenant sous le niveau du rebord de la fenêtre.

Elle enleva son chandail et le laissa négligemment tomber par terre. L'Arabe avait atteint la fenêtre et prenait doucement position, la lunette dans la main gauche. Elle défit le premier bouton de son chemisier. Ses sentiments étaient partagés : d'une part, elle avait l'impression d'être ridicule, de se donner en spectacle devant une foule de petits garçons, accroupis avec leurs fusils, venus pour traquer une cruelle terroriste et obligés, à la place, d'assister à un impromptu érotique.

D'autre part, elle était excitée à l'idée de se déshabiller ici, sous cette faible lumière rouge, à quelques pas de l'homme qui se retournerait peut-être, la verrait, et que sa nudité exciterait peut-être aussi. Elle défit le second bouton, et frissonna. Elle le voyait à peine. Sa respiration couvrait les bruits du monde entier. La lumière rouge se posait sur sa peau comme un film de sang.

Il attendait. Tous ne devaient pas encore la regarder. Un par un, ils lèveraient les yeux sur elle. Il les imaginait si bien, couchés dans l'herbe, derrière des arbres, abrités par des buissons, les muscles froids et engourdis, les nerfs à vif, leurs jumelles tournées vers la maison silencieuse, surveillant, écoutant. Derrière lui, elle défaisait son quatrième bouton.

« J'en suis à la moitié du chemisier, murmura-t-elle. Ils me voient ?

— Encore un instant, et je pourrai bouger », dit-il. Une image de Maureen, sa main effleurant ses seins, s'imprima dans son cerveau. Il lui enjoignit de disparaître et se prépara à prendre position.

Tous les boutons étaient défaits ; elle laissa bâiller son chemisier. Elle n'était qu'une pute, se dit-elle, qui s'exhibait devant des hommes qu'elle avait juré de tuer, des hommes qui avaient massacré ses amis, des assassins, la lie de la terre. Une à une, elle défit ses manchettes et enleva son chemisier, un bras après l'autre.

« J'ai enlevé mon chemisier », dit-elle à voix basse.

Que penseraient les hommes, s'ils montaient maintenant ? Elle laissa tomber son chemisier et se contorsionna pour dégrafer son soutien-gorge.

Maintenant, se dit-il. Maintenant, ils ne la quitteront plus des yeux, je peux bouger. Il fit glisser les jumelles au-dessus du rebord de la fenêtre. Aurais-je utilisé ainsi une femme musulmane ? s'interrogeait-il. Aurait-il demandé à une de ses sœurs de faire cela, de se déshabiller devant un bataillon de soldats israéliens pour distraire leur attention ? Il connaissait la réponse. Il savait qu'il ne l'aurait jamais fait. Il n'aurait pourtant pas hésité à les sacrifier, à les envoyer dans les rangs des soldats en souriant, avec une bombe prête à exploser dissimulée sous leur jupe. Ce qu'il avait exigé de Maureen O'Dalaigh ne comportait-il pas aussi sa part de noblesse ?

Le soutien-gorge tomba par terre. Ce qui se passait dehors n'intéressait pas la jeune femme. Elle voulait qu'il se retourne, qu'il la rejoigne, qu'il la touche, qu'il lui fasse l'amour, qu'il soit son amant. Elle s'assit sur le lit, seins nus, déconcertée : comment s'était-elle laissé entraîner dans cette guerre, ce peep-show truqué où tout le monde finissait nu, les voyeurs comme ceux qui s'exhibaient ? Elle vivait au milieu d'un peuple nu, dans un pays où tout le monde était observé.

La lunette était en place. Abu Hida, le cœur battant plus vite qu'il ne l'aurait dû, l'imaginait, nue jusqu'à la ceinture. Il l'entendit enlever sa première chaussure, puis la deuxième. Chassant les images qui s'imposaient à son esprit, il appuya ses yeux contre les verres.

Par une nuit étoilée, ce genre de lunette permettait de reconnaître un homme à trois cents mètres ; ce soir, la visibilité était trop mauvaise, mais elle lui suffirait pour établir les positions des tireurs les plus proches. Il scruta lentement le terrain qui entourait la maison. Les ressorts du lit grincèrent lorsque Maureen se releva. Il continua de regarder.

Maureen se tenait de profil devant la fenêtre. Elle se disait que de face cela ressemblerait trop à un spectacle, que cela pourrait éveiller les soupçons. Elle descendit la fermeture de son jean, sortit une jambe, puis l'autre en sautillant maladroitement sur un pied. Elle n'avait pas pensé à ce qu'elle ferait quand elle serait nue. Faudrait-il qu'elle danse pour eux ? Ou qu'elle salue et qu'elle sorte de la pièce, pour aller dans une autre et recommencer depuis le début ?

Il repéra le premier soldat, aplati dans l'herbe, le visage levé vers la fenêtre, l'œil rivé à sa lunette. Son fusil d'assaut était posé à terre à côté de lui. Il portait un sac à dos contenant le reste de son équipement. Son visage était passé au noir.

Elle fit glisser son pantalon. Lorsqu'elle était enfant, elle n'aurait jamais osé se déshabiller devant une image pieuse ou un portrait de saint. Avec sa double signification, la petite flamme rouge faisait refluer des sentiments de honte qu'elle croyait profondément enfouis depuis longtemps. Ils s'accompagnaient d'une excitation nouvelle, qu'elle n'avait plus ressentie depuis sa première aventure avec un garçon.

La seconde silhouette était cachée par un buisson, la troisième derrière un petit monticule. Dans l'étrange lumière de la lunette de vision nocturne, ils avaient l'air de briller. Les arbres, les buissons, les tireurs, tout semblait irréel, comme dessiné sur la surface d'une nuit sans couleur, un monde inexistant.

Sa culotte rejoignit ses autres vêtements sur le sol.

« Je suis nue, maintenant, murmura-t-elle. (Elle voulait le lui dire, elle voulait qu'il le sache.) Je me couche ?

— Couchez-vous. Restez au lit deux minutes puis relevez-vous comme si vous aviez oublié quelque chose. Venez à la fenêtre, regardez dehors et tirez les rideaux. »

Elle fit ce qu'il lui ordonnait. La petite lumière rouge qui brillait dans l'obscurité l'avait privée de volonté.

Il en compta sept. Il y en avait certainement d'autres, sur les flancs et à l'arrière, et d'autres encore plus loin. Ils étaient venus pour l'hallali. Ces hommes n'étaient pas des agents de la circulation égarés dans une guerre qui ne les concernait pas, mais des soldats entraînés qui s'étaient mille fois couchés dans des fossés, qui savaient quoi faire et comment le faire. Leurs chances de leur échapper étaient minces.

Il la sentit à côté de lui, puis entendit les rideaux se fermer. Le tissu glissa entre la fenêtre et ses jumelles. Il ne voyait plus rien.

« Ils sont là ? » demanda-t-elle.

Son cœur s'emballa soudain à la pensée qu'elle était nue.

« Oui. » Il avait eu du mal à prononcer ce seul mot. Sa gorge était sèche. Il se rendit compte qu'il la désirait avec violence. Il se redressa lentement ; ses yeux s'habituaient peu à peu à la lumière rouge qui baignait la chambre, effleurait la peau de Maureen, debout à quelques centimètres de lui.

« Vous feriez mieux de vous rhabiller, dit-il, nous devons être prêts à partir en courant.

— J'ai assez couru », dit-elle en faisant un pas de plus vers lui. Il ne bougea pas.

« Il faut que je trouve cette île. C'est pour cela que je suis venu. »

Elle était exactement en face de lui, maintenant. Elle savait qu'il la désirait. Elle lui prit la main et la posa sur son sein. Il le caressa aveuglément. Puis l'autre. Puis son ventre, ses hanches et elle se sentit emportée. Elle tendit la main vers lui, pour l'attirer contre elle.

« Non », dit-il. Et ce fut le combat le plus dur de sa vie. Mais il savait que le perdre signifiait sa mort certaine. Il recula, la laissant les mains vides. Bouleversé, il courut à la porte.

« Habillez-vous. Je sors. Je vais essayer de passer. Nous aurons besoin des armes qui sont dans la cachette. »

Elle regarda la porte se fermer, entendit décroître ses pas dans l'escalier, telle une malédiction. La petite lumière rouge clignait comme un œil maléfique. Elle se sentait si nue, dépouillée, chair à vif, jusqu'aux os. Au-dessus du lit, le Christ ouvrait sa poitrine pour montrer son cœur de papier. C'était le cœur d'un fantôme, et il ne battait pas.

59

Abu Hida prit le temps d'informer ses compagnons. Il ralluma le téléviseur et les rassembla autour du poste.

« Restez à l'intérieur, vos armes à portée de main. Celles que vous avez sont trop légères pour repousser une attaque, je vais donc rapporter les armes lourdes qui sont dans la cache. Je vais y aller à pied ; il me faudra un certain temps pour passer. En revenant, je prendrai une voiture à la ferme. Quoi qu'il arrive, ne tirez pas sur moi.

— Comment saurons-nous ce que préparent ces salauds ? demanda Conor Melaugh.

— Vous ne le saurez pas. Aucun de vous ne sait assez bien se servir des jumelles de vision nocturne, il est donc inutile d'essayer de repérer leurs mouvements. Il vaut mieux que l'un d'entre vous monte au premier étage, et écoute attentivement. Que les autres restent ici, et continuent de parler comme si de rien n'était. Éteignez la télévision une fois que je serai parti.

— L'un de nous ne devrait-il pas t'accompagner ?

— Non. Vous ne feriez que me ralentir, sinon pire. Attendez ici. Ça ne devrait pas me prendre plus d'une heure.

— Qui nous prouve que tu reviendras ?

— Personne. Mais je jure sur le sang de Hussein que je ferai tout ce qui sera en mon pouvoir pour vous rejoindre. Vous avez ma parole. Mais, tout d'abord, il faut que je sorte d'ici. Eugene, je voudrais que tu m'aides, avec Colm. Suivez-moi derrière la maison. Je vous montrerai ce qu'il faudra faire. »

Les deux hommes se levaient lorsque Maureen, très pâle, apparut sur le seuil. Abu Hida avait envie de la serrer contre lui, de lui dire qu'il regrettait, qu'il la désirait autant qu'il l'avait désirée quelques instants auparavant. Mais il n'en fit rien. Ils se regardèrent, puis il passa à côté d'elle pour aller dans l'entrée, suivi de ses deux compagnons.

Il enfila un chandail noir et une cagoule qu'il sortit de son sac, puis se munit d'une paire de lunettes spéciales, qui permettaient de voir la nuit, et lui donnaient l'air d'un extraterrestre. Il mit également de fins gants noirs. Il ne prit pas de fusil, mais empocha un Peskett, une arme de combat rapproché utilisée par les Anglais pendant la Seconde Guerre mondiale. A l'une des extrémités, une protubérance en faisait une redoutable matraque. L'autre libérait, sur une simple pression, une lame effilée. En tirant sur une petite boule de métal située sur la matraque, on obtenait un long fil de fer servant de garrot. Il n'aurait pas besoin de plus.

« Colm, dit-il, toi qui es un fumeur, tu vas sortir par la porte de derrière et la laisser ouverte. Prends tes cigarettes avec toi. Tu en allumeras une, puis tu marcheras vers ta droite, jusqu'à ce que tu sois devant la fenêtre de la cuisine, comme si tu étais simplement sorti pour fumer. Aie l'air naturel.

« Eugene, lorsqu'il sera en position, tu iras dans la cuisine et allumeras la lumière. Tu y prendras quelque chose et tu ressortiras. Ne laisse pas la lumière allumée plus de cinq secondes.

— A quoi ça rime, tout ça ? » maugréa Colm, qui trouvait l'Arabe un peu trop rusé à son goût. Quant au sang du type sur lequel il avait juré, il ne lui faisait ni chaud ni froid. L'Arabe allait se tirer, voilà ce qu'il en était.

« Il va profiter de la lumière, Colm, répondit Eugene. C'est pas difficile à comprendre. Ils vont te regarder, la lumière va les aveugler, et elle s'éteindra avant qu'ils aient pu s'y habituer. C'est bien ça ? »

Abu Hida acquiesça. Il espérait que ça marcherait. Il y avait, sur le côté, un talus inutilisable par les attaquants. Il pouvait l'atteindre avant qu'ils ne le voient bouger. En fait, Abu Hida jouait toute sa mise sur le fait qu'ils ne surveilleraient pas le mur aveugle de la maison, puisque personne ne pouvait entrer ni sortir par là.

« Prêt ? » demanda-t-il.

Colm hocha la tête. Il sortit un paquet de Players de sa poche.

« Si ces salauds me tirent dessus, tu es un homme mort. » Abu Hida eut un léger sourire. C'était une plaisanterie traditionnelle, dans son pays aussi.

Colm ouvrit la porte et sortit. Abu Hida s'accroupit pour ne pas être vu. Il entendit les pas de Colm sur le gravier, puis le silence qui signifiait qu'il était parvenu à destination. Quelques instants plus tard, la lumière s'alluma dans la cuisine.

Il rampa rapidement sur le gravier puis sur l'herbe mouillée. Sur l'herbe, c'était plus facile. La lumière derrière lui s'éteignit. Maintenant, songea-t-il, on pouvait lui tirer dessus d'une seconde à l'autre. Sauf s'ils désiraient préserver l'effet de surprise. Alors, ils lui tomberaient dessus à plusieurs, l'immobiliseraient et le réduiraient au silence.

Il s'aplatit sur le talus. Une fois celui-ci franchi, sa progression serait moins dangereuse. S'ils ne l'avaient pas repéré pendant qu'il sortait de la maison, ils n'avaient aucune raison de s'attendre à un mouvement sur le talus. En vingt secondes, il serait à couvert. Un doute subsistait cependant dans son esprit, car il n'avait pas pu reconnaître les positions des hommes embusqués à l'arrière.

Le silence régna pendant une minute complète, il bascula au-dessus du talus et entama sa lente reptation vers les buissons. Dans ses jumelles il aperçut un guetteur à une vingtaine de mètres sur sa droite, et en déduisit qu'il devait y en avoir un autre à sa gauche.

Il atteignit les buissons sans encombre et prit le temps de souffler. Jusque-là, il s'était bien débrouillé, mais il avait un long chemin à parcourir dans la forêt où l'on pouvait si aisément surveiller sans se faire repérer. De plus, les sous-bois l'empêcheraient de continuer à avancer en rampant.

Il traversa lentement le terrain découvert en luttant contre l'impulsion de se lever et de courir. Centimètre par centimètre, le corps collé à l'herbe, il progressa. Il s'était trouvé dans ce genre de situation à Beyrouth, lorsqu'il traversait une avenue en s'attendant à tout moment à recevoir une rafale d'arme automatique depuis les bâtiments occupés par les Palestiniens. Dans le Sud également, lorsqu'il était entré dans Bent Jbail au nez et à la barbe des Israéliens postés dans un mirador.

Il était presque arrivé lorsqu'il repéra le guetteur embusqué. A en juger par son attitude, l'homme ne l'avait pas vu. Mais il n'y manquerait pas si Abu Hida avançait encore. Il chercha une pierre en tâtant le sol autour de lui. Ce ne serait pas facile de la lancer sans attirer l'attention, mais la distance était courte, heureusement.

La pierre atterrit à une dizaine de mètres à la droite du guetteur. L'homme se retourna et Abu Hida en profita pour gagner le couvert des arbres.

Il ne pouvait espérer avoir la même chance chaque fois. Il avança un peu et entreprit de décrire un arc de cercle autour du garde, qui avait recherché la cause du bruit sans rien trouver. Il n'avait pas de lunettes de vision nocturne — après tout, son rôle se limitait à attendre les ordres et à se joindre alors à l'assaut.

Abu Hida attendit jusqu'à ce que sa proie se soit calmée et s'appuie à nouveau, immobile, contre l'arbre qui le protégeait. S'il se rapprochait encore un peu, il l'entendrait respirer. Lui-même retenait son souffle au maximum.

Puis il bondit en avant, couvrit de sa main gauche la bouche de l'homme, libéra la lame de son Peskett et l'enfonça de près de trois centimètres dans l'anus du guetteur.

« Si j'appuie un peu plus, murmura-t-il, je t'éventre. Tu mourras dans de terribles souffrances avant que tes amis puissent t'amener à l'hôpital. Si tu fais le moindre geste, j'appuie. J'ai déjà tué comme ça, je peux recommencer. Tu m'as compris ? »

L'homme hocha la tête avec vigueur.

« Bon. Tout ce que je te demande, c'est de me dire où sont tes copains. Pas tous. Je ne m'intéresse qu'à ceux qui sont dans cette partie de la forêt. Je veux leur nombre et leurs positions approximatives. Et vite. Je cours contre la montre, et tu me gênes. »

L'homme acquiesça une nouvelle fois, en tremblant. Abu Hida retira doucement sa main, tout en enfonçant un peu plus la lame du Peskett.

« Putain de salaud d'Irlandais, grogna le soldat.

— Je ne suis pas irlandais, et je ne suis pas un salaud. Tu as trois secondes.

— D'accord, d'accord. Mais vas-y mollo avec ce truc, pour l'amour du ciel. Nous sommes quatre dans ce secteur : moi, et F, G et H ; F est à une vingtaine de mètres à droite. G à la même distance à gauche. H est plus loin devant, à mi-chemin à peu près.

— C'est le dernier du cercle ?

— Oui. On a un camion de secours, mais il n'y a pas d'autres hommes entre ici et la route.

— Merci », dit Abu Hida, en retirant le Peskett, tout en maintenant sa pression sur le menton du soldat car il n'ignorait pas que s'il lui laissait la moindre chance l'autre l'utiliserait. Il aurait préféré lui accorder la vie sauve, mais il savait que c'était impossible.

« Tu sais que je ne peux pas me permettre de te laisser là.

— Alors fais vite. »

La lame du Peskett trouva la gorge du soldat. Abu Hida l'y maintint une seconde puis l'enfonça de toutes ses forces. Il eut l'impression d'avoir transpercé la boîte crânienne de part en part, et retint l'homme d'une main jusqu'à ce qu'il cesse de remuer ; cela sembla durer une éternité ; enfin il coucha le cadavre de sa victime sur le sol en se refusant à penser à sa femme et à ses enfants, qui l'attendaient chez lui, inconscients du drame qui venait de se dérouler. Chaque fois, maintenant, il lui était plus difficile de ne pas y penser, de ne pas éprouver de remords. Il retira la lame de la gorge du mort et la rentra dans le fourreau du Peskett.

Rien ne lui prouvait que l'homme qu'il avait tué avait dit la vérité. Il devait avoir compris qu'il allait mourir de toute façon. Mais peut-être la douleur occasionnée par le poignard fouillant ses entrailles l'avait-elle incité à une certaine franchise.

Il reprit sa progression, posant le pied par terre comme s'il marchait sur une très fine couche de glace. La moindre brindille pouvait le trahir, ou même un lacet de braconnier. Ses verres de vision nocturne donnaient aux arbres des reflets d'un vert phosphorescent, évoquant une forêt hantée qui ne finirait jamais, qui l'entraînait de plus en plus profondément dans un monde dénué de sons et de couleurs.

Le guetteur H était bien là où l'avait dit le mort. Abu Hida l'évita en décrivant un large cercle et parvint enfin à la route. Il savait à peu près où il était, et enleva ses chaussures pour ne faire aucun bruit.

Il avait dissimulé les armes quelques heures auparavant et le chemin était encore imprimé dans sa mémoire. Il longea la clôture de la ferme O'Farrell et pénétra dans le champ où un buisson d'épineux servait de cache aux mitraillettes.

Il se les passa en bandoulière jusqu'à ce que le poids ne soit plus supportable, et ne put emporter que deux boîtes de munitions.

La camionnette de la ferme était là où il l'avait vue dans la journée. Il jeta les armes et les munitions à l'arrière, grimpa dans la cabine et manipula rapidement les fils pour mettre le contact. Le moteur rugit. Le temps que la première lumière apparaisse dans la ferme, il était déjà sur la route, en direction de Craiguenamanagh.

L'alternative qui se présentait à lui était simple : soit il rejoignait les membres du commando, et prenait le risque de sacrifier sa mission et de perdre la vie pour des gens qu'il connaissait à peine, pour une cause qui n'était pas la sienne. Soit il les abandonnait à leur sort, et il lui restait encore une chance de trouver Dingle, de découvrir dans quelle île étaient détenus les otages et de sauver Sheikh Usayran. Du point de vue de la raison, il avait le devoir de ne pas retourner vers le commando. Mais il avait donné sa parole. Il était parti pour rapporter de l'aide et ils l'avaient regardé s'éloigner.

Maureen O'Dalaigh avait joué les prostituées pour le couvrir. Mieux encore, elle s'était offerte à lui, nue, impudique, et il s'était détourné d'elle dédaigneusement. Il avait une dette envers elle.

Il ne songea pas aux difficultés qu'il rencontrerait pour retourner à la ferme. En effet, les soldats n'avaient aucune raison de s'en prendre à quelqu'un qui voulait y entrer, bien au contraire, ils ne pouvaient que se réjouir de voir de nouveaux arrivants grossir les rangs de leur gibier. Les laitiers et les facteurs ne circulaient pas en pleine nuit.

Mais au moment où il approchait de l'entrée du chemin, il comprit que quelque chose avait mal tourné. Un camion stationnait dans le virage, gardé par deux hommes. Il les dépassa, négocia la courbe et s'arrêta au bord du fossé en coupant le moteur. On tirait de toutes parts. L'attaque avait commencé.

Il bondit hors du camion, s'empara d'une mitraillette et la chargea, remit ses lunettes de vision nocturne.

Le camion était toujours là. Il entendit crier. Deux hommes couraient dans le chemin en tirant quelqu'un. C'était Maureen, qui se débattait pour se libérer, mais faiblement, sans réel espoir de s'échapper.

Il sauta dans le fossé en attendant que les deux hommes soient plus près. Ils forcèrent Maureen à monter à l'arrière de leur camion. Abu Hida attendit qu'elle soit à l'abri puis tira deux rafales. Les deux hommes s'effondrèrent.

Un troisième apparut, mitraillette au poing. Abu Hida lui tira une balle dans le front.

« Maureen, cria-t-il, restez où vous êtes. »

Il sortit du fossé en rampant, roula sur le sol de terre battue jusqu'à la roue arrière droite du camion. Si les autres avaient entendu les coups de feu, ils seraient là dans un instant. A travers les roues du camion, il apercevait les jambes d'un quatrième homme. Il visa calmement et emporta la moitié de sa jambe. Puis il se releva et marcha vers l'avant du véhicule. Il tira une fois encore, puis revint sur ses pas.

« Où sont les autres ?

— Morts. Seul Conor résiste encore. Il est à l'arrière, vous ne pouvez rien faire pour lui. »

Elle avait raison ; il le savait.

« Montez devant, dit-il. On file. »

60

Inishtooskert
0 h 48

Amina se remémorait les propos que son père lui avait tenus lorsqu'elle n'avait que dix-sept ans et qu'elle était une jeune fille bouleversée par son premier chagrin d'amour. Ils étaient allés passer le week-end dans leur villa des montagnes du Chouf, comme ils le faisaient souvent à l'époque, avant la guerre. Une semaine auparavant, son petit ami, un étudiant de première année prénommé Hamid, l'avait laissée tomber pour une autre, une petite grassouillette qui étudiait l'agriculture avec lui.

Elle passait des heures seule au bord d'un lac voisin, refusait de manger, parlait à peine et dardait sur ses parents des regards courroucés. Lorsqu'elle était à la maison, elle s'enfermait dans sa chambre et en ressortait des heures plus tard, maussade, les yeux rouges.

Son père était venu la retrouver auprès du lac, un dimanche après-midi. C'était une belle journée du début septembre, qui sentait plus l'été que l'automne. Le soleil brillait sur les eaux calmes, comme si l'on avait éclaboussé de peinture une surface de verre. Maintenant, allongée sur sa mauvaise couche, dans sa cellule, elle revoyait la lumière de ce lac sauvage et entendait la voix douce de son père.

Ils avaient parlé pendant des heures et, sans l'avoir cherché, il avait découvert qu'Amina avait fait l'amour avec Hamid, le premier homme qu'elle avait cru aimer assez pour lui consentir ce sacrifice. Jamais elle n'aurait pu l'avouer à sa mère, qui, bien que libérée, appartenait à une génération qui venait juste d'abandonner le port du voile. Sa mère l'aurait blâmée, aurait fait une scène, l'aurait accablée de reproches pendant des semaines. En dépit de son incontestable féminité, sa mère ne possédait pas cette sensibilité dont on prétend qu'elle est l'apanage du sexe féminin. Dès son plus jeune âge, Amina avait compris que c'était une femme égoïste et que, si elle avait un jour besoin de réconfort ou de compréhension, c'était vers son père qu'elle devrait se tourner.

Il ne s'était pas mis en colère, comme l'auraient fait tant de pères arabes, ne l'avait pas menacée, n'avait pas déploré à grands cris la perte de son innocence. Il s'était contenté de l'écouter réfléchir à haute voix sur l'injustice de l'amour, sur la trahison des hommes et l'immensité de sa tristesse. Lui aussi avait été étonné de la légèreté de Hamid en la matière, car il appréciait le jeune homme, croyait à son amour pour sa fille et le considérait comme un parti convenable. Il l'avait réconfortée, assurée de sa beauté, et fait rire en affirmant que Hamid avait eu la sagesse de se choisir une compagne apte à regarder pousser des olives avec lui sa vie durant.

« Ce n'est pas le chagrin qui compte, lui avait-il dit pour conclure. Il y aura toujours du chagrin, pour Hamid ou pour quelqu'un d'autre. Qu'ils t'aiment ou non, tu ressentiras toujours une sorte de souffrance. Ce qui compte c'est de tenir ces chagrins bien séparés les uns des autres, de ne pas les laisser former une masse compacte, si lourde que tu ne pourrais plus la porter. »

Elle savait alors qu'il n'aimait pas sa mère, qu'il ne l'avait jamais aimée. Il s'agissait d'un mariage de convenance, et l'amour n'avait pas réussi à s'épanouir sur ce terrain. Lorsqu'elle était plus jeune, elle avait souvent souffert de ce fossé entre eux. A dix-sept ans, en s'apitoyant sur le sort de son père du haut de son propre malheur, il lui semblait comprendre pour la première fois la triste réalité de son existence.

Aujourd'hui, bien des années plus tard, elle avait oublié jusqu'au nom de Hamid et ses autres amants s'étaient gravés dans sa chair; un chagrin après l'autre, une cicatrice sur une autre ; ils ne faisaient qu'un, qu'une seule douleur ; et, malgré l'authenticité de son amour pour Declan, la brutalité de leur deuxième séparation, sa détresse infinie, tous ces chagrins accumulés culminaient, et la plongeaient au comble du malheur, dans un état de souffrance qui l'anéantissait. Elle avait dépassé le stade des larmes, et ne souhaitait qu'une chose : la présence de Declan. Non pour qu'il vienne à son secours, comme elle l'avait précédemment imaginé, mais pour qu'il écoute ce qu'elle avait à lui dire.

Toutefois il y avait quelque chose qu'elle ne lui dirait jamais, pas plus à lui qu'à n'importe qui d'autre. C'était pour cette raison que cela faisait si mal ; elle en subirait seule le poids, la densité et la perversité. Ce que l'Américain lui avait fait, ce qu'il lui avait fait faire révoltait son âme et son corps tout entier, comme si des teignes s'étaient accrochées à toutes ses extrémités nerveuses. Le simple fait de l'évoquer redoublait la douleur.

Ce n'était pas parce qu'il l'avait violée. Cela, elle s'y était attendue et préparée, pareille à toute femme prisonnière dans un camp ou dans une ville assiégée. C'était humiliant, mais on pouvait y survivre. Des milliers de femmes avaient connu bien pis. Ce n'était pas parce qu'il l'avait frappée quand elle avait essayé de résister, de lui faire entendre raison. Avec le temps, les traces disparaîtraient.

Mais il avait essayé de prendre possession de son esprit. Il lui avait parlé du plus profond de son cœur de dément, et elle se sentait contaminée, salie. Elle avait compris que plus que son corps, il voulait lui voler son âme, et il savait s'y prendre. Il ne l'avait pas laissée dormir un seul instant et elle avait passé la nuit entière à l'écouter lui révéler ses pensées les plus secrètes, ses sentiments les plus intimes. Lorsque ses hommes l'avaient enfin ramenée dans sa cellule, elle avait sombré dans un sommeil agité et s'était éveillée baignée de sueur, et en larmes. Elle n'avait pas une seule fois rêvé qu'on venait à son secours.

Il lui avait promis que ses hommes la lui ramèneraient ce soir et elle priait pour y être prête. Dans l'après-midi, elle s'était longuement entretenue avec une des prisonnières iraniennes. Nushin ne quittait jamais son tchador, mais sous le voile, une barrette munie d'une longue épingle en acier retenait son opulente chevelure. Elle en avait parlé à Amina, lui avait expliqué qu'elle la conservait soigneusement, car cela pourrait un jour lui servir d'arme.

Amina la lui avait demandée, et lui avait dit pourquoi. Sans entrer dans les détails, c'était impossible, mais Nushin la lui avait offerte sans hésiter.

« Je prierai pour toi, avait-elle ajouté.

— Merci. Prie pour que je trouve la force, c'est ce dont j'ai le plus besoin. Pas la force physique. La force tout court. »

Mais maintenant, allongée sur son lit en attendant d'entendre les gardes s'arrêter devant sa cellule, elle s'interrogeait : de quelle force avait-elle besoin ? celle de le tuer pendant qu'il la labourerait ? ou celle de se tuer lorsqu'il aurait fini ?

61

Washington
Samedi 22 septembre, 13 h 44

Après avoir raccroché le téléphone, Conrad Lee s'absorba dans la relecture des notes prises pendant sa conversation avec Declan. Il n'avait qu'une envie : froisser les feuilles de papier, en faire une boulette et la jeter à la corbeille. Il laisserait passer deux heures et rappellerait Declan pour lui dire qu'il lui avait raconté une histoire de fou, dénuée de tout fondement. Mais Declan Carberry était un de ses amis intimes, et Mairead, sa fille, l'une des gosses les plus délicieuses qu'il ait jamais rencontrées.

« Jean, appela-t-il en se dirigeant vers la cuisine, il faut que je passe au bureau. »

Sa femme était devant ses fourneaux. Elle se tourna vers lui.

« Pour l'amour du ciel, Conrad, on est samedi ! Qui était-ce ? Ritchie, encore une fois ? Il veut que tu le remplaces pour pouvoir aller à la chasse, c'est ça ? »

Conrad secoua la tête.

« Non. Je suis navré, chérie, mais je dois y aller. Un de mes amis a des ennuis. De graves ennuis. Je peux peut-être l'aider.

— N'oublie pas que les Halpern viennent dîner. Il est beaucoup trop tard pour les décommander.

— Je serai de retour à temps, ne crains rien. Ça ne me prendra pas longtemps. Je te le promets. »

Heather soupira. Cela faisait trop longtemps qu'elle était mariée avec le FBI pour se donner le mal de discuter.

« Je compte sur toi. Et n'oublie pas que tu as promis aux enfants de les emmener en balade demain. »

En tant que sous-directeur du bureau des enquêtes criminelles au sein du FBI, Conrad Lee avait accès à la plupart des fichiers à partir du Macintosh de son bureau. Les événements que Declan voulait vérifier s'étaient déroulés en 1993, le procès avait eu lieu en 1994, et de nombreuses procédures d'appel étaient encore en cours. Théoriquement, il devait avoir accès à tous les dossiers. Ils étaient réunis dans un fichier qui contenait six cent soixante-quinze dossiers séparés, identifiés par le sigle CS (crimes en série) 1793 B, suivi de leur numéro individuel. Certains faisaient une centaine de pages, d'autres une seule.

Il commença de les parcourir au hasard : dépositions, rapports du bureau fédéral des drogues et stupéfiants, rapports du FBI, conclusions rédigées par le Département de la sécurité intérieure de l'État du Texas ou par le procureur général de Dallas, déclarations de témoins oculaires, de survivants, de psychiatres, etc. Il n'aurait jamais imaginé qu'il y en eût tant.

Il se pencha sur son écran pendant deux heures, de plus en plus frustré. Declan ne pouvait pas avoir raison, et Conrad était maintenant persuadé qu'il gâchait un samedi après-midi à fouiller dans une montagne de paperasses qui parvenaient toutes aux mêmes conclusions. Il était sur le point d'abandonner lorsqu'il se heurta à un mur.

Il essayait d'ouvrir un dossier émanant des services de sécurité du comté de Tarrant lorsqu'une fenêtre apparut sur l'écran : l'accès à ce dossier était soumis à une autorisation spéciale. Cela lui parut d'autant plus bizarre que la même chose se produisit sur les trois dossiers suivants.

Il retourna au sommaire du fichier central et demanda à l'ordinateur le nombre de dossiers en accès libre, le nombre de dossiers réservés à ceux qui possédaient les mêmes codes d'accès que lui, et le nombre de ceux où l'on ne pouvait pénétrer que muni de la plus haute autorité. Six cent vingt et un dossiers étaient à la disposition du public. Quarante-sept étaient réservés aux sous-directeurs de service, et sept étaient réservés au directeur du FBI en personne.

Il savait qu'il ne pourrait y entrer sans une autorisation ou sans un code. Il s'y connaissait assez en informatique pour parvenir peut-être à pirater le système, mais la moindre erreur de manœuvre déclencherait un signal d'alarme général. Apparemment, il avait mis la main sur une affaire dont le secret était aussi bien gardé que celui de l'assassinat des Kennedy.

Il allait rentrer chez lui lorsqu'une idée le frappa soudain. Il appela les archives, situées dans le sous-sol du bâtiment.

« Ici Lee. Pouvez-vous me dire si vous avez encore une série de dossiers codés MS 1793 B WS1 à WS675 ? »

Le préposé aux archives ne mit pas plus d'une minute à vérifier.

« Je les ai, monsieur. Mais vous devriez pouvoir y accéder par le réseau.

— Il faut que j'examine des photos. Elles sont trop mal reproduites sur l'écran.

— Ça, c'est bien vrai. Ils sont à votre disposition. »

Conrad raccrocha et consulta sa liste des permanences de la semaine. L'archiviste de service terminait sa garde dans une heure et demie. Le samedi, la demande d'archives était limitée, et il n'y avait qu'un seul employé pour tout le département.

Il descendit au sous-sol et se fit remettre six des dossiers qu'il avait le droit de consulter. De retour dans son bureau, il se servit de son ordinateur pour créer une série d'étiquettes identiques à celles qui identifiaient les dossiers. En quelques manipulations de caractères et de tailles, il obtint un résultat parfait. Il imprima une de ces étiquettes sur son imprimante laser et la colla sur l'un des dossiers qu'il venait d'emprunter. Lorsque ce fut fait, il téléphona à Jean pour la prévenir qu'elle devrait l'excuser auprès des Halpern, et commencer à dîner sans lui. Elle ne dit rien, mais la qualité du silence qui suivit ses explications embarrassées fut suffisamment éloquente.

Il ne lui restait qu'à attendre la relève.

Il se donna un quart d'heure de sécurité et redescendit au sous-sol. Le nouvel employé était un très jeune homme qui semblait tout droit sorti de l'école ; il ne manquerait pas d'être impressionné par l'âge de Conrad. Ce dernier s'approcha du comptoir avec l'air d'un homme habitué à obtenir ce qu'il désirait.

« Où est le crétin qui m'a remis ces dossiers ?

— Jones, monsieur ? Il a terminé son service.

— Il a bien de la chance, ce M. Jones. Remettez ces dossiers en place, mon garçon. (Il lui tendit la pile, mais en conserva un.) Mais celui-ci, dit-il en agitant la chemise sous le nez du jeune homme, ce n'est pas le bon. Qu'est-ce que vous imaginez, ici en bas ? Que je suis venu au bureau pour écrire des poèmes ?

— Je suis navré, monsieur. Quel est le bon numéro ?

— Bon Dieu ! Mais c'est le bon numéro ! le problème, c'est que ce n'est pas le bon dossier. Apportez-moi les dossiers à droite et à gauche de celui-ci, on va voir ce qu'on trouve. »

Dès que l'employé eut tourné le dos, et après s'être assuré qu'il était seul, Conrad prit le registre où étaient inscrits les numéros de dossiers qu'il avait empruntés. Celui qu'il venait de rendre portait à l'origine le numéro WS 625. Conrad modifia rapidement le 5 en 6.

A son retour l'employé semblait consterné. Il apportait quatre dossiers, l'un très épais et les trois autres de taille moyenne.

« Je suis vraiment désolé, monsieur. On dirait qu'il y a eu des erreurs quelque part. J'ai le 624 et le 627, mais j'ai aussi un autre 626, le même que celui que vous m'avez rapporté.

— Faites voir ! Ils n'en feront jamais d'autres, ces imbéciles. »

Il fit semblant de parcourir tous les dossiers puis rendit 624 et 627.

« Ceux-là sont les bons. (Puis il tendit à l'employé le dossier qu'il avait manipulé.) Celui-ci devrait porter le numéro 625, pas 626. Occupez-vous de rectifier ça.

— Oui, monsieur. »

Puis Conrad prit le WS 626, le dossier top secret, et tonna.

« Voilà enfin celui que j'avais demandé ! Nom de Dieu, mon garçon, personne ne vérifie jamais rien, par ici ? »

Le dossier portait la mention top secret. Le jeune homme fit mine de demander à Conrad son autorisation. Mais un coup d'œil sur le registre lui prouva qu'on lui avait déjà remis une fois ce dossier, et qu'on avait donc dû vérifier la validité de sa requête. Le lui demander une deuxième fois, dans l'état de rage où il se trouvait, ne ferait qu'aggraver la situation. Il sourit et regarda Conrad s'éloigner, soulagé d'avoir échappé à la colère de son supérieur.

De retour dans son bureau, Conrad s'installa pour prendre connaissance du dossier qu'il avait subrepticement obtenu des archives. Dix minutes plus tard, il avait compris deux choses : Declan avait raison, et sa propre vie serait en danger si quelqu'un apprenait qu'il avait lu ce dossier.

Il possédait aussi un numéro à dix chiffres qui semblait être le code d'accès aux autres dossiers réservés. Il tenta l'expérience, et elle réussit.

Il lui fallut une heure pour comprendre ce qui s'était passé, et comment on s'y était pris. Mais il ne savait toujours pas pourquoi.

Il prit son téléphone pour appeler le numéro que Declan lui avait donné. Une voix de femme ensommeillée lui répondit, et il demanda le Père MacLogan.

« Qui est à l'appareil ? demanda-t-elle d'un ton soupçonneux.

— Je l'appelle du Vatican. C'est urgent. Il faut que je lui parle immédiatement.

— Mais bien sûr, Excellence. Tout de suite. Je vais vous le chercher. Ne raccrochez surtout pas. »

Une minute après, Declan était en ligne.

« C'est Conrad, Declan.

— Je m'en doutais. Alors ?

— La réponse est oui.

— Je vois.

— Il est en Irlande ? reprit Conrad Lee après un instant de silence. C'est pour cette raison que tu m'as posé la question ?

— Oui. Je pense que c'est lui qui détient les otages. »

Un plus long silence s'ensuivit, comme si les fossés du temps et de la distance entre les mots ne formaient plus qu'un seul et immense espace vide.

« Tu veux des détails ?

— Si tu les trouves importants.

— Je pense qu'il y a un certain nombre de choses que tu devrais savoir. D'ailleurs, je ne suis pas au courant de tout.

J'ai simplement relié quelques pièces du puzzle entre elles, grâce aux dossiers secrets que j'ai réussi à consulter. »

Il s'interrompit un instant, et entendit la respiration de Declan, haletante, irrégulière. En Irlande, c'était l'aube.

« Je suppose que tu sais ce que nous savons tous. En 1993, le FBI a assiégé une propriété près de Waco, Texas. Le 19 avril, au bout de cinquante et un jours, nos hommes ont lancé l'assaut en utilisant des gaz de combat. Près de quatre-vingts personnes sont mortes brûlées vives, ou tuées par balle. C'étaient tous des membres de la secte des Davidiens, un avatar des Adventistes du Septième Jour. Leur chef était un homme de trente-trois ans, David Koresh, dont le vrai nom, en fait, est Vernon Wayne Howell. On a identifié son corps parmi les victimes.

— En effet, j'ai lu tout ça dans les journaux.

— C'est la version officielle, Declan. Mais c'est un tissu de mensonges. Je vais te raconter ce qui s'est vraiment passé. La nuit qui a précédé l'assaut, Koresh a parlé au téléphone pendant trois heures avec un certain Joshua Babcock. Tu as entendu parler de ce type ?

— Non, jamais.

— Le contraire m'aurait étonné. Sa notoriété n'a pas dépassé nos frontières. C'est un prédicateur fondamentaliste, qui possède sa propre chaîne de télévision, des églises dans tout le pays et qui dirige des missions en Afrique et en Asie. Très bien introduit dans les cercles évangéliques d'extrême droite. Il commence à être assez vieux, mais il prêche tous les dimanches matin à la télé, et il maintient le contact avec un réseau de gens influents : des hommes d'affaires, des députés, des sénateurs. Le président ne l'aime pas, et, à vrai dire, moi non plus. Il veut soumettre l'Amérique à ses tristes lois, et il ne ménage ni ses forces ni son argent. Il a des opinions très arrêtées sur l'homosexualité, l'avortement, la circulation de ce qu'il appelle “des livres dangereux”, etc. ; tu vois le genre.

— Je vois. Ces gens-là, ici, on les appelle des évêques.

— Bon. Tu vas donc pouvoir me suivre. Pour une raison ou une autre, Babcock voulait Koresh, et il a négocié avec les patrons du FBI pour le faire sortir de la propriété assiégée. Apparemment, il y avait des souterrains sous le ranch. Beaucoup de souterrains. La plupart étaient courts, comme s'ils étaient simplement destinés à servir d'abri en cas de guerre. Mais il y en avait un plus long que les autres. D'après les indices que j'ai recueillis, on y accédait uniquement par la chambre à coucher de Koresh. Voilà comment ils l'ont fait sortir.

— Oui, mais tu as dit toi-même qu'on a formellement identifié le corps de Koresh.

— On l'a identifié, oui, mais ce n'était pas Koresh. Le département de médecine légale du comté de Tarrant a fait venir une équipe de pathologistes de Fort Worth. Ils ont affirmé n'avoir jamais vu de corps dans un état aussi épouvantable que les cadavres qu'on a retirés des ruines du ranch. Quand ils en ont eu terminé, le laboratoire scientifique du FBI, ici à Washington, a pris le relais.

« Ils ont prétendu qu'ils avaient identifié Koresh grâce à sa dentition. Il lui manquait deux dents, et cela correspondait avec l'un des corps que l'on a retrouvés dans le centre de communication du ranch. Mais on dirait bien qu'on a légèrement manipulé ces preuves. On a enlevé deux dents à un pauvre diable quelconque entre Fort Worth et Washington. La taille du corps n'était pas la bonne, et personne ne s'est donné la peine de demander une carte génétique. Ce n'était pas Koresh, Declan. Il buvait tranquillement son café avec Babcock à New Kadesh, une mission chrétienne dans le désert du Nouveau-Mexique, lorsque cette horreur a eu lieu.

— Mille mercis, Conrad. Tu as fait un superbe boulot.

— Une dernière chose, Declan. Je ne sais pas si c'est important, mais au début de l'année la CIA a demandé au FBI que Koresh passe sous son contrôle. Tu y comprends quelque chose ? »

Le vent s'engouffra dans l'immensité de l'espace comme un animal sauvage courant après sa proie.

« Oui. Je comprends très bien.

— Tu veux bien m'expliquer ? Il faut que je sache sur quoi j'ai posé le pied.

— Non. Tu n'en sais que trop.

— C'est bien ce que j'imaginais. Tu l'as dans ton collimateur ?

— Je suis sur ses traces depuis une semaine, mais jusqu'à présent je ne savais pas que c'était lui.

— Fais gaffe quand tu le dénicheras. J'ai lu certaines des analyses des psychiatres. A les entendre, il est capable de tout.

— Il faut être cinglé pour utiliser un type pareil.

— Qui ? La CIA ?

— La CIA et d'autres.

— Peut-être. Tout dépend de ce qu'ils attendaient de lui. Il serait parfait pour une opération sur laquelle on voudrait nier toute responsabilité. L'Homme Qui N'a Jamais Existé. Fais attention, Declan. Et quand tu l'auras trouvé, ne lui tourne jamais le dos.

— Compte sur moi. Et merci encore, Conrad. Je te rappellerai. »

Conrad raccrocha. Immobile, il lisait les mots inscrits sur son écran, des mots qui semblaient désormais dépourvus de sens. Et il n'y avait pas que les mots à avoir perdu leur sens.

62

Inishtooskert
Dimanche 23 septembre, 7 h 15

Dimanche matin, des fragments de lumière couchés, éparpillés sur les pierres, la mer paresseuse sur le rivage, des oiseaux tournoyant en cercles de plus en plus étroits avant de se disperser en un grand envol d'ailes blanches, le soleil léchant le sommet de la colline, et un vent sombre se levant peu à peu au large.

Sur l'île, le sabbat était terminé. Ici, on ne le célébrait pas comme sur le continent, par une messe, un déjeuner et la lecture des journaux dominicaux. L'agneau de Dieu en personne avait présidé au Septième Jour, au vrai sabbat, au jour du repos de Dieu. On avait chanté des hymnes et étudié la Bible sous sa férule, il avait délivré un sermon destiné aux mécréants, sans traduction ni excuses.

David Koresh avait passé la journée les nerfs à vif. Blanc de rage, il avait frappé un otage qui avait osé l'interrompre en entonnant un verset du Coran. Plus tard, apaisé, il avait chanté doucement avec ses disciples, s'accompagnant lui-même à la guitare, dans son rôle de Prince de la Paix.

Maintenant, alors que la matinée commençait, il se tenait sur le rivage, seul, et contemplait l'horizon. Le vent lui fit lever la tête : les nuages rapides s'amoncelaient, menaçants, dans le ciel. Personne, songeait-il, n'avait vu dans le ciel ce que lui avait vu : des anges aux ailes grandes comme des montagnes, des trompettes, des créatures à une ou deux ou même cinq ou sept cornes, des tuniques d'écarlate et d'or s'étirant d'une extrémité de l'horizon à l'autre, et du sang qui coulait d'une coupe dorée, des villes entières serties de pierres précieuses, des cavaliers sur leurs montures noires et blanches, des armées, le visage du Dieu vivant.

Il se couvrit les yeux de ses mains et sanglota. Nul n'avait vu ce qu'il avait vu, nul ne savait ce qu'il savait, nul ne pouvait lire les secrets enfouis dans son cœur. Et pourtant, la nuit dernière, lorsqu'il avait pour la deuxième fois accueilli dans son lit la femme arabe, elle l'avait agressé, lui avait déchiré la poitrine et le ventre avec un objet pointu, jusqu'à ce qu'il la jette en bas du lit à coups de pied.

Son sang avait coulé, avait imprégné les draps. Son propre sang, celui de l'agneau de Dieu. Elle avait essayé de le tuer, et elle avait presque réussi. Elle serait punie, il s'en chargerait lui-même. Il tremblait en se souvenant de la férocité de son assaut, de la traîtrise qui brillait dans ses yeux. Attaquer le Fils de Dieu, quelqu'un qui avait vu les tours de la Nouvelle Jérusalem, l'oint de Dieu... Pouvait-on imaginer crime plus monstrueux ?

Des pas retentirent derrière lui. Ezéchiel s'était approché, calme, compréhensif. La nuit dernière, il avait baigné et pansé ses blessures.

« Ils sont tous réunis, David. Nous vous attendons, maintenant.

— Ne nous pressons pas. Qu'ils attendent. Viens près de moi. (Il fit signe à son ami de le rejoindre sur les rochers.) Dis-moi ce que tu vois. »

Ezéchiel s'assit à ses côtés.

« Je ne vois rien de spécial. Les vagues, quelques mouettes, des nuages dans le ciel. Qu'espériez-vous que je verrais ?

— Rien de plus. Tu n'as pas reçu le don de voir. Le voudrais-tu, si je pouvais te le donner ? »

Ezéchiel secoua doucement la tête, les yeux fixés sur l'eau sombre qui refluait.

« Je ne crois pas, dit-il enfin. Cela cause trop de souffrance. Je ne pourrais pas supporter de voir les choses comme elles sont vraiment. Je ne suis pas assez fort. Personne ne l'est, parmi nous. » Il pensait à sa femme, Mary, qui avait brûlé vive comme une torche, les bras tendus, derrière le mur de flammes qui les séparait. A ses enfants, Sarah et Rachel, hurlant son nom, et au mur de flammes entre eux, aussi infranchissable qu'une paroi de glace. Il en avait vu assez.

« Je n'étais pas fort, moi non plus, dit Koresh. Mais Dieu m'a pourtant ouvert les yeux. Il ne m'a pas demandé si j'y étais prêt, si je le voulais ou pas. Il m'a ouvert les yeux. La force et la faiblesse ne font qu'un, pour lui.

— Peut-être, mais je ne voudrais pas être un prophète.

— Tu es sage. Cela t'obligerait à contempler des spectacles que tu préférerais n'avoir jamais vus, à entendre des voix que nul ne devrait entendre. Tu regarderais et tu écouterais, sans relâche, jour et nuit.

— Que voyez-vous, aujourd'hui ?

— Aujourd'hui ? Que ça se rapproche, maintenant, de plus en plus. Ce n'est plus qu'une question de jours, d'heures, peut-être.

— Ne savez-vous rien de plus précis ?

— Il ne veut pas. Ce serait dangereux, dit-il. Le moment venu, je saurai. Mais cela ne tardera plus. Aujourd'hui, demain, après-demain au plus tard.

— Tous mourront ?

— Tous, sauf les élus.

— Par le feu ? »

Koresh haussa les épaules sans quitter le large des yeux.

« Je ne sais pas. Peut-être. Il ne m'a pas révélé son dessein. »

Ezéchiel frémit.

« Et ce sera le commencement de la fin de toutes choses ?

— Dieu ne laissera rien de vivant à la surface de la terre. Tu as lu les prophéties, tu connais son projet. »

Un long silence embarrassé suivit ces dernières paroles. Ezéchiel frissonna. Comme il était difficile d'accomplir la volonté de Dieu !

« Ils vous attendent, dit-il. La femme est prête. »

Koresh se releva. La douleur des blessures qu'elle lui avait infligées était lancinante. Le plus petit mouvement les réveillait. Il ferma et ouvrit lentement le poing. Un verset de la Bible le hantait inlassablement : « Et j'exercerai ma vengeance, dit le Seigneur. »

63

Comté de Tipperary
8 h 16

Ils avaient quitté la ferme où ils avaient passé la nuit très tôt dans la matinée. Declan voulait appeler le numéro que lui avait donné Martin Fitzsimmons, mais il préférait téléphoner d'une cabine publique. Ils firent halte sur une aire de repos et se débarrassèrent de leurs habits de prêtres pour les remplacer par des tenues de fermiers. Liam posa un nouveau jeu de plaques d'immatriculation sur la voiture : le numéro correspondait à une voiture de même marque, appartenant à un fermier de Ballyporeen. Maculé de boue, le véhicule passerait facilement pour une voiture de paysans ; le réservoir était plein, et ils avaient remis le moteur en bon état de marche. Ils décidèrent de prendre la direction de Clare ; si on les arrêtait, ils pourraient dire qu'ils se rendaient à la Foire aux célibataires de Lisdoonvarna, dont c'était aujourd'hui le dernier jour. Ils avaient renoncé à un genre de célibat, personne ne leur interdisait d'en emprunter un autre.

Ils trouvèrent une cabine à Cullen. Pendant que Declan y entrait, les autres étudieraient les divers itinéraires possibles pour aller à l'ouest. La sonnerie retentit plusieurs fois avant qu'on ne réponde.

« Café O'Toole.

— Martin Fitzsimmons m'a donné votre numéro. J'ai besoin d'aide.

— Je suis désolé, monsieur, vous avez dû vous tromper de numéro.

— Ici Declan Carberry. Je vous appelle d'une cabine.

— Il fallait le dire tout de suite. J'attendais votre appel plus tôt. Savez-vous que Martin est mort ?

— Oui. Je l'ai appris hier. Comment est-ce arrivé ?

— Vous avez été tous les deux suivis jusqu'au pont. Ils ont eu Martin, et Harker est à vos trousses, comme le diable en personne.

— Cette ligne est sûre ?

— Oui, oui. Que puis-je faire pour vous ?

— Je connais l'identité de celui qui détient les otages. Il va les tuer tous, d'un moment à l'autre. Il faut que je sache si on a découvert une piste quelconque.

— On a trouvé un autre cadavre, un Syrien. Le corps a été déposé sur l'autel de l'église Sainte-Anne, à Cork.

— Ça ne me sert à rien.

— Je m'en doute. Mais j'ai autre chose. Samedi matin, on a intercepté une communication téléphonique passée d'une petite ville du Monaghan à Baalbek, au Liban. Elle a été enregistrée et envoyée au MI5 qui s'est empressé de l'enterrer. Mais quelqu'un a commis une erreur en cours de route, et nous en avons reçu une copie, ainsi que la traduction. Je n'en ai naturellement gardé aucune trace, il faudra donc me croire sur parole.

— Je vous fais confiance. Allez-y. »

Une minute plus tard, Declan était de retour dans la voiture.

« Inishtooskert, dit-il. C'est là qu'il les retient prisonniers. »

« Babcock est un fou raisonnable », dit Myles. Ils roulaient vers Dingle, par des routes secondaires qui leur faisaient perdre beaucoup de temps. Liam conduisait. Grainne somnolait.

« A quoi pouvait lui servir Koresh ? demanda Declan.

— Je ne comprends pas très bien. Mais ils se ressemblent beaucoup, même si Babcock se situe davantage du côté de l'idéologie dominante. Il y a quelques années, il a publié un livre qui s'est très bien vendu dans certaines régions des États-Unis. Une interprétation des prophéties de la Bible, selon laquelle la fin du monde surviendrait pendant notre vie, une prévision sur le retour imminent de Jésus, des trucs assez généraux, j'en conviens. Mais Babcock insistait sur un point central à ses yeux : selon lui, l'islam est l'arme que Satan utilise pour détruire le monde occidental. Babcock est un raciste déguisé. Il s'adresse surtout aux classes moyennes. C'est un antisémite. Jusqu'à l'effondrement de l'Union soviétique, il considérait le communisme comme l'ennemi numéro un. Mais depuis, il a changé son fusil d'épaule et il prêche que l'islam est l'arme première des hordes de Satan, depuis le VIIe siècle. D'après lui, le reste ne compte pas. »

Declan hocha la tête.

« Cela explique la raison de son implication dans cette histoire. Mais cela n'explique pas Koresh.

— J'allais y venir. Le livre de Babcock est intitulé *Les Sept Sceaux*, en référence aux sceaux dont il est question dans le livre de la Révélation. C'était l'un des sujets de prédilection de Koresh. Pendant le siège, il écrivait un commentaire sur le véritable sens du septième sceau. On suppose que son texte a brûlé dans l'incendie du ranch. Mais supposons que non. Supposons que Koresh l'ait emporté avec lui. C'est peut-être cela que voulait Babcock.

— Et tant que Koresh continuait à écrire, Babcock se chargeait de sa sécurité. »

Myles acquiesça.

« Et un jour, poursuivit Declan, un type de la CIA montre son nez et dit : nous avons besoin de quelqu'un pour régler un grave problème avec des musulmans fanatiques.

— A mon avis, ça s'est passé comme cela. Je suppose également que certains de ses disciples ont entre-temps rejoint Koresh. On dit que Babcock possède un véritable entrepôt d'armes à New Kadesh, et qu'il entraîne ses troupes, pour qu'elles le protègent, lui et son Église, des forces sataniques.

— Jusqu'au jour du Jugement dernier.

— C'est exactement cela, Declan ; jusqu'au jour du Jugement dernier. »

Ils firent une halte à Tralee, pour se sustenter et se dégourdir les jambes. Ils avaient franchi plusieurs barrages de soldats, qui avaient vérifié soigneusement leur identité. Declan était surpris d'être arrivé si loin. Harker voulait à tout prix leur mettre la main dessus, et il parviendrait à ses fins, tôt ou tard.

« Si Abu Hida connaît le lieu de détention des otages, dit Declan à Grainne, il doit déjà être en chemin. » Ils buvaient un café dans un estaminet sur la place de la petite ville, presque vide. Myles et Liam étaient partis au ravitaillement.

Grainne hocha la tête en mordant dans son sandwich.

« D'où avez-vous dit qu'il avait appelé ?

— Ballybay. Pas loin de la frontière.

— C'est dans le comté de Monaghan, je connais.

— Ce n'est pas tout près, dit Declan, mais nous avons perdu beaucoup de temps cette nuit. Abu Hida a dû partir dès qu'il a reçu son information. Et les gens qui l'accompagnent ont certainement des contacts dans la région de Dingle.

— Comment voyez-vous son plan ?

— S'il bénéficie de l'appui d'un commando, il essayera peut-être d'aborder sur l'île, de lancer un assaut et de libérer l'homme qu'il est venu chercher.

— A-t-il une chance de réussir ? Qui aurait-il à affronter ?

— Des professionnels. Koresh est peut-être fou, mais ses troupes sont parfaitement entraînées. Je les ai vues à l'œuvre à Castletown. Ils sont bons, très bons. A mon avis, un groupe de l'IRA n'a aucune chance contre eux. Mais Abu Hida, lui, est excellent. Durant toute la période de la guerre civile au Liban, personne ne lui arrivait à la cheville. Il ne s'embarquera pas à la légère. Il étudiera les positions, évaluera les forces en présence et attendra l'occasion d'agir. »

Grainne réfléchit.

« Nous devrions le rencontrer, dit-elle enfin.

— Qui ? Abu Hida ? »

Elle hocha la tête en essayant de finir son café, mais il était froid, et elle reposa la tasse sur la table.

« Le chercher, et le trouver avant qu'il n'accoste sur l'île.

Lui parler, le convaincre que vous pouvez lui être utile, que vous pouvez l'aider, lui et les otages, à quitter l'Irlande.

— Ce n'est pas si sûr que ça.

— Voyons, monsieur ! Si vous sortiez les otages d'Inishtooskert, toutes les équipes de télévision d'Irlande seraient sur vous comme des mouches en moins d'une heure. Harker n'y pourrait rien. Vous êtes un homme important, votre beau-frère était Taoiseach.

— Vous avez peut-être raison. Ça pourrait sans doute marcher. Mais je ne suis pas certain qu'Abu Hida saute sur l'occasion.

— Dites-lui tout. Une fois qu'il connaîtra les risques qu'il court sans vous, il entendra raison. »

Declan écarta cette idée d'un geste de la main.

« C'est à double tranchant. Lorsque le Hezbollah saura que les otages sont en sécurité, les agents du réseau Scimitar pourraient être exécutés, en guise de représailles.

— Essayez. En échange de votre aide, arrachez-lui la promesse de faire tout son possible pour que les siens relâchent les agents de Scimitar. Sans passer par le MI5.

— Pourquoi pas ? A condition qu'il ne me tue pas avant que j'aie pu l'approcher...

— N'y allez pas en personne. Envoyez-lui un message. Ce n'est pas un idiot. Il comprendra l'intérêt de la manœuvre. »

Peut-être Grainne avait-elle raison, se disait Declan. Abu Hida et lui pourraient peut-être parvenir à un accord. Il aurait volontiers conclu un pacte avec le diable pour avoir une chance de sortir Amina des griffes de David Koresh et de tenir Peter Musgrave au bout de son fusil.

Declan passa un coup de téléphone avant de partir. Tommy Murtagh lui avait donné son numéro personnel à Curragh Camp, en lui recommandant de l'appeler s'il avait besoin d'aide. On décrocha à la première sonnerie.

« Murtagh.

« C'est moi, Tommy. On peut parler ?

— Oui, mais dépêchez-vous.

— J'ai terriblement besoin de votre aide. Je sais où sont les otages et qui les détient prisonniers. Ce devrait être un boulot pour les forces spéciales, mais il se passe des choses terribles en coulisses. On n'enverra pas vos hommes sur le terrain. Je vais y aller moi-même, mais il me faut des renforts.

— Je ne peux vous envoyer personne sans autorisation officielle.

— Vous ne l'aurez pas.

— Mais si, voyons...

— Croyez-moi, Tommy... Clark refusera. Cette histoire a des ramifications plus profondes qu'on ne peut l'imaginer.

— Bon, dit enfin Murtagh. Je viendrai moi-même. Ça, au moins, je peux vous le promettre. Je vous rejoins où ?

— Dunquin, sur la péninsule de Dingle.

— J'y serai. »

64

9 h 14

Harker ordonna à son chauffeur de s'arrêter. Ils étaient en pleine nature, sur une route qui reliait deux villes aux noms ridicules, et si petites qu'elles n'auraient dû figurer sur aucune carte. L'Irlande, dans sa partie rurale, lui rappelait certaines régions de France, mais sans vignes, sans châteaux ni cathédrales apparaissant comme par miracle, et le soleil en moins. Il détestait les Irlandais, avec leur provincialisme, leur fanatisme, leur manque de culture. Et voilà que ce peuple se retrouvait soudain au centre du monde, hôtes barbares du plus raffiné des divertissements.

Le téléphone de voiture marchait, ce qui l'étonnait chaque fois. Il composa un numéro à Dublin.

« Il y a du neuf ?

— On vient de recevoir un rapport de Thurles, monsieur. Ils ont passé la nuit dans une ferme. Ils sont partis ce matin. Carberry et les autres sont déguisés en prêtres, et la femme en nonne. Ils n'ont pas été repérés depuis.

— Je veux qu'on tire à vue, c'est bien compris.

— Oui, monsieur. Une dernière chose. Carberry a appelé Washington et on l'a rappelé ce matin.

— Qui ?

— Il a appelé le domicile d'un inspecteur du FBI, Conrad Lee. Et Lee l'a rappelé des bureaux du FBI. »

65

Inishtooskert
9 h 17

« Amenez-la ici. »

David Koresh n'avait plus éprouvé cette jubilatoire sensation de puissance depuis le ranch du Mont-Carmel. Ces gens l'aimaient, le craignaient, l'adoraient, le méprisaient — cela lui donnait enfin l'impression d'être un tout. Il avait besoin de la haine, presque autant que de l'adulation. Les créatures d'essence divine, avait-il souvent prêché, étaient méprisées et rejetées par les hommes, qui avaient crucifié le Christ, lapidé les apôtres, brûlé des saints. Ceux que le peuple adore, chanteurs ou champions, hommes politiques ou vedettes de cinéma, ne sont jamais vraiment aimés... Lorsqu'ils ne sont plus en grâce, ils tombent pour toujours de leur piédestal, car tout n'est qu'imposture.

Lui, en revanche, bien qu'on l'ait traîné dans la boue et qu'on ait publié sa photo dans le monde entier pour représenter la quintessence du mal absolu, était en réalité plus pur que la glace ou le feu.

Amina n'arrivait pas à prier. On parlait trop de Dieu en ces lieux. La veille, la voix de David Koresh chantant des hymnes et louant avec la même fougue son créateur et lui-même l'avait littéralement assourdie. Sur la scène étaient posés le billot et la hache. Elle avait essayé de rendre coup pour coup ; on allait le lui faire payer.

Elle crut tout d'abord qu'on lui couperait les mains,

comme aux autres, mais lorsqu'elle monta sur l'estrade Ezéchiel lui attacha les poignets dans le dos et elle comprit que ce serait pire, bien pire.

« Agenouille-toi », ordonna Koresh, vêtu d'un jean et d'une chemise sale, les cheveux en broussailles, le menton bleui par la barbe.

Elle le regarda droit dans les yeux. Elle avait résolu de ne pas implorer sa clémence, mais cela semblait si ridicule de se laisser tuer par un homme comme celui-là !

« Agenouille-toi », répéta-t-il en lui désignant l'endroit. Elle ne bougea pas. Ezéchiel passa derrière elle et posa ses mains sur ses épaules. D'une violente poussée, il la contraignit à se baisser. Le billot était devant elle. Tout cela semblait aussi absurde qu'un conte médiéval. Ça va s'arrêter, se disait-elle. Dès que la hache tombera, je me réveillerai, je serai dans mon lit, des rayons de soleil tomberont sur mon visage.

Koresh fit un pas en avant. Sans prononcer un mot, il enleva sa chemise, révélant les blessures infligées par Amina, de longues balafres rouges, recouvertes d'une croûte de sang séché. Aucune n'était assez grave pour avoir mis sa vie en danger, mais elles avaient l'air profondes et douloureuses, et révélaient la rage frénétique de leur auteur.

« Voici son œuvre, dit-il. Je lui ai offert le corps de Dieu et elle m'a blessé. Je lui ai offert la vraie communion, mon corps et mon sang, et elle a essayé de me percer le cœur. Lorsque je suis venu sur terre pour la première fois, je me suis laissé fouetter, ceindre la tête d'une couronne d'épines, enfoncer des clous dans les pieds et les mains. Mais aujourd'hui, ce sont ceux qui me persécutent qui périront à ma place. »

Il s'interrompit pour parcourir la pièce du regard : une marée de visages muets, barbus, reflétant tous une intime peur. Avaient-ils enfin deviné la vérité ? Savaient-ils qu'ils allaient tous mourir, que l'heure de la destruction avait sonné ?

« Je me rappelle, poursuivit-il, que chez moi, au Texas, je regardais souvent la télévision. Un jour, j'ai suivi une émission sur la guerre au Moyen-Orient ; ça m'intéressait, car je suis allé une fois en Israël, le berceau de l'Armageddon. Pendant cette émission, on nous a montré comment on exécute les criminels en Arabie saoudite : on leur coupe la tête. Il n'y avait pas d'images, car ils n'autorisent pas les gens à filmer l'opération, mais on nous a montré des dessins. C'était très impressionnant, car cela évoquait l'Ancien Testament et la façon dont Dieu traitait les malfaiteurs à l'époque.

« Je me suis rappelé comment Yael, l'épouse de Heber, a coupé la tête de Sisera. Comment David a tranché celle de Goliath et l'a rapportée à Saül. Et comment Judith est entrée dans la tente d'Holopherne, a endormi sa méfiance et l'a décapité pendant son sommeil, d'un coup d'épée.

« Je n'ai pas d'épée, mais j'ai une hache, et ma hache remplira son office. »

Il se tourna vers Amina. Son corps était complètement engourdi. Elle ne ressentait absolument rien. Elle avait cru, jusque-là, qu'avant de mourir on revoyait toute son existence, tous les lieux, tous les événements se bousculant pour se présenter à la mémoire, mais il ne se passait rien de tout cela. Au contraire, la scène semblait se dérouler au ralenti, dans un cauchemar sans fin ni commencement.

« Si tu ne bouges pas du tout, je ferai mon possible pour ne pas te rater. Ce sera fini d'un coup. Mais si tu tentes de m'échapper, il faudra recommencer. »

Il fit signe à Ezéchiel, qui s'agenouilla auprès d'Amina, prit son visage dans ses mains et le posa sur le billot.

« J'ai essayé de le dissuader, souffla Ezéchiel à Amina, mais c'est impossible. Faites ce qu'il dit, restez tranquille, et vous ne sentirez rien. J'ai aiguisé la hache ce matin. Il a beaucoup de force, et la hache est lourde. Voulez-vous dire quelque chose à quelqu'un ? »

Elle voulut répondre, mais sa langue était paralysée. Elle avait un million de choses à dire, tout ce qu'elle avait toujours pensé sans jamais le formuler, mais il était trop tard.

« Je prierai pour vous », dit-il.

Amina réussit à lever les yeux.

« Priez plutôt pour vous, dit-elle d'une voix haletante. C'est vous qui allez en avoir besoin. »

Ezéchiel se releva. Il regarda Koresh, le suppliant silencieusement de reculer, mais son maître ne montrait aucun signe d'hésitation.

Un cri s'éleva au milieu de l'assistance. Koresh et Ezéchiel se retournèrent d'un seul mouvement. Un vieil homme s'était levé.

« Ce que vous faites est mal ! s'écria-t-il. C'est injuste ! Elle vous a blessé, et vous la tuez. Où est la justice ? Dans le Coran, Dieu est pitié, et compassion. Où est votre pitié ? Où est votre compassion ?

— Qu'il se rasseye et qu'il se taise », ordonna Koresh.

Mais le vieillard continua de parler.

« Si vous voulez tuer, tuez-moi. Moi, je suis votre ennemi. Pas cette femme. Je suis vieux, il me reste moins de temps à vivre. Voilà où résiderait la justice. »

Les otages qui parlaient anglais se redressèrent, secouèrent la tête, exhortèrent le vieillard à plus de sagesse. Mais rien n'entamait sa détermination.

Koresh semblait troublé. Il n'avait pas prévu ce genre d'intervention. Ce vieil homme, revêtu d'étranges vêtements, était manifestement un personnage important, respecté par les otages. Sa proposition risquait d'inverser les rôles, de mettre en évidence la faiblesse et la lâcheté de Koresh.

Les voisins immédiats du vieillard se poussaient pour le laisser accéder au couloir. Partout on murmurait à voix basse. Les gardes qui veillaient de chaque côté de la salle s'agitaient, craignant une rébellion, une émeute, qu'il faudrait maîtriser par la violence. Le vieil homme était maintenant dans le couloir. L'un des gardes le prit par le bras pour lui faire regagner sa place.

C'est alors que Koresh cria :

« Qu'il vienne. »

Une certaine confusion régna quelques instants puis le garde comprit et mena le vieillard devant l'estrade.

« Monte », ordonna Koresh dans une ultime tentative pour reprendre le contrôle de la situation.

Le vieil homme s'exécuta. Il était très maigre, sa démarche était lente et difficultueuse, mais empreinte d'une exemplaire dignité. Dans la salle, on retenait son souffle, dans un silence d'une qualité impressionnante.

« Comment t'appelles-tu ? demanda Koresh.

— Je suis Sheikh Usayran. Un musulman, fils de musulman. Ce que Dieu m'a donné, je le lui rends volontiers. Prenez ma vie pour celle de la femme. Il en va de la justice.

— Pourquoi fais-tu cela ?

— Le devoir de tout musulman est de s'opposer au mal, et d'aider à faire le bien. »

Koresh réfléchissait. Il avait constaté à quel point la réaction d'Usayran avait semé le trouble dans les esprits des otages. Tous les spectateurs avaient maintenant compris ce qui se passait. S'il ne tuait pas cet homme, les otages seraient soulagés. Il leur rendrait l'espoir. Que la femme meure ou non, cela leur était bien égal, mais la perte d'un de leurs chefs leur porterait un dur coup.

« Très bien. Qu'il en soit fait selon ta volonté. »

Il se tourna vers Ezéchiel.

« Ramène-la dans sa cellule. Qu'on l'enchaîne. Je n'en ai pas fini avec elle. »

Lorsque Amina, tremblant de tous ses membres, eut quitté l'estrade, Koresh regarda Usayran. Ce qu'il lut dans ses yeux était si inattendu qu'il détourna son regard. Ni reproche, ni peur, ni colère — rien de ce qu'il s'était attendu à reconnaître. Mais de la compassion, comme si ce vieillard savait quels terribles démons hantaient l'esprit de David Koresh.

Ezéchiel était de retour. Il attendait au bas des marches.

« Finissons-en », dit Koresh à voix basse, comme s'il ne parlait que pour lui.

66

Comté de Tipperary
10 h 23

« Il n'y a personne, dit Maureen. Nous devrons nous débrouiller tout seuls. »

Ils avaient laissé leur camionnette dans un garage appartenant à une famille de républicains, à Cavan. Elle serait bientôt démontée, désossée, et vendue en pièces détachées. Au garage, on leur avait donné une Ford Sierra et les papiers du véhicule.

Ils étaient sur un étroit chemin vicinal et consultaient une carte achetée chez un papetier de Birr. Maureen n'était pas venue dans la région depuis plusieurs années, et ne se souvenait pas bien de la disposition des îles le long de la côte.

« Cela veut dire que vous n'avez personne dans cette région ?

— Bien sûr que si. Le Kerry est un comté républicain, il l'est depuis la guerre civile. Cette région a été le théâtre d'atrocités, à l'époque, et les gens n'ont pas la mémoire courte, dans l'Ouest. Mais il n'y a pas de groupe d'action, ni de militants entraînés. Nous recrutons, mais pas comme au Donegal ou au Monaghan. Nous n'avons pas besoin d'unités de combat, par ici. La majorité des volontaires sont envoyés dans le Nord, ou en Angleterre.

— Ce n'est pas ce qui était prévu. Nous avons conclu un accord, vous et nous. L'IRA a touché une somme confortable pour me venir en aide. J'ai besoin de renforts. Il m'est impossible de négocier avec les preneurs d'otages, il faut donc que je leur enlève Sheikh Usayran par la force. Et vous me dites que nous ne sommes que deux !

— On nous aidera au niveau de la logistique : logement, bateaux, équipement, etc. Mais envoyer une nouvelle équipe prendrait du temps. Le commando dont nous disposions était parfait, il était désactivé lors de votre arrivée. Voilà pourquoi il était disponible.

— Mais alors, quelle est la raison de l'attaque d'hier soir ? A cause de nous ? A cause de ce qui s'est passé à Belfast ? »

Elle secoua la tête. Ils avaient très peu dormi, et elle était fatiguée. Conduire des heures durant, avec la menace constante de tomber, au prochain virage, sur une patrouille armée lancée à leurs trousses, l'avait épuisée. Elle avait jusqu'ici réussi à éviter les barrages de police, mais elle était convaincue que les Britanniques n'avaient pas abandonné leur traque.

« C'était le MI5, dit-elle. Des troupes entraînées par les services secrets à Hereford, mais placées sous l'autorité du bureau du MI5 pour l'Irlande du Nord. Ils voulaient l'unité de service actif. Ni vous ni moi, les autres. Ils auraient évidemment été ravis de nous capturer aussi, en prime. Morts ou vifs. Mais ceux qu'ils cherchaient, c'étaient les hommes du commando de Belfast. Et ceux-là, il les leur fallait morts.

— Pourquoi ? Pourquoi prendre le risque d'une action de l'autre côté de la frontière pour éliminer un commando désactivé ? »

Pourquoi ne pas lui dire la vérité, se dit Maureen. Il devait avoir deviné qu'il s'agissait d'une vengeance. C'était une chose que les gens de sa culture comprenaient. De plus, il lui sembla qu'il avait le droit de savoir.

« En août dernier, dit-elle, des huiles du MI5 sont venues à Belfast pour conclure un pacte avec les Loyalistes. Ce projet est venu aux oreilles de quelques militaires britanniques ; il ne leur a pas plu. Ils ont discuté avec les nôtres, pour parvenir à un accord permettant de renvoyer les troupes chez elles. Nous avons monté une embuscade. L'armée a laissé le commando intervenir et tuer les types du MI5.

— Et le MI5 s'est remobilisé parce que nous avons réactivé le commando ? C'est ça qui les a alertés ?

— Je suppose. Je ne crois pas aux coïncidences. Nous ne saurons sans doute jamais comment ils nous ont retrouvés.

— Donc, je n'ai pas à me plaindre ?

— Pas vraiment, non. Mais vous n'étiez pas censé savoir.

— C'est vrai. Bien. Et maintenant ? Êtes-vous toujours disposée à continuer ? Même après ce qui s'est passé hier soir ?

— Quoi ? La fusillade ? »

Il secoua la tête.

« Non. Pas ça. Ce que je vous ai fait faire. A la fenêtre, devant tous ces hommes. J'ai eu tort de...

— Vous avez eu raison. Je serais morte si vous n'aviez pas réussi à sortir et à revenir comme vous l'avez fait.

— Et après... » Il hésitait. Il ne trouvait pas ses mots. Jamais il n'avait abordé de tels sujets avec une femme.

« Je vois ce que vous voulez dire. (Maureen le regarda droit dans les yeux. Elle ne le laisserait jamais deviner à quel point il l'avait blessée.) Ça n'a aucune importance. Vous avez agi comme il le fallait. Si vous étiez resté, nous nous serions fait tuer tous les deux... C'était la seule solution. »

Il tendit la main et lui caressa la joue. Elle ferma les yeux, vacilla. Des larmes brûlantes lui montèrent aux yeux.

« Il le fallait, c'est vrai. Mais vous saviez, n'est-ce pas, que je vous désirais ? »

Elle se pencha vers lui, il la prit dans ses bras, la nicha contre son épaule.

« C'est vrai ? (Elle sanglotait maintenant, ne se souciait plus de retenir ses larmes.) C'est vrai ?

— Et que je vous désire encore », dit-il.

67

Dunquin
Comté de Kerry
12 h 17

Dunquin se trouve à l'extrémité de la péninsule de Dingle ; ouvert sur le large, le village donne sur les îles Blasket, inhabitées depuis longtemps. Inishtooskert est à huit kilomètres à l'ouest du village.

Declan prit des chambres au Kruger's Pub, où Grainne et lui s'inscrivirent en tant que mari et femme tandis que Liam et Myles partageaient une autre chambre. Dès qu'ils eurent déposé leurs affaires, ils se rendirent sur la plage.

Liam avait gardé une partie de l'équipement qu'il avait rapporté de Dublin, entre autres un télescope binoculaire de jour et de nuit grâce auquel il arrivait à voir l'île, étroite bande de terre se détachant sur la mer et dont la côte est était plate. On y distinguait quelques bâtiments, et des personnes qui en sortaient de temps en temps. C'était bon signe : il y avait du monde sur l'île.

« Liam, dit Declan, ton irlandais est meilleur que le mien ou celui de Myles, j'aimerais que tu retournes au village et que tu bavardes un peu avec les autochtones. Paye-leur une tournée ou deux, dis-leur que ton père est originaire des Blasket, raconte-leur ce que tu veux, en fait, mais fais-leur cracher ce qu'ils savent sur ce qui se passe dans l'île. Combien sont-ils là-bas, où embarquent-ils, enfin, tu sais ce dont nous avons besoin.

— Ils ne sont peut-être pas bavards...

— Tu es du Kerry, voyons. Tu sauras leur délier la langue.

— Je vais essayer. Mais ça risque de me prendre du temps. »

Dès son départ, Declan se tourna vers Myles.

« Trouvez-vous une voiture, Myles, et rentrez à Dublin. Nous pouvons avoir besoin d'entrer en contact avec Padraig Pearse. C'est toujours un homme de ressource. Je vous donnerai une lettre pour lui, et une liste de personnes à qui j'aimerais que vous parliez. Il faudra leur dire tout ce que vous savez de Koresh, ce qu'il est capable de faire. Moi, je reste ici, même si je ne peux que les garder à l'œil de loin. Mais il est indispensable que vous persuadiez les personnes adéquates de la catastrophe que risque de provoquer une attaque directe de l'île.

— Nous ne savons même pas si les otages y sont encore.

— C'est vrai. Mais j'ai l'intention d'aller sur l'île pour m'en assurer. On doit pouvoir louer du matériel de plongée, par ici. Restez en contact. L'hôtel prendra les messages.

— Je ferai de mon mieux, Declan.

— Bravo. Allez chercher une voiture. Commencez par demander au pub, ils sauront à qui s'adresser. Je vous y rejoins dans une demi-heure. »

Lorsque Myles fut parti, Grainne et Declan s'assirent sur la plage ; de temps en temps, ils regardaient le lointain rivage d'Inishtooskert.

« C'est trop loin pour y aller à la nage, dit Grainne.

— Oui. Mais il y a des bateaux. Je m'en approcherai à la rame, dans l'obscurité, puis je nagerai jusqu'à la côte.

— Alors, vous ne pouvez y aller seul. Je sais manœuvrer un bateau. Seul, c'est trop dangereux. »

Elle avait raison.

« D'accord. Mais j'accosterai seul. Si je ne suis pas de retour dans un délai donné, disons deux heures, vous rentrerez. Je n'accepte qu'à cette condition. Si nous sommes pris tous les deux, il ne nous restera aucune chance. »

Elle céda avec réticence.

« Si Abu Hida arrive jusqu'ici, demanda-t-elle, où supposez-vous qu'il ira ? »

Declan haussa les épaules.

« Cela dépend. S'il est toujours avec un des membres de l'unité de service actif, il trouvera de l'aide chez les républicains du coin. »

Il se leva. Le ciel était menaçant ; la pluie, ou pis encore, s'annonçait. Les vagues se brisaient violemment contre les rochers humides. Un léger brouillard se levait sur Inishtooskert.

« Nous n'avons qu'à découvrir les noms des gens de l'IRA dans ce coin, dit-il en se tournant vers Grainne les yeux brillants. Même si tous les membres du commando sont morts, Abu Hida doit avoir des contacts avec Belfast. Ils l'enverront chez les leurs. S'il vient jusqu'ici, c'est là qu'on le retrouvera. »

Au pub, Liam jouait son rôle d'homme du Kerry. Il offrait tournée sur tournée et parlait fort, dans un irlandais du Munster de l'Ouest. Declan l'entendit commander des whiskys pour deux vieux piliers de bar.

Il abandonna Grainne à sa conversation avec la femme du propriétaire du pub. Son irlandais était scolaire et hésitant. Mais dans cette région, parler anglais rendait presque impossible de gagner la confiance de la population, et il fallait qu'il aide Liam à obtenir les informations vitales pour leur mission.

« *Dia's Muire dhuit, a Liam*, dit-il en prenant une chaise à une table voisine et en l'approchant de celle de Liam.

— *Dia's Muire dhuit agus Padraig, a Declan*, répondit Liam. Je vous offre un verre ? »

Declan hocha la tête.

« Une Murphy's, merci. »

Le temps de passer la commande et qu'on lui apporte son verre, Liam avait fait les présentations. Declan serra la main des hommes assis à la table, très âgés pour la plupart. Il supposa qu'ils avaient dû connaître Michael Deighan.

« Liam, dit-il en se penchant vers son collègue, tu veux bien venir avec moi un instant ? Je voudrais te dire un mot en vitesse.

— Mais vous n'avez pas encore bu votre bière !

— Elle attendra. »

En s'excusant pour cette interruption, ils quittèrent la

table. Declan et Liam arpentèrent ensemble la petite rue devant le pub.

« Liam, es-tu capable d'rentrer dans l'ordinateur central de la police avec ton portable et ton modem ? »

Liam fronça les sourcils.

« Bon Dieu ! C'est pas si facile que ça ! Ils ont sûrement changé les mots de passe. Ça prendrait des heures. En plus, à la moindre erreur, ils nous repéreront. Qu'avez-vous besoin de savoir ?

— Il me faut le nom d'au moins un informateur de l'IRA dans les environs immédiats. Quelqu'un qui saura si Abu Hida a pris contact. Et je voudrais savoir ce qui le fait courir, pour avoir prise sur lui et qu'il me chante son petit air.

— C'est un oiseau que vous voulez, Declan !

— Je me contenterai d'une mouche. »

Liam soupira. C'était possible, mais risqué.

« Ne vous inquiétez pas. Je vous en trouverai une. »

68

Washington
9 h 15

Jean ne lui avait pas adressé la parole depuis son retour, mais Conrad sentait qu'elle s'amadouait un peu. Pendant qu'elle débarrassait la table du petit déjeuner, il lui raconta ce qui était arrivé à Mairead Carberry, que Jean connaissait depuis leur séjour en Irlande. Ils avaient passé un mois avec les Carberry, à Killiney et à Craigpatrick.

« Tu aurais dû me le dire avant, j'aurais compris.

— Tu avais des invités. Je n'ai pas voulu te bouleverser.

— Au moins, j'aurais su ce que tu faisais, et pourquoi c'était si important. Declan est-il en danger ?

— Non. Il est en sécurité. »

Les enfants entrèrent dans la cuisine. Michele avait treize ans et Tracy six. Michele se souviendrait certainement de Mairead, se dit Conrad, mais il ne souhaitait pas lui annoncer sa mort avant d'en connaître les raisons. Sinon, sa fille lui poserait des questions auxquelles il ne pourrait pas répondre.

« Tout est prêt, papa. Nous n'arriverons pas à temps pour déjeuner si nous ne partons pas tout de suite.

— Très bien. Je vous rejoins dans une minute. »

Ils allaient passer la journée à Williamsburg. C'était l'endroit préféré des enfants. Chaque fois qu'on l'y emmenait, Michele décrétait qu'elle voulait devenir historienne. Malheureusement, ses notes en histoire n'étaient pas à la hauteur de ses aspirations.

« Dans quelle voiture as-tu mis nos affaires ? demanda Jean à sa fille aînée.

— Dans celle de papa, comme tu me l'as demandé.

— Je croyais qu'on prenait ta voiture, chérie, intervint Conrad, qui considérait que le break de sa femme était mieux approprié à une sortie en famille.

— Je suis navrée, dit Jean, mais vu ton comportement inacceptable d'hier, j'ai oublié de te dire que la Volvo a un problème de transmission. Je l'emmènerai au garage demain. Mais aujourd'hui, il vaut mieux prendre la tienne.

— D'accord. Je prendrai de l'essence en route.

— Viens, papa. Il est tard ! » cria Tracy.

Conrad courut vers sa fille, la prit sous son bras et la porta jusqu'à la voiture en riant.

Les enfants s'installèrent à l'arrière. Jean verrouilla la porte de la maison en songeant à ce qui était arrivé à la pauvre Mairead. La guerre d'Irlande s'étendait-elle maintenant au Sud ?

Elle monta en voiture.

« Tu es sûr que tu ne veux pas que je conduise, chéri ?

— Non. Tu conduiras au retour. »

Conrad jeta un coup d'œil à l'arrière.

« Vous avez bouclé vos ceintures, les enfants ? C'est bon. En route. »

Ils roulaient depuis quelques minutes sur la nationale 95 lorsque Jean ressentit un léger vertige. Elle voulut baisser sa vitre, mais le bouton ne fonctionnait pas.

« Ma vitre est bloquée, chéri. Tu veux bien ouvrir la tienne ? J'ai un peu mal au cœur. On étouffe, dans cette voiture, tu ne trouves pas ? »

Conrad actionna son bouton sans succès.

Jean avait raison, se dit-il, on manquait d'air.

Le gaz avait eu le temps de se répandre dans tout l'habitacle.

« Michele, dit Conrad en se tournant à demi, nos vitres sont bloquées. Tu veux bien ouvrir la tienne ? »

Michele s'y essaya, d'un côté puis de l'autre.

« Rien à faire, papa. Hey, tu t'arrêtes un peu ? Je me sens toute drôle. Et Tracy s'est endormie.

— Attention ! cria Jean en se jetant juste à temps sur le

volant tandis que Conrad, dodelinant de la tête, fonçait droit sur un camion arrivant en sens inverse.

— Il vaut... mieux... arrêter... On est... on s'endort... »

Le gaz était sans odeur et sans goût. Il continuait d'affluer. La boîte en fer en contenait assez pour remplir vingt fois la voiture.

Le camion suivant, celui qui allait les tuer, roulait trop vite pour que le chauffeur eût la moindre chance d'éviter la voiture lorsque Conrad fit sa dernière embardée.

Lorsque les sauveteurs arrivèrent enfin et délivrèrent leurs corps de l'amas de ferraille qui les emprisonnait, le gaz s'était totalement dispersé. Il n'y en avait plus la moindre trace dans la voiture. La petite boîte en fer qui l'avait renfermé rejoindrait bientôt un tas d'autres rebuts, dans un garage de maintenance automobile du FBI.

69

Inishtooskert
13 h 10

David Koresh se lava soigneusement les mains. Il y avait peu d'eau potable sur l'île ; celle qu'ils utilisaient, parcimonieusement, provenait surtout des tonneaux disposés sur le terrain. Heureusement, il avait beaucoup plu depuis leur arrivée. On en distribuait un litre par jour aux otages, l'eau de mer leur servant à la toilette ou à leurs ablutions rituelles. Au début, ils s'étaient plaints, mais Koresh avait mis fin à leurs revendications en les menaçant de leur faire boire de l'eau salée.

En sortant de sa salle de bains, il vit Zacharie qui l'attendait.

« Ils se sont calmés ? »

Zacharie hocha la tête.

Des voix s'élevaient des cellules des hommes, toutes proches ; certaines exprimaient la colère, d'autres la tristesse ou encore la peur.

« Ils peuvent toujours prier, dit Koresh. Ça m'étonnerait que ce vieil Allah les écoute ! » Sa plaisanterie le fit sourire.

Il traversa la pièce pour prendre un Coca-Cola dans un petit réfrigérateur.

« Tu en veux un ? demanda-t-il à Zacharie.

— Non, merci. »

Koresh referma le réfrigérateur et ouvrit sa bouteille. Il en but la moitié et s'essuya les lèvres.

« Vous vouliez me voir, monsieur?

— En effet. J'ai à te parler. Assieds-toi. »

Koresh finit son Coca-Cola et posa la bouteille vide sur la table. Zacharie s'assit en silence. Il ne savait jamais à quoi s'en tenir avec Koresh, et l'exécution du vieillard l'avait rendu malade. Il n'y voyait aucun sens. Prier était désormais son seul désir.

« Lorsque nous sommes arrivés ici, Zacharie, pendant qu'Ezéchiel ramenait les otages, tu as fait un petit travail pour moi. Tu t'en souviens?

— Oui, monsieur.

— Qui d'autre que toi est au courant de la mission que tu as accomplie? »

Zacharie s'agitait, mal à l'aise. Il n'aimait pas fréquenter Koresh de trop près.

« Munro et Peters. Nous avons enterré les charges ensemble; quinze chacun, dix kilos par charge.

— Vous trois seulement?

— Oui.

— Tu n'en as parlé à personne? Même pas à Ezéchiel? »

Zacharie secoua la tête. Ses longues mèches bouclées retombaient sur son front, et captaient la lumière.

« A personne. Vous me l'aviez ordonné, et je me suis assuré que Munro et Peters le comprenaient.

— Bien. » Koresh prit un autre Coca-Cola. Sa réserve était presque épuisée, mais cela n'avait plus grande importance, désormais.

« La dernière fois, dit-il, ça ne s'est pas bien passé. Il y a eu beaucoup de survivants. Le Seigneur n'a pas reçu le sacrifice escompté.

— C'est vrai.

— Beaucoup de gens sont morts en vain. Peux-tu m'assurer que cette fois-ci, lorsque j'appuierai sur le bouton, personne n'en réchappera? »

Zacharie se mordit la lèvre. Il avait chaud. La conversation le mettait mal à l'aise.

« Lorsque l'île explosera, monsieur, on verra les flammes jusqu'en Amérique.

— Bien. Cela peut s'avérer nécessaire, Zacharie. On ne

sait jamais. Merci de m'avoir rassuré. Peux-tu m'envoyer Munro et Peters, je te prie ?

— Oui, monsieur. Tout de suite ?

— Dès que tu les auras trouvés. »

Ezéchiel se glissa le long du couloir, entre les cellules des otages masculins. Il n'avait pas tout entendu, mais il avait compris. David ne se contenterait pas d'attendre que Dieu sonne l'heure de l'Apocalypse. Il s'apprêtait à la déclencher lui-même. Et, apparemment, pas plus tard que ce soir.

70

Dunquin
14 h 13

« Patrick Thomas Mary Lynch, cinquante-cinq ans, instituteur. Il vit à Ballyferriter. Marié. Sept enfants, que des filles. Les deux aînées sont mariées. Son père et son oncle faisaient déjà partie du mouvement. Il s'est enrôlé à dix-sept ans. Il est trésorier du Sinn Fein au Kerry depuis lors. »

Liam tendit à Declan le feuillet imprimé avec les renseignements qu'il avait réussi à arracher à l'ordinateur central. Ils étaient seuls dans la chambre de Liam. Myles, qui avait trouvé une voiture, était parti pour Dublin.

« Oui. J'ai entendu parler de lui. Mais je crains qu'il ne nous soit pas très utile. Trop loyal.

— Minute, Declan. Je n'ai pas fini. On dirait que notre M. Lynch aimait un peu trop l'argent. Il a dépensé une fortune aux courses. Avec sept enfants, il ne pouvait pas se le permettre. Donc, il a puisé dans la caisse.

— Longtemps ?

— Nos services lui ont mis le grappin dessus en 1986. Et apparemment, cela faisait dix ans que cela durait. Pas seulement la caisse du Sinn Fein. Celle de l'IRA aussi, parfois alimentée par des fonds américains.

— Comment a-t-il réussi à ne pas se faire prendre pendant tout ce temps ?

— Ça a failli mal tourner pour lui. Si les nôtres ne l'avaient pas récupéré, il serait mort depuis longtemps. L'un des agents de Martin Fitzsimmons, Denis Laverty, s'est rendu compte de la situation et lui a mis le marché en main : soit il lui servait d'informateur, soit il le dénonçait. Depuis, on lui sert une pension ; comme ça, ses comptes sont bons, et nous savons tout sur l'IRA dans le Kerry.

— Je retire ce que j'ai dit. C'est notre homme. Tu as son adresse ?

— Elle est sur la feuille.

— Bon. Va chercher la voiture et je te donnerai une lettre à apporter à Ballyferriter. »

Ils n'auraient pas longtemps à attendre. Abu Hida et Maureen devaient arriver d'un instant à l'autre. Liam laissa la lettre et le numéro où on pourrait leur téléphoner. Peu après 5 heures, Maureen demandait à parler à Declan.

« C'est vrai ? demanda-t-elle.

— Oui. Il faut se voir. Même si vous décidez d'agir seuls, il faut qu'on se parle. Je peux vous aider, je vous le garantis.

— D'après ce que j'ai entendu dire, vous n'êtes pas mieux en cour que nous. En quoi pourriez-vous nous aider ?

— Je peux faire sortir votre ami d'Irlande, lui et qui il voudra. En ce qui vous concerne, je ne sais pas encore. Mais en tout cas je ne vous livrerai pas aux autorités.

— Et s'il vous envoie au diable ?

— C'est son droit. Mais il est trop malin pour ça. Vous n'avez rien à perdre, ni l'un ni l'autre. Nous savons où vous êtes, nous pouvons transmettre l'information sans prendre aucun risque personnel. Votre situation deviendrait assez inconfortable ! »

Pendant le silence qui suivit ces paroles, Declan entendit un murmure de voix.

Puis un homme prit l'appareil.

« Rendez-vous dans une demi-heure. Il y a un cercle de pierres au sud de Ballyferriter. Vous ne pouvez pas le rater. En venant de Dunquin, prenez la route de Teeravone. Vous le trouverez à environ un kilomètre avant Ballyferriter. Et pas d'entourloupe. Vous serez surveillés tout le long du chemin. »

La péninsule de Dingle est nourrie par le passé. Ruines de monastères ou d'oratoires, menhirs et cercles de pierres, places fortifiées et croix celtiques abondent. On comprend ici, mieux que partout ailleurs, pourquoi l'Irlande fut à une époque à la pointe de la chrétienté dans le monde occidental, terre de culture et de raffinement dans une Europe par ailleurs plongée dans l'obscurantisme. Le décor choisi convenait parfaitement à la rencontre entre Declan et Abu Hida.

Grainne et Maureen, qui les avaient accompagnés, attendirent de leur côté que les deux hommes aient terminé leur conversation. Ils n'avaient pas besoin d'interprète. Une brume légère montait de la mer, et léchait doucement les pierres. Le paysage était calme, silencieux. Il n'y avait pas âme qui vive. La nuit tombait. Les fantômes se rassemblèrent dans le cercle de pierres dressées, morts païens et morts chrétiens, victimes de la famine, de l'invasion ou de la guerre. A quelques kilomètres au nord, à Dun an Oir, en 1580, une bande de rebelles du Munster avait été massacrée par les troupes anglaises. Hommes, femmes et enfants étaient tous morts, en compagnie des Italiens, des Espagnols et des catholiques anglais qui combattaient à leurs côtés. Un relent de mort violente flottait dans l'air.

Declan et Abu Hida parlèrent longtemps ; puis ils échangèrent une poignée de main. Grainne vit Declan, le visage grave, émerger du brouillard pour la rejoindre.

« Nous avons décidé de tirer Amina et le père de notre nouvel allié de là. Si nous pouvons en sauver un ou deux de plus, tant mieux. Il pense que si on peut exhiber un otage à la télévision, cela forcera la main de Clark. On y va cette nuit. »

Il téléphona à Tommy Murtagh dès son retour à Dunquin.

« Tommy ? C'est pour cette nuit. Vous en êtes toujours ?

— Sans aucun doute. J'ai quelques comptes à régler, moi aussi. »

71

Dunquin
16 h 15

Declan but son jus d'orange et reposa son verre sur la table. Un whisky aurait été le bienvenu, mais, étant donné la nuit qui l'attendait, il préférait s'abstenir. Liam et Grainne buvaient de l'eau minérale. Ils étaient installés dans un salon privé du pub.

« Tu vois, Liam, tes efforts ont payé. Un des vieux prétend qu'il a connu ton père. Il s'appelle Cearbhall O'Hannrachain.

— Je n'ai jamais entendu parler de lui.

— Peu importe. Qu'il ait connu ou non ton père, il connaissait aussi Michael Deighan. Il le connaissait même assez bien pour avoir mal pris sa mort. Et il dit qu'il n'est pas le seul. Je l'ai interrogé sur les habitants de l'île et il m'a dit quelque chose d'intéressant. Il a une sœur qui vit à Clogher, un village tout proche. Il y va presque tous les soirs, à bicyclette. La route longe la côte jusqu'à Clogher Head, puis la quitte pour entrer dans Clogher même...

« Notre M. O'Hannrachain affirme qu'il a vu des lumières sur la plage, plusieurs soirs de suite. Il pense que quelqu'un vient à terre, depuis Inishtooskert, et prend une voiture pour se rendre à l'intérieur des terres, dans la direction de Dingle.

— Les cadavres et les mains, dit Grainne.

— Oui, je crois. Et il est bien possible que ce pauvre

diable de Deighan leur soit tombé dessus par hasard. Je propose que nous allions à Clogher, et que nous ouvrions l'œil. Si nous voyons des lumières, nous descendons sur la plage et nous ramassons ceux qui abordent, ou ceux qui viennent les chercher. On les interroge gentiment, et on apprend ce qu'on veut savoir.

— Vu ce que nous a raconté Myles, je n'en suis pas si sûr.

— Ça vaut la peine d'essayer. Allons chercher nos amis de Ballyferriter. Ils ont dû se procurer l'équipement nécessaire. Nous n'avons pas de temps à perdre », ajouta-t-il après avoir consulté sa montre.

Ils se retrouvèrent à Clogher Head, silhouettes encapuchonnées, semblables à des sorcières rassemblées pour le sabbat. Declan avait passé une heure avec Tommy Murtagh, et lui avait exposé tout ce qu'il savait de David Koresh. Tommy avait apporté des armes supplémentaires. Elles seraient certes utiles, mais moins que son expertise.

Abu Hida avait tenu parole. Par l'entremise de Patrick Lynch, il s'était procuré un bateau assez solide pour les conduire à Inishtooskert. Il avait aussi les armes récupérées dans la cache de Ballybay. Elles resteraient dans des sacs étanches jusqu'à ce qu'on en ait besoin. Tommy et lui firent l'inventaire et déterminèrent leurs points forts et leurs points faibles.

Declan fit un rapport aussi précis que possible de l'attaque de Castletown House : la tactique des assaillants, leur tenue, leur équipement. Abu Hida écoutait attentivement.

« Notre tâche n'en sera que plus ardue, dit-il. Ce ne sont pas des amateurs.

— Non. Mais il me semble que leur zèle religieux risque de nuire à leur efficacité.

— Je ne compterais pas là-dessus. Les miens sont très religieux, mais nous sommes pourtant de bons combattants. En Afghanistan, les moudjahidin ont jeté les Russes dehors, monsieur Carberry. Des zélotes, des fanatiques, si vous voulez, mais de bons soldats. Ne sous-estimez pas les gens parce qu'ils prient.

— Oui, vous avez raison. Nous ne pouvons donc être sûrs que d'une chose : nous aurons affaire à forte partie.

— Sauf s'ils ne savent pas que nous sommes là, intervint Tommy. L'objectif est d'accoster et de repartir aussi vite que possible, et de nous éloigner au maximum avant qu'ils ne puissent organiser leur riposte. Ce sera beaucoup plus facile si nous connaissons le système de sécurité qu'ils ont mis en place.

— Comment savoir si quelqu'un fera la traversée ce soir, voilà le problème, dit Declan.

— Nous attendrons le temps qu'il faut. »

Declan montait la garde. De temps en temps, Abu Hida le relayait.

« Quel âge avait votre fille ?

— Elle avait eu dix-huit ans en mai.

— Était-elle belle ?

— Très belle.

— Et vous l'aimiez ?

— Bien entendu.

— Vous aimez votre femme ?

— Non, dit Declan, étonné de la franchise dont il faisait montre à l'égard d'un homme qu'il avait considéré comme son ennemi.

— C'est dommage. Un homme devrait aimer sa femme.

— Le destin ne vous sourit pas toujours. Vous êtes marié ? »

Abu Hida secoua la tête. De petits bancs de brume couraient sur les vagues ; quelques bateaux de pêche croisaient au large.

« J'ai choisi le Jihad. Le chemin de Dieu n'est pas fait pour les hommes mariés. »

Ils guettaient toujours. Maureen et Grainne se relayaient pour surveiller la côte au nord de Clogher Head, au cas où quelqu'un tenterait d'accoster par là, tandis que Liam et Tommy étudiaient ensemble le problème des communications.

« Quand ce sera fini, dit Declan, si nous sommes toujours en vie je pourrai vous aider à quitter l'Irlande avec qui vous voudrez. Mais je ne pourrai rien faire pour Maureen. Elle aura sa chance, mais je ne pourrai pas la protéger. C'est une citoyenne irlandaise, et, de plus, les Anglais ne lâcheront pas prise. »

Il avait remarqué le comportement de Maureen et Abu Hida lorsqu'ils étaient ensemble ; il avait senti le courant souterrain de désir et d'affection qui passait entre eux. Il s'y raccrochait, car cela les humanisait à ses yeux ; sans cet aspect sentimental, il aurait eu du mal à les considérer comme des alliés.

Abu Hida ne répondit pas. Il ignorait encore la véritable nature de ses sentiments pour Maureen. Et « amour » était un mot qui ne faisait pas partie de son vocabulaire.

« Regardez ! s'exclama-t-il. Là, en bas ! »

Declan lui prit les jumelles. Sur la petite plage au nord de Dunquin, une voiture faisait des appels de phares.

72

0 h 26

Lorsque Ezéchiel aperçut les phares, il s'était déjà écarté de sa route de plusieurs centaines de mètres. D'ordinaire, il se basait sur les lumières du village de Dunquin pour prendre la bonne direction, et la voiture lui signalait l'endroit exact où accoster. Mais ce soir, les nappes de brouillard avaient rendu sa navigation plus hasardeuse. Il redressa, et rama de plus belle vers les lumières. Comme à chacun de ses voyages, il regrettait de ne pouvoir approcher ou quitter la côte au moteur. Mais il n'en était pas question, bien entendu. Il fallait ramer, ce qui le ralentissait considérablement, et il était fatigué et déprimé.

La tête du sheikh était sous le banc de nage, enveloppée dans une bâche. Elle pesait lourd sur le cœur d'Ezéchiel, assailli par le doute. Il ne pouvait s'empêcher d'évoquer l'image du vieillard, debout, vacillant sur ses jambes, mais n'hésitant pas à sceller de ses propres mains son malheureux destin. Et il ne pouvait effacer le souvenir du regard empreint de compassion et de soif de justice qu'il avait jeté sur son assassin. Pouvait-on y lire la marque du diable, comme le prétendait Koresh ? Il éprouvait de plus en plus de difficultés à concilier l'attitude très chrétienne du vieillard et la cruauté de sa mort, infligée par un homme qui se prenait pour le fils de Dieu.

Son indéfectible loyauté envers celui qu'il avait pris pour un dieu pendant de si longues années battait de l'aile. La décision de David de tuer tous ceux qui se trouvaient dans l'enceinte du camp lui rappelait les scènes d'horreur auxquelles il avait assisté une fois. Le feu, et les cris des enfants appelant au secours. Si tous ces musulmans allaient en enfer, y resteraient-ils pour l'éternité, en suppliant qu'on leur vienne en aide ?

Tel était l'enseignement de David, auquel Ezéchiel souscrivait depuis des années. Mais il songeait à ses enfants dévorés par les flammes. Était-il imaginable que l'on subisse ce châtiment et cette torture pendant des jours entiers, ou des semaines ? Puis il pensait aux enfants juifs, morts dans les camps de concentration. Ils n'avaient jamais entendu parler de Jésus. On ne leur avait laissé aucune chance, et Dieu les avait pourtant punis. Dieu les avait brûlés car ils étaient nés juifs au mauvais moment, au mauvais endroit.

Le fond du bateau racla le sable, et il sauta à terre en s'efforçant d'écarter ces idées déloyales. Ramon éteignit ses phares et descendit sur la plage pour l'aider à tirer le petit bateau au sec. C'était un Mexicain, un des nombreux immigrants à avoir rejoint l'Église durant ces dernières années. Koresh avait chargé cet ancien militaire, spécialiste des communications, de l'établissement d'une base sur le continent. Il vivait dans une petite caravane à Carhoa au-dessus de Dunquin.

« Quelle nuit affreuse ! Ce brouillard me fait mal aux os...

— Essaye de ramer jusqu'au Mexique, rétorqua Ezéchiel, répétant une plaisanterie coutumière aux deux hommes. C'est juste en face. Tu n'as qu'à prendre la bonne direction, et à recommander ton âme à David.

— Ne plaisante pas avec ça, s'il te plaît. » Ramon était l'un des disciples les plus dévoués de Koresh. Sa loyauté envers l'homme qui l'avait sauvé d'un retour forcé à la misère de Mexico était sans faille.

Le bateau était à l'abri de la marée montante et les rames soigneusement rangées lorsqu'ils furent éblouis par une lumière intense.

« Ne bougez pas ! » cria une voix dans l'obscurité.

Ramon se retourna. Il était toujours armé. Il sortit son Uzi et se mit à tirer frénétiquement dans toutes les directions. Liam s'écroula, touché à la poitrine et à l'épaule. Le projecteur qu'il braquait dans la direction des deux hommes tomba sur le sable.

Un second s'alluma, isolant Ramon dans un îlot de lumière. Abu Hida lui tira deux balles dans la tête. Le Mexicain s'effondra.

Le bruit de la fusillade se répercuta sur la mer. A Dunquin, les gens levèrent les yeux, et échangèrent des regards entendus. Sur la plage, le silence succéda au fracas des armes. Personne ne parlait. On aurait cru que personne ne respirait. Puis, lentement, quelques sons s'élevèrent dans la nuit. Des vagues, venant mourir sur le sable. Des pas, crissant sur le sable comme si c'était du verre pilé. Une voiture passa au loin. Mais ce que l'on entendait le plus clairement, c'était le bouillonnement liquide dans la poitrine de Liam Kennedy, qui luttait pour respirer.

Declan, penché sur lui, lui prit la tête dans les mains.

« Tiens bon, Liam. On va te ramener à la voiture. Dingle est tout près. Il y a un hôpital à l'ouest de la ville. On va te soigner.

— Ne vous... conduisez... pas comme... un foutu crétin, monsieur, haleta Liam, en crachant du sang. Ce serait... du temps... perdu.

— Reste tranquille, Liam. Ne parle pas.

— Ça... ne... changera rien... Je suis fichu... de toute façon... »

Tommy s'agenouilla près de Liam et ouvrit sa chemise pour regarder sa blessure à la lumière de sa torche. Un simple regard les persuada que Liam Kennedy avait raison. Le voyage serait inutile. Il n'y survivrait pas.

« On... avait... vu juste, monsieur. Pas vrai ?... Dites à ma femme que... je n'ai rien... fait... de mal... Vous lui direz ?

— Tu n'as rien à te reprocher, Liam. Tu as obéi aux ordres du Taoiseach en personne. Pour sauver des vies humaines. Tu peux me faire confiance. Je le lui dirai. On te décorera pour ça.

— Mon cul... qu'ils me... »

Declan regarda tour à tour son ami et Tommy, qui secoua la tête. Il se recueillit un instant puis tendit la main et ferma doucement les yeux de Liam. Désormais, le bruit de la mer troublait seul le silence de la plage.

Abu Hida et Maureen s'étaient emparés d'Ezéchiel et

l'avaient traîné jusqu'à la route. Il n'avait opposé aucune résistance. Lorsque Grainne et Declan revinrent à la voiture, il était assis à l'arrière avec Maureen, et regardait droit devant lui, comme s'il fixait quelque chose de très sombre, au-delà du pare-brise, quelque chose qu'il était seul à voir.

« Il est mort, dit Declan en se glissant derrière le volant, à côté d'Abu Hida.

— Je suis désolé, dit ce dernier. Vous avez perdu beaucoup de vos hommes.

— C'était plus que cela. C'était un ami.

— Je comprends. Croyez-moi.

— Vous en êtes sûr ? »

Abu Hida regarda Declan, étonné par l'âpreté de sa voix.

« Il faut filer d'ici, dit-il. Les gens ont entendu les coups de feu. La police ne va pas tarder à montrer son nez. »

Declan démarra. Alors qu'il passait la première vitesse, une voix s'éleva à l'arrière. Ezéchiel se penchait vers lui, très agité.

« La tête, dit-il. La tête du vieillard. Je l'ai laissée dans le bateau. »

Declan arrêta le moteur, paralysé par l'horreur. Il se retourna lentement.

« Qu'avez-vous dit ? »

Ezéchiel le fixait d'un regard aveugle. Maureen le prit par l'épaule et le secoua.

« Qu'est-ce que tu as dit, salaud ? Qu'est-ce que tu as dit ?

— Laissez-le », intervint Declan.

L'homme exprimait autre chose que de la peur, et Declan n'arrivait pas à le définir précisément. Le menacer ou le frapper n'aboutirait qu'à le renfermer davantage encore en lui-même.

« Vous avez parlé d'une tête, que vous auriez laissée dans le bateau. Qu'est-ce que cela signifie ? »

Ezéchiel se débattait dans la nuit, il luttait pour donner du sens à ce que nul autre que lui ne percevait.

« Je devais l'apporter à Dublin. Il voulait que je la dépose dans une église.

— Une tête ?

— Il l'a coupée. A la place de celle de la femme. Le vieillard s'est proposé en échange. »

Abu Hida se retourna lui aussi.

« Quel vieillard ? Comment s'appelle-t-il ?

— Je ne sais pas. C'est un nom étranger. Je les confonds tous.

— Évidemment », dit amèrement Abu Hida qui, s'adressant à Declan, proposa qu'ils aillent voir de quoi il s'agissait.

Ils se dirigèrent à pied vers la barque. Les vagues se fracassaient toujours sur le rivage. Les nappes de brouillard s'allongeaient sur le sable et les rochers. Leurs pas crissaient sur les cailloux.

Le bateau avait été tiré jusqu'à la lisière entre le sable et les galets. A l'aide de leur torche, ils découvrirent le paquet enveloppé de grosse toile. Abu Hida le souleva avec précaution pendant que Declan l'éclairait du faisceau de sa lampe.

Abu Hida déplia doucement les coins du tissu. Le visage était caché sous une chevelure et une barbe tachées de sang qu'il écarta doucement.

Declan le vit vaciller, le visage contracté par la souffrance, le vit fermer les yeux pour ne plus supporter l'atroce vision. Puis un cri de douleur surgit des entrailles du jeune homme, un cri si longtemps contenu, si lourd de malheur accumulé, que Declan se boucha les oreilles pour ne plus l'entendre. Il vit Abu Hida tomber à genoux en serrant la tête maculée contre sa poitrine, et sanglotant de désespoir comme un enfant qu'on arrache à sa mère.

Declan, debout, jetait de temps à autre un coup d'œil vers l'endroit où Tommy et lui avaient laissé le corps de Liam Kennedy, mal abrité par une couverture. Il pensait aux hommes et aux femmes qu'il avait connus au Liban, qui étaient tombés sous les coups d'Abu Hida et de ses amis. Et leur assassin était là, sur cette petite plage du bout du monde, accablé par le chagrin que lui causait la mort de son père.

Son regard se tourna vers le large, où régnait l'obscurité. Là, dans le noir, sur un îlot rocheux désertique, tremblait l'unique personne au monde qu'il aimait. Il revit le visage d'Amina, tel qu'il était lors de leur dernière entrevue, quelques instants avant l'attaque. Et il se demanda si elle était encore en vie ou si seule la souffrance l'attendait, lui aussi, sur le rivage d'Inishtooskert.

73

Ballyvouteragh
0 h 50

Dans un endroit tranquille, non loin du terrain de golf de Ballyvouteragh, Declan parlait avec Ezéchiel. Il était certain que la persuasion serait plus efficace que la force ou la torture, qui, chez un tel individu, ne provoqueraient que silence et mépris. Ezéchiel n'avait pas peur des mêmes choses que les hommes ordinaires. Le Jour de la Colère était proche, très proche. Que valait un jour de souffrance, au regard de l'éternité ?

« Comment vous appelez-vous ?

— Ezéchiel.

— Comme le prophète ?

— Oui. Il m'a donné ce nom. Il m'en a gratifié.

— Qui ? David ?

— Oui. Qui êtes-vous ? Comment êtes-vous au courant au sujet de David ?

— Je suis un policier, c'est tout. Je désire vous aider. Et je désire que vous m'aidiez à sauver les otages que vous...

— Je sais qui vous êtes. Vous êtes Carberry. La nuit avant l'attaque de Castletown, vous étiez avec cette femme, l'Arabe que David a voulu tuer.

— Amina, oui. Elle va bien ? »

Ezéchiel inclina la tête.

Declan aurait voulu en savoir plus, mais le temps pressait.

« Comment vous appeliez-vous avant qu'il vous baptise Ezéchiel ?

— Jay. Jay Johnson. »

Declan fit un signe à Tommy et lui murmura quelques mots à l'oreille.

« Tommy, trouvez-moi Myles. Dites-lui que nous tenons l'un des hommes de Koresh, un certain Johnson, Jay Johnson. Demandez-lui de vérifier ce nom dans sa banque de données. S'il a quelque chose sur lui, ça nous aidera peut-être à le faire parler.

— Je ne sais pas où le trouver.

— Il habite dans l'appartement de Mairead, à Ballsbridge. Je lui ai donné la clé. Voilà le numéro. »

Declan l'inscrivit sur un morceau de papier et reprit l'interrogatoire d'Ezéchiel. On aurait dit un drogué. Il était très récalcitrant. Impossible d'obtenir une réponse à la moindre question sur l'aménagement de l'île. Declan se rendait amèrement compte qu'il perdait un temps précieux.

Il allait abandonner la partie, et passer la main à Abu Hida, lorsque Tommy réapparut.

« Je viens d'avoir Myles. Jay Johnson était à Waco. C'était l'un des gardes du corps personnels de Koresh. Apparemment, il a réussi à sortir du ranch, et il a été arrêté. Pour une raison ou une autre, on l'a mis en liberté provisoire. Il a disparu. Il avait une femme et des enfants, morts à Waco. Sa femme s'appelait Mary, ses enfants Rachel et Sarah. Quatre et deux ans. »

Ces nouvelles données lui seraient sans doute utiles. Declan reprit son interrogatoire avec plus de confiance.

« Pourquoi ne m'avez-vous pas parlé de votre femme, Jay ? Et de vos filles, Rachel et Sarah ? »

Ezéchiel le fixait ; on aurait pu l'imaginer au bord d'un puits profond, prêt à s'y noyer.

« Vous savez beaucoup de choses, dit-il. Vous en savez beaucoup trop.

— Moi aussi, j'avais une fille, poursuivit Declan. On l'a tuée il y a moins d'un mois, à Dublin. Dans un salon de thé. Elle venait de m'annoncer qu'elle attendait un enfant. L'homme qui l'a tuée est l'Anglais qui est avec vous à Inishtooskert, celui qui est en relation avec Harker, et qui est garant de la bonne marche du contrat.

— Le contrat ? Quel contrat ? »

Declan fronça les sourcils. Ezéchiel ne pouvait pas ignorer les plans de Koresh. Pourtant, son étonnement paraissait sincère.

« Vous n'êtes pas au courant ? »

Ezéchiel fit non de la tête.

« David a emmené Musgrave parce qu'il sait comment intercepter les communications officielles. Nous devons suivre l'évolution des négociations.

— Comment a-t-il embrigadé Musgrave ?

— Je ne sais pas exactement. David a passé quelque temps en Angleterre, il y a longtemps. Il y a beaucoup d'amis. Musgrave travaillait pour les services secrets de l'armée, je crois ?

— Il y travaille toujours, Jay. Pour le MI5, plus précisément. »

Declan raconta tout ce qu'il savait à Ezéchiel. Musgrave, Harker, Scimitar. Lorsqu'il eut terminé, il lui demanda une nouvelle fois de parler de Mary et de ses enfants. Ezéchiel, cette fois, accepta sans hésiter. C'était en effet la première fois qu'il se livrait depuis l'enfer.

Dès lors, il dit tout. L'aménagement du camp, les positions des gardes, le genre d'armes dont ils disposaient, les différents systèmes d'alarme qui avaient été installés. Apparemment, Koresh avait davantage misé sur son accord avec Harker que sur une défense élaborée. S'ils traversaient les lignes des sentinelles qui surveillaient les éventuelles arrivées sur l'île, ils n'auraient plus aucun mal à entrer dans le camp lui-même.

Ezéchiel dessina un plan sommaire des lieux et indiqua à Declan l'emplacement de la cellule d'Amina.

Il terminait ses explications lorsqu'il bondit soudain, les yeux écarquillés par la frayeur. Il venait de se rappeler la conversation qu'il avait surprise entre Koresh et Zacharie.

« Que se passe-t-il, Jay ? Qu'est-ce qui ne va pas ?

— Il ne va pas attendre. C'est évident, maintenant. Il a fait disposer des charges d'explosifs sous le campement, et il va tout faire sauter. C'était déjà son but à Waco. Cette fois, il va y arriver.

— Calmez-vous, Jay, et dites-moi exactement ce que vous savez. »

Jay obtempéra. Lorsqu'il eut terminé, Declan alla rejoindre les autres et leur rapporta ce qu'Ezéchiel lui avait révélé. Tous restèrent un instant sans voix.

Declan s'adressa tout d'abord à Abu Hida.

« Je comprendrais que vous ne vouliez plus vous joindre à nous. Votre père est mort, et j'en suis navré, sincèrement. Je trouverais normal que vous souhaitiez rentrer au Liban, et je vous aiderai à le faire. Je vous donnerai des noms et des adresses. Vos alliés ont de la ressource, eux aussi. Ils vous aideront peut-être à emmener Maureen O'Dalaigh avec vous, si elle le désire. Mais, en ce qui me concerne, j'ai pris ma décision. J'irai sur l'île ce soir même.

La voix d'Abu Hida s'éleva dans le noir, basse et convaincue. « Je viendrai avec vous. Mon père n'est pas l'unique raison de ma venue. Il y a d'autres prisonniers, dont la libération serait importante aux yeux de mon peuple. Même si je ne peux en sauver qu'un ou deux, cela en vaudra la peine.

— Et les autres ? demanda Declan.

— Je ne peux pas les sauver tous.

— N'aviez-vous pas d'ordres à leur sujet ? Parmi eux, vous comptez des ennemis. Des gens que vous préféreriez voir morts. Je refuse de vous emmener si c'est le cas. Si vous avez reçu l'ordre de tuer. »

Abu Hida secoua la tête dans la nuit.

« En effet, ce sont mes ordres. Mais je peux choisir de les ignorer. Si je tuais ces gens, je ne vaudrais pas mieux que l'homme dont vous venez de me parler, celui qui a coupé la tête de mon père. Celui qui se prend pour Dieu, qui assassine parce qu'il se hait lui-même. Si je vous accompagne, ce sera pour sauver toutes les vies que je pourrai. Croyez-moi.

— Je vous crois. Et vous, mademoiselle O'Dalaigh ? Ce n'est pas votre combat.

— Ça fait des années que je lutte pour faire reconnaître l'IRA comme la seule force militaire légitime en Irlande. Or, ce sont les Britanniques qui mènent la danse, ici. On dirait bien que le capitaine Murtagh est le dernier soldat irlandais indépendant de tout le pays. J'ai l'occasion de prouver que j'ai raison, et je n'ai pas l'intention de m'en priver. Ce combat est le mien autant que le vôtre. »

Declan comprit qu'il ne servirait à rien de discuter. D'ailleurs, légitimes ou non, il avait besoin de tous les bras qui se présentaient. Il se voyait en outre assez mal, dans sa situation présente, s'ériger en juge de Maureen O'Dalaigh.

« Tommy ? »

Murtagh hocha la tête.

« Je me suis mis au ban de la République, au même titre que Maureen O'Dalaigh. Je ne peux pas rebrousser chemin, donc, autant aller de l'avant.

— Grainne ?

— J'irai. Je suis dans le même bain que vous tous. Et je ne supporterais pas l'idée que Liam soit mort pour que nous puissions ranger nos affaires et rentrer chez nous. »

Ils rejoignirent la plage, où les attendait leur bateau. En chemin, Declan demanda à Tommy d'essayer de joindre Myles sur son téléphone militaire mobile.

« Myles ? C'est Declan. J'ai besoin de savoir quelque chose. Il me faut votre réaction instinctive. Koresh a fait miner le campement. Croyez-vous qu'il recommencerait ? Qu'il se ferait sauter avec des dizaines d'autres personnes pour faire advenir le Jour du Jugement dernier ? Ça vous semble vraisemblable ? »

Lorsque Myles répondit, après avoir gardé un silence médusé pendant quelques instants, sa voix était méconnaissable.

« S'il avait les moyens de le faire, Declan, il ferait sauter le monde entier. Il se prend pour Dieu. Et il pense que l'heure a sonné de détruire tout ce qu'il a créé. »

74

Près d'Inishtooskert
2 h 36

Dès qu'ils eurent franchi le cap au nord de Clogher Head, la mer les assaillit de ses vagues tumultueuses. On n'apercevait plus aucune lumière ; on aurait dit que la terre s'effaçait derrière eux, que sa masse imposante s'était enfoncée comme une pierre dans la houle grise. Le ciel était plombé de nuages lourds. Il n'y avait pas de lune, pas d'étoiles auxquelles se fier. Une tempête se préparait au large, un orage d'hiver, né de l'immensité des eaux.

L'obscurité était si profonde qu'ils risquaient de manquer leur objectif. S'ils s'approchaient de l'île au moteur, on pourrait les entendre. Bien qu'il y eût sur Inishtooskert presque deux kilomètres de côte hospitalière, Declan savait que le courant pouvait les déporter, et que, le matin venu, ils pourraient se retrouver dérivant au milieu de l'océan sur leur frêle esquif.

Tommy se chargerait de la navigation, à l'aide d'un compas et d'un radar autonome.

« Sortez les rames, ordonna-t-il. Il faut lutter contre le courant, sinon nous ne nous approcherons pas de l'île. »

Declan et Abu Hida s'exécutèrent. Il restait environ un kilomètre et demi à franchir à la rame. Declan se rassura en se disant que s'ils arrivaient à quitter l'île, ils pourraient mettre au moteur tout le long du chemin de retour.

Assise à la proue, Grainne scrutait l'obscurité dans le

télescope Simrad. On ne voyait que la crête d'écume des vagues. La mer se levait, mais le vent avait dissipé les brumes.

Une douleur dans le cou et les épaules rappela à Declan qu'il n'avait pas eu de migraine de la journée. Cela faisait de très longues années qu'il n'avait pas accompli autant d'efforts physiques que pendant cette seule journée. Abu Hida ramait régulièrement, en respirant à pleins poumons.

« Chut ! Ne ramez plus ! » Tommy, une main sur son oreille, se penchait en avant. Ils dérivèrent pendant ce qui leur sembla durer une éternité, dans un silence que brisait le bruit des vagues contre la coque de leur bateau.

« Que se passe-t-il ?

— Chut ! Des vagues contre les rochers, voilà ce que c'est ! Beaucoup de vagues, et de sacrément gros rochers. Nagez, les gars, Inishtooskert est droit devant nous. »

Ils accostèrent vingt minutes plus tard, sur une étroite plage de galets, au pied d'une falaise abrupte. Declan et Abu Hida se reposèrent un instant pour reprendre leur souffle.

Ils tirèrent le bateau au sec. Abu Hida et Tommy distribuèrent les armes. L'Arabe prit un fusil d'assaut Franchi, une mitraillette, deux pistolets et son Peskett ainsi qu'une arbalète légère munie d'une lunette de vision nocturne et quelques carreaux.

Ils gravirent silencieusement la falaise, et s'abritèrent derrière des buissons lorsqu'ils furent parvenus au sommet. Grainne scruta attentivement les environs. Un vent perçant balayait le terrain plat et nu. Il ne poussait presque rien sur cette île inhospitalière. Comment imaginer que dans le temps des hommes et des femmes avaient vécu sur ce rocher désertique et impitoyable ?

« Voilà l'oratoire de Saint-Brendan, murmura Grainne en passant son télescope à Declan qui vérifia et l'approuva.

— Le mirador arrière doit être un peu à gauche, ajouta-t-il.

— Si notre ami a dit la vérité, répondit Abu Hida en réclamant à son tour le télescope. (Pendant cinq longues minutes, il observa. Puis il soupira.) Ils sont deux. Pas question de se faire remarquer. Laissez-moi m'en occuper. »

Il garda le télescope, prit son arbalète et les carreaux et s'enfonça dans l'obscurité.

Une demi-heure plus tard, il était de retour et rendait le télescope à Grainne.

« On peut y aller maintenant », dit-il.

Il les guida sur le sentier qu'il venait de parcourir en choisissant le chemin le plus sûr. A présent, ils redescendaient vers la côte est de l'île, où Koresh avait installé son campement.

Ils aperçurent la tour de garde, haute d'une dizaine de mètres, puis les bâtiments couchés à ses pieds. Grainne, allongée derrière un petit amas rocheux, vérifia les informations d'Ezéchiel. Il n'y avait qu'une seule sentinelle, en effet. Elle surveillait surtout le terrain dégagé qui s'étendait entre le campement et la côte est, comme si elle s'attendait à en voir surgir des agresseurs.

Tommy était couché à côté de Grainne. La sentinelle était à environ deux cent cinquante mètres.

« Je peux l'avoir d'ici », dit-il.

Il visa soigneusement, en retenant son souffle, et attendit que l'homme se tourne vers eux et présente ainsi une cible plus facile. Son doigt était crispé sur la détente. Le coup était difficile à réussir et on pouvait toujours craindre, à cette distance, que le vent ne fasse dévier la balle de sa trajectoire. Tommy se cala. Dans sa lunette de visée, le visage du soldat en faction était exactement au centre de la cible. Un centimètre à droite ou à gauche du point central le mettrait pareillement hors de combat.

Le coup de feu éclata comme le tonnerre. Grainne, qui regardait dans le Simrad, vit le garde trébucher et tomber. Elle continua de surveiller le mirador jusqu'à ce qu'elle soit sûre qu'il ne bougerait plus. Tommy observait pour sa part la porte d'entrée du dortoir des miliciens. Il laissa passer trois minutes. Personne ne se montra. On ne les avait pas entendus.

Leur plan était prêt. Ils allaient maintenant avancer dans un silence total, sauf si une urgence les contraignait à le rompre.

Le plus grand des quatre bâtiments du campement était l'ancienne grange où dormaient les otages et la milice de David Koresh. Ezéchiel leur en avait minutieusement décrit les aménagements intérieurs. Un couloir central séparait les cellules. L'extrémité était réservée aux femmes, qui disposaient de cabinets de toilette et de douches privées. Au nord, on trouvait le dortoir des gardes du corps de Koresh puis ses propres quartiers. Au sud, la cuisine et le réfectoire. Un poste de garde était installé à l'extrémité ouest, en face de la porte d'entrée.

Au sud du bâtiment principal il y avait un abri carré : les toilettes des hommes ; on y emmenait les prisonniers deux par deux, matin et soir. Une cabane toute proche servait de centre de transmissions. C'était d'ici que l'on communiquait avec Ramon. L'armurerie était située à l'est de la petite bâtisse et le mirador s'élevait à l'angle que formaient l'armurerie et la cabane de radio.

A en croire la description d'Ezéchiel, les murs du bâtiment principal n'opposeraient pas de forte résistance. Ils avaient décidé d'entrer en perçant un trou dans celui du réfectoire, le plus éloigné du dortoir. Ensuite, ils se fraieraient un chemin jusqu'aux quartiers des détenus. S'ils arrivaient à maîtriser les soldats de garde, Abu Hida et Maureen se chargeraient de découvrir et de libérer quatre des otages, choisis sur une liste fournie à Abu Hida par son contact de Baalbek. Ils ne savaient pas si ces quatre hommes étaient toujours vivants, mais s'en assurer ne devrait leur prendre que quelques minutes.

Pendant ce temps, Declan, Tommy et Grainne se dirigeraient vers le dortoir des femmes, maîtriseraient leurs geôliers et libéreraient Amina. Le sort réservé à Musgrave était encore en suspens. Declan n'avait pas pris de décision à son sujet.

Il était inutile de prétendre sauver d'autres otages : leur bateau ne pouvait d'ailleurs embarquer que cinq passagers supplémentaires.

Dès qu'ils auraient leurs cinq otages, ils prendraient la fuite. Abu Hida et Tommy les couvriraient, depuis le dortoir. Il fallait que tout le monde soit retourné au bateau avant que les terroristes aient organisé leur riposte. Une fois embarqués, ils avaient toutes les chances d'effectuer leur traversée de retour sans encombre. Les autres prisonniers seraient abandonnés à leur sort ; mais il était probable que la bande de Koresh, voyant son refuge découvert, quitterait l'île en toute hâte, sans s'embarrasser de ses otages. Plus probablement encore, songeait Declan, David Koresh mettrait en œuvre sa propre nuit de l'Apocalypse.

Ils arrivèrent par l'ouest : l'abri réservé aux ablutions les séparait encore de l'édifice principal. Ezéchiel les avait prévenus contre le risque de se heurter à la ronde chargée de la surveillance extérieure, qui patrouillait toutes les demi-heures. Il ne fallait faire aucun bruit. Abu Hida prit la tête de la petite colonne. Arrivé au coin, il leva la main pour arrêter ses compagnons.

Un homme armé, patrouillant entre l'armurerie et l'abri, avançait lentement vers eux. Ils pouvaient le laisser passer, en espérant qu'il ne les verrait pas. Mais dès qu'il aurait franchi le coin, il suffirait qu'il lève la tête pour remarquer l'absence de soldat dans le mirador.

Abu Hida saisit un couteau à longue lame ; il attendit que l'homme les ait dépassés puis bondit derrière lui sans hésitation ni états d'âme. Il lui saisit le menton d'une main et tira sa tête en arrière assez violemment pour l'empêcher de crier, puis, de l'autre main, il leva son poignard. L'homme laissa passer son unique chance de se libérer. La main d'Abu Hida décrivit un arc court et sa lame s'enfonça dans la gorge du soldat. Lui seul entendit le bruit atroce du sang qui affluait dans l'orifice. A quelques pas, rien ne rompit le silence. Abu Hida lâcha prise et dissimula le corps derrière l'abri.

Le bâtiment principal correspondait exactement à la description d'Ezéchiel : des murs de pierres sèches mal jointes. A l'aide de son Peskett, Abu Hida s'attaqua au ciment, qu'il effrita avec précaution car il ne fallait pas que le mur s'écroule en entier. Tommy l'aidait avec un petit instrument tranchant. Declan éclairait leur travail de temps en temps, afin qu'ils puissent choisir la prochaine pierre à desceller.

En une demi-heure, le trou était assez large pour livrer passage à un homme. Ils se glissèrent à l'intérieur, l'un derrière l'autre. Rien ne bougeait dans la cuisine.

« Prêts ? » demanda Declan en sortant son arme de sa poche et en y vissant un silencieux.

Au même instant, la lumière s'alluma.

75

Dublin
2 h 40

Myles se leva en tremblant. Quelque chose l'avait réveillé. Un bruit ? Un cauchemar ? Il avait pourtant à peine dormi. Malgré ses diverses tentatives, il n'avait pas encore réussi à entrer en contact avec Padraig Pearse Mangan. Une ou deux seulement des autres personnes à qui il s'était adressé l'avaient pris au sérieux. Et maintenant, Declan supposait que David Koresh s'apprêtait à répéter l'holocauste de Waco.

Il sentit un courant d'air. La fenêtre avait dû rester ouverte. Derrière la vitre, la ville dormait, insouciante. Si la fin du monde était pour cette nuit, Dublin glisserait dans l'oubli sans un murmure. Il allait se recoucher lorsque tout bascula.

Le premier homme lui saisit les bras et les lui maintint fermement dans le dos. Le second se mit devant lui. Il ne vit pas le sac mais en sentit le contact lorsque l'homme le lui passa sur la tête ; il n'avait aucune possibilité de se défendre ; le plastique froid et gluant plaqué contre ses joues et son front se colla sur sa peau et il l'aspira entre les lèvres ouvertes. Il mit deux minutes à mourir. Il ne partit pas sans un murmure, mais cela ne changeait rien. L'oubli était toujours l'oubli.

Ventry Harbor
2 h 44

Anthony Harker était debout au bord de l'eau, dans l'obscurité. L'obscurité noyait toutes choses. Il était épuisé. Un pas retentit sur le quai.

« Un message de Dublin, monsieur. »

Harker s'en saisit puis avança jusqu'au réverbère qui dispensait une faible clarté. Le texte était bref, mais précis.

« Carberry pense que Koresh projette une deuxième conflagration. Il a fait miner le camp. Carberry et ses hommes y vont. Que Dieu nous vienne en aide. »

Harker chiffonna le bout de papier dont il fit une boulette qu'il jeta dans l'eau.

« Dites à votre commandant de rassembler son unité. Qu'il se rende sur place et s'empare des otages. Prévenez-le que le chef des terroristes a fait miner les lieux, et qu'il envisage peut-être un suicide collectif. Dites-lui aussi que Carberry et ses hommes sont en route pour l'île. »

76

3 h 35

Harry Ferguson, un étudiant en architecture anglais qui était allé passer ses vacances d'été aux États-Unis et n'en était jamais revenu, était un disciple de David Koresh depuis 1989. Sa famille était adventiste du Septième Jour, et pendant son séjour en Amérique il avait pris contact avec une de leurs églises, à Tyler, dans l'État du Texas. Par cette entremise, il avait rencontré les responsables de l'organisation du Mont-Carmel, avait assisté aux sermons sur la Bible de David Koresh, qui l'avaient impressionné, puis avait décidé de rester à ses côtés. En 1993, lorsque le FBI avait donné l'assaut au ranch, il était en mission en Californie. Ainsi fit-il partie des rescapés ; mais beaucoup de ses amis britanniques étaient morts brûlés vifs dans l'incendie du ranch, ou croupissaient depuis en prison.

Harry aimait manger. Sa forme physique était excellente, et il l'entretenait par un régime riche en calories et pauvre en graisses. Il lui arrivait fréquemment, pendant la nuit, de prendre un en-cas très protéiné, et comme Ezéchiel ne voulait pas que les hommes stockent de la nourriture ou des boissons dans le dortoir, il allait faire un tour dans la cuisine aux alentours de minuit.

Cette nuit-là, lorsqu'il alluma la lumière, il eut la pire — et la dernière — des peurs de sa vie. Il faisait face à cinq inconnus, de noir vêtus, une cagoule sur la tête et armés jusqu'aux dents.

Declan le vit ouvrir la bouche pour crier et réagit instinctivement. Il leva le pistolet muni d'un silencieux, et tira presque sans viser. Harry s'effondra sur le sol, les jambes agitées de soubresauts affolés. La balle était entrée dans sa bouche. Abu Hida se pencha sur lui et l'acheva d'un coup de couteau. En se relevant, il remarqua que Declan regardait sa victime avec remords.

« Ce n'est pas un jeu, monsieur Carberry, souffla-t-il. Vous ne l'avez pas tué pour vous amuser. Je ne l'ai pas achevé pour le plaisir. N'oubliez pas cela, sinon nous serons tous morts avant la fin de la nuit.

— Il n'était même pas armé, murmura Declan.

— Ce n'est pas le moment d'avoir des états d'âme. »

Abu Hida éteignit la lumière, se dirigea vers la porte et s'adossa au mur. Les autres le suivirent, en retenant leur souffle. Le cœur de Grainne s'était emballé, elle avait l'impression que ses battements étaient assez bruyants pour réveiller toute une garnison. Les minutes passèrent. Personne ne vint. Abu Hida ouvrit lentement la porte sur le réfectoire obscur.

Ils le traversèrent rapidement. Declan savait qu'ils étaient dans l'un des lieux les plus dangereux. Le moindre bruit attirerait l'attention des soldats qui veillaient dans le poste de garde. Maureen éclaira le chemin de la porte d'un bref coup de torche. La jeune femme était consciente des risques qu'ils prenaient. Ils avaient dépassé le point de non-retour. Sortir d'ici serait difficile : il faudrait rebrousser chemin dans les pièces sombres, repasser par le trou pratiqué dans le mur et courir jusqu'à la falaise avec une meute à leurs trousses.

Abu Hida supposait que l'homme que Declan avait tué dans la cuisine était venu chercher de la nourriture et que ses collègues devaient attendre son retour. L'ouverture de la porte ne les étonnerait donc pas.

Ils s'engagèrent dans un couloir faiblement éclairé. Selon Ezéchiel, ils devaient maintenant tourner à droite pour arriver au poste de garde dont une des deux portes donnait dans ce corridor et l'autre vers les cellules des prisonniers. Ezéchiel leur avait annoncé la présence ici de deux sentinelles, puis de deux autres à l'entrée de la section réservée aux femmes.

La porte était devant eux. Abu Hida, la main sur la poignée, attendit que les autres l'aient rejoint, Declan et Tommy à sa gauche, Grainne et Maureen à sa droite. La porte s'ouvrait à droite, Tommy serait donc le premier à entrer, suivi de Abu Hida puis des autres. Il leur faudrait neutraliser les miliciens le plus vite possible. Un cri, un doigt sur un bouton d'alarme, un coup de feu, et ils seraient encerclés et pris. Il suffisait de se rappeler l'impitoyable efficacité dont avaient fait preuve les hommes de Koresh à Castletown House. Declan fit signe à Abu Hida, qui ouvrit la porte à la volée.

Ils n'étaient pas deux, mais six, assis autour de la table et lisant la Bible. Tommy se précipita vers la droite, arme au poing. Presque simultanément, il vit un homme se lever, Abu Hida entrer et courir vers le fond de la pièce, un deuxième homme se lever, Declan passer, suivi de Grainne et de Maureen, puis un troisième homme se redresser. Maureen ferma la porte.

« Les mains sur la tête », ordonna Declan en priant pour qu'ils obéissent. Les muscles de son bras étaient tendus et douloureux, ses doigts étaient crispés sur la détente et il savait que s'ils résistaient sa main commencerait à trembler.

Un des hommes s'exécuta. Un autre sauta sur Declan, le prit à la gorge de ses deux mains puissantes, puis serra. Declan eut l'impression qu'on lui maintenait la tête sous l'eau : sa vision s'obscurcit, puis des étincelles jaillirent sous ses paupières. Enfin, la pression se relâcha ; il ouvrit les yeux et vit le visage d'un homme à quelques centimètres du sien. Un visage déformé, horrible, la bouche ouverte, les yeux exorbités ; puis il sentit le sang et prit conscience de la blessure béante dans la gorge de son agresseur. C'était un mort qu'il essayait d'écarter de lui.

Abu Hida récupéra son garrot et laissa le corps sans vie du vigile retomber sur le sol. Declan respira profondément et regarda autour de lui. Grainne et Maureen tenaient en respect les cinq hommes restants, alignés contre le mur du fond.

Maureen sortit de sa poche un rouleau de sparadrap et en bâillonna les gardes, l'un après l'autre, Tommy et Abu Hida s'emparèrent de menottes accrochées sur le mur et lièrent les mains de leurs prisonniers derrière leur dos.

Près de la porte menant aux cellules de nombreuses clés étaient accrochées à un tableau. Abu Hida en prit plusieurs trousseaux, vérifia les numéros inscrits sur les étiquettes, en tendit un à chacun de ses acolytes puis, à l'aide d'une clé prélevée sur son propre trousseau, verrouilla la porte par laquelle ils étaient entrés. Ensuite il ouvrit la porte menant aux cellules et passa le premier.

Ils étaient à mi-chemin lorsque la porte du quartier des femmes s'ouvrit brusquement. Deux hommes en tenue camouflée firent irruption, braquant leurs mitraillettes sur les assaillants qui se jetèrent au sol au moment même où de sèches rafales d'armes automatiques balayaient le couloir. Une balle atteignit Declan au bras gauche. Maureen fut touchée à la taille et à la hanche. Elle hurla de douleur et roula sur elle-même pour se mettre à l'abri.

Abu Hida s'était déjà précipité au sol lorsque les premières balles s'écrasèrent sur les murs et les portes des cellules. Les soldats interrompirent leur tir, pour en observer les ravages parmi les attaquants et compter ceux qui restaient menaçants et ceux qui étaient hors de combat. Profitant de ce court instant de répit, Abu Hida s'agenouilla et lança cinq courtes rafales de son fusil d'assaut. Cela fut plus que suffisant. Les lourdes balles compensaient le manque éventuel de précision de son tir. Le visage de l'un des soldats fut à moitié arraché tandis que l'autre, la poitrine déchiquetée, s'affaissait au sol.

Abu Hida s'assura qu'ils étaient morts puis se précipita vers Maureen, couchée par terre et saignant abondamment.

« C'est très mauvais ?

— Je survivrai. Deux balles, mais elles sont ressorties, j'en suis certaine. Il y a des pansements dans mon sac. Passez-les-moi. »

Il les trouva et en envoya un à Grainne, agenouillée auprès de Declan. Tommy couvrait la porte ; on entendait crier frénétiquement, en persan et en arabe, courir, et prier.

Grainne pansa Declan puis se tourna vers Abu Hida.

« Laissez-moi m'occuper d'elle, vous feriez mieux de commencer à récupérer vos amis. »

Il hocha la tête et lui tendit la boîte de pansements. Il se leva et se mit à courir entre les rangées de cellules en appelant des noms à haute voix pour couvrir le vacarme.

« Sheikh Hasan al-Najafi, vous m'entendez ? Êtes-vous là ? Mollah Ali Shirazi, vous m'entendez ? Je suis venu vous sortir d'ici. Répondez-moi. »

Dans la cacophonie ambiante, il distingua deux voix. Il perdit de précieuses secondes à trouver les bonnes clés. On frappait sur la porte extérieure, on criait, on courait. Abu Hida essayait les clés, l'une après l'autre. Il trouva enfin celle de la première cellule. Les soldats frappaient à coups redoublés sur la porte extérieure du poste de garde. Abu Hida répéta la même opération sur la deuxième porte. Les coups ébranlaient tout l'édifice.

Les deux otages, surpris et effrayés, furent enfin libérés. Abu Hida leur demanda de rejoindre ses compagnons au fond de la pièce puis cria un autre nom.

« Umar Fadlan, vous m'entendez ? Répondez-moi. C'est Abu Hida. Je suis venu vous chercher. »

Un effroyable craquement retentit. Puis un bruit de pas sur le plancher du poste de garde. Un instant plus tard, on s'attaquait à la porte intérieure.

D'une cellule du fond, on entendit quelqu'un appeler. Abu Hida y courut. On s'acharnait de plus belle contre la porte qui les séparait de leurs poursuivants. Puis le bois céda. Un homme sortit en chancelant de sa cellule, pâle, si faible qu'il tenait à peine debout. Il n'avait plus de mains ; des bandages ensanglantés recouvraient ses moignons. Abu Hida l'accompagna jusqu'à l'endroit où attendaient ses compagnons d'infortune. La vue des poignets bandés de Fadlan suscita en lui une terrible colère.

« Il faut y aller, intervint Declan. Ils vont enfoncer la porte d'une seconde à l'autre. »

Mais Abu Hida l'ignora ; il fit demi-tour et cria le nom du quatrième otage qu'il désirait libérer. Tous les prisonniers avaient maintenant compris ce qui se passait. Ils appelaient, suppliaient qu'on leur ouvrît leurs portes, qu'on les prît en pitié.

« Ali Bouslimani ! Vous m'entendez ? Où êtes-vous ?

— Il est mort », s'écria l'un des otages libérés.

Abu Hida entendait grincer les gonds de la porte, le bois éclater sous la pression. Elle allait céder d'un instant à l'autre. Mais il y avait un cinquième nom sur sa liste, celui d'un homme dont il avait suivi l'enseignement à Beyrouth, un homme pour qui il éprouvait une profonde admiration.

Il regarda autour de lui. Tommy visait toujours la porte. Grainne et Declan aidaient les prisonniers à entrer dans la pièce suivante. Declan croisa son regard.

« Je vais devoir fermer cette porte, hurla-t-il. Je n'ai pas le choix. Vous me comprenez ? Il faut que je ferme à clé. Laissez-le. C'est trop tard. Tommy, pour l'amour du ciel, sortez de là. »

Abu Hida prit sa décision. Il se précipita vers l'endroit où il avait laissé le sac avec la Mossberg, s'empara de l'arme, y glissa deux chargeurs et la tendit à Tommy. Pendant qu'Abu Hida retournait vers les cellules, Tommy avança de plusieurs pas vers la porte, visa et tira deux fois. Les puissantes balles étaient capables de percer une plaque d'acier à cent cinquante mètres. Elles traversèrent le bois sans perdre de puissance. D'horribles cris retentirent de l'autre côté.

« Sheikh Ubayd, cria Abu Hida. Où êtes-vous ? Sheikh Ubayd ! »

Une voix lui répondit, au milieu du couloir. Abu Hida courut à la porte de la cellule et entreprit de trouver la clé. Declan allait refermer la porte de séparation.

« Allez-y ! cria-t-il. Moi, je m'occupe de le libérer. J'ai donné ma parole. »

Declan était en proie au déchirement. Amina était dans la pièce derrière lui. Grainne l'avait trouvée, et cherchait la clé de sa cellule. Dans un instant, elle serait libre.

Mais il ne pouvait pas laisser Tommy et Abu Hida mourir. Il se pencha pour ramasser la mitraillette qu'avait abandonnée l'un des gardes.

Dans un ultime craquement, la porte du fond, dont le bois était fragilisé par les balles de Tommy, se brisa en deux. Declan courut et, calmement, tira dans l'ouverture pratiquée. Tommy faisait de même de son côté.

Abu Hida parvint enfin à ouvrir la porte de la cellule. Un homme sortit en vacillant.

« Vite ! cria Declan. Passez derrière moi. Tommy, couvrez-les. »

Il tira une deuxième rafale, une longue suite de balles meurtrières, jusqu'à ce que son chargeur soit vide. Il se débarrassa alors de l'arme, fit demi-tour et courut derrière Abu Hida et Tommy en claquant la porte derrière lui.

77

3 h 42

Peter Musgrave s'enfuit à toutes jambes de la cabane radio. Il avait entendu la fusillade en provenance du campement, et supposait que Carberry et sa petite équipe indépendante étaient arrivés sur les lieux. Il aurait plaisir à en finir avec Carberry, et à se venger des blessures qu'il avait subies lors de l'attentat dans le salon de thé. Mais les ordres que venait de lui transmettre Harker étaient prioritaires. S'il ne lui mettait pas la main dessus, ce petit merdeux de David Koresh allait tout faire sauter.

Il supposa que le chef de la secte serait dans ses quartiers privés, là où, sans aucun doute, se trouvait le bouton, le levier ou la manette qui lui servirait à déclencher l'explosion finale. Il était inutile d'essayer de trouver les charges : s'il avait fait miner le camp, il y en avait sûrement des dizaines, impossible de les découvrir toutes dans le noir.

Il dépassa le bâtiment réservé aux ablutions et courut vers l'entrée ouest du bâtiment principal. Le vent, de plus en plus violent, soufflait dans ses oreilles en le désorientant. Lorsqu'il atteignit la porte et se précipita à l'intérieur, une scène de chaos se présenta à ses yeux.

L'un des gardes du corps de Koresh tenait la porte qui menait aux cellules. Il faillit tirer sur Musgrave.

« Où est David ? interrogea Musgrave.

— Dans sa chambre.

— Seul ?

— Deux soldats montent la garde devant sa porte. Il prie. Personne n'a le droit d'entrer.

— Au diable les autorisations. J'ai un message urgent à lui transmettre. »

Musgrave emprunta le couloir qui longeait le dortoir des soldats et donnait sur la porte de la chambre de Koresh, gardée par deux hommes en armes qui baissèrent leurs fusils en le reconnaissant. Bien qu'il ne fît pas partie des leurs, Musgrave participait à l'opération depuis le début, et jouissait de la confiance de Koresh.

« Que se passe-t-il, dehors ? demanda l'un des soldats.

— Je ne sais pas. On dirait qu'on a de la visite. Peut-être des troupes gouvernementales. Il faut que je parle à David. C'est urgent.

— Vous ne pouvez pas entrer, intervint le deuxième soldat. Je suis désolé mais David a donné des ordres très stricts. On ne doit le déranger sous aucun prétexte. Il prie.

— Je me fous de savoir s'il est avec Jésus en personne. Il faut que je le voie. »

Le soldat fit non de la tête.

« Impossible tant qu'il ne donne pas l'autorisation. »

Musgrave jura et fit demi-tour. A cinq pas, il se retourna, Browning au poing, et tira deux fois. Les deux soldats s'effondrèrent avant d'avoir réalisé ce qui leur arrivait. C'étaient des hommes bien entraînés mais Peter Musgrave avait fait ses classes à plus dure école encore.

Il ouvrit la porte et entra. Koresh, agenouillé, priait à mi-voix. Il ne se rendit pas immédiatement compte de la présence de Musgrave et continua ses litanies.

Coups de feu et cris arrivaient jusque dans le sanctuaire de Koresh, mais celui-ci ne semblait pas les entendre. A ses pieds se trouvait une petite boîte noire dont s'échappait un épais fil électrique qui courait jusqu'au mur et s'enfonçait dans le sol.

Musgrave avança doucement ; si le moindre mouvement trahissait sa présence, Koresh risquait de lancer sa petite apocalypse personnelle : il était sans doute en train de prier pour obtenir la bénédiction divine. Une balle dans la tête et finie cette menace.

L'Anglais se mit à bonne distance et leva son arme,

visant la tempe de Koresh. Subitement, l'envoyé de Dieu s'arrêta de prier et se retourna vers lui.

Une demi-seconde plus tard, Musgrave sentait le froid d'un canon de revolver sur sa nuque.

« Si vous le tuez, dit une voix calme derrière lui, vous mourrez. Puis je prendrai la boîte et j'accomplirai sa tâche. » C'était Zacharie. Musgrave avait participé à son entraînement avant le raid et il savait qu'il faisait partie des plus impitoyables des hommes du cercle rapproché de Koresh.

Il baissa son arme. Zacharie la lui arracha des mains.

« Asseyez-vous, monsieur Musgrave, dit Koresh en se relevant. Votre travail est terminé. Détendez-vous et attendez. J'ai parlé avec mon Père. Il est temps d'en finir avec la création et de bâtir un nouveau monde sur ses cendres. Dieu soit loué. »

Amina l'attendait devant la porte de sa cellule, glacée, perdue, désorientée par la rage, la peur et l'impuissance. Elle ne pouvait ni l'enlacer ni le toucher avec sa main ou sa bouche, mais elle le voulait pour elle, elle voulait qu'il l'emmène loin d'ici.

« Tu en as mis un temps », dit-elle.

Il sourit et lui caressa la joue jusqu'à ce qu'il sente le sang affluer à nouveau sous sa peau. Ils n'avaient pas besoin de parler. Leurs yeux s'étaient tout dit.

« Où est la chambre de Koresh ? » demanda Tommy, ennuyé de les interrompre mais en même temps conscient du temps qui passait.

Amina désigna une porte étroite sur le mur latéral.

« Cette porte mène à un petit couloir. A l'autre bout, c'est la porte de sa chambre. De là, on peut entrer dans son bureau. »

Declan la regarda.

« Comment le sais-tu ? »

Elle n'hésita pas à lui répondre en le regardant droit dans les yeux.

« On m'y a emmenée », dit-elle. Elle ne ressentait aucune culpabilité, mais un horrible chagrin lui déchirait le cœur car elle savait qu'elle ne pourrait jamais lui dire toute la vérité, et que son ignorance des faits creuserait entre eux un fossé plus profond que tous les océans.

Il ne fallait pas perdre un instant, se disait Tommy. Un retard de quelques secondes permettrait peut-être à Koresh de s'enfuir ou, pis encore, de mettre son plan à exécution et de les entraîner tous dans son dernier voyage.

On frappait violemment contre la porte.

Abu Hida fit un pas vers eux. Il leur désigna la porte fracassée à l'autre extrémité du couloir.

« C'est la cuisine, dit-il. Je pense qu'on pourra passer, mais il faut qu'on se prépare à affronter un sérieux comité d'accueil. Réunissez-les tous. Je ferai ce que je pourrai.

— Il faut d'abord stopper Koresh, dit Declan. Vous venez, Tommy ? »

Tommy acquiesça. Amina s'approcha de Abu Hida et lui parla en arabe. Elle l'avait immédiatement reconnu et n'arrivait pas à comprendre pour quelle raison il avait rejoint le camp de Declan.

« Donne-moi une arme, lui dit-elle. Je connais le chemin.

— Tu sais te servir de ça ? demanda-t-il en lui tendant la Franchi.

— En doutes-tu, Abu Hidda ? » Le nom qu'elle lui donnait était un jeu de mots. Abu Hida signifiait Frère de la Solitude, mais si l'on redoublait la lettre centrale, la racine du mot changeait et signifiait alors Frère de la Colère. C'était ainsi qu'on l'appelait au sein des forces de sécurité libanaises. Il sourit et lui tendit le fusil.

Tommy fit sauter la serrure d'une balle de sa Remington 870 12. Puis il la rechargea et ouvrit la porte d'un coup de pied. Deux mètres environ les séparaient de l'autre porte. Declan et Amina le suivaient, cette dernière lui décrivant rapidement la chambre. Devant la porte, elle exposa brièvement les divers emplacements à Tommy.

Mais aucun avertissement n'aurait pu préparer les deux hommes à la vision qui les attendait. Tommy fit éclater la serrure d'une seule balle. Ils se précipitèrent à l'intérieur de la pièce, suivis par Amina pour qui ce décor n'avait plus de secrets, mais évoquait d'atroces souvenirs.

Ils s'arrêtèrent, pétrifiés. Les murs et le plafond étaient recouverts de photographies en couleurs. Le feu, sous toutes ses formes : éclairs ; brasiers ; conflagrations ; feux de joie ;

feux de forêt, foudres, bûchers funéraires, autodafés, satis, lacs en feu, hérétiques sur le bûcher, les yeux écarquillés ; maisons brûlant comme des torches, des familles entières aux fenêtres ; crématoires, leurs gueules ouvertes crachant des flammes ; hommes rôtis au lance-flammes ; moines bouddhistes s'immolant par le feu ; Dresde sous les bombes ; l'incendie de Coventry ; tableaux représentant des damnés hurlant ; voitures et camions embrasés ; visages martyrisés des victimes d'incendie, calcinés, noirs, inhumains ; Jeanne d'Arc proie des flammes ; un martyr perse, la chair transpercée de trous où étaient fichées des bougies allumées ; Giordano Bruno au Campo dei Fiori ; enfants s'enfuyant devant des soldats, chevelures enflammées formant un halo autour de leurs têtes ; villages vietnamiens, toutes leurs cabanes en feu ; palmiers arrosés d'essence ; puits de pétrole au Koweit, les flammes rouges se détachant sur la fumée noire ; feux de joie d'étudiants brandissant des svastikas et jetant des livres dans le brasier ; ranch de l'Apocalypse, comme une forêt en flammes, des drapeaux de fumée proclamant le nom de Dieu sur le rideau du ciel... Il ne restait aucun espace libre sur les murs.

Toutes ces flammes leur desséchèrent la gorge, leur donnèrent la nausée. Nul ne pouvait parler, ni respirer. Ils ne passèrent qu'un instant au milieu de ces visions d'enfer, mais ces images s'étaient gravées à jamais dans leurs esprits.

Amina désigna la porte du bureau. Tommy prit position. Declan se mit face à lui, ils comptèrent trois sur leurs doigts puis Tommy enfonça la porte d'un coup de pied.

Zacharie était debout en face de la porte, arme au poing. Lorsque Tommy entra, Zacharie tira trois fois. Tommy s'écroula aux pieds de son assassin qui l'acheva froidement.

Declan se jeta dans la pièce en roulant puis se releva au moment où Zacharie s'apprêtait à tirer. Declan fit feu. L'Américain se figea pendant une seconde puis s'effondra en criant : Jésus ! Il tomba sur le corps de Tommy.

Un mouvement attira l'attention de Declan. Koresh se tenait les bras levés, la boîte noire dans une main, un doigt sur le bouton. Une deuxième rafale le faucha. Il lâcha la boîte qui rebondit sur le sol. Declan se précipita, la saisit et coupa les fils d'un coup de couteau. Maintenant, même si un autre des gardes du corps de Koresh survenait, il ne pourrait plus aussi facilement provoquer l'explosion.

« Declan ! » La voix d'Amina le prévint du danger. Il se retourna. Musgrave, caché derrière la porte, s'était emparé d'elle, l'avait désarmée et la tenait d'un bras passé autour de sa gorge.

« Lâchez votre arme ! Tout de suite ! ou je lui brise sa putain de nuque. »

Puis Musgrave reconnut Declan. Ses yeux se rétrécirent et il sourit.

« Tiens, tiens ! Monsieur Carberry ! Comme le monde est petit. Je vous prie de m'excuser pour ce qui s'est passé lors de notre dernière entrevue. Je n'avais aucune intention de tuer votre charmante fille, mais vous avez eu une réaction si rapide !

— Lâchez-la, dit Declan qui savait que Musgrave n'en ferait rien.

— Pour que vous me tiriez dessus ? Ne me prenez pas pour un idiot. Et maintenant, laissez tomber votre arme. »

Declan savait que Musgrave était capable de mettre sa menace à exécution, et de briser la nuque d'Amina d'un seul bras. Il obtempéra.

« Éloignez-la de vous. »

Declan fit ce qu'on lui ordonnait. Musgrave recula vers la porte qui donnait sur le couloir menant au dortoir où il pensait qu'il n'y aurait personne ; une fois dehors, il se débarrasserait de la femme et s'enfuirait. Très lentement, en obligeant Amina à se pencher en même temps que lui, il se baissa et ramassa la Franchi. Declan était impuissant. Abu Hida l'appelait depuis la pièce voisine, le pressant de le rejoindre. La porte allait céder d'un instant à l'autre.

On entendit soudain un cri de douleur. Musgrave chancela, libérant Amina qui lui avait planté dans la cuisse la longue aiguille donnée par Nushin. Après avoir essayé sans succès de neutraliser Koresh, elle l'avait dissimulée dans son épaisse chevelure, où nul n'avait songé à la chercher.

Amina s'écarta de Musgrave en tremblant. Il aperçut l'aiguille et la retira de sa chair. Malgré la douleur, il n'avait pas lâché la Franchi. Il leva son arme et visa la tête d'Amina. Declan lui tira une balle dans le ventre et une autre dans la gorge. Sans présenter la moindre excuse.

78

Declan et Amina retournèrent en courant dans la pièce où se trouvaient les cellules des femmes, pour ressortir par où ils étaient entrés. Mais, de l'extérieur, on ébranlait la porte, qui tremblait sous les coups de boutoir des défenseurs.

En les voyant arriver, Abu Hida saisit sa mitraillette et visa le mur. Il tira plusieurs fois, criblant la paroi de trous, selon un dessin manifestement prémédité. Puis il s'empara du lourd fauteuil où s'asseyait le gardien des lieux et le fracassa de toutes ses forces contre le mur dont il avait préalablement amoindri la résistance. Il y ménagea bientôt un trou suffisant pour permettre le passage d'un homme.

Derrière eux, les bruits de craquements devenaient de plus en plus menaçants. Quelqu'un s'attaquait aux panneaux supérieurs de la porte à coups de hache.

« Vite ! s'écria-t-il, passez par le trou. Maureen, montrez-leur le chemin ! Courez à la falaise. »

Abu Hida rechargea sa Bullpup. La porte céda sous un dernier coup de hache, mais personne ne s'encadra dans l'ouverture béante. Quelques secondes après, le mur et les plâtres du plafond s'écaillaient sous les premières rafales de balles et des éclats de bois se fichaient dans le visage de Abu Hida. Il riposta, et abattit ce qui restait de la porte. Le feu adverse s'interrompit.

Maureen et l'homme aux mains coupées étaient sortis les premiers ; Amina, Declan et Abu Hida devaient encore assurer leur fuite avec les trois autres otages.

Soudain, dans le silence qui suivit les coups de feu, ils

entendirent le bruit familier et inattendu d'un hélicoptère lancé à toute puissance. Deux autres suivirent.

Declan et Abu Hida échangèrent un regard rapide.

« C'est Harker, dit Declan. Ce salaud a réussi à nous suivre jusqu'ici.

— Nous ferions mieux de filer avant qu'ils n'atterrissent », répondit Abu Hida.

Les Davidiens avaient eux aussi reconnu le son caractéristique. Declan les entendit aboyer des ordres, et courir en tous sens.

Ils aidèrent les otages à se glisser dans l'ouverture pratiquée dans le mur. Maureen et Amina avaient atteint le fossé près du mur est de la cuisine, prêtes à leur faciliter le passage.

Declan les rejoignit en courant.

« Emmenez tout le monde sur la plage qui se trouve de ce côté, dit-il. Moi, je vais récupérer le bateau et je viendrai vous chercher.

— Et ceux-là ? interrogea Maureen en montrant les hélicoptères. Ils doivent avoir des gens qui arrivent en bateau. Nous devrions partir par où nous sommes arrivés. »

Declan acquiesça. Elle avait raison. Les troupes avaient sans doute déjà débarqué, et ils risquaient de les rencontrer en chemin.

« D'accord. Foncez, dit-il. Je vais couvrir vos arrières. Abu Hida, allez avec eux.

— C'est moi qui devrais rester ici, répondit-il.

— Ça ne changerait pas grand-chose, rétorqua Declan. Mais vous avez une lunette de vision nocturne. Je préfère que vous escortiez les autres. »

Il n'y avait plus de temps à perdre. Trois fusées éclairantes illuminèrent le ciel à l'est.

Tandis que les otages s'ébranlaient l'un derrière l'autre, Amina s'attarda un instant auprès de Declan.

« Ne reste pas trop longtemps ici, lui dit-elle. Ce ne sera pas nécessaire. Ils ont trop à faire avec les hommes de Harker.

— Ne t'inquiète pas. Je me donne deux minutes et je

vous rejoins. Dès que vous serez sortis du campement, ils ne sauront plus par où vous chercher. »

Il les rattrapa dans l'obscurité où ils tâtonnaient, hors des limites du camp. Derrière eux, la fusillade faisait rage.

La faiblesse des otages était si grande qu'il fallait les laisser se reposer de temps en temps. Maureen en profitait pour consulter sa boussole. Au loin, on tirait de plus belle.

« Le voilà », s'écria Maureen en désignant un point dans la nuit. Declan distingua avec peine la forme de l'oratoire de Saint-Brendan, la ruine celtique qui était leur seul point de repère. Ils étaient presque arrivés sur le rivage.

Le rugissement d'un hélicoptère les surprit. Il était droit devant eux et fonçait sur la petite troupe épuisée. Il atterrit. Maureen fit coucher tout le monde. A une trentaine de mètres d'eux, un homme sauta à terre, visage noirci, arme au poing.

L'un des otages se méprit. Sheikh Ubayd se leva. Personne n'avait eu le temps de lui expliquer la situation ; il avançait tranquillement vers le soldat, en souriant, inconscient du danger. Le soldat leva son arme.

« Tout va bien, dit le sheikh. Nous sommes des otages. Nous... »

Maureen se précipita vers lui.

« Non ! hurla-t-elle, Non ! »

Elle se jeta sur le sheikh au moment où le soldat tirait, le précipita au sol et roula avec lui en dégageant le Steyr-AUG qu'elle avait en bandoulière. Puis elle se souleva à demi, pour repérer la position du soldat. Ce dernier l'avait vue tomber. Il tira une courte rafale. Les balles la frappèrent au cou. Elle mourut avant même de retomber en travers du corps de Sheikh Ubayd.

Abu Hida faucha le soldat. Au moment même où l'homme tombait, Abu Hida prit une des grenades qu'il avait dans sa poche. Un deuxième soldat se découpa dans la porte de l'hélicoptère. Abu Hida dégoupilla et lança sa grenade en se couchant sur le sol. Une seconde après, l'hélicoptère explosait comme un ballon de feu.

Ils arrivèrent au sommet de la falaise à la queue leu leu, semblables à un groupe d'enfants perdus dans la nature. Personne ne parlait, comme si le moindre mot risquait de réveiller les démons tapis dans le noir, comme s'il n'y avait plus rien à ajouter au dernier avertissement lancé avec passion par Maureen O'Dalaigh.

Abu Hida avait laissé deux échelles en aluminium sur le bord de la falaise. Dès qu'ils les eurent trouvées, ils entamèrent leur périlleuse descente. Seul Umar Fadlan ne pouvait s'y risquer. Abu Hida le prit sur ses épaules et, tel un pompier fantomatique, descendit les barreaux un à un puis déposa son précieux fardeau dans le bateau. Tout autour d'eux les vagues invisibles se fracassaient contre les rochers.

Il reconnut les hélicoptères à leur bruit si caractéristique, et qui lui rappelait les malheureux souvenirs d'un autre assaut. Sa tête lui faisait mal. Dès qu'il bougeait, son corps entier se révoltait. On l'avait blessé, crucifié à nouveau. En ouvrant les yeux, il se souvint des balles qui avaient traversé sa chair. Tout tournait, dans la pièce, comme si les objets étaient pris dans les tourbillons provoqués par les pales du rotor de l'hélicoptère. Il referma les yeux un court instant.

Une dernière inspiration lui rendit ses forces. A côté de lui, sur le plancher, se trouvait le fil que Dieu lui avait donné pour lever le rideau sur les trompettes du Jugement dernier. Quelqu'un l'avait arraché de la petite boîte noire, qui était maintenant hors de portée. Il tendit la main, saisit le fil, mais il ne servait plus à rien. Comme il était difficile de déclencher l'Apocalypse ! Très affaibli par tout le sang qu'il avait perdu, pris de nausée, il aperçut Zacharie allongé sur le corps d'un étranger, puis, derrière eux, Musgrave, son Judas.

Il voulut s'asseoir, mais les douleurs qu'il ressentait dans le ventre et la poitrine étaient si violentes que le moindre mouvement risquait de lui faire perdre connaissance. Or, c'était ce qu'il devait éviter à tout prix. Dès qu'il tournait la tête, le monde basculait sous ses yeux. Il brûlait, ou il grelottait. Il avait atrocement soif, comme Jésus sur la croix, mais il n'y avait pas ici de gladiateur pour lui humecter les lèvres.

Il se tourna légèrement et remarqua une petite lampe posée sur la table à côté de l'endroit où il était couché. Une idée se forma lentement dans son cerveau embrumé par la souffrance. Il tendit la main droite et fit tomber la lampe en tirant sur le fil qui était à sa portée. L'ampoule explosa en tombant ; de minuscules éclats de verre le blessèrent aux mains alors qu'il ôtait les restes du bulbe brisé de la douille de la lampe. Puis, tenant le fil du détonateur de sa main gauche, il fracassa la petite lampe pour mettre la douille à nu.

La porte du bureau s'ouvrit violemment sur un soldat, le visage noirci, arme au poing. Il vit Koresh allongé par terre, en sang, les bras écartés, grossière imitation du Christ sur la croix. Un deuxième soldat le suivait. Ensemble, ils scrutèrent la pièce d'un œil vigilant.

David Koresh leur sourit et, simultanément, plaqua le fil du détonateur sur les fils dénudés de la lampe.

Le petit bateau montait et descendait au gré de la houle atlantique. Declan et Abu Hida peinaient pour franchir les brisants. Le courant les prit enfin, ils dépassèrent l'extrémité nord de l'île et purent redresser le bateau pour prendre la direction de Clogher Head, droit devant eux.

A cet instant, la malédiction s'abattit sur Inishtooskert Abu Hida et Declan virent, en une fraction de seconde, la sphère de lumière plus brillante que le soleil qui précéda l'explosion. Puis ce fut comme une fin du monde. Lorsqu'ils relevèrent les yeux, Inishtooskert était la proie des flammes. Les échos du fracas de l'explosion moururent petit à petit sur la crête des vagues et un silence absolu régna sur l'univers tout entier.

David Koresh avait enfin connu son Jour de Colère.

79

La foule avait envahi l'aéroport de Dublin. Des étudiants rentraient pour reprendre leurs cours à Trinity College et University College, des parents dont les enfants étaient en pension partaient en vacances, les hommes d'affaires et les femmes commençaient à s'occuper de Noël.

L'avion d'Abu Hida décollait dans une demi-heure. Dans quelques instants, on appellerait son vol et il franchirait les contrôles. Un ami de Padraig Pearse lui avait fourni le passeport et les papiers d'identité d'un industriel grec. Il serait à Athènes dans l'après-midi et prendrait le premier avion pour Beyrouth.

« Dites-leur toute la vérité sur Inishtooskert, lui conseillait Declan. La responsabilité de Harker dans l'attaque de Castletown, l'explosion qui en a été la conséquence, le rôle des fondamentalistes chrétiens dans la prise d'otages et la façon dont le MI5 et la CIA les ont manipulés. Les vôtres doivent être au courant de Scimitar. On leur a certainement proposé de négocier. »

Ciaran Clark avait élaboré un beau tissu de mensonges pour cacher la vérité. Les otages étaient morts à la suite d'un malheureux accident survenu dans une chaudière. Les troupes irlandaises s'étaient efforcées de retrouver les éventuels survivants et de leur venir en aide, mais hélas elles n'en avaient trouvé aucun.

La véritable identité des preneurs d'otages n'avait pas été révélée; on avait même caché leur nationalité américaine. On accréditait la version d'un groupe de dissidents musulmans basé au Liban, qui aurait envoyé des agents en Irlande. Un jour ou l'autre, on connaîtrait enfin les « vrais » responsables de ce massacre : des terroristes arabes opérant depuis Beyrouth, Tripoli ou Le Caire.

Inishtooskert était interdit au public. Personne ne pouvait s'en approcher, ni les journalistes, ni les équipes de télévision, ni les représentants des gouvernements dont des citoyens étaient morts pendant l'explosion, ni les avocats qui travaillaient pour les familles des victimes. Une équipe scientifique s'employait à identifier les corps. Et surtout à faire le ménage.

« Chez moi, on me croira, dit Abu Hida. Les miens sauront convaincre les gouvernements arabes. Si l'on cherche au bon endroit, on trouvera les preuves. Mais nous ne pourrons jamais faire connaître la vérité à l'opinion. Si nous ouvrons la bouche, on criera à la paranoïa musulmane, à l'hystérie des revendications de peuples en guerre contre l'Occident. »

Anthony Harker avait disparu. Il réapparaîtrait quelque part, Declan le savait, comme s'il n'était jamais rien arrivé en Irlande, comme s'il n'y avait jamais posé le pied. Et un jour, un homme qui ressemblerait beaucoup à Peter Musgrave se présenterait à sa porte.

« Dites-leur ce que vous savez, insista Declan. Le moment venu, je vous soutiendrai, je témoignerai devant le tribunal de votre choix.

— Ils vont vous réintégrer, dit Abu Hida. Si vous témoignez, vous sacrifierez votre carrière.

— Ma carrière ? Je ne comprends plus le sens de ce mot.

— Faites attention à vous, dit Abu Hida en lui prenant la main.

— Vous aussi. Nous nous reverrons, j'en suis certain.

— Peut-être. Mais je ne reviendrai pas en Irlande. Il faudra que vous passiez au Liban.

— J'en ai bien l'intention, dès que la situation ici se sera calmée.

— Il ne faudra pas tarder, sinon vous ne me trouverez plus.

— Vous allez vous installer ailleurs ? Je croyais que vous teniez à rester dans votre pays, pour de bon. »

L'Arabe secoua la tête.

« Vous ne comprenez pas, Declan. Tôt ou tard, ils me retrouveront.

— Qui ?

— Je ne sais pas précisément qui. Mais lorsqu'on saura que j'ai sauvé quatre otages, tous des sympathisants de notre cause, on dira que j'ai laissé mourir les autres.

— Vous n'auriez pas pu les sauver.

— Qui sait ? Une seule chose est sûre : ils sont morts. Trop de gens sont morts pour rien. »

Declan ne répondit pas. Une voix de femme annonçait le vol pour Athènes à la porte cinq.

Ils s'embrassèrent.

« N'oubliez pas, dit Declan. Dites-leur tout. »

Abu Hida sourit et s'éloigna. Declan le regarda disparaître, puis rejoignit Amina, qui l'attendait au bar en buvant un café. Il se pencha vers elle et l'embrassa, avant de s'asseoir. Son vol pour Londres décollait dans une demi-heure. Puis un avion de la Middle East Airways la ramènerait à Beyrouth. Elle parviendrait à destination avant Abu Hida.

« Le croiront-ils ? lui demanda Declan.

— Je le pense, oui.

— Ce n'est pas évident. Il nous faudrait des preuves. Ils ont sûrement détruit les dossiers compromettants, et accumulé toutes sortes de faux pour couvrir leurs arrières et protéger les responsables.

— Oui, mais ce sera difficile. Il y a beaucoup trop de choses à cacher, et nous avons de nombreux témoins. »

Ils continuèrent leur conversation jusqu'à ce que les passagers soient appelés. Une conversation entre collègues, qui bavardent avant la fin d'un voyage d'affaires. C'était plus facile ainsi. Mais en prenant son sac Amina se tourna vers lui.

« Cette fois, tu me promets de venir ? »

Il hocha la tête.

« Dès que Concepta aura récupéré. Je ne peux pas la bousculer. Elle n'avait que Mairead, en fin de compte. Et l'attaque de Castletown House l'a traumatisée.

— Je n'attendrai pas quinze ans de plus.

— Compte sur moi. »

Elle était la dernière passagère à embarquer. A la porte,

ils s'embrassèrent longuement, puis se séparèrent sur un ultime regard pour reprendre chacun son chemin.

Concepta l'attendait dans leur grande maison blanche surplombant la baie. On était en octobre, la mer était déchaînée. Teresa Cosgrave et ses enfants étaient partis. Padraig Pearse Mangan leur avait offert des billets d'avion pour l'Australie. La maison appartenait à nouveau à Declan et Concepta. A l'ombre de Mairead, aussi. Concepta était dans le salon. Elle regardait l'horizon tumultueux, par une grande fenêtre. En l'entendant arriver, elle se retourna et lui sourit.

« Tes amis sont partis ? demanda-t-elle.

— Oui, dit Declan d'une voix douce, de la voix d'un homme qui commence à vieillir. Ils sont partis.

— Viens t'asseoir à côté de moi, dit-elle. Viens t'asseoir, et regarder la mer. »

Achevé d'imprimer en janvier 1998
sur les presses de l'Imprimerie Bussière
à Saint-Amand (Cher)

POCKET - 12, avenue d'Italie - 75627 Paris Cedex 13
Tél. : 01-44-16-05-00

— N° d'imp. 194. —
Dépôt légal : janvier 1998.

Imprimé en France

Achevé d'imprimer en janvier 1998
sur les presses de l'Imprimerie Bussière
à Saint-Amand (Cher)

[illegible] - 12, avenue d'Italie - 75627 Paris Cedex 13
Tél. : 01 44 16 05 00

N° d'imp. 231.
Dépôt légal : janvier 1998.

Imprimé en France